COLLECTION FOLIO

Margaret Kennedy

Le festin

Traduction de l'anglais
par Denise Van Moppès
entièrement révisée

Postface de Cathy Rentzenbrink

La Table Ronde

Cet ouvrage a précédemment paru sous le titre
La fête aux Éditions Albin Michel.

Titre original :
THE FEAST

Margaret Kennedy (1896-1967) est née à Londres et a étudié l'histoire à l'université Sommerville (Oxford), où elle a commencé d'écrire. En 1924, son deuxième roman, *La nymphe au cœur fidèle* (réédité au Mercure de France sous le titre *Tessa*) s'est vendu dans le monde entier. Il a été adapté au théâtre et au cinéma, notamment par Edmund Goulding en 1943, avec Charles Boyer et Joan Fontaine. Margaret Kennedy est l'autrice de quinze autres romans, parmi lesquels *Le festin*, *Divorce à l'anglaise* et *Pronto*, lauréat du James Tait Black Memorial Prize, ainsi que de critiques littéraires et d'une biographie de Jane Austen.

À Margot Street

PROLOGUE

L'oraison funèbre

En septembre 1947, le révérend Gerald Seddon, de St Frideswide, Roxton, s'en fut comme chaque année passer quelques semaines chez le révérend Samuel Bott, de St Sody, Cornouailles.

C'étaient de vieux amis et leurs vacances ensemble constituaient leur plus grand plaisir. Car Bott, qui n'avait pas les moyens de s'absenter, s'accordait une espèce de congé pendant que Seddon était chez lui. Il troquait alors la soutane qu'il portait en tout autre temps contre un vieux pantalon de flanelle et un chandail et il s'en allait observer les oiseaux sur les falaises. Le soir, ils jouaient aux échecs. Tous deux approchaient de la soixantaine, appartenaient à l'Église anglo-catholique, observaient le célibat et étaient d'une sincérité déconcertante. Ils aimaient à s'entendre appeler mon père par leurs ouailles, mais les polémiques avec les protestants les amusaient moins qu'au temps de leur jeunesse. Le père Bott était un homme trapu aux cheveux gris et hirsutes ; il ressemblait un peu à un terrier écossais et il n'était pas très apprécié dans la paroisse de St Sody. Le père Seddon avait la mélancolie rêveuse d'un chien de chasse ; sa vie était plus dure et plus fatigante que celle de son ami, mais ses paroissiens l'appréciaient.

Il arrivait généralement vers l'heure du dîner et, aussitôt le repas terminé, on sortait le jeu d'échecs. Cette distraction était la bienvenue pour Seddon qui, à Londres, passait ses soirées dans des patronages et des missions, et il l'attendait toujours avec impatience. Aussi fut-il légèrement dépité lorsque, le soir de son arrivée, en 1947, son ami Bott lui dit de ranger l'échiquier.

« Je ne peux pas jouer, lui expliqua-t-il. Je suis navré. J'ai un sermon à écrire. » Seddon leva les sourcils. Il était de règle, en leurs vacances, que Bott eût rédigé tous ses sermons à l'avance.

« Un imprévu, dit-il. J'ai essayé de l'écrire cet après-midi. Mais je n'ai rien trouvé à dire.

— Ça m'étonne, fit Seddon sans gentillesse.

— C'est une oraison funèbre… »

Bott s'approcha de son bureau et ôta le couvercle de sa machine à écrire.

« Et pas pour des funérailles ordinaires, continua-t-il. Pas même des funérailles tout court. Les défunts ne peuvent pas être enterrés : ils le sont déjà. Sous une falaise…

— Ah !… La baie de Pendizack ? »

Seddon ne passait pas beaucoup de temps à lire les journaux, mais l'incident l'avait frappé parce qu'il avait eu lieu dans la paroisse de son ami. Une énorme masse rocheuse s'était détachée de la falaise au cours du mois d'août. Elle s'était effondrée au bord d'une petite anse, à deux ou trois kilomètres du village de St Sody, écrasant une maison construite sur une langue de terre du côté est de l'anse. Tous les gens qui se trouvaient dans la maison avaient péri.

« C'était une mine, n'est-ce pas ? demanda-t-il. Une mine marine que la mer a ramenée dans une grotte derrière la maison ?

— En partie. Mais l'histoire de la mine remonte à plusieurs mois, dit Bott. Elle a explosé l'hiver dernier sans faire de dégâts apparents. Nous nous sommes tous dit que la maison l'avait échappé belle. C'était un hôtel. Une maison que les propriétaires ont transformée en pension de famille. La grotte est sous la falaise. L'explosion a dû y ébranler des rochers et en affaiblir tout un pan. Des fissures sont apparues au sommet quelque temps après, à une centaine de mètres vers l'intérieur des terres. C'est arrivé aux oreilles de Humphrey Bevin, tu sais, le géomètre qui habite sur la route de Falmouth, et il est venu voir. Il était hésitant, il pensait que, si un écroulement devait avoir lieu, il se serait déjà produit. Mais, à la réflexion, il a écrit à Siddal pour l'avertir que la maison serait en danger si ces fissures s'élargissaient, et qu'il serait prudent d'évacuer. Siddal était le propriétaire de l'hôtel. Il n'a jamais répondu à cette lettre. Il n'a jamais rien fait. Et maintenant il est sous la falaise.

— Tu veux dire qu'on n'a pas récupéré les corps ?

— Impossible. Si tu voyais l'endroit, tu ne le reconnaîtrais pas. La plage a disparu. Difficile d'imaginer qu'une maison, des jardins et des écuries aient pu un jour se tenir là. La cérémonie va être assez sinistre… Service à l'église, et le reste, aussi près que nous pourrons approcher d'eux… en grimpant sur les falaises. Je n'aime pas beaucoup ça, mais je peux difficilement refuser et il faut bien leur offrir des obsèques aussi chrétiennes que possible. Tout cela aurait pu être terminé depuis longtemps, si on n'avait pas voulu les sortir de là. Enfin, c'est pour demain. À ta place, j'irais me promener pour la journée. Toute la presse risque de débarquer, sans compter les cars de badauds… Et moi qui suis censé faire un sermon ! »

Bott se tourna vers sa machine à écrire. Il dactylographiait toujours ses sermons, parce que son écriture était si illisible qu'il était incapable de la relire. Pas plus, d'ailleurs, qu'il ne pouvait relire ce qu'il avait tapé, car il n'était pas meilleur dactylographe. Il tapa un « q » en tête d'une page, se ravisa, enfonça la touche FIG et ajouta un 1. Puis il appuya sur MAJUSCULES et écrivit son premier titre :

AKTEDE DIEU.

Il s'ensuivit une pause de vingt minutes. Seddon entama un problème d'échecs. Le petit réveil de la cheminée faisait entendre un tic-tac pressé.

Bott dessinait sur son buvard. Il dessina d'abord un dauphin, puis des chapiteaux à volutes, et enfin la pointe de Pendizack s'avançant dans la mer. Elle était toujours là. Elle se trouvait de l'autre côté de la plage. Elle s'y trouvait depuis des centaines, peut-être des milliers d'années. Mais le chaos de rochers écroulés, la nouvelle face abrupte et nue de la falaise à l'est n'existaient que depuis un mois. Il n'aurait pas pu dessiner cela ; il n'y reconnaissait aucune forme.

Depuis des semaines, ce désordre de pierres l'attendait au bout de toutes ses pensées, les bloquant avec le choc sourd d'un éboulement, comme il avait bloqué la route devant lui le soir où il avait couru voir ce qui se passait. Car il avait entendu, tout le village avait entendu, le grondement et l'écroulement de la falaise. Il avait croisé, courant à travers champs, des gens qui criaient que l'hôtel de Pendizack avait

« disparu ». Il s'attendait à des ruines, du bruit, du désordre, des cris, des cadavres, à quelque chose d'horrible, mais pas à ce qu'il avait trouvé.

Un nuage de poussière les avait pris à la gorge lorsqu'ils étaient descendus de la colline sur les falaises, et ils ne distinguaient pas grand-chose. L'allée menant à l'hôtel zigzaguait entre les arbres et les buissons, le long d'un petit ravin. Le silence qui s'élevait de la plage commençait déjà à lui glacer le cœur quand, au second détour de l'allée, il s'était heurté à un rocher. Un mur se dressait devant lui. L'allée avait disparu.

Il avait d'abord cru qu'il s'agissait d'une barrière formée de rocs détachés et avait essayé de la gravir. Mais il avait dû renoncer tant les pierres glissaient et dégringolaient sous ses pieds et, après avoir regagné la route, il avait pris un sentier de traverse qui cheminait entre des rhododendrons et l'avait conduit au sommet de la falaise. Là, dans un clair de lune encore voilé de poussière, il avait compris ce qui était arrivé. La falaise effondrée avait recouvert toute la plage. Il n'y avait plus trace de la maison, du petit promontoire où elle se dressait, ni de rien de ce qui avait jamais été là.

Déjà, la marée léchait doucement les rochers écroulés comme s'ils s'étaient trouvés là depuis toujours. Le rivage dessinait une nouvelle courbe et les falaises avaient recouvré leur antique sérénité.

Il soupira, barra son premier titre et en tapa un nouveau :

aRRÊTEZ, ETSACHEZQUE je suiS DIEU.

« Tu n'avances pas très vite, remarqua Seddon.

— J'ai eu peur », dit Bott.

Il écrivit : *Mort accidentelle.* Et ajouta :

« J'ai encore peur.

— Rien à côté de Londres en 41, pourtant, j'imagine, dit Seddon.

— Sans doute. »

Bott se leva et s'approcha de la fenêtre. La nuit était belle et le vent se levait. Il apercevait les arbres qui ondulaient autour du clocher de l'église, sombre masse mouvante contre le ciel sans étoiles. Bientôt, les feuilles tomberaient et joncheraient le sol du cimetière, puis elles pourriraient et retourneraient à la terre. Les branches nues s'agiteraient autour de l'église dans les rafales d'hiver, attendant le temps des feuilles nouvelles. Chaque semaine, chaque mois, cette mémorable nuit d'été s'enfoncerait davantage dans le passé. Il se sentait plus sûr de l'avenir. *Rien n'est certain*, songea-t-il, *que le printemps certain.*

« J'ai vu arriver les survivants, dit-il. Ils sont venus se réfugier ici, le premier soir.

— Il y a eu des survivants ?

— Oh ! oui. Ils ont passé la nuit ici à parler.

Ils ont parlé toute la nuit. Tu sais comme les gens parlent quand ils ont subi un choc. Ils disent des choses qu'ils ne diraient jamais, autrement. Et ils ont dit des choses surprenantes. Ils m'ont raconté comment ils en avaient réchappé… Ils ont raconté beaucoup trop de choses. J'aurais préféré ne pas les entendre.

— Comment ont-ils fait ?

— Je ne sais pas quoi en dire, fit Bott en quittant la fenêtre. Ni quoi en penser. Ils ont raconté beaucoup de choses, mais pas tout, naturellement. Personne ne saura jamais toute la vérité. Ce qu'ils ont dit, cependant… »

Il s'approcha de la cheminée et s'assit en face de Seddon.

« À toi de m'écouter, dit-il. Voyons ce que tu en dis… »

SAMEDI

1. Lettre de Lady Gifford à Mrs Siddal

The Old House,
Queen's Walk,
Chelsea.
13 août 1947.

Chère Mrs Siddal,

J'aurais voulu vous écrire plus tôt pour vous dire combien nous nous réjouissons tous de passer nos vacances à Pendizack. J'étais malheureusement souffrante au printemps, quand mon mari a réservé nos chambres, et la correspondance m'était interdite. Ça va beaucoup mieux maintenant. Les médecins se mobilisent, ils ont promis que je serais complètement rétablie pour l'automne.

Nous arriverons le samedi 16. Les enfants voyageront par le train et il faudrait qu'une voiture les attende à la gare. Le secrétaire de mon mari vous précisera l'heure du train. Mon mari et moi viendrons par la route et nous espérons arriver chez vous entre le thé et le dîner. Mais au cas où nous serions retardés, voudriez-vous veiller à ce que les enfants se couchent de bonne heure ? Ils seront fatigués par le voyage.

Notre amie commune, Sibyl Avery, m'a beaucoup parlé de Pendizack et m'a dit quel endroit délicieux c'était, tellement plus agréable qu'un hôtel ordinaire, surtout pour les enfants. Elle m'a dit que vous aviez plusieurs garçons, mais ne se rappelait plus leur âge. S'il y en a qui sont encore à l'âge de la nursery, peut-être Michael et Luke pourraient-ils prendre leurs repas avec eux, car je crains qu'ils ne soient un peu bruyants dans la salle à manger, et, comme je serai hélas obligée de prendre presque tous mes repas dans ma chambre, je ne pourrai les surveiller. Cela sera-t-il un grand dérangement pour vous ? Mon mari pourra toujours me monter mon plateau. Je déteste me faire servir. Mais mon médecin exige le plus grand calme pendant les repas. J'ai des digestions très pénibles et il estime que c'est le fait d'un esprit trop actif. Je pense et parle beaucoup trop en mangeant, c'est pourquoi il est préférable que je mange seule.

Sibyl me dit que vous avez une ferme, ce qui facilitera certainement beaucoup mon régime. Dans un hôtel ordinaire, il est très difficile d'obtenir des menus spéciaux pour une malade. Non que les miens soient bien compliqués. Je vais vous indiquer : *a)* ce que mon docteur me permet de manger ; *b)* ce qu'il m'interdit.

A. Volaille, gibier, viande de boucherie fraîche, foie, rognons, ris de veau, etc., lard, langue, jambon, légumes frais, salades vertes, œufs frais, lait, beurre, etc. Vous voyez qu'il y a le choix.

B. Chair à saucisse, viande réchauffée, margarine et *rien* en conserves ; autrement dit ni œufs en poudre, ni lait en poudre, etc., et pas de *corned-beef.*

Je ne vais pas m'étendre sur d'ennuyeux détails. C'est simplement que mon métabolisme n'est plus le même depuis la naissance de Caroline, et que pas un des médecins de Harley Street ne semble capable d'y remédier. Je ne m'en soucierais pas tant si ce n'était si dérangeant. Je déteste donner du travail, et l'on n'est pas malade sans déranger les autres. Mais je sais que vous comprendrez. Sibyl m'a dit quelle personne admirable vous êtes et comme vous vous occupez bien de vos pensionnaires. Elle affirme qu'au bout d'une semaine à Pendizack je serai une autre femme. Et il y a certains avantages à mes repas pris dans ma chambre : vous ne pouvez naturellement pas, en ces temps difficiles, donner à tout le monde la nourriture qui m'est ordonnée, alors peut-être préférerez-vous que les autres pensionnaires ne voient pas ce qu'on me sert. Les gens sont parfois si égoïstes.

Je vous admire d'avoir fait ce choix afin de conserver votre belle vieille demeure. Nous avons dû renoncer à notre maison de campagne du Suffolk. Pas de personnel ! La vie semble désormais dénuée de tout charme et de tout confort, vous ne trouvez pas ?

J'y pense : accepterez-vous un chat ? Hebe tient à amener le sien et je n'ai pas le cœur de le lui refuser. Je crains de gâter un peu mes enfants, mais vous le comprendrez, car Sibyl a dû vous raconter ma drôle de petite histoire triste. Plus de bébés après Caroline, et moi qui en voulais une douzaine ! Je ne pouvais pas supporter de laisser Caroline grandir en enfant unique, alors on lui a trouvé une petite sœur et deux petits frères parmi ces pauvres bouts de chou dont le monde ne veut pas, et j'ai toujours l'impression que je dois être plus qu'une mère pour eux afin de compenser ce premier terrible malheur. Hebe a dix ans et les deux garçons (jumeaux), huit.

Je m'aperçois que je n'ai pas parlé du poisson. Je peux tout manger, sauf les harengs, mais je ne digère pas très bien le carrelet, ni le haddock à moins qu'il soit cuit avec beaucoup de beurre. Les crabes et les langoustes ne sont pas *verboten*, ce qui est commode puisque vous ne devez pas en manquer et que beaucoup de gens y sont allergiques.

Je suis ravie de faire bientôt votre connaissance. J'espère que vos fonctions de maîtresse de maison vous laisseront le loisir de bavarder un peu avec moi de temps en temps, car il me semble que nous avons beaucoup d'amis communs.

Je crois que vous connaissez les Crackenthorpe. J'adore Veronica et elle me manque énormément depuis qu'ils habitent Guernesey. Mais nous serons bien obligés de tous nous y installer si l'on continue à nous accabler d'impôts.

Avec mes sentiments les meilleurs.

EIRENE GIFFORD.

P.-S. – Y a-t-il un golf à proximité pour mon mari ?

2. Lettre inachevée de Miss Dorothy Ellis à Miss Gertrude Hill

Pendizack Manor Hotel,
Porthmerryn.
Samedi 16 août 1947.

Chère Gertie,

J'ai reçu ta carte hier soir. J'avais bien reçu ta lettre, et excuse-moi de ne pas y avoir répondu, je n'ai pas une minute à moi depuis que je suis ici. Pour ce qui est de la question que tu me posais dans ta lettre : non, je ne te conseille pas de venir ici si tu peux trouver une autre place – une cuisinière trouve toujours une place ; ce n'est pas comme moi, pauvrette. Si je pouvais supporter la chaleur des fourneaux, je ne serais pas là. C'est un sale trou, le pire que j'aie jamais eu. Je m'en irai dès que j'aurai trouvé autre chose. J'ai répondu à plusieurs annonces, mais, naturellement, j'ai laissé passer les meilleures offres de la saison en venant ici, et j'estime qu'elle m'a fait venir sous des prétextes mensongers : ce n'est pas une intendante qu'il lui fallait, mais une bonne à tout faire. Si j'étais du genre à me laisser marcher sur les pieds, c'est moi qui ferais tout le boulot.

Ça n'est même pas un hôtel, tout juste une pension de famille, et qui tombe en ruine, le toit fuit, on voit bien qu'on n'y a pas fait un sou de réparations depuis des années et il n'y a qu'une salle de bains. Ils ont perdu tout leur argent et c'est elle qui a eu l'idée lumineuse d'ouvrir une pension de famille pour que ses petits garçons chéris puissent continuer à aller dans des écoles de riches. Mais elle n'a jamais dirigé un hôtel, et elle est incapable de faire cuire un œuf. Ça me met en rogne de la voir à la tête de cette grande bâtisse. Mon salon de thé aurait peut-être marché si j'avais eu autant de veine que certains.

Lui n'en a pas fichu une de toute sa vie, à ce que je crois. On le fait coucher dans la petite pièce où on cirait les chaussures et il ne compte pour rien dans le ménage. Il y a eu une famille ici la semaine dernière, des nommés Bergman – pas le dessus du panier, tout ce qu'il y a de commun au contraire –, et Mr Bergman se plaignait que l'eau n'était pas chaude (elle ne l'est jamais), alors elle a dit que quand Gerry – c'est le fils aîné – rentrerait, elle lui ferait allumer la chaudière. « Ah ! non, a dit Mr Bergman, vous allez le faire vous-même, et tout de suite, Mrs Siddal. Je me fous pas mal de qui allume la chaudière, il a dit, mais c'est moi qui paie six guinées par semaine pour pouvoir rester assis sur mon derrière, pas vous. » Tu aurais vu la tête qu'elle faisait ! Je ne ris pas souvent – il n'y a pas de quoi – mais là, juste à côté dans le couloir, je ne m'en suis pas privée. Ce gouvernement socialiste ne s'occupe pas des pauvres comme il l'avait promis, mais il a fait tomber les riches, c'est toujours ça.

On est à des kilomètres de Porthmerryn et des boutiques, alors, bien entendu, impossible de trouver du personnel. Elle n'a qu'une soi-disant femme de chambre qui vient pour la journée, et un attardé qui fait office de serveur. Elle cuisine elle-même en attendant de trouver une cuisinière. Et ils n'ont pas de pensionnaires non plus pour le moment, seulement un vieux couple qui s'appelle Paley, mais on attend deux familles ce soir. Je finirai ma lettre une autre fois. Il est huit heures du matin, j'aperçois Nancibel, ladite femme de chambre, qui arrive par la plage, et si je ne suis pas après elle, rien ne se fera. Pas de répit pour les braves !...

3. Extrait du journal de Mr Paley

Pendizack, samedi 16 août.

Je suis assis devant ma fenêtre depuis cinq heures du matin à regarder la marée se retirer. J'aperçois la jeune et jolie femme de chambre... j'ai oublié son nom... qui descend le sentier de la falaise. Elle arrive par là tous les matins et traverse la plage à marée basse. Il doit être plus tard que je ne pensais.

Christina dort. Elle ne se réveillera pas avant que la femme de chambre vienne nous apporter le thé et les brocs d'eau chaude. Et ce sera le début d'une nouvelle journée. Le répit sera terminé. Quand Christina se réveillera, je cesserai d'être seul.

Elle ne me demandera pas pourquoi je suis resté assis là la moitié de la nuit. Elle ne me pose plus de questions, elle ne se soucie plus de moi. Elle passe sa vie à mes côtés en silence. C'est certainement une vie lamentable, mais je ne peux rien pour elle. Elle au moins parvient à dormir. Pas moi. La femme de chambre est arrivée à la plage, mais elle avance très lentement. C'est une jeune personne pleine de grâce. Elle a une jolie démarche. Je crois que Christina l'aime beaucoup. Mais ma femme a tendance à s'attendrir sur toutes les jeunes filles : elles représentent pour elle l'enfant que nous avons perdue. L'instinct maternel est d'ordre purement animal. J'ai entendu dire qu'une chatte qui a perdu ses petits léchera un chiot avec un égal contentement.

J'ai parlé hier avec Siddal, notre hôte. Il m'a appris que l'anse de Pendizack s'appelait autrefois Hell's Kitchen et que ses fils voulaient appeler le manoir Hôtel de l'Enfer. Il avait l'air de trouver ça drôle, alors j'ai fait semblant de rire et je me suis retenu de citer Méphistophélès : *L'Enfer est ici, je n'en suis pas sorti.* Pourtant ce vers, ce vers me hante partout où je suis. Je ne peux le chasser.

Essayons de penser à autre chose. À quoi penser ? Est-ce que je *sais* encore penser ? Il me semble parfois ne plus en avoir la force. La pensée voyage. Moi, je reste… où j'étais.

Je vais penser à Siddal. C'est un curieux personnage. Si j'étais capable de m'émouvoir pour un de mes semblables, j'aurais grand pitié de lui. Il paraît qu'il n'a jamais été fichu de gagner sa vie. Et maintenant qu'il a perdu toute sa fortune, il doit vivre du travail de sa femme – accepter qu'elle lui tende sa pitance. Il n'a aucune fonction ici. On ne lui témoigne aucun respect. On m'a dit qu'il habitait une petite pièce derrière la cuisine, un office où l'on cirait autrefois les chaussures. Les meilleures chambres de la maison sont naturellement réservées aux pensionnaires. Mrs Siddal dort dans une mansarde et les fils Siddal dans un grenier au-dessus de l'écurie.

Comment Siddal peut-il supporter une situation pareille ? S'il doit coucher dans le placard à chaussures, pourquoi n'exige-t-il pas que sa femme y couche avec lui ? C'est ce que je ferais à sa place. Mais je n'aurais jamais agi comme lui en rien. J'aurais refusé de laisser exploiter ma maison de cette manière. Ils le font, à ce qu'on m'a dit, pour subvenir à l'éducation des deux plus jeunes. Si l'éducation doit être payée à ce prix, j'estime qu'elle est payée trop cher. D'ailleurs les garçons méprisent visiblement leur père.

Pourtant, il n'est pas sans intelligence ; jeune homme, il passait pour quelqu'un de brillant. Avocat au barreau de Londres. Pourquoi il n'a pas réussi, je l'ignore. Il avait une fortune personnelle, et cela, allié à une indolence naturelle et à une absence totale d'ambition, peut l'avoir démoli.

Je devrais me réjouir de n'avoir jamais possédé un sou, de n'avoir jamais accepté de secours ni d'aide de personne. Je n'ai jamais compté que sur moi-même.

Je rougis quand je le rencontre. La plupart du temps, il est invisible. Mais il se montre parfois sur la terrasse ou dans les salons, tout prêt à parler à qui voudra bien l'écouter, mal rasé et pas trop propre. Il a trois fils qui le méprisent. Moi je n'ai pas d'enfants, mais je n'échangerais pas ma place contre la sienne.

4. Main-d'œuvre

Nancibel Thomas était un peu en retard ; pourtant, comme Mr Paley l'avait remarqué, elle traversait la plage très lentement. Chaque matin, il en allait de même. Arrivée à ce dernier bout de chemin, elle ne pouvait plus se dépêcher. Dès qu'elle se trouvait en vue de la maison, elle se sentait abattue, un peu plus abattue à chaque pas, comme si elle avançait dans un brouillard de malheur et de désolation. Et chaque jour sa répugnance augmentait.

Elle n'aurait su dire pourquoi elle éprouvait cela, car le travail à Pendizack n'était ni dur ni pénible et tout le monde la traitait bien. Elle n'aimait pas Miss Ellis ; mais elle avait appris à l'armée à s'entendre avec toutes sortes de gens, y compris ceux qu'elle n'aimait pas. Miss Ellis ne pouvait donc pas être responsable de l'aversion qui l'envahissait chaque fois qu'elle approchait de la maison, de ce sentiment qu'une chose affreuse, une chose d'une tristesse indicible était en train de s'y passer.

Il lui arrivait de penser que cette tristesse venait d'elle, qu'elle l'avait elle-même rapportée en ce lieu où elle avait été heureuse dans son enfance, quand elle faisait les commissions entre Pendizack et la maison de son père sur la falaise. Car elle était rentrée de l'armée le cœur en peine, et l'hiver avait été morne. Mais si ça venait de moi, se disait-elle en traînant les pieds dans le sable, les choses auraient dû s'améliorer. Je vais mieux. Je suis en train de m'en remettre. Je n'y pense plus que deux ou trois fois par semaine. Or, la maison est de plus en plus lugubre.

Elle avait pourtant un aspect innocent et sans malice ce matin-là. Tous les rideaux étaient fermés et aucun maillot de bain ne scintillait aux fenêtres car il n'y avait plus personne pour se baigner depuis que les Bergman étaient partis. Elle se rappela sa rencontre avec Mr Bergman, un matin, dans les rochers. Il descendait se baigner. Il l'avait regardée très fixement en hésitant un peu, comme s'il était sur le point de lui faire des avances. Mais il s'était abstenu. Il lui avait dit bonjour fort respectueusement et avait continué son chemin. Plus personne ne lui faisait des avances, à présent. Son chagrin et-la force de caractère avec laquelle elle l'avait supporté avaient fait d'elle Quelqu'un. Même le grossier Mr Bergman voyait bien qu'elle n'était pas qu'une belle brune bien en chair comme les autres. Même sa mère semblait s'être aperçue du changement, elle avait cessé de lui donner des conseils et parfois lui en demandait.

En approchant, elle remarqua que tous les rideaux n'étaient pas tirés. Ce pauvre Mr Paley était encore assis dans la grande baie vitrée du premier étage. Il avait l'air d'une statue face à la mer. Et quelque chose bougea dans une des mansardes, sous la rangée de cormorans assis au bord du toit. Miss Ellis avait jeté un coup d'œil par la fenêtre avant de se retirer dans l'ombre.

Nancibel pressa le pas et monta en courant l'escalier taillé dans le roc. Au sommet, une grille ouvrait sur la terrasse, d'où un chemin conduisait à l'arrière de la maison. Sa blouse blanche pendait à une patère à l'entrée de la cuisine, et ses souliers de travail étaient par terre, juste en dessous. Elle les enfila rapidement et entra dans la cuisine. Une bouilloire chantait déjà sur le fourneau. Elle savait qu'elle le devait à Gerry Siddal et non à Fred, le garçon. La besogne, à Pendizack, était toujours plus facile quand Mr Gerry y était en vacances. Non qu'il travaillât beaucoup lui-même, mais il faisait lever Fred, qui couchait lui aussi dans l'aile des écuries. En contournant la maison, elle avait entendu un grincement rythmé, ce qui signifiait que Fred était en train de passer son balai mécanique sur le tapis de la salle à manger.

Après avoir monté les tasses de thé et les brocs

d'eau chaude, elle balaierait le salon tandis que Fred nettoierait le vestibule et l'escalier, et que Mrs Siddal préparerait le petit déjeuner. Puis il y aurait la vaisselle à laver et les chambres, les couloirs et la salle de bains à faire. À eux deux, Fred et Nancibel en auraient terminé avant le déjeuner.

Mais il n'en serait plus ainsi s'il arrivait vraiment dix personnes cet après-midi, se dit-elle en montant le thé des Paley. Je ne pourrai pas faire toutes ces chambres en plus. Il faudra qu'Ellis s'y mette.

L'année précédente, avant qu'elle fût devenue Quelqu'un, elle n'aurait pas pensé à cela avec tant de calme. Elle aurait préparé une tirade rageuse sur la façon dont on abusait d'elle, et se serait mise à bafouiller en se plaignant à Mrs Siddal. Maintenant, elle savait comment se faire respecter sans histoires.

Elle frappa à la porte des Paley et on lui répondit d'entrer. La lumière du matin passait par la fenêtre aux rideaux ouverts. Mr Paley était toujours assis là en train d'écrire dans un cahier. Mrs Paley était couchée de son côté du lit, ses cheveux gris, bien coiffés, maintenus dans un filet rose. L'atmosphère de la chambre était comme pétrifiée : on aurait dit qu'une scène violente venait d'y avoir lieu et que ses occupants avaient été frappés d'immobilité par l'entrée de Nancibel. Les Paley donnaient toujours cette impression de tragédie momentanément suspendue. Ils prenaient chaque matin leur petit déjeuner dans un silence farouche et concentré, comme pour se préparer à soutenir quelque énorme effort au cours de la journée. Quelques instants après, on pouvait les voir traverser la plage portant des livres, des coussins et un panier de pique-nique. Ils marchaient l'un derrière l'autre, Mr Paley en tête. Ils montaient le sentier de la colline et disparaissaient sur le promontoire. À quatre heures, après s'être, comme le disait l'impertinent Duff Siddal, débarrassés du cadavre, ils rentraient, toujours l'un derrière l'autre, prendre le thé sur la terrasse. On avait peine à croire qu'ils n'avaient rien fait d'autre de la journée que lire et manger des sandwichs.

Nancibel posa le broc sur le lavabo et le plateau du thé sur la table de nuit. Elle devinait que Mrs Paley ne dormait pas vraiment. Elle était couchée, tendue, rigide, les yeux fermés. Paley, lui aussi, se taisait et l'on pouvait imaginer que toute la violence un instant contenue allait se déchaîner aussitôt la porte refermée.

Ensuite, c'était au tour du thé de Miss Ellis. Elle ne disait jamais « Entrez » quand on frappait. Elle criait toujours :

« Qui est là ? »

Un jour, se promettait Nancibel, je dirai : c'est le duc de Windsor.

« Votre thé, Miss Ellis.

— Ah ! Entrez. »

La chambre était froide et encombrée de cartons. Ç'avait été une gentille petite chambre avant l'arrivée de Miss Ellis, meublée de bois clair et de percale à fleurs. Mais elle avait réussi à lui donner un aspect misérable. Elle ne rangeait rien ; tous ses vêtements étaient éparpillés, étalant aux regards leurs trous et leurs taches. Son râtelier riait sans vergogne sur la coiffeuse, à côté d'une brosse et d'un peigne répugnants. Mais l'objet le plus ignoble de la pièce était Miss Ellis elle-même, vêtue d'un peignoir déchiré, couleur de boue, ses cheveux gras lui tombant dans les yeux.

« Vous avez fait le salon ?

— Non, Miss Ellis.

(On en entendrait si je faisais le salon avant de lui apporter son thé !)

— Alors, allez-y tout de suite, Nancibel.

— Oui, Miss Ellis.

— Fred est levé ?

— Oui, Miss Ellis.

— Il a fait la salle à manger ?

— Il y est en ce moment.

— Bon. Quand vous aurez fini le salon, vous irez aider à la cuisine. Je descends tout de suite. »

Ce questionnaire se répétait tous les matins et son caractère offensant était très net. Il sous-entendait que Nancibel n'avait ni assez d'intelligence pour se rappeler l'emploi du temps quotidien, ni assez de conscience pour le suivre sans qu'on l'y obligeât. Cela s'appelait Être-après-cette-fille et constituait, selon Miss Ellis, sa principale fonction : une tâche qu'on ne pouvait accepter pour moins de quatre livres par semaine.

Fred poussait toujours son balai mécanique quand Nancibel redescendit. Elle le lui prit des mains et l'envoya épousseter l'escalier ; sur quoi il répondit en ahanant :

« Nancibel, vous êtes *con*-gédiée. Autrement dit de trop. »

Cela aussi était une formule quotidienne. C'était la seule plaisanterie de Fred et il y tenait beaucoup. Mais Fred était un brave garçon qui faisait toujours ce que Nancibel lui disait.

Le salon fini, elle avait droit à quelques minutes de repos et à une tasse de thé. Mrs Siddal était à présent dans la cuisine qui sentait le café, les toasts et le bacon grésillant. Elle s'écarta du fourneau pour laisser Nancibel prendre la théière et lui annonça qu'il allait falloir monter un petit lit dans la grande mansarde.

« Mrs Cove, qui arrive cet après-midi, veut que ses trois enfants couchent avec elle. Ils doivent être tout petits, elle dit qu'ils ne dînent pas.

— Ça ne va pas être commode d'installer quatre lits là-haut, dit Nancibel en avalant son thé.

— En effet. Et il faut préparer trois autres

chambres. Celle du premier sur la mer pour Lady Gifford et son mari, et les deux juste au-dessus pour leurs enfants. Demandez des draps à Miss Ellis. Il faut… »

Ses paroles furent couvertes par le bruit du gong que frappait Fred dans le vestibule. Mrs Siddal porta aussitôt la terrine de porridge sur la table et en versa deux bols pour les Paley qui descendaient toujours au premier coup de gong. La terrine était lourde et, en la regardant faire, Nancibel songea à quel point il était gênant d'avoir une dame en cuisine. Mrs Siddal était une cuisinière correcte, mais elle avait abordé trop tard les besognes domestiques. Elle n'avait ni la force ni la technique. Ses mouvements, aussi maladroits qu'inutiles, étaient ceux d'une débutante. Ses jolis cheveux lui tombaient sur les yeux et sa blouse était chiffonnée au bout d'une heure. La mère de Nancibel aurait abattu deux fois plus de travail en moitié moins de temps.

La pauvre ! pensa Nancibel. Espérons qu'elle trouvera bientôt une cuisinière convenable. C'est peut-être ça qui manque à cette maison. Peut-être que j'aurais moins le cafard, s'il y avait une cuisinière.

5. Petit déjeuner à la cuisine

Duff et Robin Siddal remontèrent de la plage, leurs serviettes mouillées autour du cou. Ils furent renvoyés les étendre dans la cour, le temps que leur mère remplisse des bols de porridge qu'elle posa sur une petite table devant la fenêtre. Elle n'avait jamais eu l'intention, en ouvrant cet hôtel, de faire manger sa famille dans la cuisine. Les Siddal auraient dû avoir leur table dans la salle à manger, où ils auraient été servis par Fred. Mais ils s'étaient rendu compte qu'ils ne pouvaient pas se parler dans la salle à manger. Ils étaient gênés par la présence des pensionnaires.

« Où est Gerry ? demanda-t-elle quand ils revinrent. Il ne s'est pas baigné avec vous ?

— Non, dit Duff. Il s'occupe du générateur électrique.

— Son porridge va être froid. »

Elle mit le bol de Gerry dans le four pour le garder au chaud et se demanda qui s'occuperait du générateur si Gerry n'était pas là. De ses trois fils, il était le plus affectueux et le moins aimé. Car il n'avait rien hérité du charme auquel elle avait cédé en épousant Dick Siddal. Dieu sait de quel ancêtre plébéien Gerry tenait sa charpente trapue, son nez retroussé et son acné. Bébé, il l'ennuyait déjà, bien qu'il fût l'enfant le plus facile du monde. Calme, aimant et consciencieux, il avait mûri de façon terne, sans lui laisser aucun souvenir à chérir. Même ses lettres pendant la guerre (et il avait combattu à Arnhem) étaient presque illisibles tant elles étaient banales.

Elle avait honte qu'il en soit ainsi, et que son cœur déçu soit accaparé par ses deux autres fils. Car Robin ressemblait aux Treherne, sa famille. Il était le portrait d'un frère qu'elle avait perdu en 1918, affable et joyeux, les joues rouges. Et Duff était le fils de ses rêves : il avait le charme de Dick, la beauté de Dick ; la vivacité de Dick avant que ses échecs ne viennent ternir tout cela. Elle ne pouvait rien refuser à Duff. Elle fit pourtant mine de résister quand il réclama de la crème avec son porridge.

« C'est la dernière fois, dit-elle. Il faut que j'en garde pour Lady Gifford. Elle ne va pas être facile à nourrir. Mais je tiens à faire de mon mieux, elle nous est envoyée par Sibyl Avery.

— Qu'est-ce qu'elle a ? demanda Duff. Une maladie pas trop désagréable, en tout cas. Je voudrais bien l'attraper. »

On entendit des pas traînants dans le couloir de la cuisine. Le maître de maison était sorti de son antre, l'ancien placard à chaussures. Il s'arrêta un moment sur le seuil en tirant sur sa vieille robe de chambre comme s'il n'était pas sûr qu'il lui fût permis d'entrer. Duff et Robin rapprochèrent leurs chaises pour lui faire de la place et sa femme lui tendit un bol de porridge qu'il reçut avec une humilité excessive, en s'excusant auprès de ses fils de les obliger à se déplacer. Il était dans son humeur de parent pauvre.

Après un court silence un peu gêné, Duff s'efforça de reprendre la conversation.

« Deux familles de plus, dit-il, ça va donner beaucoup de travail.

— Oui, dit Mrs Siddal, et Nancibel n'y suffira pas. Il faudra que Miss Ellis fasse les chambres. Je le lui ai dit hier soir.

— Maman ! s'écria Robin. Tu es héroïque. Qu'a-t-elle répondu ?

— Elle était trop choquée pour parler, mais elle est parvenue à me demander si je comptais aussi sur elle pour vider les seaux. J'ai dit que oui.

— Elle va s'en aller, prédit Duff.

— Ça m'étonnerait, dit Mrs Siddal. Elle ne trouvera rien d'autre. »

Elle déclara cela d'une voix sèche, et une vilaine ride se dessina autour de sa bouche. Une sécheresse et une dureté qui ne lui étaient pas naturelles. Elle ne reculait jamais devant le travail, n'hésitait pas à sacrifier son temps, son repos ou son confort. Mais elle détestait avoir à se défendre contre les gens qui se conduisaient mal envers elle, et elle commençait à se rendre compte que la manière forte était la seule efficace avec Miss Ellis. Pour l'amour de Duff, elle devait apprendre à ne pas se laisser faire, car Duff n'irait jamais à Oxford si l'hôtel ne rapportait pas d'argent.

« Je m'en chargerais bien, dit-elle. Mais je ne peux pas être dans les étages le matin. »

Mr Siddal mangeait son porridge en leur jetant des regards timides, passant d'un visage à l'autre. Il s'appliquait en silence à les mettre mal à l'aise, affectant d'être tenu à l'écart, mais les autres savaient très bien que s'ils faisaient la moindre tentative pour l'inclure dans la conversation, il prétendrait n'y rien comprendre. Les affaires de l'hôtel, laisserait-il entendre, dépassaient par trop l'intelligence d'un ver de terre de son espèce.

Toutefois, Duff essaya de s'adresser directement à son père :

« Je trouve que c'est une mauvaise idée de faire vider les baquets par Ellis, tu ne crois pas ? Elle risquerait de se vider elle-même par erreur. Elle a tout d'un déchet, si tu veux mon avis. Un déchet humain. »

Siddal hésita à se prononcer sur ce que

constituait un baquet et sur son rôle d'un point de vue universel. Et puis il eut une lueur.

« Je crois que j'y suis, répondit-il à Duff. On en revient au problème fondamental du socialisme, n'est-ce pas ? Tel qu'il a été exprimé par ce Français à qui l'on venait d'expliquer la beauté d'une société égalitaire : "*Mais alors, qui videra le pot de chambre**[1] ?"

— Ça, dit Mrs Siddal en rougissant un peu, ce serait à chaque personne civilisée de le faire elle-même. Cela dit, je regrette que nous n'ayons pas plus de cabinets.

— En effet, dit Siddal. C'est aussi mon avis. Et c'était celui de Tolstoï. Je crois du moins me rappeler qu'il a écrit avec passion sur ce sujet. N'est-ce pas, Duff ?

— Je ne sais pas, répondit Duff avec mauvaise humeur.

— Ah… j'oubliais. Ta génération ne lit plus Tolstoï. Excuse-moi. Les vieux gâteux ne devraient pas vous rebattre les oreilles avec ces livres d'un autre temps. D'autant que nos pensionnaires ne semblent pas être des personnes civilisées. Ils ont la mentalité capitaliste et laissent ces basses besognes à Nancibel, comme nous le faisions nous-mêmes avant de devenir prolétaires. Peu importe qu'elle soit belle et

1. Les mots et expressions en italique suivis d'un astérisque sont en français dans le texte. (*Toutes les notes sont de la traductrice.*)

bonne, et des plus intelligentes, peu importe qu'elle vaille mieux que nous tous réunis, elle est la seule personne de la maison à qui nous puissions confier ce service sans provoquer de soulèvement populaire, parce qu'elle est la fille d'un ouvrier agricole.

— Bien sûr que j'ai lu Tolstoï, dit Duff. Seulement…

— Voilà ton bacon, dit Mrs Siddal en posant une assiette sous le nez de son mari.

— Merci. C'est pour moi, tu es sûre ? Tout ça ? On en a assez ? Eh bien, dans une communauté véritablement juste (et c'est à cela que nous voulons parvenir, n'est-ce pas, Duff ?) cette besogne serait assignée au citoyen le plus bas, le dernier… le moins utile, le moins productif. C'est un principe admirable et je m'y rallie entièrement. Considérons donc qui, dans la maison, répond à cette définition. Qui en fait le moins ? Qui manquerait le moins à des tâches plus importantes ? »

Il regarda sa famille à la ronde, attendant les réponses.

« Miss Ellis, dit Robin.

— Tu trouves ? Je suis sûr *qu'elle* n'est pas de cet avis. Moi, en revanche, je suis beaucoup plus humble. Et pour l'instant je ne fais rien pour gagner mon pain. Cela me tourmente, bien que votre mère ne veuille pas le croire. Mais il y a si peu de choses pour lesquelles je sois qualifié !

Cette besogne, toutefois, ne devrait pas être au-dessus de mes capacités et je suis parfaitement disposé…

— Ne dis pas de bêtises, chéri, fit Mrs Siddal.

— Des bêtises ? Je dis des bêtises ? Je te demande pardon. Je ne l'ai pas fait exprès. J'espérais pour une fois me rendre utile.

— Ça n'est pas possible…

— Pourquoi ? C'est si difficile ?

— Ce serait gênant pour les pensionnaires.

— Tu penses que cela pourrait déplaire à Mrs Paley, Gifford et Cove que je fasse irruption dans leurs chambres et me mette à chercher sous leurs lits ?… »

Robin éclata de rire et Mrs Siddal s'écria :

« Dick ! Enfin ! Assez, maintenant. »

Mr Siddal retomba dans un silence contrit et Duff changea de sujet, demandant combien de temps ils pouvaient compter garder Nancibel.

« Seulement pour la saison, soupira sa mère. Bien sûr qu'elle mérite mieux. Mais elle voulait passer un peu de temps chez ses parents après l'armée. Et, d'après sa mère… Fred est dans l'office ?

— Pas encore, dit Robin en se penchant en arrière pour regarder par la porte de l'office.

— D'après Mrs Thomas, elle se remet tout doucement d'une histoire de cœur. Elle était fiancée à un jeune homme, son trousseau était prêt et tout, et il l'a laissé tomber au dernier moment. Elle n'était pas assez bien pour lui, apparemment. Il venait d'une famille de commissaires-priseurs dans les Midlands, à qui le mariage ne plaisait pas et qui l'a persuadé de rompre. Ça ne devait pas être une grande perte, mais elle l'aimait, la pauvre petite. Je n'ai jamais rien entendu d'aussi absurde. *Qui* pourrait trouver son fils trop bien pour Nancibel ? »

— Toi, dit Siddal, revenant à la charge. Tu serais bien embêtée si Gerry voulait l'épouser. »

Mrs Siddal parut si épouvantée que tous les trois éclatèrent de rire.

« Ne t'inquiète pas, reprit son mari. Il n'en fera rien. À moins que tu le lui demandes, bien sûr.

— Il pourrait tomber plus mal, dit Mrs Siddal qui commençait à se remettre. Je ne connais pas de plus gentille fille.

— Alors, pourquoi avoir l'air si effrayée ? demanda Duff.

— Ce n'est pas l'idée de Nancibel qui l'a effrayée, dit Siddal, mais celle que Gerry puisse se marier. Il n'a pas les moyens de se marier. Nous avons besoin de son argent, tout son argent, pour t'envoyer à Oxford, mon cher petit. Gerry devra attendre sept ans pour poser les yeux sur une fille, le temps que tu sois reçu au barreau et que tu aies plaidé quelques causes importantes. Voilà pourquoi ta mère ne fait rien pour soigner son acné. Elle se méfie beaucoup de ces petits bouts d'infirmières de St John's en quête d'un jeune médecin à épouser. Elle espère que ses boutons les rebuteront. »

Ce qu'il disait était si près de la vérité que personne ne trouva rien à répondre.

6. Les méditations de Sir Henry Gifford

Un agent de police venu voir Lady Gifford. Faut que j'arrête d'y penser. Si je continue, je vais foncer dans un arbre. Je n'y peux rien. Il n'y a qu'à attendre. Inutile de l'interroger. *Il ne faut pas m'énerver, Henry. Le cardiologue m'a fait promettre de ne pas m'énerver.* Et elle sort tout doucement de la pièce. Si nous voulons arriver ce soir à Pendizack, il faut continuer tout droit. Nous n'avons pas le temps de faire un détour de soixante kilomètres parce qu'elle a entendu parler d'une petite auberge où l'on sert de la crème fraîche et de la langouste. *Un endroit divin.* Divin, mes fesses. Ces endroits ne le sont jamais. Elle raffole de ces fichues réclames. Voilà comment on s'est mis en retard hier. *Un agent de police...* Je ne veux pas aller vivre à Guernesey. Arrivé au tournant, je continuerai tout droit. Je suis désolé, Eirene, mais je crois bien l'avoir raté. Nous n'avons pas le temps de faire demi-tour. Pas le temps de nous arrêter en route si nous voulons arriver là-bas ce soir. Elle est en train de déplier la carte, à l'arrière. Bien décidée à ne pas le manquer. Mais elle ne sait pas lire une carte. Trop bête. Moins bête quand il s'agit d'obtenir ce qu'elle veut. Si elle tient à cette auberge, elle arrivera à lire la carte. Quand elle tient à quelque chose… mais je ne céderai pas pour Guernesey. Je n'habiterai pas Guernesey. Elle ne comprend que ce qu'elle veut bien comprendre. Pour être sûrs d'arriver ce soir, il faudra déjeuner à Okehampton. Un déjeuner infect probablement. Tant pis. On doit continuer tout droit pour arriver juste après les enfants. Il ne faut pas qu'ils… Enfin, ils sont bien partis. *Un agent de police…* J'ai téléphoné. C'est vous, Mathers ? Les enfants sont bien partis ? Vous les avez accompagnés à la gare de Paddington ce matin ? *Mais oui, Sir Henry. Et un agent de police est venu pour voir Madame. Non, il n'a rien voulu dire. Je lui ai dit qu'elle était partie pour la campagne et il a noté l'adresse.* Chérie… un agent de police est venu te demander. *Un agent de police ? Comme c'est curieux ! Non, chéri. Je n'en ai pas la moindre idée. Quelle raison un agent de police aurait-il de venir ?* Elle aurait tout de même eu l'air affolé si… Non ! Elle ne s'affole jamais. Elle a juré de ne jamais être contrariée, et elle ne l'est jamais. Elle n'envisage même pas qu'une chose désagréable puisse un jour lui arriver. J'ai peut-être tort de m'inquiéter… Soixante-quinze livres. S'est-elle vraiment contentée de son allocation ? J'ai fait cent fois le tour de la question. Si c'est vrai que les Varens l'ont hébergée… *Je ne comprends pas pourquoi tu les traites de collaborateurs, Henry ! Comme l'a dit Louise : les brutes étaient là, et il fallait bien être polis.* Ils n'ont pas l'air d'avoir beaucoup souffert. Ils n'ont manqué de rien pendant la guerre, et ne manquent de rien aujourd'hui. Franchement, les Français… Et nous, avons-nous souffert, Eirene et moi ? Les enfants ont-ils manqué de quoi que ce soit, dans le Massachusetts ? Et voilà qu'elle veut continuer à ne manquer de rien à Guernesey, et à moi de tenir bon. Cette guerre a été menée par les pauvres et maintenant ce sont les pauvres qui la paient… si c'est vrai qu'elle a habité chez les Varens et n'avait pas d'hôtel à payer, elle a pu s'en tirer avec soixante-quinze livres. Elle avait promis qu'elle le ferait. Je le lui avais fait promettre avant son départ. Je lui ai expliqué les contrôles de change. Je lui ai dit que si elle y contrevenait et que ça s'apprenait, je serais obligé de démissionner. Un juge ne peut pas… Même Eirene doit bien comprendre ça. Mais elle ne comprend que ce qu'elle veut comprendre.

Seigneur ! des moutons ! Si je dois traîner des kilomètres derrière un troupeau de moutons, on ne rattrapera jamais notre retard. Ça lui laissera le temps de… oh, non ! Ils entrent dans le champ. Je préfère ça. Je n'y peux rien si elle a acheté une maison à Guernesey. Je n'ai rien pu faire. Elle dépense son argent comme ça lui chante. Mais je n'y habiterai pas, et elle n'échappera pas aux impôts tant que je vivrai ici. J'ai mon travail. *Mais Henry, pourquoi vouloir travailler ? Si tu habitais Guernesey et ne payais pas d'impôts, tu serais un homme riche.* Elle ne comprend pas. Elle était en Amérique. Elle n'a pas vu les bombardements. Moi, si. Toute la souffrance, le sacrifice, l'héroïsme… J'ai vu cela. Je n'irai pas à Guernesey. Si seulement elle n'était pas si malade. Je voudrais bien qu'on découvre ce qu'elle a. Il faut être indulgent avec elle, la pauvre. Je crois qu'on approche du tournant. Elle est bien calme, derrière. Est-ce qu'elle dort ? Elle a eu une mauvaise nuit. Voilà, nous l'avons passé. Il faut dire qu'elle a souffert de névralgies. Je devrais être plus patient. Mais je ne céderai pas sur Guernesey. Et si nous voulons arriver ce soir, on ne peut pas faire de détour. Déjeuner à Okehampton. *Un agent de police…*

7. Une aubaine

L'acné de Gerry Siddal empirait toujours quand il se trouvait dans sa famille. Il en était affligé comme Job ; c'étaient les stigmates d'une patience à bout.

Gerry avait une nature affectueuse. Il aimait sa mère et il n'y avait pas très longtemps qu'il avait cessé d'aimer son père. Il adorait ses frères. Mais la situation à Pendizack était telle qu'il aurait fait n'importe quoi, inventé n'importe quelle tâche, pour éviter sa famille à l'heure des repas. Avec chacun d'eux séparément, il continuait à très bien s'entendre, c'était en groupe qu'il ne les supportait plus.

Aussi bricola-t-il le générateur jusqu'à ce qu'il fût sûr que le petit déjeuner était terminé et son père de retour dans son placard. Alors il alla dans la cuisine et mangea son porridge figé, tandis que sa mère préparait les sandwichs des Paley. À sa grande surprise, elle lui donna toute la crème qu'elle avait mise de côté pour Lady

Gifford. Elle était en proie à une de ses crises de remords.

« Tu manques de matières grasses, déclara-t-elle. C'est de là que viennent tes boutons, j'en suis sûre. Je vais régler ça. Chéri... tu vas à Porthmerryn ce matin ?

— Je peux y aller si tu as besoin de quelque chose.

— J'ai une liste de courses... Je ne sais pas si j'aurai le temps... mais, avant de partir, veux-tu aider Nancibel à monter les lits dans la chambre de Mrs Cove ?

— Sois ferme avec Mrs Cove, je t'en prie, dit Gerry. Il est évident d'après sa lettre qu'elle espère un rabais sous prétexte qu'elle n'occupe qu'une seule chambre.

— Si les enfants sont tout petits...

— Tu lui fais déjà un prix. Ne descends pas plus bas.

— Elle a l'air si fauchée. Elle n'a pas voulu commander de taxi et a dit qu'elles attendraient l'autobus de la gare.

— Nous aussi, on est fauchés. Personne ne la force à venir.

— Je suis bien contente de l'avoir. Nous n'avions pas d'autre réservation.

— Je sais. Mais on peut encore compter sur une aubaine, maintenant que les hôtels de Porthmerryn sont pleins. Des gens qui s'y seront pris trop tard...

— Je ne veux pas de cette clientèle-là. Des gens comme ces horribles Bergman. Je veux des gens discrets qui m'ont été recommandés. »

Elle commença à envelopper les sandwichs et Gerry alla porter les bols à l'office pour faciliter la tâche de Nancibel. Elle était en train de laver la vaisselle et le remercia de son doux sourire chaleureux. Il avait besoin de douceur, de chaleur, mais il ne lui serait jamais venu à l'idée de les chercher dans l'office de sa mère, aussi poursuivait-il son chemin angoissé à travers un monde qui ne lui en offrait pas. Il monta les lits dans la grande mansarde, prit la liste des courses à faire à Porthmerryn, et s'engagea dans l'allée abrupte qui montait de l'hôtel.

Au second tournant de l'allée, il rencontra une grande femme mince qui descendait et lui demanda timidement si c'était bien le chemin de l'hôtel.

« Le manoir de Pendizack ? dit-il. Oui. Puis-je vous aider ? L'hôtel appartient à ma mère. »

Elle hésita et murmura :

« Oh, je… peut-être que je ferais mieux… Je voulais seulement… Je ne suis pas sûre… on m'a dit qu'il y aurait peut-être des chambres…

— Vous cherchez des chambres ?

— Oui… c'est-à-dire… Je ne pense pas… Je me suis dit que je viendrai voir au cas où… mais je comprends très bien…

— Combien de chambres ? »

Elle était incapable de répondre. Toute question directe semblait l'affoler. Il commençait à se demander si elle était saine d'esprit, vu le léger tremblement qui l'agitait lorsqu'elle parlait et son regard en biais ; elle détournait les yeux et tenait la tête un peu inclinée, symptômes qu'il avait observés chez certains aliénés.

« Je vous emmène voir ma mère », lui proposa-t-il enfin.

Elle accepta et lui lança un coup d'œil rapide. Ses yeux étaient très beaux, mais un peu égarés.

« Oh... dit-elle, je vous remercie. »

Ils descendirent l'allée et Gerry changea de stratégie pour obtenir des informations.

« Trois chambres sont disponibles pour l'instant. Une double au rez-de-chaussée et deux simples au premier.

— Deux simples ? Oh... je vous remercie.

— Vous cherchez deux chambres simples, dit-il. On peut vous les préparer tout de suite, si vous voulez.

— Oh, oui. Oh, merci.

— C'est six guinées par semaine par personne.

— Oh, merci. »

Il y eut un silence. Il la regarda et vit qu'elle était très jeune, mais si maigre, si lasse, que sa jeunesse ne vous frappait pas tout de suite. Et elle avait la démarche, la voix et les gestes nerveux d'une vieille fille...

« Vous avez laissé votre amie à Porthmerryn ? » essaya-t-il.

Elle parut interdite et lui lança un regard inquiet avant de répondre :

« Je… je n'ai pas d'amis.

— Mais vous voulez deux chambres.

— Oui, une pour moi aussi… Je veux dire, c'est pour mon… mon père… il désire une chambre… et une pour moi aussi.

— Ah ? Votre père. Vous désirez deux chambres, une pour vous et une pour votre père.

— Oh, oui. Merci.

— Et votre père est à Porthmerryn ?

— Oh, non. Il… il est ici.

— Ici ?

— Dans la… en haut de… en haut de… en haut. Dans l'auto.

— Votre auto ?

— Oui. C'est-à-dire… son auto.

— Alors il vous faut aussi une place de parking.

— Oh, oui. Merci. »

Ils étaient arrivés à la maison et il la conduisit au bureau. Elle parut devenir beaucoup plus raisonnable et paisible en parlant à sa mère. Elle lui expliqua qu'elle s'appelait Wraxton ; son père était le chanoine Wraxton. Ils étaient descendus à l'hôtel Bellevue à Porthmerryn, mais n'étaient pas satisfaits de l'endroit et en étaient partis le matin même. Ils désiraient deux chambres pour une semaine. Son père attendait dans la voiture, en haut de la côte, pendant qu'elle se renseignait.

« Je vais monter lui dire que nous avons des chambres », proposa Gerry à qui la pauvre fille ne paraissait pas en état de gravir de nouveau cette colline.

Mais elle sembla si contrariée à cette idée, si persuadée qu'il lui fallait absolument y aller elle-même et si ennemie de sa compagnie qu'il dut la laisser partir seule.

« Cela m'étonne qu'ils ne se soient pas plus au Bellevue, dit Mrs Siddal. C'est un très bon hôtel. J'espère qu'il n'y a rien qui cloche avec eux.

— Téléphone au Bellevue et renseigne-toi avant qu'ils n'arrivent, conseilla Gerry.

— Pourquoi pas. Je pourrai poser la question à Mrs Parkins, en toute confidence... on ne refuse pas une aubaine. »

Elle téléphona à l'hôtel Bellevue et n'eut pas plus tôt prononcé le nom de Wraxton qu'un torrent de paroles se déversa dans le récepteur. Mrs Parkins en avait long à raconter sur les Wraxton.

« Eh bien ? demanda Gerry quand la conversation fut terminée.

— L'argent n'est pas le problème. Ils ont payé une semaine d'avance et ne sont restés que deux nuits. Mais elle dit qu'il a un caractère épouvantable ; il s'est disputé avec tout le monde et n'appréciait pas qu'on joue aux cartes et qu'on danse dans les salons. Et il était odieux avec le personnel.

— Oh, maman… ne les prenons pas.

— Ce sont des gens respectables, s'il est chanoine. Nous ne pouvons pas nous permettre des chambres vides…

— Mais si c'est un type impossible ?

— Ici, il ne trouvera ni jeux de cartes ni danse de salon… Ni tellement de personnel contre qui s'énerver. Et puis, ce n'est qu'une semaine.

— Tu disais toi-même que tu n'aimais pas les clients de passage.

— C'est toujours douze guinées. »

On entendit des pneus sur le gravier de l'allée. Ils regardèrent par la fenêtre et virent une grosse voiture déboucher avec prudence entre les rhododendrons. Elle s'arrêta devant la porte d'entrée.

Miss Wraxton conduisait et le chanoine était assis à l'arrière. Il ressemblait à tel point à l'image qu'ils s'en étaient faite que les deux Siddal en furent stupéfaits. Ils avaient imaginé un homme avec un grand nez, les sourcils en broussailles, de petits yeux rouges, le teint violacé et la bouche lippue ; ils l'avaient devant eux. Son habit ecclésiastique ne le rendait que plus redoutable, car il impliquait la menace d'un châtiment éternel pour quiconque lui tiendrait tête.

« Grand Dieu… soupira Mrs Siddal. Grand Dieu. Je ne *peux* pas… »

Elle alla à la porte, escortée par Gerry et résolue à dire qu'elle n'avait plus de chambres.

Mais le chanoine, qui était sorti de sa voiture et se tenait sur le seuil, se montra si poli et aimable, lui donnant l'impression de lui faire une telle faveur en ne lui manifestant aucune irritation, que, dans un élan de gratitude, elle lui loua les chambres sur-le-champ. Cela semblait vraiment très gentil de sa part d'être si bien disposé. Rien ne paraissait lui déplaire : il se réjouit d'apprendre qu'il y aurait beaucoup d'enfants dans la maison, se contenterait sans peine de petites chambres et offrit de payer la semaine d'avance. Le marché fut conclu dans un rayon de soleil, assombri seulement par la maladresse de sa nigaude de fille, incapable de répondre clairement à Gerry au sujet des bagages. Elle se contorsionna, balbutia et grimaça jusqu'au moment où son père s'en aperçut. Il lui lança un regard de profond dégoût et dit :

« Puisque ma fille se plaît à se conduire en idiote, je vous répondrai moi-même, Mr Siddal. La petite valise bleue est à elle. Le reste est à moi. »

Et il coupa court à tout bredouillage en ajoutant ::

« Ça suffit, Evangeline. Quand on n'a rien de sensé à dire, on se tait. »

Seul un petit incident qui eut lieu dans le vestibule où ils rencontrèrent les Paley, en route pour leur pique-nique quotidien, vint troubler sa sérénité. Mrs Siddal les présenta et le chanoine, dans un accès de cordialité, s'apprêtait à leur serrer la main. Mais ils se contentèrent de le saluer et sortirent. Mrs Siddal était si habituée à leurs manières distantes, au fait qu'ils ne souriaient jamais à personne, qu'elle n'anticipa en rien le mauvais effet que cela aurait sur le chanoine. Il les suivit des yeux un instant, incapable de dire un mot.

« Quelle impertinence ! s'écria-t-il au bout d'un moment. Qui est ce Mr Paley ?

— Il est architecte. Vous avez dû entendre parler de lui. Il a construit l'université de Wessex.

— Ah, c'est lui ? Oui, j'en ai entendu parler. Est-il toujours aussi grossier ?

— Il… ce sont des gens très réservés, balbutia Mrs Siddal. Je suis sûre qu'ils ne pensaient pas à mal.

— Vous êtes sûre ? Eh bien, ce n'est pas mon avis. Jamais de ma vie je n'ai été traité de cette façon. »

Il continua à discourir sur le manque d'égards de Mr Paley, tandis qu'elle le précédait dans l'escalier pour lui montrer sa chambre. La vue du couple insolent traversant la plage le retint quelque temps à sa fenêtre, tambourinant sur la vitre et grommelant :

« Je n'hésiterai pas à dire un mot à Mr Paley s'il ne soigne pas ses manières », dit-il.

Lorsque Mrs Siddal redescendit, Gerry l'accueillit par des reproches.

« Qu'est-ce qui t'a pris ? lui dit-il. Pourquoi avoir fait ça ?

— Je ne sais pas, j'étais intimidée. Et il a demandé les chambres si gentiment. Je n'ai pas osé le contrarier.

— Il n'était pas si gentil que ça, dit Gerry. Tout juste poli. Et que voulais-tu qu'il fasse ? Qu'il casse tout ?

— J'ai l'impression de l'avoir déjà vu. Si je pouvais m'en souvenir... et son nom me dit quelque chose... »

Gerry monta les bagages du chanoine en deux fois, puis il alla porter la valise bleue dans la chambre de Miss Wraxton. La jeune fille était assise sur son lit, immobile, et regardait fixement devant elle. Elle ne bougea pas, ni ne le remercia lorsqu'il posa sa valise. Mais quand il sortit, elle sourit, non à lui, mais à quelque chose derrière lui. Un sourire très étrange, qui lui fit froid dans le dos.

Cette fille, pensa-t-il en descendant l'escalier, est en train de perdre la boule.

8. Festin et frugalité

Le train était bondé et beaucoup de voyageurs obligés de rester debout dans le couloir jusqu'à Penzance. Mais les quatre enfants Gifford étaient assis. Ils n'avaient pas fait la queue à la barrière ni subi la bousculade du quai. Deux porteurs généreusement payés leur avaient trouvé des places, sous la direction d'un secrétaire et d'un majordome, dans un compartiment de troisième classe où la concurrence avec d'autres porteurs généreusement payés était moins féroce. Une veuve accompagnée de trois fillettes, qui essayait de faire valoir un droit de priorité, fut refoulée dans le couloir et les Gifford s'installèrent, munis de tickets pour le wagon-restaurant, de bonbons et de magazines, tandis que secrétaire et majordome allaient prier le chef de train de veiller sur eux.

Dans le wagon, les autres voyageurs se sentaient solidaires de la veuve, et l'image que renvoyaient les Gifford ne risquait pas de les faire changer d'avis. Ils paraissaient particulièrement bien nourris, et aucune famille ne pouvait être aussi impeccablement habillée grâce aux seuls coupons de rationnement. De toute évidence, ils faisaient partie de ces gens qui se ravitaillaient au marché noir, portaient des bas de contrebande et ne se faisaient aucun scrupule, en temps de pénurie, de prendre plus que leur part.

Mais l'humanité est curieusement indulgente, surtout à l'égard des enfants, et les péchés de leurs parents ne seraient pas retombés sur les Gifford s'ils ne s'étaient conduits comme si le train leur appartenait. Ils firent une partie très bruyante d'Animal Grab pendant la première partie du voyage, et Hebe voulut absolument sortir son chat de son panier. Un sans-gêne qui lui vaudrait des représailles, ainsi qu'à Caroline, Luke et Michael. Car lorsqu'ils quittèrent leurs places pour aller déjeuner, la veuve et ses filles s'y installèrent, à quoi personne ne s'opposa.

Les nouvelles occupantes ne respiraient ni les denrées du marché noir ni les cartes de rationnement textile achetées à quelque femme de ménage dans le besoin. Elles avaient l'air d'une illustration de propagande pour la campagne « Sauvez l'Europe ». Tout en elles était maigre. Les trois fillettes étaient longues et pâles comme des plantes poussées dans l'obscurité. Elles avaient les dents en avant mais ne portaient pas d'appareil dentaire ; leurs yeux bleu clair étaient myopes, mais elles n'avaient pas de lunettes. On leur avait coupé les cheveux au bol, et leurs robes de coton râpées couvraient à peine leurs genoux osseux.

La veuve elle-même était une petite femme sèche, sévère et résolue. Elle poussa ses filles dans le compartiment aussitôt que le dernier Gifford eut disparu au bout du couloir, installa chaque enfant docile à sa place respective, descendit du porte-bagages toutes les valises des Gifford et les remplaça par les siennes. Elle accomplit chaque geste avec une rapidité et dans un silence qui auraient découragé toute protestation, s'il y avait eu quelqu'un pour en émettre.

Une fois assise elle-même, elle sortit d'un filet un paquet de sandwichs racornis, qu'elle distribua trois par trois, et fit circuler entre elles un quart émaillé rempli d'eau. Ce repas frugal terminé, elle fournit aux enfants des ouvrages de tricot gris. Tout cela sans qu'une parole fût prononcée.

Une atmosphère morne remplit le compartiment et le pendule de l'opinion publique oscilla légèrement en faveur des élégants et bruyants Gifford. Chacun avait l'impression de connaître cette veuve, de l'avoir déjà rencontrée. À un moment ou un autre, elle les avait tous privés de quelque chose avec la même rapidité et le même aplomb. Elle s'était glissée devant eux dans la queue de l'autobus. Elle avait saisi le dernier morceau de poisson du comptoir sous leur nez. Et ses enfants, qui tricotaient tristement, lui servaient d'armes.

Mais le pendule refit demi-tour lorsque les Gifford, repus, revinrent en criant dans le couloir, bousculant les voyageurs debout et leur marchant sur les pieds. De semblables petites brutes pouvaient bien se défendre toutes seules.

Il y eut un silence stupéfait lorsque les Gifford aperçurent leurs bagages dans le couloir et, regardant à travers la vitre, identifièrent les intruses.

« C'est l'orphelinat, dit Hebe. Elles nous ont chipé nos places. »

Car elle avait remarqué les petites filles maigres dans le couloir et les avait prises pour des orphelines voyageant sous la garde d'une surveillante de pensionnat. Et elle s'était dit qu'elle aurait peut-être eu cet aspect minable si Lady Gifford ne l'avait adoptée pour servir de sœur à Caroline.

« Quel culot ! » dit Luke.

Caroline proposa d'aller chercher le chef de train. Mais Hebe ouvrait déjà la porte et se préparait à livrer bataille.

« Excusez-moi, dit-elle à la Surveillante du Pensionnat, mais ce sont nos places. »

La Surveillante leva les yeux. Elle examina Hebe depuis ses boucles d'un brun doré jusqu'à ses jambes bien lisses, puis reprit son tricot.

« Nous étions assis là, dit Hebe. Nous sommes allés déjeuner, mais nous avions laissé nos bagages. Vous n'aviez pas le droit de sortir nos bagages. »

Elle regarda les autres voyageurs en quête de secours, avec l'assurance d'une enfant élevée dans les privilèges. Elle rencontra des regards indifférents ou amusés, mais sans bienveillance.

« Vous n'auriez pas dû la laisser faire », lança-t-elle, furieuse.

À cela, une femme installée dans un coin répondit :

« Elles ont payé leurs places comme vous.

— On était là les premiers », dit Hebe.

Elle se jeta soudain sur la plus petite des orphelines, la fit lever en la secouant et allait prendre sa place lorsque la Surveillante intervint. Fermement et sans rien dire, elle saisit Hebe par le bras et la repoussa dans le couloir. Elle avait une main de fer, on n'y sentait pas la moindre chair, et au moment de lâcher Hebe elle la pinça cruellement. Puis elle referma la porte au nez des Gifford et reprit sa place et son tricot.

« Je vais aller chercher le chef de train, dit Caroline.

— Non, dit Hebe en se frottant le bras. Elles sont de mèche avec le chef de train. Il faut reprendre la forteresse par nos propres moyens. Il faut observer les lois de la guerre.

— Mais Mathers lui a donné dix shillings.

— Je sais. Mais les Spartiates n'appelleraient pas le chef de train.

— J'ai un pistolet à eau, dit Michael en essayant d'ouvrir sa mallette. Je peux le remplir dans les cabinets.

— Non. Les indigènes sont hostiles. Il ne faut pas sortir l'artillerie. Il faut tendre une embuscade. Attendons. Tôt ou tard, ces orphelines seront obligées de sortir et alors on se précipitera pour reprendre nos places.

— Elle nous repoussera.

— Pas si on est préparés. Elle m'a eue par surprise. Si elle pince, on lui rendra. »

Ils attendirent et, au bout de quelque temps, une des orphelines, après un colloque chuchoté avec la Surveillante, se leva et sortit dans le couloir. Hebe fonça comme l'éclair et prit la place vacante. Personne n'y fit attention et l'on ne dit rien jusqu'au moment où l'absente de retour s'arrêta timidement sur le seuil. Alors, la femme se pencha en avant et dit à Hebe :

« Voulez-vous laisser la place de ma fille, s'il vous plaît ? »

Fille ? se dit Hebe. Ce ne sont donc pas des orphelines.

« Non, répondit-elle. Je ne bougerai pas. C'est ma place puisque j'y étais en premier. Si vous essayez de me pincer de nouveau, je vous ferai arrêter pour coups et blessures. Mon père est juge et je connais la loi. J'ai déjà un bleu que je pourrai montrer au tribunal. »

Elle releva sa manche et fit voir la marque du pinçon.

Après un moment d'hésitation, son adversaire se renfonça dans son siège et dit :

« Je crois, Blanche, qu'il va falloir que tu restes debout un moment, puisque cette enfant est si mal élevée. Tâche de t'asseoir sur une valise dans le couloir et de reposer ton pauvre dos du mieux que tu peux.

— Oui, maman », dit Blanche.

Le pauvre dos était un atout imprévu et effaça l'impression faite par le bleu de Hebe.

« Elle a été souffrante, c'est ça ? demanda la femme assise dans le coin.

— Oui, dit l'ennemie. Elle se relève tout juste d'une grave maladie. »

Un murmure de sympathie passa dans le compartiment. Hebe, rougissante mais pleine de défi, demanda si elles avaient toutes mal au dos. L'hostilité de l'opinion à son égard se renforça.

« C'est malheureux de voir ça, dit la femme du coin. Il y a des enfants qui s'imaginent que le monde est à eux parce que leur père est juge. Un enfant d'ouvriers aurait honte de se conduire comme ça. »

Blanche, dans le couloir, s'assit sur une valise et rendit à Caroline, Luke et Michael le regard qu'ils lui lançaient. Eux aussi étaient impressionnés par son pauvre dos. Caroline lui offrit un bonbon qu'elle refusa, visiblement à regret.

« Vas-y, insista Luke. On en a plein. Ce sont des *marrons glacés**. Ce n'est pas rationné. »

Elle continua à secouer la tête.

« Tu n'aimes pas les *marrons glacés** ? demanda Caroline.

— Je n'en ai zamais mangé, murmura Blanche, qui zozotait un peu.

— Eh bien, goûtes-en un.

— N... non, merci, répondit Blanche.

— Vous partez en vacances ? demanda Michael.

— Oui, répondit Blanche.

— Où ça ?

— À l'Hôtel du Manoir de Pendizack.

— Oh ! » firent les trois Gifford.

Luke et Michael essayèrent d'attirer l'attention de Hebe à travers la vitre pour lui annoncer la nouvelle. Elle les fusilla du regard en leur signalant le siège à côté d'elle. Une des sœurs de Blanche allait sortir dans le couloir et elle voulait qu'un allié s'empare de la seconde place. Mais aucun d'eux n'en avait envie. On s'amusait mieux dans le couloir. Ils secouèrent la tête en souriant. Hebe leur jeta un regard noir plein de reproche, et quand ils lui firent signe de les rejoindre, elle refusa.

« C'est là qu'on va aussi, dit Caroline à Blanche.

— Où est votre père ? demanda Michael.

— Il est mort, dit Blanche tristement.

— Oh, désolé. »

Son pauvre dos, son père mort, tous la plaignaient. Caroline insista de nouveau pour qu'elle prît un bonbon. Mais elle répondit qu'elle n'en aurait pas à leur rendre.

« Ça ne fait rien, dit Caroline. On en a des tas. On reçoit des paquets d'Amérique. »

Blanche prit timidement le bonbon.

« Vous aussi, vous recevez des paquets d'Amérique ? demanda Michael.

— Oui.

— Qu'est-ce qu'il y a dedans ?

— Je ne sais pas. Maman les garde.

— Nous, on organise des festins. »

Les yeux de Blanche s'agrandirent. Elle le regardait avec une espèce d'extase.

À ce moment, sa sœur reparut dans le couloir et on lui offrit un bonbon qu'elle accepta avec les mêmes hésitations, expliquant qu'elle n'en aurait pas à rendre. Elles semblaient penser que tout cadeau était une monnaie d'échange. La nouvelle venue leur apprit que son nom était Beatrix et que sa troisième sœur s'appelait Maud. Leur nom de famille, ajoutèrent-elles, était Cove.

« Pourquoi ne retournez-vous pas vous asseoir dans le compartiment pour reposer votre dos ?

demanda Caroline à Blanche. Beatrix restera ici avec nous.

— J'aime mieux rester ici, dit aussitôt Blanche. Ils font des festins, murmura-t-elle à l'intention de sa sœur.

— Oh ! » soupira Beatrix.

Les deux sœurs furent plongées dans la rêverie tandis qu'elles suçaient leurs bonbons et contemplaient ces merveilleux Gifford.

Le mot *festin* avait une signification magique pour les petites Cove. Elles n'avaient jamais assisté à un festin, mais elles en avaient lu des descriptions. Elles avaient un livre qui s'appelait *L'Espiègle Lili en pension* où l'on donnait des festins de minuit dans les dortoirs. Le mot leur inspirait une lointaine idée de générosité et de joie partagée. Et leur jeu favori était d'imaginer les festins qu'elles donneraient si elles étaient riches. Beatrix avait suggéré de contrer la difficulté de réunir des convives (car elles connaissaient très peu de monde) en accrochant à leur porte l'écriteau suivant : UN GRAND FESTIN AURA LIEU ICI. TOUT LE MONDE EST INVITÉ. Ainsi, tout le monde viendrait.

Leur ignorance du monde était immense, leur mère n'ayant jamais les moyens de les laisser faire ni posséder ce qu'elles voulaient. Mais les rêves ne coûtent rien et elles vivaient en rêve, nourrissant leur imagination avide de tous les aliments qu'elles trouvaient. Ces Gifford, ces enfants espiègles sortis tout droit d'un conte de fées, étaient en eux-mêmes un banquet.

« Vous avez un poney ? » leur demanda Blanche.

Oui. Les Gifford possédaient chacun un poney. Mais on les avait prêtés à leurs cousins quand on avait abandonné la maison de campagne. Michael et Luke ne se firent pas prier pour décrire les splendeurs de cette maison, et si Caroline voyait bien qu'ils crânaient, le récit réjouissait tant leurs auditrices qu'elle ne put se résoudre à l'interrompre. Maud sortit à son tour du compartiment, on lui donna des bonbons et l'accueillit dans le groupe. Les Gifford parlaient et les Cove écoutaient, sans rancœur et sans envie, enrichies par une telle aventure. Elles étaient prêtes à vénérer les Gifford qui faisaient et possédaient tant de choses.

« Et nous avons une société secrète, dit Luke. C'est Hebe qui l'a fondée. Cela s'appelle l'Association des Nobles Spartiates. Quand nous serons tous à Pendizack, je pense qu'elle vous laissera en faire partie. »

La pauvre Hebe, assise seule dans le compartiment, trop fière pour abandonner une place si chèrement conquise, cible de la malveillance adulte, était torturée par la fraternisation qui se poursuivait dans le couloir. Elle trouvait tout le monde très déloyal. Et elle éprouvait l'amertume commune à tous les chefs. Elle s'était élancée à l'assaut, elle avait été courageuse, elle avait bravé les pinçons, gagné sa bataille… tout cela pour constater que ses partisans la trahissaient.

Elle sortit un petit carnet et un crayon de son sac. Le carnet contenait les règles de l'Association des Nobles Spartiates. Elle venait de décider d'en ajouter une, bien qu'elle ne pourrait devenir loi qu'après avoir été votée par l'assemblée. Elle suça un instant son crayon puis écrivit :

> Règle 13. – Quand un Spartiate a accompli une action audacieuse au profit de tous les Spartiates, il doit être soutenu par tous les autres même s'il n'est pas Chef cette semaine-là.

9. L'importance d'être Quelqu'un

Mrs Thomas lavait la vaisselle du dîner. Nancibel descendit, vêtue d'une robe blanche, d'une ceinture rouge, de sandales rouges et d'une résille rouge. Elle mettait encore de l'argent de côté pour s'acheter un sac rouge.

« Tu sors ? demanda sa mère en se retournant.

— Oui. Je vais faire un tour avec Alice. Mais laisse-moi d'abord t'aider. Je ne suis pas pressée.

— N'éclabousse pas ta robe. Elle est jolie. Mais tu aurais dû mettre tes bas.

— Oh, maman ! Personne ne porte de bas l'été. Je les garde pour les bals. Donne-moi un torchon. Je vais essuyer.

— Tu as les jambes couvertes de bleus.

— Ça se voit aussi à travers les bas. C'est à cause de ces paniers de charbon qui me battent les tibias.

— J'oubliais de te dire que cette vieille chipie de Miss Ellis est venue chercher le miel. Elle s'est installée à bavarder, je croyais qu'elle allait prendre racine. Je ne sais pas comment tu peux la supporter. »

Nancibel rit.

« Elle est fumasse parce que Mrs Siddal lui a dit de vider les baquets.

— Fumasse ? Comment ça ?

— Oh ! c'est de l'argot. On disait ça à l'armée. Une expression de la R.A.F. Ça veut dire qu'elle est furieuse.

— Je trouve ça très commun. Je ne comprends pas la moitié de ce que disent les jeunes filles d'aujourd'hui. Mais cette Miss Ellis, on dirait qu'elle fourre son nez partout.

— Jamais vu ça, renchérit Nancibel. À croire qu'elle tient des fiches sur les pensionnaires de Pendizack. Elle dit que la fille du chanoine qui est arrivé ce matin, tu sais, celui dont je te parlais pendant le dîner... elle dit que cette fille passe ses journées dans sa chambre à râper un morceau de verre brisé avec une lime à ongles, et qu'elle garde la poudre dans une boîte à cachets ; d'après Ellis, c'est pour tuer quelqu'un. En la lui faisant avaler...

— Ça ne m'étonne pas ! Elle voulait tout savoir sur toi. Et est-ce que je ne me faisais pas de souci, et comme elle était contente de ne pas avoir de fille, parce que les jeunes filles d'aujourd'hui font n'importe quoi. Et on connaît les hommes, elle disait. Ils ne pensent qu'à une chose, pauvres femmes qu'on est. J'avais envie de lui dire, tu parles ! Si tu crois que nous les femmes on ne pense pas à la même chose ! Mais qu'est-ce qu'elle en sait ? On n'a jamais dû faire la queue devant sa porte.

— Oh, elle en sait plus que tu ne crois, dit Nancibel en raccrochant le torchon. Elle me raconte sa vie quelquefois en me regardant travailler. L'histoire est différente chaque fois, sauf pour une chose : c'est elle la victime. Ça, ça ne change pas.

— Tu crois qu'elle a déjà… ?

— C'est ce qu'elle dit, en tout cas. Et j'ai eu pitié d'elle la première fois qu'elle m'en a parlé, parce qu'il paraît que le gars l'a plaquée. Mais, j'ai appris ensuite qu'il avait été l'ami de sa sœur, et qu'elle lui avait chipé. Et franchement, maman, je ne veux pas être méchante, mais je me demande à quoi ressemble la sœur si Miss Ellis est plus séduisante qu'elle. Enfin… tu as vu Miss Ellis !

— Je l'ai vue. Et elle me fait surtout penser à un crapaud. Mais ça ne veut rien dire, déclara Mrs Thomas. N'importe quelle femme peut avoir l'homme qu'elle veut, au moins une fois, si elle est prête à faire ce qu'il faut.

— Tu as raison », soupira Nancibel.

L'once de regret que laissait deviner son soupir poussa sa mère à ajouter aussitôt :

« J'ai dit une fois, pas pour la vie. Et ça ne finit jamais bien.

— C'est vrai. Je sais. Enfin, il paraît que le gars a mis les voiles. Mais la sœur était furieuse et toute la famille a pris son parti, si bien que Miss Ellis s'est fâchée avec tout le monde et qu'elle est obligée de travailler alors que sa famille est riche. À ce qu'elle dit. »

Nancibel s'approcha du miroir près de la porte pour y jeter un dernier regard avant de sortir.

« Je ne rentrerai pas tard, dit-elle. On va juste faire un tour sur la digue pour écouter l'orchestre. »

Mrs Thomas l'accompagna jusqu'à la porte et la regarda descendre le sentier.

Si seulement elle pouvait rencontrer quelqu'un, pensait sa mère. Un gentil garçon qui l'apprécierait et la protégerait. Pas trop jeune. Quelqu'un de bien. Si douce, si jolie, ma douce Nancibel. Et intelligente avec ça. Elle mérite ce qu'il y a de mieux, et elle n'a rien à regretter de ce mollasson de Brian. Mais il n'y a personne d'assez bien pour elle par ici.

Mrs Thomas venait des environs de Londres et méprisait les populations rustiques de Porthmerryn.

À la première petite terrasse en haut de la côte, il y avait une maisonnette avec un écriteau à la porte :

LEDDRA, RAMONEURS.

Nancibel s'y arrêta, car elle avait rendez-vous avec son ancienne camarade de classe, Alice Leddra. Elles descendirent la colline abrupte par des ruelles étroites, jusqu'à la digue où jouait un orchestre et où la moitié de la population de Porthmerryn se promenait de long en large. Alice ne tarissait pas sur un jeune homme dont elle avait fait la connaissance au bal à Drill Hall le mercredi précédent. Il lui avait dit qu'il habitait l'hôtel de la Digue et elle espérait le croiser de nouveau.

Nancibel était sceptique.

« L'hôtel de la Digue ? Alors qu'est-ce qu'il faisait à ton bal ? On danse tous les soirs à la Digue et il y a un bien meilleur orchestre.

— Il n'aime pas danser à la Digue. Il dit que les gens là-bas le dégoûtent. Rien que des hommes d'affaires et leurs banzamies.

— Leurs quoi ?

— Leurs *banzamies.* Tu sais, comme disent les Français. Ce qu'il est beau, Nance. Et tu le verrais danser ! Mais il ne se sent chez lui nulle part à cause de son enfance.

— Qu'est-ce qu'elle a son enfance ?

— C'est toute une aventure. Il est né dans les bas-fonds de Londres… Tu sais, à Limehouse. Un endroit horrible. Toute sa famille était au chômage. Mais il est parti, il s'est éduqué et s'est fait beaucoup d'amis artistes, et maintenant il est écrivain.

— Bon Dieu ! Quand est-ce qu'il t'a raconté tout ça ? Au bal ?

— Oui. Il m'a dit qu'il se sentait libre de parler avec moi, que je n'étais pas comme les autres.

— Alice, je sais bien que tu es restée ici, à travailler à la fabrique de filets. Mais enfin, même à Porthmerryn on a vu débarquer des Américains : comment as-tu fait pour rester si naïve ?

— Il n'est pas comme tu crois, dit Alice un peu vexée. Ce n'est pas le genre de type qu'on rencontre à l'armée.

— Je n'ai jamais rencontré un type qui n'avait pas envie de parler de lui, et tous m'ont dit que je n'étais pas comme les autres. Mais c'est vrai que je n'en ai rencontré aucun qui gagne assez d'argent en écrivant pour séjourner à la Digue. Espérons qu'il en envoie un peu à sa pauvre famille à Limehouse. »

Elles s'étaient arrêtées et, accoudées au parapet, écoutaient l'orchestre jouer des morceaux choisis du *Trouvère*. La nuit tombait et les lumières du port commençaient à se refléter dans l'eau. La mer était très calme. Parfois, une vague retombait nonchalamment sur les galets. De l'autre côté de la baie, le phare de Pencarrick envoyait un long rai de lumière dans le ciel qu'il balayait depuis l'horizon jusqu'à la masse confuse et mystérieuse des petites maisons sur la colline.

« Le voilà ! » s'écria tout à coup Alice.

Elle désignait un jeune homme d'une extraordinaire beauté qui se promenait, seul et mélancolique, sur la plage.

Le cœur de Nancibel fit un bond dans sa poitrine. Puis il s'arrêta presque de battre, tant la surprise était grande. C'était une émotion à laquelle elle croyait avoir renoncé à tout jamais. Elle pensait que son cœur était brisé, et n'avait pas eu l'intention de le raccommoder, préférant s'en passer.

« N'est-ce pas qu'il est charmant ? souffla Alice.

— Les bas-fonds ? dit Nancibel. La bonne blague ! Aucune chance qu'il y soit né. C'est avec du jus d'orange et du bon lait qu'on fait des gars pareils. » Un instant plus tard, comme il levait les yeux, reconnaissait Alice et lui lançait un sourire éclatant, elle ajouta :

« Non mais regarde ces dents ! Crois-moi, ce type-là n'a pas grandi dans un bouge.

— Tu sais toujours tout, n'est-ce pas, Nancibel Thomas ?

— Ceux qui s'en sortent sont petits et trapus, et ils n'ont pas des dents de star de cinéma. »

Il traversait la plage et montait l'escalier de la digue. Alice remit une de ses boucles en place sous sa résille.

« Il s'appelle comment, d'ailleurs ? demanda Nancibel.

— Bruce. »

Il était devant elles. Alice dit :

« Je vous présente mon amie, Miss Thomas. »

Nancibel eut ainsi droit, elle aussi, à ce sourire étincelant, juste avant qu'il disparaisse. Il s'était éteint à l'instant où Bruce avait compris qu'il avait devant lui une fille pas comme les autres. Il la regarda, hésita, et leur proposa d'aller manger une glace au café du Port.

« Nous voulions écouter l'orchestre, dit Alice.

— Impossible, protesta Bruce. Il est lamentable. Ce genre de musique ne peut pas vous plaire.

— D'accord, fit Alice. Allons au port. »

Elle songeait qu'elle y croiserait plus de gens de sa connaissance, elle voulait montrer son nouveau cavalier.

Tous trois se mirent en marche et les potins qu'il leur raconta sur l'hôtel de la Digue animèrent leur promenade.

« Cinq mille bons de vêtements, leur assura-t-il. Tous volés, naturellement. Et tout ça au grand jour. Le maître d'hôtel les revend dans la salle à manger. »

Alice poussa des cris d'étonnement et voulut en savoir plus. Nancibel, elle, ne disait rien et se contentait de les regarder d'un air amusé. C'était le genre de propos que tenaient les serveurs. Il prétendait appartenir à la clientèle, mais les clients n'en savent jamais si long. Ce devait être une espèce de domestique…

« Vous ne dites pas grand-chose, remarqua-t-il enfin.

— Ça vaut peut-être mieux, répondit Nancibel.

— Elle est timide, dit Alice.

— On ne dirait pas. »

Il avait de l'argent, pourtant. Ses vêtements étaient raffinés et le portefeuille qu'il sortit au café du Port rempli de billets.

Le cœur de Nancibel avait retrouvé son calme. Il ne l'avait trahie qu'au premier moment où elle avait aperçu Bruce seul sur la plage. Ce garçon lui était apparu un instant comme un émouvant reflet d'elle-même : jeune, solitaire et malheureux. Et elle gardait l'impression qu'il aurait pu lui plaire sans tout ce qui n'allait pas.

Son accent tout d'abord : un édifice raffiné construit sur un socle cockney. La moitié des expressions qu'il utilisait étaient à l'évidence des emprunts récents. Elles décoraient son discours comme des ornements sur un arbre de Noël. Et il ne cessait de la ramener – à propos de son hôtel, de ses amis intellectuels, de ses origines misérables. Il la ramenait pour elle, elle le voyait bien, même si cette étourdie d'Alice ne paraissait pas s'en apercevoir. Et cela risquait de devenir gênant au moment du retour : il voudrait la raccompagner, et Alice la soupçonnerait d'avoir chassé sur ses terres.

Mais Alice avait son propre souci, et ne tenait pas à ce qu'il la raccompagne chez elle, où il pourrait voir l'écriteau sur la grille. Elle aussi l'avait un peu ramenée. Si bien qu'en quittant le café, elle suggéra à Bruce de raccompagner Nancibel jusqu'en haut de la colline.

« Je dois retrouver une autre amie. Alors je vous laisse là.

— OK, s'écria Bruce qui, dans son empressement, laissait tomber les formes. Je veux dire que rien ne pourrait m'être plus agréable. Merci pour cette délicieuse soirée.

— C'est moi qui vous remercie, dit Alice. Au revoir, Nancibel.

— Au revoir, Alice. »

Les deux jeunes gens marchèrent en silence tout le long de la première rue. Nancibel s'étonnait d'avoir accepté qu'il l'accompagne, alors que tant de choses lui déplaisaient chez lui. Mais elle avait eu, au fil de la soirée, tandis qu'il parlait et la regardait dans l'espoir qu'elle dise quelque chose, l'impression qu'une explication suivrait inévitablement entre eux. Autant en finir tout de suite.

Comme ils atteignaient les ruelles étroites et commençaient à monter la côte, il n'y tint plus :

« Quelle fille êtes-vous, Nancibel ? Pourquoi ne dites-vous rien ?

— Parce que je n'aime pas votre façon de parler, répondit Nancibel.

— Ah ? Je m'en étais aperçu. Qu'est-ce qu'elle a, ma façon de parler ?

— Eh bien… pour commencer… je n'aime pas ce que vous avez dit de votre famille.

— Vraiment ? J'aurais dû vous cacher que j'étais né dans un bouge ?

— Pourquoi parlez-vous toujours de bouge ? s'écria Nancibel exaspérée. Je trouve ça très dur pour votre mère.

— Pourquoi ?

— Elle a dû être une très bonne mère. Il n'y a qu'à vous regarder pour voir qu'elle vous a bien nourri. Pourquoi raconter à tout le monde sur ce ton méprisant qu'elle vous a élevé dans un bouge ? Sa maison était peut-être modeste, mais je suis sûre qu'elle se donnait beaucoup de mal pour la tenir de son mieux. »

Il y eut un tel silence après cela que Nancibel pensa qu'il était trop vexé pour dire un mot. Ils atteignirent le sommet de la colline, laissant les maisons derrière eux. Un sentier en lacet les mena sur la falaise entre de petits champs clos de hauts murs de pierre. La ville et ses lumières étaient à leurs pieds et ils apercevaient la vaste courbe de l'océan éclairé.

« Je ne suis pas né dans un bouge, dit Bruce.

— Ah ?

— Nous étions logés par la ville dans un lotissement agréable. Cinq pièces, une salle de bains et un grand jardin. Papa était très fier du jardin. Il n'a jamais été au chômage. Il travaillait pour la Compagnie des Eaux et gagnait huit livres par semaine. Il y avait un canapé et des fauteuils assortis dans le salon, et ma mère était toujours la première du quartier à étendre son linge dans le jardin, le lundi matin.

— Mon Dieu ! Alors vous n'êtes pas du tout né à Limehouse ?

— Non. J'ai tout inventé. Ça m'arrange. Les gens vous estiment plus quand vous sortez du ruisseau. Alors qu'il est impossible de s'extraire d'un milieu comme le mien.

— Je comprends que vous en ayez besoin. Il a l'air idéal, dit Nancibel.

— C'est que... je voudrais être Quelqu'un. Je... je ne veux pas ressembler à tout le monde. Je veux être original. »

Nancibel acquiesça. Elle comprenait très bien ce besoin d'être Quelqu'un.

« Je ne vous dégoûte pas au point que vous ne veuillez plus me parler ?

— Non, dit-elle. J'ai fait un peu la même chose, un jour. En arrivant à l'armée, j'ai dit que je m'appelais Rita. Je détestais mon nom ; il fait campagnard et démodé. J'avais l'impression que je serais quelqu'un de tout à fait différent si je m'appelais Rita. »

Son ton le rassura si bien qu'il écouta à peine ce qu'elle disait.

« Mais c'est vrai que j'écris, ajouta-t-il vivement. J'ai écrit un roman qui va être publié.

— Vous voulez dire qu'il sera imprimé ?

— Oui. Et quand j'aurai les moyens, je ne ferai plus rien d'autre qu'écrire. Pour l'instant je suis secrétaire... secrétaire-chauffeur.

— Et de quoi parle votre livre ?

— Je peux vous le raconter, si vous voulez, fit Bruce tout heureux. C'est l'histoire d'un gosse. Enfin... il est un gosse quand le livre commence. »

À mesure qu'il s'animait, son langage se débarrassait de ses décorations de Noël et retrouvait ses accents cockney.

« Né dans un bouge...

— Encore ! s'écria Nancibel. Vous avez la tête farcie de bouges.

— Sachez que plusieurs écrivains distingués ont lu mon livre, dit Bruce un peu sèchement. Et qu'ils en pensent beaucoup de bien.

— Oh, je n'en doute pas. Excusez-moi. Continuez.

— Certains le jugeront peut-être trop cru, mais tant pis pour eux s'ils ne l'aiment pas. Je ne l'écris pas pour leur faire plaisir. Il y a des choses qui méritent d'être dites.

— Vous commencez à sa naissance ? » demanda adroitement Nancibel.

Bruce s'apaisa et poursuivit :

« Oui. C'est un bâtard, voyez-vous. »

Nancibel, qui y entendit un commentaire sur le caractère du gosse, pas sur ses origines, demanda :

« Pourquoi ? Qu'a-t-il fait ?

— Il n'a rien fait. Mais il n'avait pas de père. Sa mère faisait le trottoir. Le premier chapitre, celui de sa naissance, est assez fort. Alors, il grandit dans un milieu abominable, et puis il y a la guerre et il est évacué à la campagne.

— Heureusement pour lui !

— Eh bien non. Il est envoyé dans une ferme abominable où il est plus maltraité que jamais. C'est une ferme isolée où il se passe de ces choses que personne n'ose décrire. Mais moi, je ferai dresser les cheveux aux lecteurs… Plus tard, il rencontre une femme… elle est beaucoup plus âgée que lui, une femme très riche, aristo, et très belle bien sûr. Elle le ramasse par caprice, et il devient son amant.

— Où la rencontre-t-il ? demanda Nancibel.

— Il cire les chaussures dans un hôtel où elle séjourne. Mais elle l'emmène avec elle dans sa demeure à Mayfair. Bien entendu, elle est terriblement dépravée, et quand il découvre qui elle est, il l'étrangle et on le pend.

— C'est tout ?

— Oui. Je voulais appeler ça *Gâchis*. Mais le titre est déjà pris. Alors j'ai choisi *Gibier de Potence*. »

Il y eut un silence et Nancibel sentit qu'il fallait dire quelque chose.

« Vous devez vous sentir soulagé maintenant que vous l'avez écrit, fit-elle.

— Ça ne vous plaît pas, comme histoire ?

— N… non. Pas trop. Je n'aime pas beaucoup les histoires tristes.

— Quel genre d'histoire aimez-vous ?

— J'aime les livres qui parlent de gens bien. Et les histoires où tout finit par s'arranger.

— Mais, Nancibel, la vie n'est pas comme ça.

— Non, c'est vrai. Et alors ?

— Vous êtes une romantique.

— Pardon ?

— Vous ne voulez pas regarder la vie en face.

— Pas dans les livres, non. Je la regarde bien assez en face du lundi au samedi, sans avoir à lire des histoires là-dessus. »

Bruce soupira.

« Je trouve que les livres ne devraient pas être tristes, dit Nancibel, sauf quand c'est un grand classique comme *Les Hauts de Hurlevent.*

— Ah ! Vous avez lu *Les Hauts de Hurlevent.* Ça vous a plu ?

— Oui, mais je ne trouve pas que c'était un rôle pour Merle Oberon. À la voir courir pieds nus, on avait l'impression qu'elle boitait. On voyait bien qu'elle n'avait pas l'habitude.

— Ah… Vous parlez du film.

— Oui. Un grand classique. De même qu'*Orgueil et Préjugés.* Ces sœurs Brontë, voilà des écrivains classiques.

— Voir le film n'est pas la même chose que lire le livre.

— Oh, je ne sais pas. C'est la même histoire, non ? En tout cas, ce que je veux dire, c'est qu'un écrivain classique peut se le permettre ; quand on est captivé, ce n'est pas grave que ce soit triste.

— Et moi je ne suis pas un écrivain classique ? suggéra Bruce.

— Il faut attendre d'être mort pour ça, répondit Nancibel.

— Les Brontë étaient vivantes quand elles ont écrit leurs livres. Elles n'ont pas attendu d'être mortes.

— Je vois où vous voulez en venir… Alors ça dépendra de si vous arrivez ou non à captiver les gens, vous ne croyez pas ?

— Et vous, ça ne vous captive pas ?

— Pas comme vous le racontez. Eh bien… me voilà arrivée. Bonne nuit, Bruce.

— Bonne nuit, Nancibel. »

Il la regarda gravir un sentier en courant et ouvrir la porte d'une maisonnette. Elle resta un instant sur le seuil dans un rectangle de lumière, et il eut le temps d'apercevoir une famille à l'intérieur, assise autour d'une table chargée de tasses à thé. Les visages se tournèrent pour accueillir la jeune fille. Puis la porte se referma.

Il redescendit en flânant vers la ville. Nancibel était une sotte presque illettrée. Nancibel était unique, la fille la plus délicieuse qu'il eût jamais rencontrée. *Gibier de Potence* était très mauvais. Il le brûlerait. Il était un grand écrivain classique, et pourrait rivaliser avec les sœurs Brontë, si seulement il avait un sujet sur lequel écrire. Bientôt, très bientôt, il en trouverait un. Le monde était à lui. Il devait la revoir.

Il était à la fois abattu et exalté, humble et rempli d'une joie vivifiante. Il savait qu'il n'avait encore rien accompli, mais il était plus sûr que jamais d'être Quelqu'un. Il marchait comme dans un rêve jusqu'au moment où il aperçut de nouveau la ville. En bas sur la digue, l'orchestre jouait toujours.

Son rêve prit fin. Il se rappela qui il était, ce qu'il était.

DIMANCHE

1. Extrait du journal de Mr Paley

17 août 1947.

J'ai de nouveau fait ce rêve la nuit dernière. J'en suis sorti malade et transi. Je n'ai pas pu me rendormir. Je n'ai pas envie de le raconter, mais s'il revient je l'écrirai dans ce journal. *Je ne suis pas sûr que ce soit un rêve.*

Je suis assis à ma place habituelle devant la fenêtre. Christina veut aller communier à la première messe. Hier soir, elle a rompu notre pacte de silence pour me demander de bien vouloir la réveiller à sept heures.

Je m'y suis engagé.

L'église d'ici ne me plaît pas. Le prêtre est anglo-catholique et se fait, dit-on, appeler « père » Bott. Il est en désaccord constant avec son évêque ; il administre les sacrements, confesse, ne se conforme pas au livre de prières et en modifie le texte de façon insensée. Il s'arroge un prestige et une autorité qui conviendraient parfaitement à un prêtre de l'Église romaine, mais auxquels l'esprit de l'Église anglicane ne l'autorise nullement, à mon avis.

Je n'en considère pas moins de mon devoir d'accompagner Christina à l'office. Il va sans dire que je ne communierai pas. Je ne m'estime pas digne de recevoir le sacrement. Lorsque j'ai expliqué cela à Mallon, le recteur de Stoke, il m'a répondu que personne n'en était digne. Je n'ai pas réussi à lui faire comprendre ma situation. Lui m'aurait donné le sacrement sans aucun scrupule. Il dit que Dieu m'a pardonné. Je lui ai dit que je ne me pardonnais pas moi-même. Ma femme, lui ai-je dit, affirme qu'elle m'a pardonné. Mais je trouve qu'elle n'aurait pas dû. Un sentiment plus strict de la justice, une appréciation plus exacte des valeurs morales l'auraient conduite à juger autrement. Il m'a demandé si cette critique s'appliquait aussi au Tout-Puissant. J'ai répondu que je ne pouvais pas croire le Créateur inférieur à Sa créature. Comment supposer qu'il me pardonne quand je ne me pardonne pas moi-même ?

Je sais ce qui se passe dans l'esprit de Christina. C'est aujourd'hui l'anniversaire de la naissance de notre enfant. Croit-elle que je ne m'en souviens pas ? Elle se plaint, ou plutôt se plaignait, de ne pas pouvoir supporter d'être seule dans son chagrin. Mais croit-elle vraiment y être seule ? Y a-t-il un souvenir qui la torture et ne me torture pas aussi ? Quand nous nous agenouillerons côte à côte à l'église, nous nous remémorerons les mêmes scènes. Elles seront plus nettes pour moi que pour elle, car j'ai une meilleure mémoire.

Je pourrais décrire le papier peint de la chambre où elle dormait : un entrelacs de rubans bleus sur fond blanc avec des bouquets de fleurs des champs. Nous habitions Leeds. La chambre était si petite qu'il avait fallu calculer avec précision la place du berceau. Ce jour a été le plus heureux de notre vie. Mais même alors, elle m'a agacé par son désir d'un objet inutile, un édredon rose je crois, qu'elle avait vu dans une boutique. C'était au-dessus de nos moyens à l'époque. Elle en parlait sans réfléchir, sans intention de me blesser. Mais elle n'aurait pas dû me rappeler ma pauvreté. Je lui aurais acheté l'édredon rose si j'avais pu. Je lui aurais donné la lune si j'avais pu. En se plaignant, elle me donnait l'impression qu'elle regrettait le luxe qu'elle avait quitté pour m'épouser. Mais elle était faible et malade et je n'ai rien dit.

Se rappellera-t-elle tout cela aujourd'hui à l'église ? Moi, oui.

2. Il faut être deux pour faire un lit

Miss Ellis entendit des pas dans le couloir et se hâta de remettre le journal de Mr Paley où elle l'avait pris. Elle n'avait d'ailleurs pas envie d'en lire davantage. Elle savait par expérience qu'un journal digne d'être lu traîne rarement sur une table, et celui de Mr Paley ne faisait pas exception à cette règle.

Nancibel entra. Mrs Siddal avait fini par se ranger à l'opinion de Miss Ellis qu'il faut être deux pour faire un lit et accepté que Nancibel l'aide dans cette tâche avant de commencer la vaisselle. Sur le chapitre des pots de chambre, en revanche, elle était restée inflexible.

« On ne croirait pas que ces deux-là ont eu un enfant, hein ? fit Miss Ellis.

— Pourquoi pas ? répondit Nancibel en soulevant un coin du lourd matelas.

— Ils en ont eu un, mais il est mort.

— Comment le savez-vous ?

— Oh, je sais pas mal de choses sur eux. »

Nancibel laissa retomber le matelas et resta debout à côté du lit à regarder Miss Ellis. C'était comme ça dans toutes les chambres et elle commençait à en avoir assez de tout faire tandis que l'intendante parlait.

« Une histoire tragique, continua Miss Ellis. Sa famille qui avait de l'argent ne voulait pas qu'elle l'épouse parce qu'il était très pauvre. Alors elle a fugué et ils se sont mariés quand même. Mais il n'a jamais digéré que sa belle-famille ne l'accepte pas. Il ne leur a jamais pardonné le mépris avec lequel ils l'avaient traité. Il l'a obligée à couper tous les ponts avec ses parents ; elle n'avait même pas le droit de leur écrire.

» Toujours est-il qu'ils en ont bavé, à vivre sur la paille. Il faut dire qu'elle n'y avait pas été habituée. Mais continuez donc ! Qu'est-ce que vous attendez ?

— Je n'attends que vous, Miss Ellis. »

Miss Ellis saisit à contrecœur le bord du matelas.

« On n'a pas idée d'avoir des matelas aussi lourds. Si je me fais un tour de reins, je lui réclamerai des dommages et intérêts. Arrêtons là, voulez-vous ? C'est dimanche. Et donc... ils ont eu une petite fille et elle est tombée malade. La tuberculose. Ils n'avaient pas de quoi l'envoyer au sanatorium, et il a refusé que sa femme écrive à sa famille. Alors elle lui a dit que si l'enfant mourait, elle ne lui pardonnerait jamais, et l'enfant est morte et elle ne lui a jamais pardonné.

— À sa place, dit Nancibel en étendant un drap, j'aurais écrit quand même. C'est sûr. J'aurais pris l'argent, et j'aurais envoyé la petite au sanatorium derrière son dos, et je ne lui aurais pas dit où elle était. Ça, à sa place, je ne me serais pas gênée.

— Elle n'est pas du genre à se battre. Faut pas croire qu'il ne s'en veut pas. Il s'en veut. Il sait que c'est sa faute si leur fille n'est plus là. Et maintenant il a de l'argent à ne savoir qu'en faire. Ç'a commencé à bien marcher pour lui juste après ça, on lui a donné un musée ou je ne sais quoi à construire.

— Les pauvres, dit Nancibel. Pas étonnant qu'ils aient l'air si tristes. »

Un bruit de voix dans le jardin attira Miss Ellis à la fenêtre.

Nancibel, bien décidée à ne pas faire un lit de plus toute seule, resta immobile, un drap à la main.

« Regardez-moi ça ! s'écria Miss Ellis. Qu'est-ce que ces enfants vont encore inventer ! »

Nancibel la rejoignit à temps pour voir les petites Cove en train de subir la première des sept épreuves imposées par les règles de l'Association des Nobles Spartiates. Elles marchaient, les yeux bandés, sur le parapet de pierre qui séparait la terrasse des rochers descendant à pic jusqu'à la plage. Les Gifford couraient à côté d'elles dans l'allée en les exhortant par leurs cris.

« Avancez ! Avancez ! Vous êtes presque à mi-chemin ! On vous dira quand vous serez au bout. Ne vous arrêtez pas. Si vous vous arrêtez vous êtes disqualifiées. »

En file indienne, elles avançaient en titubant, les bras tendus, leurs pieds nus crispés sur la pierre rêche. Mais elles ne s'arrêtèrent pas avant d'avoir atteint le bout du parapet, où Hebe les fit descendre l'une après l'autre en terrain sûr.

« Cette Hebe ! L'idée vient d'elle, s'écria Miss Ellis. En voilà une qui mérite une bonne fessée ! Bon, allez, remuez-vous, Nancibel. Mrs Siddal ne vous paie pas pour rêvasser à la fenêtre. Pas étonnant que ça vous prenne une éternité de faire les lits ! »

3. Bonnes gens, venez prier

La ville de Pendizack se dresse au milieu des champs au sommet de la falaise. Elle se compose de sept maisons, un bureau de poste et un bistrot blottis dans un bouquet d'arbres, derrière une énorme église, dédiée à saint Sody, qui arriva d'Irlande sur un radeau en compagnie de dix mille autres saints, il y a bien longtemps de cela.

Pendant la plus grande partie de l'année, les offices s'y célèbrent devant une assistance minime, car la plupart des villageois préfèrent se rendre au temple et les paroissiens plus cossus méprisent l'anglo-catholicisme du père Bott. Mais, l'été, la beauté de la promenade de la falaise, la renommée du chœur et la rumeur d'un rite fascinant y attirent un petit nombre de visiteurs de Porthmerryn. La messe à St Sody est suivie par des gens de l'hôtel de la Digue qui n'ont pas l'habitude d'aller à l'église.

Bruce, toutefois, ne monta pas la falaise par amour du plain-chant ni du paysage côtier, et pas davantage pour voir l'homme dont on disait qu'il faisait entrer un âne dans le sanctuaire le dimanche des Rameaux. Il y alla parce qu'il était, en quelque sorte, de service. Il avait pris fantaisie à sa maîtresse de voir cet endroit et elle lui avait donné l'ordre de l'accompagner. Il l'attendait, d'assez mauvaise humeur, dans le hall de l'hôtel, en butte aux regards malveillants des autres pensionnaires.

Elle apparut enfin en haut de l'escalier. La lumière cruelle d'un matin ensoleillé, tombant sur elle par la fenêtre, marquait à tel point son âge et son embonpoint qu'il se sentit rassuré. Seul un esprit bien pervers aurait pu le soupçonner d'être autre chose que le secrétaire-chauffeur d'une dame aussi mûre.

« Est-ce que vous n'auriez pas dû mettre un chapeau ? lui demanda-t-il comme ils sortaient de l'hôtel.

— Seigneur, fit Mrs Lechene, j'espère que non ! Tu crois qu'on va me refuser l'entrée de l'église ? Je n'ai pas de chapeau. »

Je vois mal où elle aurait trouvé un chapeau pour une tête comme la sienne, songea Bruce. Encore heureux qu'elle ait relevé ses cheveux…

Car Anna Lechene avait une chevelure épaisse, lisse et merveilleusement dorée, qui lui arrivait aux genoux et dont elle était très fière. Elle ne manquait jamais une occasion de la déployer. Mais, quand elle était obligée de la relever, elle la nattait en câbles vigoureux qu'elle enroulait autour de son crâne. L'effet était surprenant et massif.

« Au moins, je ne suis pas en pantalon, dit-elle. Tu remarqueras que j'ai mis une robe. »

Oui, mais faut voir la robe ! Pour une gamine de treize ans peut-être. Passé vingt ans, les dirndls devraient être interdits. Je sais, je sais, elles vont à ravir à toutes les vieilles grands-mères de Macédoine ou de je ne sais quel pays d'où tu as rapporté ça. Mais nous ne sommes pas en Macédoine.

Il fixait d'un regard venimeux le large dos d'Anna en la suivant dans Fore Street. Bruce était un jeune homme changeant. Il n'y avait pas si longtemps, il avait admiré la tête d'or et les broderies paysannes d'Anna. Mais ce matin-là, il fut soulagé quand ils eurent quitté les rues fréquentées de la ville et se trouvèrent seuls sur l'escalier taillé dans la colline.

« Où est cette église ? demanda-t-il.

— Sur la falaise, à mi-chemin de Pendizack. Le clocher n'a pas pu t'échapper.

— Ah, oui… en effet. »

L'humeur de Bruce s'éclaira. Car ce clocher était tout proche de la maison de Nancibel. Il l'avait remarqué la veille, dressé sur le ciel nocturne. Peut-être allait-il revoir la jeune fille. Peut-être serait-elle à l'église.

Mrs Lechene, un peu essoufflée car les

marches étaient hautes, parlait du père Bott. Elle avait entendu dire que c'était un homme remarquable. « Chaste », ajouta-t-elle pensivement.

Heureux Bott, songea Bruce en ponctuant de vagues acquiescements les suppositions d'Anna sur les causes et les effets de la chasteté du père Bott.

Au sommet de la côte, ils passèrent devant un petit bâtiment fort laid appelé Bethesda où résonnait déjà la première hymne du matin :

Oh that will be
Glory for me !
Glory for me !
Glory for me !

Et il fut reconnaissant à Anna de ne pas le traîner là, ignorant que Nancibel y était avec toute sa famille. Elle prenait une heure de congé le dimanche matin pour se rendre à la chapelle. Mais Bruce gardait l'espoir de la retrouver parmi les ouailles de St Sody et pressa le pas dans la direction de la haute tour carrée.

Que va-t-elle penser ? se demanda-t-il lorsque la grande courbe pure de la mer réapparut à sa vue. Que va-t-elle penser d'Anna et moi ? Rien. Pourquoi penserait-elle quelque chose ? Si je la revois et qu'elle me pose des questions, je lui dirai : Voici Mrs Lechene. Ma patronne. Elle est écrivain, un écrivain très connu. Non, vous n'aimeriez pas ses livres. Elle a été très chic avec moi. Elle a trouvé un éditeur pour mon roman. Elle est très chic avec les jeunes écrivains. Oui, je sais qu'elle a l'air bizarre. Presque toutes les femmes de lettres le sont. Si vous en aviez rencontré autant que moi, Nancibel, celle-ci ne vous paraîtrait pas si étrange. Oui, *Mrs* Lechene. Non... Enfin, je crois qu'elle est divorcée. Je tape ses romans et je conduis sa voiture. Secrétaire-chauffeur.

« C'est beau, par ici, dit-il d'un air dégagé. Je crois que j'irai faire un tour sur la falaise, après le service, pour voir la vue. »

Anna le regarda et répondit sèchement :

« Après le service, tu rentreras à l'hôtel taper les trois chapitres de mon manuscrit. Je me demande pourquoi tu ne les as pas finis hier soir. »

Le manuscrit était celui du *Rameau sanglant*, une biographie romancée d'Emily Brontë à laquelle travaillait Anna.

« Je n'ai plus de carbones.

— Mon Dieu ! Tu n'as jamais de carbones. Ce n'est pas croyable. Achètes-en !

— Impossible, on est dimanche. Tout est fermé. »

Un carillon se déversa du clocher sur les champs et l'étendue bleue des eaux. On apercevait au loin une longue file de gens qui s'avançait dans un étroit sentier à travers les champs de blé. Les fidèles arrivaient en file indienne et leur cortège semblait s'allonger indéfiniment. Il était mené par Gerry Siddal, suivi de Duff, Robin, le chanoine Wraxton, Evangeline Wraxton, Mrs Cove, Maud, Beatrix, Blanche, Michael, Luke, Hebe, Sir Henry Gifford, Caroline, puis loin derrière, Mr Paley, Mrs Paley.

« Un pèlerinage ? demanda Bruce.

— Non, répondit Anna. Il y a un petit hôtel là, dans la baie. Charmant et très confortable, paraît-il. Je pensais y prendre des chambres quand nous quitterons la Digue. Mais la tête des pensionnaires ne me dit rien, si ce sont eux.

— La petite fille est mignonne », dit Bruce.

Elle pensa qu'il parlait d'Evangeline Wraxton et se récria :

« Quoi ? Ce squelette en tailleur ?

— Non, dit-il, la môme en vert. Celle qui parle à son père.

— Oh ! fit Anna un peu rassurée. Miss Socquettes Blanches, tu veux dire ? »

Elle observa Hebe qui traînait au bord du sentier et se retournait pour sourire à Sir Henry, puis ajouta :

« Elle fait de l'œil à son père, on dirait. »

Bonnes gens, venez prier, chantaient les cloches.

Le groupe de Pendizack franchissait l'échalier menant à l'église. Chacun à tour de rôle se découpa un instant sur le ciel en haut du mur de pierre puis disparut. Quand Anna et Bruce arrivèrent devant l'édifice, ils étaient déjà tous entrés. Les fils Siddal s'étaient dirigés vers la sacristie, car Duff et Robin chantaient dans le chœur et Gerry servait la messe. Les autres avaient pris place dans la grande nef vide. Comme souvent les fidèles, ils s'étaient assis vers le fond, laissant les premiers rangs inoccupés. Un vieux bonhomme distribuait des livres de prières aux estivants qui n'en avaient pas. Les cloches se turent. Il y eut un bruit de pas lourds lorsque les huit carillonneurs descendirent du clocher ; dans cette petite paroisse, chacun remplissait plusieurs rôles et six d'entre eux faisaient partie du chœur.

Anna et Bruce s'installèrent derrière les Wraxton. Une légère odeur de bois pourri se mêlait aux senteurs de l'encens. La grande église tombait en ruine et le pauvre père Bott n'arrivait même pas à récolter assez d'argent pour réparer les bancs.

« Ça sent mauvais », commenta Anna, tout haut.

Tous les enfants de la congrégation tournèrent la tête pour voir qui avait parlé.

« Et qui est celui-là ? continua-t-elle en désignant la bannière de saint Sody qui servait pour les processions.

— Je ne sais pas, murmura Bruce.

— Ce n'est pas mal, déclara-t-elle. Un peu

équivoque… Ils ont dû demander ça à un peintre de Porthmerryn. »

À ce moment, elle s'aperçut de l'attitude indignée du chanoine Wraxton qui s'était retourné et fixait sur elle un regard de braise.

« Pourriez-vous faire un peu moins de bruit ? » aboya-t-il.

Anna le regarda, interdite. Elle n'aimait pas les pasteurs et n'hésitait pas à se montrer impolie envers eux. Mais il était rare que les pasteurs soient impolis envers elle.

« Ça alors !… dit-elle enfin, vous m'avez fait peur.

— Je ne plaisante pas, tonna le chanoine. Tenez-vous tranquille, ou je vous ferai mettre dehors.

— Vous êtes assez bruyant vous-même, répliqua Anna.

— Chut ! souffla Bruce, incapable de masquer sa gêne.

— Et pourquoi lui obéirais-je ? Ce n'est pas son église. Ou alors je comprends qu'elle soit vide. »

Le chanoine à présent regardait Bruce.

« Si vous avez le moindre sens des convenances, lui dit-il, emmenez votre mère dehors immédiatement. »

Il n'aurait pu mieux choisir ses mots pour réduire Anna au silence. Pendant quelques secondes, elle ne trouva rien à répliquer. Puis l'apparition à l'autel de Gerry, portant un rat de cave, fit diversion. Il alluma les cierges un à un. Le chanoine, pareil à un taureau dans un champ, se retourna pour observer ce nouvel outrage. Anna gloussa mais s'abstint de tout commentaire. La congrégation ne les regardait plus, elle avait les yeux fixés sur la porte de la sacristie d'où sortait le chœur précédé d'une croix et suivi du père Bott entouré de ses acolytes.

4. Notes dactylographiées pour un sermon prononcé par le révérend S. Bott

Dimanche, 17 août 1947

— « déLIVRE NOS DUm MAL »

q1 Peur. Insécurité. Bombe atomique.£Impuissance.

2 Riendeneuf à pr. Mal. Origines vieilles comme Adam. Seulement effets plus spec taculaires. Péché.

e 3 Péché isole l'âme z(@) dre Dieu.
(b) de ses semblables. Générosité mutuelle, bonne volonté à donner et rcevoir, condition essentielle de Salut.

4 Enseignement de l'Église. 7 formes mortells d'isolement spirituel. Vices qui détruisent gratutude et générosité.
L'orGUEIL n'accepte rien.
E
L'ENVIE ne donne rien.
lA paRESSE acédie plaie de l'intellectuel.

xxxxxxxxxx substitue
spéculation à action.
xxxxx24@5£La COLERE désir de puissance.
S La LUXURE Expliotation sexuelle.
« Endurcit lâme et pétrifie les sentimens »
X la GORM. GORI. GOURMANDISELeur Dieu
est dans lheur ventre.
7 La CUPIDITE Exploitation financière.
Ces péchés son les armes les plus
mortelles de l'Ennemi.
Nous devrions les redouter davantage que
toutes les amres de l'homme.
La Grâce est notre seule protection.
£D'où l'importance de la dernière injonction du Pater.

5. Le chanoine s'indigne

Oui, songea Sir Henry Gifford en se levant pour l'offertoire. Mais je me situe où, dans tout ça ? Je suis un pécheur, j'en conviens. Nous le sommes tous. Mais quelle est mon défaut dans cette liste et que dois-je faire pour le combattre ? Hymne n° 4. Je la connais. Un air facile et mélodieux. Je ne crois vraiment pas que je sois orgueilleux. Je sais que je ne suis pas envieux…

Chaque matin se renouvelle
L'amour qui nous éveille ;

Je ne suis pas paresseux. Je travaille beaucoup. Et pour ce qui est de la colère, on peut dire que j'ai appris à me maîtriser.

Protégés à travers le soleil et la nuit,
Nous revenons à la pensée et à la vie.

Je ne suis pas non plus particulièrement cupide, luxurieux ni gourmand.

De nouvelles bontés à chaque jour nouveau…

Si j'étais cupide j'irais habiter les îles Anglo-Normandes pour échapper à l'impôt sur le revenu. Mais je ne me laisserai pas faire. Et si je finis par y aller, si elle finit par m'avoir, ce ne sera ni par orgueil, ni par envie, ni par aucun des péchés de la liste. Ce sera par épuisement. Ah ! voici la quête. Bon Dieu ! Michael va faire tomber le plateau ! Non… tout va bien. Hebe n'aurait pas dû le pousser comme ça. Ce qu'elle peut être autoritaire. Est-ce que je le rends ou est-ce que je le passe aux Cove ? Une livre, c'est beaucoup, mais je n'ai pas de monnaie. Il faudra que j'en fasse demain. Mon péché à moi, c'est la faiblesse, et je ne dois pas être le seul dans ce cas. On ne fait pas le mal mais on y consent… on se laisse entraîner.

La besogne simple, la tâche commune,
Fournira tout ce dont nous avons besoin,
Un lieu pour s'oublier, un chemin

J'ai mis des années à remarquer cette virgule. J'ai cru que c'était « un lieu où s'oublier en chemin »… Oui, pure lâcheté. Au fond, des gens vraiment mauvais, il y en a très peu ; mais nous

nous laissons diriger par eux. Eirene… est-ce que je la crois vraiment mauvaise ?

À mieux vivre dans ton amour. Amen.

Oui. Parfois. C'est vrai.

Les Gifford pensaient que le service se terminait avec l'offertoire, mais il continua. Tout le monde s'agenouilla et le père Bott se mit à prier pour l'église militante. Puis, se tournant vers l'assistance, il murmura une invocation inconnue de la plupart. Les petits Gifford se mirent à tourner les pages de leurs livres de prières, ainsi que Beatrix, Blanche et Maud, toujours prêtes à les imiter, jusqu'au moment où leur mère leva la tête qu'elle avait tenue jusqu'alors dans ses mains gantées et leur lança des regards sévères. Sur quoi, les trois petites Cove s'immobilisèrent, le front pressé contre le dossier du banc devant elles, leurs tendres nuques puériles offertes aux regards.

« C'est la messe de communion », chuchota Sir Henry.

Hebe parut scandalisée et protesta.

« On ne devrait pas être ici. On n'est pas confirmés.

— Je sais. Agenouille-toi quand même et tais-toi. »

Il était lui-même un peu gêné, car il n'avait pas assisté à cet office depuis des années. Il ne fréquentait guère l'église, mais il désirait que ses enfants eussent une éducation religieuse et il les y accompagnait quand il n'y avait personne d'autre pour le faire. Lui aussi s'était attendu à de simples matines, où il suffisait d'observer un maintien respectueux. Il essaya de se rappeler les détails du rite, puis s'efforça de canaliser le désordre de ses pensées vers une attitude profonde et sincère, comme il le faisait aux enterrements. Car il lui paraissait indécent de s'occuper de sujets frivoles en un moment qui avait la plus haute importance pour ses voisins.

Seulement aux enterrements, il pouvait toujours penser à la mort, qui anoblit la vie et anéantit toute trivialité. Tandis qu'ici aucun sujet de méditation convenable ne s'offrait à lui. Ses réflexions pendant l'hymne avaient été trop détachées, trop désinvoltes. Il aurait voulu être *ému.* Il fixa le dossier devant lui et essaya de vider son esprit de la menue circulation qui l'encombrait quotidiennement comme on fait évacuer une rue pour le passage d'une procession. Aucune procession ne passait.

Il faut que je pense aux gens que j'aime, décida-t-il, mais il n'y parvenait pas. Les enfants… Il regarda les petites créatures à ses côtés. Caroline enfouissait la tête dans ses bras. Luke suivait l'office dans son livre de prières. Michael tripotait un bouton de sa veste. Hebe, à genoux, le dos droit, regardait avidement le père

Bott. Il n'était pas très attaché à eux. Ils étaient le domaine d'Eirene. Une seule était née de lui, et c'était la moins jolie. Ils avaient passé cinq ans en Amérique pendant la guerre. Et même chez lui, il les voyait rarement. Allaient-ils bien ? Étaient-ils heureux ? Recevaient-ils l'éducation qu'il fallait ?

Ces questions pratiques n'étaient pas adaptées à la circonstance. Il décida de les remettre à un moment moins sacré. Mieux valait penser à sa propre enfance, aux gens qu'il avait aimés et qui étaient partis, invoquer le souvenir de lieux et d'instants heureux. Il s'efforça de remonter le temps et de se projeter à cette époque.

L'agitation d'Evangeline commençait à s'apaiser. Rien d'effroyable n'arriverait. La petite algarade avant l'office était sans importance : ces gens l'avaient cherchée. Ce qu'elle redoutait ne s'était pas produit, malgré l'encens, les génuflexions et les cierges. Dieu s'y était opposé.

Son père, il est vrai, ne prenait aucune part à l'office. Assis, les bras croisés, il regardait devant lui avec un air de sombre amusement comme s'il était prévenu d'un châtiment bien mérité prêt à s'abattre sur le père Bott. Et c'était déjà assez gênant comme ça : il avait attiré les regards en s'abstenant de se lever pendant le Credo. Mais elle avait l'habitude qu'on les dévisage et, s'il continuait à se taire, elle croirait vraiment que

Dieu avait écouté sa prière. Elle Lui témoignerait sa gratitude. Elle renoncerait à son péché, si l'on pouvait appeler un péché ce qui ne nuisait à personne. Broyer du verre à l'aide d'une lime à ongles était peut-être une perte de temps, mais sûrement rien de plus ? Elle ne s'en servirait jamais, elle ne ferait jamais rien de mal avec. Et la possession de cette petite boîte à cachets remplie de verre pilé était un grand réconfort. On disait qu'il était impossible d'en retrouver trace dans les aliments. Si elle avait eu un mauvais fond, elle aurait pu s'en servir pour mettre fin à son martyre. Cette boîte était un petit trésor au grand pouvoir. Elle l'embrassait parfois. Mais si Dieu faisait taire le chanoine, c'est que Dieu était vraiment là et elle lui ferait le plaisir de jeter la boîte à la mer. Car Il savait tout de cette boîte.

Quand j'aurai fait ma confirmation, songeait Caroline, je serai pieuse. L'évêque posera sa main sur ma tête et le Saint-Esprit me traversera tout entière comme un choc électrique, et je serai pieuse. Hebe rêve sûrement d'être évêque.

« *C'est notre de-evoir…* » entonna le père Bott.

La Cène ! songea Beatrix Cove. Je participe à la Cène avec Hebe et tout le monde. Son cœur se gonflait d'extase. Elle leva la tête et regarda la lumière vacillante des cierges, s'attendant presque à voir une longue table avec tous les disciples entourant la Divine Présence. Mais elle ne vit que le père Bott et Gerry Siddal. C'était joli, tout à l'heure, quand le jeune Mr Siddal envoyait des volutes d'encens de tous les côtés et saluait et que tout le monde lui rendait son salut bien poliment. Ces grâces, ces courtoisies, étaient l'essence même d'un Festin. Elle se retourna pour voir si Blanche était aussi heureuse qu'elle. Mais Blanche, raide et toute pâle, avait les joues pleines de larmes, non pas de joie, mais de souffrance. L'agenouillement avait réveillé une douleur aiguë dans son dos et elle s'efforçait de la supporter du mieux qu'elle pouvait. Elle trouva pourtant le courage d'adresser un léger sourire quand elle aperçut son regard.

« Nous chantons tes louanges et disons… »

Duff et Robin fixaient les yeux sur leurs parties du *Sanctus* et retenaient leur souffle.

« Sanctus ! Sanctus ! Sanctus ! » chantait le chœur de St Sody.

Je devins muette et n'ouvris plus la bouche, car telle était Ta volonté, priait Christina Paley… Écoute ma prière, ô Seigneur, et prête l'oreille à mon appel. Ne refuse pas Ta paix à mes larmes. Oh ! épargne-moi un peu, que je recouvre mes forces… avant de m'en aller, avant de disparaître.

Le père Bott parlait à mi-voix et, lorsqu'il se tut, trois tintements de clochette doux et clairs remplirent le silence, jusqu'à ce qu'un vacarme sans nom éclate. Une espèce de rugissement s'éleva dans la nef. Une voix énorme tonna :

« Cessez cette mascarade ! »

La stupeur fut telle que chacun tressaillit comme sous un coup violent et soudain. Puis, encore à genoux, les fidèles se retournèrent pour voir le chanoine sortir de son banc.

« Noussommesdansuntempleprotestant », commença-t-il.

Il fut interrompu par un cri perçant de sa fille. Les nerfs d'Evangeline avaient lâché. Et tout en hurlant, elle tapait sur son banc avec son livre de prières.

« Non, glapissait-elle. Non… non… non ! Trop c'est trop. Je ne peux plus… Aïe ! Aïe ! »

Cette attaque par-derrière parut troubler le chanoine. Il s'apprêtait à marcher sur l'autel et à se jeter sur le père Bott, mais il dut faire volte-face pour ordonner à sa fille de se taire. Elle n'en cria que plus fort. Il la prit par le bras et essaya de la relever, car elle était à genoux, riant comme une folle et le frappant avec son missel.

« Quelqu'un peut-il m'aider », dit-il presque humblement.

La congrégation sortit de sa stupeur. Bruce et Sir Henry s'avancèrent et à eux deux portèrent la jeune fille hurlante hors du sanctuaire. Le bedeau ferma la porte sur le bruit de l'extérieur mais on continuait d'entendre des sanglots dans l'église, certains des enfants s'étant mis à pleurer. Plusieurs minutes s'écoulèrent avant que leur émotion s'apaisât et que le père Bott pût terminer la consécration.

6. As-tu raison de te mettre en colère ?

« Mais tu n'as pas idée, dit Gerry, à quel point c'était odieux. Quel scandale !... On lit des histoires de ce genre dans les journaux et c'est déjà choquant, mais quand on y assiste... Il faut qu'ils partent. On ne peut pas les garder. Je l'ai dit au père Bott... Je lui ai dit qu'on les mettrait à la porte sans tarder.

— Impossible, soupira Mrs Siddal. J'ai parlé au chanoine Wraxton. Je lui ai dit combien c'était gênant pour nous. Mais il m'a répondu qu'il avait payé pour la semaine et resterait pour la semaine.

— Et la fille ? Elle a été encore pire que lui... Ces cris perçants !

— Je ne sais pas où elle est. Elle n'est pas venue déjeuner, et elle n'est pas dans sa chambre...

— Est-ce que papa ne pourrait pas... ?

— Tu sais bien que non, Gerry.

— Bon, eh bien, je vais le faire moi-même. Je vais parler à cette vieille brute. Lui dire de décamper. Donne-moi la somme qu'ils ont payée, je vais la leur rendre. »

Gerry monta l'escalier, bien résolu à livrer bataille à quelqu'un. Il n'était pas bagarreur de nature, mais le scandale du matin exigeait qu'on réagisse, estimait-il. Il fallait régler leur compte à ces Wraxton. Il les mettait dans le même sac et n'avait pas non plus une idée très claire du déroulement des faits : ces gens avaient provoqué un désordre sacrilège en criant et en riant et il avait fallu les mettre dehors. De sa place à l'autel, il n'avait pas vu grand-chose. Il avait voulu s'élancer et frapper le chanoine Wraxton, mais le père Bott l'avait retenu. Il ne comprenait pas que le rire d'Evangeline relevait de la crise de nerfs et non de la moquerie et il croyait que l'interruption du service avait été délibérément organisée par les deux coupables.

Le chanoine, couché sur son lit, faisait la sieste. Mais à l'entrée de Gerry, il s'assit et posa les pieds par terre.

« Et alors ? demanda-t-il. Que puis-je faire pour vous ? »

Gerry déposa douze guinées sur la table de nuit.

« Vous devez partir, je vous prie, dit-il. Tout de suite. Voilà l'argent que vous avez versé.

— Êtes-vous le propriétaire de cet hôtel ? demanda le pasteur.

— Non, je vous parle au nom de ma mère.

— Parce qu'elle ne peut pas parler pour elle-même ?

— Parce que vous ne voulez pas l'écouter.

— Je l'ai écoutée. C'est elle qui ne m'a pas écouté. Sinon, elle vous aurait rapporté ce que je lui ai dit. »

Et le chanoine s'étendit de nouveau sur son lit.

« Elle m'a rapporté que vous refusiez de partir.

— Je lui ai dit que si elle voulait me renvoyer, il faudrait qu'elle appelle la police. Que personne ne s'y trompe !

— Parfait ! dit Gerry.

— Je lui ai dit également que si on me mettait dehors, je la poursuivrai pour rupture de contrat. Elle a accepté de me loger et de me rendre certains services que j'ai payés.

— Aucun hôtel n'est tenu de garder des gens qui causent un scandale public, dit Gerry.

— Aucun scandale, comme vous dites, n'a eu lieu dans les locaux de votre mère. Mais si elle veut la guerre, elle l'aura. Moi, ça m'est égal. Si Mr Bott veut la guerre, il l'aura lui aussi. Il l'aura, qu'il la veuille ou non, d'ailleurs. Je vais écrire à l'évêque. Je ferai en sorte que les faits soient connus.

— Nous aussi, déclara Gerry.

— Et si l'on m'expulse de cet hôtel parce que j'accomplis mon devoir de ministre de l'Église anglicane, je ferai en sorte que cela se sache aussi. J'écrirai à tous les journaux de ce pays.

— Vous ferez ce que vous voudrez, dit Gerry, pourvu que vous partiez d'ici.

— Je partirai si l'on m'expulse par la force. Pas autrement. »

Gerry alla trouver sa mère, mais ne put la persuader d'appeler la police. Elle dit qu'elle préférait supporter le chanoine une semaine. Elle n'était pas d'avis que leur devoir de fidélité à l'église de leur paroisse exigeât des mesures aussi rigoureuses, et, comme il insistait, elle alla même jusqu'à déclarer que l'incident était en partie de la faute du père Bott, tellement Haute Église.

— Il n'est pas Haute Église, répliqua Gerry. Il est anglo-catholique.

— C'est pire, dit Mrs Siddal. Je comprends que ça puisse déplaire. Pourquoi a-t-on fait la Réforme, alors ?

— Moi aussi je suis anglo-catholique, dit Gerry.

— Je sais. Pas moi. Je suis protestante et je n'approuve pas tout ce remue-ménage dans l'église de ma paroisse. Mais je ne tiens pas pour autant à y mêler la police. »

En désespoir de cause, Gerry prit une mesure inédite. Il décida de consulter son père, espérant trouver auprès de lui un certain appui dans la poursuite de la vendetta. Car Dick Siddal agaçait très souvent sa femme par l'admiration qu'il professait pour le père Bott. On ne pouvait espérer qu'il prît lui-même un parti énergique, mais il soufflerait peut-être à Gerry un argument pour téléphoner à la police.

Dick Siddal faisait lui aussi la sieste lorsque Gerry entra dans le placard à chaussures jonché de journaux du dimanche. Il venait de finir la grille de mots croisés de l'*Observer* et reprenait des forces avant d'entamer celle du *Sunday Express.* Mais il ouvrit un œil et regarda son fils avec bonne humeur.

« Alors ? demanda-t-il. Comment va Martin Luther ?

— Il ne veut pas s'en aller.

— Pourquoi s'en irait-il ?

— Nous ne pouvons pas garder des gens pareils ici.

— Pourquoi les avez-vous pris, alors ?

— Nous ne savions pas comment ils étaient.

— Vous auriez dû le savoir. Vous ne lisez jamais les journaux ? Il est coutumier du fait ; c'est de notoriété publique. Tiens... la semaine dernière encore il a provoqué une bagarre quelque part dans le Dorset. Il a été suspendu, ou soumis à je ne sais quel châtiment réservé aux pasteurs récalcitrants, mais il s'obstine. »

Gerry regarda son père avec ahurissement et lui demanda :

« Tu savais déjà tout cela hier ?

— Naturellement, déclara Siddal. Quand j'ai appris que nous avions écopé d'un chanoine

Wraxton, j'ai bien pensé que ce devait être ce chanoine Wraxton là.

— Mais pourquoi n'as-tu rien dit ?

— On ne m'a pas demandé.

— Mais, papa, tu te doutes que… qu'on n'aurait pas… si on avait su…

— Loin de là. Je ne voulais pas me mêler de ce qui ne me regarde pas. Mes conseils sont rarement appréciés. Je ne prétends pas une seconde comprendre pourquoi et comment ta mère choisit ses pensionnaires.

— Alors, tu savais… quand nous sommes partis pour l'église… tu savais ce qui risquait de se passer ?

— Cela me paraissait probable. Et quand je vous ai vus rentrer, j'ai compris que je ne m'étais pas trompé. Je n'ai jamais autant ri depuis que ta mère a ouvert cet hôtel. Tu aurais vu vos têtes. »

Ne trouvant aucune aide de ce côté, Gerry monta sur la colline à la recherche du père Bott, espérant s'entendre dire que c'était son devoir de chrétien d'user de violence physique contre le chanoine. Mais le père, qu'il rencontra dans le cimetière, était d'avis contraire.

« Oh, ne t'occupe pas de ça, lui dit-il. Il ne peut pas faire plus de mal qu'il n'en a déjà fait. S'il essaie de remettre les pieds dans mon église, c'est *moi* qui le recevrai.

— Mais c'est chez nous qu'ils logent ! s'écria Gerry. Je ne peux pas l'accepter.

— Mon cher garçon, c'est à tes parents de décider. L'hôtel est à eux, et non à toi.

— Mais ça me met en rage, protesta Gerry. Je ne peux pas les laisser s'en tirer comme ça. C'était tellement… tellement ignoble… tellement obscène !… J'en étais malade.

— Moi aussi, répondit le père Bott. Et après ? »

Il soupira. Il se sentait très vieux et découragé cet après-midi-là. Dans sa jeunesse, il avait adoré les algarades avec les protestants, mais il en était venu à considérer sa propre combativité avec suspicion, comme un vice plutôt que comme une vertu, et il savait qu'un nouveau scandale à St Sody ne servirait guère la cause de son église. Il regarda le ciel, puis l'herbe, puis le visage courroucé de Gerry.

« As-tu raison de te mettre en colère ? cita-t-il avec un sourire.

— Oui, dit Gerry. Je crois vraiment qu'il y a des circonstances où la colère est justifiée.

— Peut-être, convint le père Bott. Mais je n'ai jamais été capable de discerner lesquelles.

— Il a insulté Dieu, dit Gerry.

— Ah, non, non, non ! Non. Il en serait bien incapable.

— Il a essayé. »

Le recteur soupira de nouveau, regarda sa montre et dit avec un peu d'agacement :

« Inutile de faire tant d'histoires pour Dieu. »

Puis, réprimant un rire devant l'expression scandalisée de Gerry, il ajouta :

« Dieu est assez grand pour s'occuper de Ses affaires. Et Il nous a dit de ne pas faire tant d'histoires. *Tais-toi et sache que je suis Dieu.* Bien, excuse-moi… J'ai une messe à célébrer pour des enfants.

— Vous me conseillez donc de… ne rien faire ?

— Rien pour l'instant. Tu as toutes les chances de te tromper en agissant maintenant. Moi aussi, je suis en colère. Mais je doute que ce soit une bonne chose. »

Il s'éloigna dans l'herbe, sa vieille soutane battant ses jambes maigres.

Déconcerté, le pieux Gerry revint à Pendizack. On ne lui permettait pas de se battre, mais sa colère ne s'apaisait point. Les Wraxton n'étaient pas seuls responsables de cette humeur ; sa patience depuis si longtemps à l'épreuve, les sarcasmes de son père, l'injustice de sa mère, son existence ingrate, tout cela commençait à lui peser. Aussi éprouvait-il un certain soulagement à se dire que sa colère était légitime.

Malheureusement il rencontra Evangeline sur le perron. Elle était restée cachée pendant des heures dans quelque creux de la falaise, morte de honte, et rentrait en espérant se glisser dans sa chambre sans être aperçue. Gerry, l'air grave, s'écarta pour lui céder le passage. Mais à sa vue, la sotte créature baissa la tête, recula et attendit qu'il entrât devant elle. Ils dansèrent ainsi quelques secondes sur le pas de la porte.

« Allez-y, entrez », dit Gerry avec une politesse glaciale.

Elle avala sa salive et se mit à marmonner quelque chose. Il saisit les mots :

« Terriblement désolée… Excusez…

— Arrêtez un peu, dit-il. Si vous regrettiez vraiment, vous n'exigeriez pas de rester ici quand on vous demande de partir. »

Il la regarda traverser le vestibule et monter l'escalier, le dos courbé. Il aurait dû se féliciter de la voir si abattue. Mais il n'en fut rien et il se sentait plus misérable que jamais. Il n'avait de sa vie parlé aussi durement à personne.

7. Une vieille connaissance

L'hôtel entier était en état de choc. L'horrible scène de l'église pesait sur l'esprit de tous ceux qui y avaient assisté, et les adultes avaient préféré se retirer seuls dans leur chambre.

Les enfants disparurent, s'envolèrent comme un essaim de moineaux, tout de suite après le déjeuner, et se rendirent dans quelque cachette. Ils se retirèrent dans un monde à eux, comme font les enfants quand leurs aînés se conduisent mal. Stupéfaits, incapables de juger, ils tournèrent le dos au vilain souvenir.

Ils reparurent à l'heure du dîner et, d'une seule voix, refusèrent le dessert de mûres et de glace par lequel Mrs Siddal avait espéré leur remonter le moral. Les Gifford secouèrent la tête d'un air grave. Les Cove – qui dînaient finalement dans la salle à manger, Mrs Siddal ayant refusé de leur faire un prix de demi-pension –, déclinèrent avec une ferveur dévote. Fred en rapporta un compotier plein à la cuisine et

Siddal consola sa femme en lui suggérant de le garder pour Duff.

« Ça va fondre, s'il n'arrive pas tout de suite, dit-elle. Il est à Porthmerryn avec Robin. Je vais le mettre dans le garde-manger.

— Oui, fais ça, dit Siddal. Gerry et moi nous n'y tenons pas, de toute façon. »

Elle rougit un peu et s'empressa de répondre :

« Je voulais dire… une fois que vous vous serez servis. »

Et elle les servit, tandis que Gerry détournait avec tact l'attention de son père en lui passant un bout de papier.

« J'ai ramassé ça dans le vestibule, dit-il. Ç'a m'a l'air d'un message chiffré. »

Sur une page arrachée à un cahier d'écolier s'étalait en lettres majuscules l'inscription suivante :

UPV MFT TQBSUJBUFT SFGVTFSPOU
MF EFTFSU DF TPJS QBS PSESF

Siddal, qui aimait les énigmes, prit la page et mit ses lunettes. Quand Duff et Robin entrèrent, il était si occupé qu'il leva à peine les yeux.

Mrs Siddal s'aperçut tout de suite que quelque chose était arrivé à Duff. Il était rouge, excité et étonnamment silencieux. Elle en fut si inquiète qu'elle ne remarqua même pas l'air fanfaron de Robin. Gerry, lui, s'en aperçut et remercia le Ciel que l'attention de son père fût retenue ailleurs. Il espérait qu'il mettrait longtemps à déchiffrer le message secret. Plus tard, dans l'intimité du grenier de l'écurie, ses frères lui raconteraient tout.

Mais Robin ne cherchait pas à dissimuler son état.

« On a bu ! annonça-t-il. On a bu des cocktails au bar de la Digue.

— *Robin !* s'écria Mrs Siddal.

— Qui a payé ? » demanda Gerry.

Duff leva le nez et demanda pourquoi ils n'auraient pas payé eux-mêmes.

« Parce que vous n'avez pas d'argent ni l'un ni l'autre.

— On a été invités par une drôle de dame. Voilà ! » dit Robin.

Il laissa mariner sa mère quelques secondes, puis expliqua :

« On l'a rencontrée sur la digue. Son briquet ne marchait plus, alors Duff lui a donné du feu. Après, on a un peu parlé et elle nous a invités à prendre un verre à l'hôtel de la Digue. C'est là qu'elle habite.

— Les temps ont changé… dit mélancoliquement Mrs Siddal. Les jeunes filles de mon époque ne faisaient pas ça.

— Ce n'était pas une jeune fille, dit Robin. Elle était plus vieille que toi, je dirais, tu ne crois pas, Duff ?

— Non, dit Duff. Un peu plus jeune que maman.

— Facile, dit Siddal. Il y a écrit : “Tous les Spartiates refuseront le désert ce soir, par ordre.” Je suppose que désert signifie dessert. »

Il se carra contre le dossier de sa chaise et adressa un sourire triomphal à sa famille.

« Tout s’explique, dit Mrs Siddal. Ce n’était qu’un jeu.

— C’est une femme de lettres, dit Robin. Je n’en avais jamais vu. Elle dit qu’elle connaît papa.

— De qui parles-tu ? demanda Siddal.

— D’une dame que nous avons rencontrée à Porthmerryn. Elle s’appelle Mrs Lechene. »

Siddal fit entendre un gloussement joyeux :

« Cette bonne vieille Anna ! Cette grosse Anna ! Elle est encore de ce monde, c’est incroyable !

— Bien sûr qu’elle l’est, dit Mrs Siddal, que la nouvelle n’avait pas l’air de réjouir. Elle n’est pas si vieille… Duff a raison, elle a mon âge. D’ailleurs, elle sort tout le temps de nouveaux livres. On les voit à la bibliothèque.

— Pas moi, dit Siddal, je ne vais jamais à la bibliothèque. Et tous mes anciens amis m’ont laissé tomber. Comment savoir s’ils sont encore en vie ? Alors, Anna est à Porthmerryn ?

— Elle est à l’hôtel de la Digue, dit Robin.

— Ah oui, à la Digue ? Et avec qui ? »

Duff et Robin se regardèrent.

« Elle ne l'a pas dit, répondit Duff. On a eu l'impression qu'elle était seule.

— Peu probable », dit Siddal.

Duff lança un regard perçant à son père et dit :

« Elle écrit un livre sur Emily Brontë.

— Seigneur ! Ça ne m'étonne pas d'elle. C'est même surprenant qu'elle ne l'ait pas fait plus tôt. Pauvre Emily ! Quel dommage ! Pourquoi ne peut-on pas laisser cette pauvre fille tranquille ?

— C'est un bon écrivain ? demanda Robin.

— Elle écrit bien. Tout le monde écrit bien, de nos jours. Elle écrit des biographies romancées, ou des romans biographiques, comme tu voudras. Elle prend dans la vie d'une personne célèbre un scandale bien tassé, et en tire un roman. Tous les faits qui la gênent sont éliminés. Tous les détails qu'il lui plaît d'inventer sont bienvenus. Ça lui épargne la peine de construire une intrigue et des personnages, et elle n'est pas obligée de coller à la vérité puisque c'est un roman, vous voyez.

— Tu n'as pas l'air de l'aimer beaucoup, dit Duff.

— Ah ? Je parlais de ses livres. Je les déteste. Mais ça ne veut pas dire que je nourrisse une animosité personnelle envers la pauvre femme. Tu trouves qu'on ne devrait pas critiquer l'œuvre de ses amis ? Que c'est déloyal ? Ce ne serait pas un peu étroit de ta part ?

— Je n'ai lu qu'un livre d'Anna, dit Mrs Siddal. *La Pléiade perdue.* Je n'ai pas pu aller jusqu'au bout.

— Ah, oui… celui sur Augusta Leigh : "Comme une pléiade perdue qu'on n'aperçoit plus de la terre !" C'est ce qui l'a lancée. Un succès fou. On aurait pu croire qu'il n'y avait plus une once de chair à picorer sur ce vieux squelette. Mais si ! il semblerait que la nouvelle ait échappé à certains habitants de Cardiff, de Wimbledon, de Tunbridge Wells, de Palm Beach ou de Milwaukee. Ils se sont jetés sur *La Pléiade perdue.* Il y a un chapitre inoubliable où l'on voit Byron et Augusta bloqués par la neige ; je crois que c'est véridique. Anna ne l'a pas inventé. Ce qui est merveilleux, c'est qu'elle savait tout ce qu'ils ont dit et pensé depuis le premier flocon jusqu'au dégel. À quoi ressemble-t-elle maintenant ? Il y a au moins… dix ans que je ne l'ai pas vue. »

Duff et Robin prirent un air vague.

« Elle est grosse et plutôt pâle, dit enfin Robin. Elle n'a pas l'air de se maquiller, il y a juste ses cheveux qui sont oxygénés.

— Oh non, pas du tout. C'est leur couleur naturelle, l'or du Rhin, et elle en est très fière. Elle les répand sur ses épaules à la moindre occasion. Elle n'a pas l'air d'avoir changé. C'était une grosse fille pâle il y a vingt ou trente ans, et quoi qu'elle porte, elle avait toujours l'air d'avoir dormi avec. Elle défaisait ses cheveux pour dîner et se penchait avec un air de confidence vers son voisin jusqu'à ce qu'ils traînent dans sa soupe. S'il se rétractait, elle en concluait qu'il était refoulé. »

Robin rit et dit qu'Anna leur avait récité un *limerick*[1] sur les puceaux.

« Un *limerick !* s'écria Mr Siddal. Elle en est là ! Mais c'est vrai qu'elle a dû vous prendre pour des écoliers.

— Qui est Mr Lechene ? demanda Duff, sans relever.

— Aucune idée. Elle en avait fini avec lui bien avant que je fasse sa connaissance. Elle disait qu'elle s'était mariée à quinze ans, et ce doit être vrai. Mais il y a sûrement un monsieur en exercice. Il y en a toujours un. Vous ne l'avez pas vu ? Peut-être s'accordait-il un répit.

— Elle veut venir ici, dit Robin. Elle a demandé si nous avions de la place.

— Oh ! non... nous n'en avons pas ! s'écria Mrs Siddal.

— Pourquoi, maman ? La chambre du jardin n'est toujours pas louée.

— Je ne veux pas d'Anna ici. On a déjà les Wraxton.

1. Petit poème à forme fixe, d'intention grivoise.

— C'est vrai qu'elle pourrait en troubler certains, reconnut Robin. Elle dit de telles… elle ne fait pas tellement attention à ce qu'elle dit, n'est-ce pas, Duff ? »

Duff grommela. Il ne savait pas s'il souhaitait ou non qu'Anna vienne. Elle l'avait troublé. Il s'était senti honteux des idées qu'elle avait réussi à lui mettre dans la tête ; et puis elle l'avait regardé en souriant comme si elle se rendait parfaitement compte de ce qu'elle faisait.

« Duff ferait bien d'être prudent, dit Mr Siddal. Elle est plus vieille que les rochers sur lesquels elle s'assoit et elle dévore un jeune homme chaque matin pour son petit déjeuner. Sa poubelle est remplie de crânes et d'os.

— Sûrement plus maintenant ! dit Robin.

— Je t'assure. Chaque mot qu'elle dit, chaque regard qu'elle jette est un puissant aphrodisiaque ; avec une dose suffisante, ils oublient qu'elle est grosse et vieille et que c'est une ogresse. Ils croient qu'elle va leur enseigner quelque secret merveilleux.

— Et elle le leur enseigne ? demanda Duff avec un nouveau regard appuyé.

— Ça, avoua Siddal, je n'en sais rien. Je n'en ai pas fait les frais. Et si elle vous a dit le contraire, c'est une erreur de mémoire de sa part. Elle ne doit pas en revenir qu'un vieux camarade comme moi ait échappé à sa poubelle.

Mais quels que soient, par ailleurs, mes défauts, je n'ai jamais regardé une autre femme depuis que j'ai épousé votre mère. Je suis heureux en mariage, comme on dit. »

8. Idées en l'air

Les pensionnaires de l'hôtel aperçurent pour la première fois Lady Gifford le dimanche à dîner, car elle avait gardé le lit depuis son arrivée la veille au soir. Lorsqu'elle parut enfin, on éprouva une certaine curiosité. Sa blancheur, son visage émacié et sa faible voix témoignaient du délabrement de sa santé et personne n'osa protester lorsqu'elle demanda qu'on allumât du feu dans le salon, bien que la soirée fût très chaude. Gerry apporta des bûches, et elle s'assit tout près de la cheminée, tendant ses mains frêles vers la flamme et regardant autour d'elle avec un pâle sourire courageux, comme si elle s'attendait à ce qu'on la félicite d'avoir eu la courtoisie de descendre.

Mais personne n'était doué pour la conversation de salon à part Dick Siddal, qui avait l'habitude de rejoindre les pensionnaires une fois le dîner débarrassé. Et même lui trouva la chaleur insupportable. Il fut obligé d'aller s'asseoir à l'autre bout de la pièce où il ne pouvait entendre les chuchotements plaintifs de la pauvre malade. Il y avait plusieurs personnes dans le salon et toutes y étouffaient. Sir Henry écrivait des lettres, assis à un petit bureau devant la baie vitrée. Les Paley lisaient les journaux du dimanche sur un canapé. Sur un autre était installée Miss Ellis. Ses fonctions ne l'autorisaient pas à venir au salon, mais c'était sa manière de protester contre sa nouvelle corvée des seaux. Tout le monde restait éloigné de la cheminée, sauf Lady Gifford et Mrs Cove, qui avait laissé avant le dîner son tricot dans le fauteuil le plus confortable et choisi de reprendre sa place malgré les désavantages qu'elle présentait.

Entre les deux dames en train de rôtir chacune dans son enfer particulier, une conversation décevante s'engagea. Lady Gifford chuchotait des questions auxquelles Mrs Cove fournissait de brèves réponses d'un ton particulièrement désagréable. Sa voix froide et sèche prenait parfois des intonations vulgaires qui avaient déteint sur elle à force d'empoignades avec le bas peuple. Elle dit qu'elle s'offrait ces vacances parce qu'elle venait de vendre sa « demeheure » dans le sud de Londres. Une demeure ordinaire, ferait plus tard remarquer Siddal à sa famille, ne se serait sans doute pas aussi bien vendue qu'une « demeheure » : les demeures sont vendues par des agents immobiliers qui prennent une commission, alors que les « demeheures » le sont directement par leur propriétaire, qui fixent eux-mêmes leur prix.

Celle-ci, expliqua Mrs Cove, avait doublé de valeur depuis qu'elle l'avait achetée, les V1 ayant créé une pénurie de logements dans le quartier en question.

« Affreux ! fit Lady Gifford. Bien pire que les premiers bombardements ! Un supplice pour les nerfs.

— Vous étiez à Londres pendant les bombardements, Lady Gifford ? »

La question avait été susurrée par Miss Ellis du fond de son canapé, rappelant à tout le monde qu'elle s'octroyait le droit non seulement de rester là, mais aussi de se mêler à la conversation.

« Non, soupira Lady Gifford. Non… Je n'ai fait qu'y passer. Mais mon mari n'en a pas bougé. Et j'étais très inquiète, naturellement. Ma place était auprès des enfants. Où, demanda-t-elle à Mrs Cove, avez-vous envoyé les vôtres ?

— Nulle part, jappa Mrs Cove. Nous sommes restées à Londres. Nous disposions d'un abri Anderson. Je n'étais pas inquiète.

— Et elles ? demanda Lady Gifford.

— Elles non plus. »

Mrs Cove pinça les lèvres comme pour laisser entendre que ses enfants étaient trop bien élevées pour avoir peur.

« Vous avez de la chance. Les miens auraient été terrifiés. Ils sont si fragiles. Je suis heureuse de pouvoir dire qu'aucun d'eux n'a jamais entendu le bruit d'une bombe.

— Vous étiez en Amérique, n'est-ce pas Lady Gifford ? » demanda Miss Ellis.

Lady Gifford ne parut pas l'entendre et continua à s'adresser à Mrs Cove :

« Nous avions reçu une invitation d'une amie dans le Massachusetts. Ils ont été très gâtés. Mais je ne voulais pas qu'ils s'américanisent. C'est pourquoi j'ai tenu à les accompagner.

— Pourquoi ? demanda Mrs Cove en levant les yeux de son tricot. Vous n'aimez pas les Américains ?

— Au contraire, je les adore. Ils sont tellement gentils et hospitaliers !

— Alors pourquoi ne pas vouloir que vos enfants s'américanisent ? Après avoir accepté toute cette hospitalité ?

— C'est... (Lady Gifford eut un petit geste d'impuissance)... qu'on tient quand même à ce que nos enfants restent anglais.

— Parfaitement, acquiesça Mrs Cove. Raison pour laquelle j'ai gardé mes filles en Angleterre. J'ai reçu des invitations pour elles aussi. Mais je n'aime pas profiter. »

Lady Gifford rougit légèrement.

« Oui, c'était le mauvais côté de la chose, dit-elle. Et je n'ai jamais compris qu'on ne nous laisse pas payer. Mais j'estime que c'était notre devoir de mettre coûte que coûte nos enfants à l'abri. Vous ne trouvez pas ? »

Elle tourna son regard égaré vers les Paley comme pour demander leur appui. Mrs Paley s'agita et ne répondit pas. Mr Paley regarda ses chaussures et dit :

« Je suis de l'avis de Mrs Cove. Si j'avais eu des enfants, je les aurais gardés en Angleterre. Je n'aurais pas voulu qu'ils vivent de la charité.

— Il y avait beaucoup d'endroits sûrs dans les îles Britanniques mêmes, dit Sir Henry en se retournant. Beaucoup de gens de ce pays n'ont jamais entendu une bombe.

— Oh, mais on ne pouvait pas savoir, dit Lady Gifford. Et on ne doit pas laisser souffrir d'innocents petits enfants. Je l'ai toujours pensé. Les innocents ne devraient pas souffrir.

— C'est pourtant la règle, dit Mr Siddal. Ils ont toujours souffert.

— Mais enfin pourquoi ? »

Dick Siddal se laissa aller contre le dossier de son fauteuil en regardant trois mouches voler en cercle autour du lustre. Lady Gifford commençait à l'ennuyer.

« Peut-être, fit-il, que les souffrances des innocents sont utiles. Cette idée m'est venue pour la première fois le jour où un de mes enfants a dit que Loth n'était vraiment pas gentil de quitter Sodome puisque la ville serait sauve tant qu'il y restait. La présence d'un seul juste suffisait à la protéger. Je ne serais pas étonné que toute la race humaine ne soit tolérée sur Terre que grâce à sa minorité d'innocents.

— Quelle charmante idée ! » s'écria Lady Gifford.

Siddal cessa un instant de fixer le plafond pour la regarder. Puis il leva de nouveau les yeux et poursuivit l'idée qui venait de s'offrir à lui. Cette femme était extrêmement bête et ne comprenait pas un mot de ce qu'il disait. Mais il aimait s'entendre parler et il ne risquait guère d'être interrompu.

« Je dirai, reprit-il, que le genre humain est protégé et préservé par les souffrances imméritées, par les millions d'innocents qui paient pour le mal que nous faisons et nous protègent par leur seule présence de même que la présence de Loth détournait le châtiment de la ville condamnée. S'il existait une communauté humaine entièrement mauvaise, sans un seul élément innocent parmi elle, il est probable que la terre s'ouvrirait pour l'engloutir. Une telle communauté ferait voler en éclats l'atome moral. »

Il se redressa et s'adressa à Paley qui lui paraissait susceptible de le suivre :

« Ce sont les innocents qui maintiennent le monde. Leur supplice est atroce, mais…

Ils portent le ciel sur leurs épaules.
La terre n'a rien à craindre tant qu'ils resteront debout.

« Pourquoi la terre ne s'est-elle pas ouverte pour engloutir Bergen-Belsen ? Même dans les abris de la Chancellerie de Berlin, il y avait les enfants innocents du Dr Goebbels. Là où se trouve l'innocent qui souffre, la victime crucifiée, là est le rédempteur qui assure notre salut perpétuel. L'opprimé préserve les oppresseurs. Si l'innocent ne souffrait pas, nous sauterions tous. »

Lady Gifford paraissait un peu ahurie.

« Mais, dit-elle, il devait bien y avoir des bébés à Sodome, même après le départ de Loth. »

Siddal secoua la tête.

« Enfin, tout de même…

— Pas un seul.

— Vraiment ? Je ne savais pas. C'est dans la Bible ? »

La porte s'ouvrit et le chanoine Wraxton parut sur le seuil. Toute conversation s'éteignit aussitôt.

« Il fait une chaleur insupportable ici, annonça-t-il.

— C'est ma faute, soupira Lady Gifford, je dois veiller à ne pas m'enrhumer.

— Vous rôtir de la sorte est la meilleure façon de le faire, madame. Je me vois obligé d'ouvrir les fenêtres.

— Alors je ne pourrai pas rester ici, dit-elle.

— La décision vous appartient », répondit le chanoine.

Il fit le tour des fenêtres et les ouvrit toutes avant d'aller s'asseoir au second bureau pour écrire une lettre. Lady Gifford, contrainte de regagner son lit, s'éloigna au bras de son époux.

9. Dans la nuit profonde

Le murmure de la mer entra par les fenêtres ouvertes. Un souffle frais éventa la joue de Christina Paley. Elle regarda au-dehors et vit une mouette si haut dans le ciel qu'un rayon du soleil déjà couché illumina ses ailes.

La chaleur et l'obscurité de la pièce l'étouffaient. Elle regarda son mari. Il ne lisait pas. Il ne réfléchissait pas. Elle savait que lorsqu'il était ainsi recroquevillé, il ne pensait à rien ; il ne faisait qu'exister à l'intérieur de sa coquille. Depuis quelque temps, il paraissait rapetisser ; on eût dit que son cerveau se desséchait dans son crâne.

Elle aurait voulu que quelqu'un dise quelque chose, et elle observa ses compagnons dans la pénombre suffocante. Il n'en restait plus que quatre, tous retranchés dans un lourd silence. Mrs Cove tricotait à la lueur du feu. Mr Siddal regardait le lustre. Le chanoine Wraxton dessinait des cercles sur son buvard. Miss Ellis paraissait examiner un trou du tapis. Christina avait l'impression qu'aucun d'eux ne pensait, que rien du monde extérieur ne pénétrait leur esprit. Chacun s'était retiré, comme un animal se retire au fond de sa cage avec son os, pour ronger quelque idée fixe. Et cela lui faisait peur. Elle ne pouvait plus supporter d'être enfermée dans ce sombre repaire de bêtes étranges. Elle eut envie de sortir, de quitter l'hôtel, d'aller se réfugier sur les falaises. Elle se leva et quitta la pièce. Personne ne remarqua son départ.

Sa bouffée d'angoisse ne reflua que lorsqu'elle eut traversé la plage et se trouva à mi-chemin du cap. Mais, l'angoisse disparue, la désolation revenait. Le désespoir l'envahit si irrésistiblement qu'elle se demanda comment elle pouvait encore percevoir le calme et la beauté si purs du paysage. Mais ses sens continuaient à lui dire que le ciel, la mer, les falaises et la plage étaient beaux, qu'il y avait de la musique dans le murmure des vagues et que les brises du soir sentaient les ajoncs en fleur. À ce message, son esprit répondait : Ce n'est plus la peine... Autrefois, cela m'aurait consolée.

Car elle aimait la beauté de la nature et avait souvent trouvé un apaisement dans une promenade à travers champs lorsque son chagrin n'en était qu'à ses débuts. Mais elle en était maintenant à un stade avancé, un stade final. À présent, elle n'éprouvait plus que la certitude que sa vie était finie, la dernière étincelle éteinte. Si ce beau panorama ne parvenait pas à la retenir, rien d'autre ne le ferait ; elle était libre de s'en aller à tout moment.

Elle continua jusqu'au bout du promontoire et s'assit sur un rocher face à la mer. L'eau était plate et pâle, plus pâle que le ciel, sauf à l'horizon où un crayon bleu foncé avait tracé une large courbe. À sa gauche, derrière la masse sombre du cap suivant, une lueur d'après couchant continuait d'éclairer le ciel. À sa droite, l'ombre de la nuit tombait sur l'anse de Pendizack. Elle se reposerait un moment, puis elle descendrait sur la plage. Elle entrerait dans la mer tiède et plane, y marcherait aussi loin qu'elle pourrait, puis commencerait à nager. Il y avait une éternité qu'elle n'avait pas nagé, mais elle pensait en être encore capable, peut-être pas très loin, assez loin cependant. Elle nagerait tout droit devant elle vers cette mince ligne bleue à l'horizon, plus loin, plus loin, jusqu'au bout. Un moment viendrait où elle ne pourrait plus nager. Alors, il y aurait peut-être quelques instants de panique. Le désir de vivre se réveillerait peut-être avant qu'elle ne s'enfonce sous l'eau qui l'étoufferait. Mais c'en serait vite fini. Et cela ne nuirait à personne, car elle avait abandonné tout espoir d'aider Paul. Sa vie était un fardeau inutile.

Tant de souffrance, songea-t-elle. Tant de souffrance partout. Et en continuant à vivre, je ne fais qu'y ajouter. Je ne suis pas forte. Je ne peux rien faire. Je ne suis qu'une âme impuissante et désespérée de plus.

Une légère brise agitait les touffes d'œillets marins accrochées au rocher, et une vague plus longue que les autres se brisa sur la plage au-dessous d'elle. La décision lui avait détendu les nerfs. Elle s'adossa au rocher et ferma les yeux, l'esprit vide et offert à toute image qui s'y présenterait. Ce fut celle, soudaine et intense, d'un abîme au fond duquel plusieurs visages levaient les yeux vers elle. La vision surgit et s'effaça si vite qu'elle ne put reconnaître aucun de ces visages, bien qu'elle fût sûre que certains d'entre eux lui étaient familiers : celui d'une jeune fille, ainsi que trois enfants pâles reconnaissables entre mille, aperçus à la lueur d'un éclair. Au même instant, une voix dit à son oreille : *Ils portent le ciel sur leurs épaules. La terre n'a rien à craindre tant qu'ils resteront debout.*

Mr Siddal avait dit cela. Mr Siddal avait dit des choses très étranges dans le salon en regardant le plafond. Elle n'était pas sûre de les avoir bien comprises. Il avait dit que les innocents sauvaient le monde et que leur souffrance était nécessaire. Il avait dit que les victimes, les faibles, les désespérés du monde entier étaient les rédempteurs qui soutenaient et protégeaient le genre humain. Elle ne se rappelait pas ses paroles exactes. Mais elle avait eu une impression très étrange tandis qu'il parlait, l'impression d'être au seuil de quelque immense révélation. Crucifié, avait-il dit. Le Seigneur avait été crucifié. Il était innocent et Il avait sauvé l'humanité. Mais Mr Siddal disait *sauvait*, comme si tout cela se passait en ce moment. Voulait-il dire, se demanda-t-elle, que nous sommes tous… tous les opprimés… et les pauvres gens de la Chine… et les sans-abri… les pauvres petits bébés juifs nés sur des bateaux… sans foyer, sans patrie, chassés de partout… Oh, il n'y a pas pire qu'un pauvre bébé né sans patrie… Mais voulait-il dire que nous sommes tous une seule personne, innocente et crucifiée, sauvant le monde… pour l'éternité ? Est-ce cela qu'il voulait dire ?

Une autre vague se brisa sur la plage et, avant que l'écho s'en fût évanoui, elle savait que, quoi que Mr Siddal eût voulu dire, elle avait pour sa part atteint une certitude. Elle avait fait sa découverte et savait qu'elle n'était plus seule. La chaîne de sa solitude avait été brisée, cette solitude imposée par la cruauté de Paul et qu'elle n'avait pas été capable de supporter. Sa peine n'était pas à elle seule et l'avait transportée dans une existence au-delà de la sienne, dans un état d'esprit, dans un monde de patience, qu'on ne lui retirerait plus jamais.

Ils souffrent pour moi et moi pour eux, songeait-elle, et elle s'efforçait de rappeler à sa vision intérieure ces visages pâles qui la regardaient du fond de l'abîme. Mais l'image était effacée et elle ne pouvait la ranimer. Elle ne pouvait que s'interroger sur l'air familier qu'elle leur avait trouvé et se demander si la jeune fille qui lui était apparue n'était pas Evangeline Wraxton, enfermée à présent, quelque part dans cet hôtel, avec toutes ces bêtes sauvages dans leur repaire, et qu'il fallait la faire sortir, sortir de l'abîme, avant qu'elle y pérît.

« Tout de suite ! Immédiatement, s'écria Mrs Paley en se relevant. Pas une minute à perdre. »

Elle s'élança aussi vite qu'elle put sur le chemin de la baie.

La nuit était presque tombée lorsque, une demi-heure plus tard, elle se retrouva sur ce même chemin en compagnie d'Evangeline. Elle était entrée dans la chambre de la jeune fille sans avoir réfléchi à un plan, et lui avait proposé une promenade sur la falaise aussi tranquillement que s'il se fût agi entre elles d'une vieille habitude. Evangeline avait paru surprise, mais s'était levée docilement et avait rangé dans un tiroir certains objets de sa coiffeuse : un morceau de verre, une lime et une petite boîte.

« J'aurai besoin d'un manteau ? demanda-t-elle.

— Ça vaut mieux, conseilla Mrs Paley. Comme ça, nous ne serons pas obligées de rentrer s'il fait frais. Nous pourrons rester dehors aussi longtemps que nous en aurons envie. Le mien est en bas. Je le prendrai en passant. »

Elles prirent aussi deux coussins sur la banquette du vestibule, de crainte, en s'asseyant sur les rochers, d'attraper des rhumatismes.

« Cet hôtel n'est pas un endroit agréable, dit Mrs Paley. On n'y est pas bien la nuit.

— Non, approuva Evangeline, je n'arrive pas à dormir.

— Moi non plus. Avec des manteaux et des coussins, nous pourrons dormir sur la falaise si on en a envie.

— À moins qu'il pleuve.

— Il ne pleuvra pas. Et d'ailleurs il y a une espèce d'abri sur la pointe de Pendizack. »

Elles trouvèrent près de cet abri un petit creux confortable tapissé de bruyère et s'y étendirent côte à côte, regardant s'allumer les étoiles et devisant de la meilleure façon de faire durer une ration de thé. Aucune n'éprouvait à ce moment la moindre envie de se confier à l'autre. Mais elles savaient ce qui les unissait. Elles étaient un peu étonnées d'elles-mêmes, un rire nerveux sur le bout des lèvres, comme des femmes s'embarquant dans une aventure audacieuse.

« Moi, disait Mrs Paley, je couvre tout juste les feuilles d'eau bouillante et les laisse infuser cinq minutes avant de finir de remplir la théière.

— Vous me donnez soif, dit Evangeline.

— J'ai un panier de pique-nique, une

bouilloire et une lampe à alcool. Si nous revenons ici demain soir, nous nous ferons du thé.

— Quelle bonne idée, dit Evangeline. Je voudrais venir ici tous les soirs jusqu'à la fin de la semaine. Si seulement je n'étais pas obligée de rester dans cet hôtel. Ils nous ont demandé de partir.

— Ils savent bien que vous n'y êtes pour rien.

— Vous croyez ? Mr Gerry Siddal… Vous le connaissez ?

— À peine. Je l'ai aperçu, c'est tout.

— Il est gentil, je crois, dit tristement Evangeline.

— Ah oui ?

— Il est très prévenant avec sa mère. Mais… j'ai essayé de lui parler… de m'excuser… et il n'a rien voulu entendre.

— Je lui dirai un mot demain, promit Mrs Paley. Il ne vous a sans doute pas comprise. C'est sans doute que vous avez parlé en marmonnant.

— Oui… c'est vrai. C'est plus fort que moi. Les gens me font peur. Dites-lui de ne pas se fâcher.

— Je lui dirai.

— Si seulement les gens ne se fâchaient pas… s'ils ne se mettaient pas en colère… » soupira Evangeline.

Peu après, elle s'endormit. Mais Mrs Paley resta longtemps étendue à regarder les étoiles, minuscules et pâles dans le ciel d'été. La jeune fille si mince à son côté l'emplissait d'une tendresse et d'une pitié immenses, d'un amour qui dépassait tout ce qu'elle avait jamais éprouvé. Elle pensa à l'enfant qu'elle avait perdue, et dont c'était aujourd'hui l'anniversaire, qu'on avait pour la première fois posée entre ses bras vingt-trois ans auparavant. Mais il lui semblait que cette enfant lui avait été envoyée en attendant Evangeline, parce qu'à l'époque son cœur était plus petit et n'aurait pu recevoir un être qui ne soit pas le sien. Elle n'aurait pas pu supporter non plus d'en savoir autant sur cette enfant qu'elle en savait sur cette jeune fille, de mesurer tout ce que la vie avec le chanoine Wraxton impliquait, de deviner la signification de cette boîte, de cette lime à ongles sur la coiffeuse.

Elle finit par s'assoupir à demi et se réveilla pour trouver les étoiles beaucoup plus nombreuses dans un ciel plus sombre. L'espace entre les étoiles paraissait très noir, le vent chuchotait dans la bruyère, et d'une voix endormie elle marmonna un vers appris dans sa lointaine enfance :... *Et dit en un murmure aux sphères de l'espace... Un gardien... Quelquefois j'entends un vigilant gardien, qui du vaste univers visite chaque place, Et dit en un murmure aux sphères de l'espace, Dans la profonde nuit du ciel, que tout est bien*[1].

1. Lord Alfred Tennyson, *In Memoriam*, CXXVI, traduction de Léon Morel, Hachette, 1898.

LUNDI

1. Rien n'échappe à Miss Ellis

Miss Ellis en avait long à dire le lundi matin au sujet des lits de Mrs Paley et de Miss Wraxton. Mais elle dut se contenter de ses propres spéculations car Nancibel, qui avait aperçu les vagabondes sur la falaise en se rendant au travail, avait décidé de tenir sa langue. Il était imprudent de confier quoi que ce soit à Miss Ellis, sur qui que ce soit.

« Personne n'y a touché depuis que nous les avons faits hier, déclara Miss Ellis. Qu'est-ce que ça veut dire ? S'il n'y avait que le lit de Mr Paley, ça ne m'étonnerait pas. Il lui arrive de veiller toute la nuit. »

« C'est toujours ça de travail en moins pour moi, dit Nancibel.

— Pour nous deux. Allons faire celui de Lady Goberge.

— On ne peut pas. Elle y est encore.

— Grand Dieu ! Je me demande comment cette maison marcherait si je restais au lit toute la journée ? »

À peu près comme elle a toujours marché, pensa Nancibel en suivant Miss Ellis vers l'étage supérieur et le dortoir des Cove. Le ménage y était vite fait, car ses habitantes avaient de l'ordre. Les quatre matelas étaient nus, les draps étendus aux pieds des lits.

« Regardez-moi ça, s'écria Miss Ellis avec dégoût. La confiance règne. Elles ont peur qu'on se contente de rabattre les draps.

— On fait pareil à la maison, dit Nancibel en soulevant le premier matelas. Maman nous fait toujours étendre nos draps sur le dossier d'une chaise. Elle dit que c'est une mauvaise habitude de les laisser par terre.

— Dans une chaumière peut-être, dit Miss Ellis d'un air supérieur. Mais ici c'est une insulte au personnel. Regardez-moi ces chemises de nuit ? Leur mère devrait avoir honte.

— Ça coûte cher d'habiller trois enfants, dit Nancibel.

— Elle a les moyens. Elle n'est pas à plaindre. On m'en a raconté de belles sur elle ! Je me disais bien que je connaissais ce nom. Cove ! je me suis dit. Où est-ce que j'ai entendu ce nom-là ? Mais impossible de me souvenir jusqu'à ce que j'entende le prénom des petites : Maud, Blanche et Beatrix. Alors, ça m'est revenu. Elle avait trois vieilles tantes, des grand-tantes plutôt, et naturellement elle comptait sur leur héritage…

— Ça ne vous ferait rien, demanda Nancibel,

de vous asseoir ailleurs ? Je voudrais retourner ce matelas. »

Miss Ellis changea de siège et reprit :

« Évidemment, elle voulait un fils, à cause du nom. Et voilà qu'elle a trois filles ! Là-dessus, *lui* meurt avant son oncle, ce qui fait que le titre et les propriétés sont passés à un autre neveu. C'est comme ça que j'ai entendu parler d'elle. Ils ont un château dans le Dorset… le baron, je veux dire. L'oncle. J'ai habité tout près de là pendant un moment. J'avais accepté un poste d'intendante dans une maison de retraite pour quelques mois. Et je me suis liée avec une Mrs… Mrs… Mince, comment elle s'appelait ? Enfin, ça n'a pas d'importance, elle avait été gouvernante ou je ne sais quoi à la cour avant de se marier et les histoires qu'elle a pu nous raconter sur cette Mrs Cove-ci, la nièce, et sa pingrerie… ça les faisait bien rire, là-bas. Et la goutte d'eau, c'est que ce sont ses enfants qui ont hérité de tout l'argent. Elle, elle n'a que l'usufruit. À moins qu'elles ne meurent bien sûr. Et elles ne vont pas mourir *toutes* les trois. Quand même pas ! Si ça arrivait, les gens trouveraient ça louche. Bref, elle s'attendait à toucher la fortune et un titre et le vieux château, et quand ça lui est passé sous le nez, elle a fait comme si on l'avait laissée sans le sou. Toutes ces privations et ces combines, c'est parce qu'elle veut faire son pécule avant que les petites soient majeures. Où allez-vous ?

— J'ai fini, dit Nancibel. Je vais faire les lits des garçons. »

Luke et Michael dormaient dans la chambre à côté des Cove. Les lits étaient à peine ouverts.

« Regardez-moi ça, dit Miss Ellis en rejoignant Nancibel, comme si on n'avait pas déjà assez de travail à faire leurs lits, il faut d'abord commencer par les défaire. Je n'ai jamais vu une famille qui se fasse autant servir. Vous avez entendu la dernière ? Lady Goberge veut un œuf battu dans du café au milieu de la matinée.

— Je ne comprends pas, dit Nancibel, comment elle peut manger tout ce qu'elle mange et rester aussi mince. Cette femme est un squelette.

— Oh ! j'ai mon idée là-dessus. Ça ne m'étonnerait pas qu'elle ait été plutôt grosse et qu'elle se soit fait maigrir à la manière de Hollywood. Vous savez *bien*. Comme les stars de cinéma.

— Non, dit Nancibel. Je ne sais pas. Comment ça ? »

Elle regretta presque aussitôt sa question, car elle vit à l'expression de son interlocutrice que la réponse serait peu ragoûtante. Mais cette réponse ne lui fut pas épargnée. Miss Ellis tourna autour du lit de Luke pour venir lui glisser deux mots à l'oreille.

« Non ! s'écria Nancibel en pâlissant. Non, je ne peux pas croire ça. Quelle horreur !

— Vous pouvez me croire, affirma Miss Ellis. J'ai travaillé un moment avec une fille qui avait été habilleuse dans un de leurs studios, et elle m'en a raconté…

— Mais comment peuvent-elles ?

— C'est une petite gelule, fit Miss Ellis. Oh ! ça doit très bien passer avec un verre de champagne.

— Mais est-ce que ça ne les rend pas très malades ? Enfin… ça pourrait les tuer.

— C'est un risque. Mais elles peuvent manger tout ce qui leur plaît sans crainte de grossir.

— Je ne le crois pas, répéta Nancibel. Personne ne ferait ça.

— Elles sont bien obligées. On les vire si elles ne gardent pas la ligne.

— Mais elle, elle n'est pas actrice de cinéma. Elle n'a pas besoin de gagner sa vie.

— Oh, je vous parie qu'elle ne savait pas ce qu'elle prenait. Quelqu'un lui a parlé d'un docteur extraordinaire qui faisait des miracles pour cinq cents livres et elle a pris sa gélule sans lui demander ce qu'il y avait dedans. »

Miss Ellis ajouta en ricanant :

« J'aurais voulu voir sa tête quand elle s'en est aperçu.

— Moi, dit Nancibel, ça me fait mal au cœur. Sans rire, ça me donne la nausée.

— Quand vous en aurez vu autant que moi sur les dessous de la vie, fit Miss Ellis, vous ne serez plus si dégoûtée. »

Elles finirent le lit de Michael en silence. Puis Nancibel s'écria :

« C'est malheureux tout de même que vous ne trouviez rien que des choses ignobles à dire sur les gens.

— C'est à moi que vous parlez, Nancibel Thomas ?

— À vous-même, Miss Ellis.

— Eh bien, vous êtes joliment impertinente et j'ai bien envie de me plaindre de vous à Mrs Siddal.

— Comme vous voudrez, Miss Ellis.

— J'ai eu tort de vous parler d'égale à égale. Vous vous croyez tout permis.

— J'aimerais beaucoup mieux que vous ne me parliez pas, Miss Ellis. Vrai ou non, c'est dégoûtant. Et je n'en crois pas la moitié. Des ragots de cuisine, voilà ce que c'est.

— C'est une honte, jamais on ne m'a parlé comme ça ! »

Nancibel lui tourna le dos et s'en fut dans la chambre de Hebe et Caroline, la suivante dans le couloir. Elle avait décidé qu'elle se fichait bien de rester en bons termes avec Miss Ellis. Mais elle n'aimait pas se disputer, et elle se tut quand l'intendante vint lui dire ce qu'elle avait sur le cœur.

« Je n'avais jamais pensé que je serais obligée de gagner ma vie, dit Miss Ellis debout sur le seuil. Je n'ai pas été élevée à travailler. Mon père était riche. Nous avions cinq domestiques, pas des rustaudes de village, des filles bien, sérieuses, qui connaissaient leur métier. Mais laissez-moi vous dire que le plus dur, c'est d'être mêlée à des gens du peuple qui croient pouvoir m'insulter parce que j'ai eu des malheurs et personne pour prendre ma défense. Il n'y a rien qui fasse plus plaisir à certaines gens que de voir leurs supérieurs dans le malheur… »

Nancibel ramassa la robe de chambre de Hebe par terre pour la ranger. Son exclamation de surprise lorsqu'elle ouvrit la porte de la penderie arrêta le flot d'indignation de Miss Ellis.

« Ça… par exemple ! dit-elle.

— C'est quoi ? » demanda Miss Ellis en se hâtant de venir voir.

À l'intérieur de la porte du placard, une grande feuille de papier était fixée par des punaises. Elle contenait le texte suivant en lettres d'imprimerie :

ASSOCIATION DES NOBLES SPARTIATES

OBGET. Former une bande de Spartiates pour gouverner l'Angleterre et par la suite gouverner le monde.

DEVISE. Tout ce qui est gentil est Mal.
Tout ce qui est méchant est Bon.

1° Obéis toujours au Chef ;
2° Ne révèle jamais les secrets spartiates ;
3° Ne recule jamais devant l'épreuve ;
4° Ne sède jamais à la tentation ;
5° Ne mange jamais ta ration de bonbons ;

6° N'embrasse jamais personne. Si quelqu'un t'embrasse sans que tu n'aies rien pu faire, murmure tout bas le sort suivant :
MAUDITS SOIENT TA CHAIR ET TES OS, MOELLES, FOIE ET LUMIÈRES, TOI QUI OSES M'EMBRASSER CONTRE MA VOLONTÉ ;
7° Ne fais jamais de compléments, sauf ironiqment ;
8° Si l'on te fait exprimer des idées non spartiates dis « non » en chuchottant ;
9° Un nouveau Chef est éli chaque semaine. Chacun à tour de rôle ;
10° Le Chef ne doit pas ordonner d'épreuves qui laissent des cicatrices ou des bleux que les non-Spartiates pourraient voir ;
11° Pas plus de trois épreuves par semaine ;
12° Pas de nouvelle règle sans réunion ;
13° Quand un Spartiate a accompli une action audacieuse au profit de tous les Spartiates, même s'il n'est pas Chef cette semaine-là, tous les autres doivent le soutenir.

ÉPREUVES POUR
LES NOUVEAUX SPARTIATES

1° *Peur.* Faire quelque chose qui vous fait peur ;
2° *Nourriture.* a) Manger quelque chose qui

vous donne envie de vomir (ex. éclair au chocolat et sardine) et ne pas vomir.
b) Ne rien manger pendant 24 heures ;

3° *Odeur.* Respirer quelque chose qui sent très mauvais pendant 10 minutes. Ex. parler à Miss Rigby. Hauts le corps interdits ;

4° *Vue.* Regarder des planches annatomiques ;

5° *Ouïe.* Un crayon à ardoise qui grince, si on n'aime pas ça ;

6° *Froid.* Dormir par terre toute une semaine sans couverture ;

7° *Toucher.* Ne pas bouger pendant qu'on vous chatouille ;

8° *Douleur.* Pincement du petit doigt ;

9° Une action particulièrement courageuse ordonné par le Chef. Qui soit vraiment dangereuse.

Quand les aspirants spartiates ont passé leurs neuf épreuves, ils reçoivent la carte de membre et peuvent devenir Chefs. Pendant la période d'épreuves, ils sont admis aux assemblées mais n'ont pas le droit de vote. Ils ont droit à tous les privilaiges de l'Association y compris le code spartiate. Ils doivent obéir à toutes les règles.

Ce manifeste étonna tant Miss Ellis et Nancibel qu'elles en oublièrent un temps leur querelle.

« Ça, pour être insolite, dit Nancibel. Tout ce qui est gentil est mal ! Comment une enfant s'est-elle mis pareille idée dans la tête ?

— C'est peut-être à force de voir les gens se goberger autour d'elle, fit Miss Ellis. Imaginez qu'elle sache quelque chose… enfin… comme ce que je vous disais à l'instant ! Une chose comme ça peut très bien lui avoir chamboulé la cervelle. Ça peut suffire à donner de drôles d'idées à une enfant.

— Mais elle n'en saurait rien. Comment le saurait-elle ?

— Elle a pu entendre parler les domestiques. Je sais ce que je dis, il y a quelque chose de ce genre derrière tout ça. »

On entendit des pas courant dans le couloir et Miss Ellis se hâta de refermer la porte de la penderie. C'était Hebe. Elle s'arrêta sur le seuil en les voyant et dit avec hauteur :

« Ah… Vous n'avez pas encore fini ? »

Elle se retourna, secoua ses boucles et déguerpit.

« Un jour, promit Miss Ellis, je dirai à la jeune Hebe Gifford d'où elle vient. Gifford ! Elle ne s'appelle pas plus Gifford que moi. Ils l'ont adoptée. C'est une bâtarde, l'enfant d'une bonne probablement. Et c'est moi qui vide ses pots de chambre ! »

2. Le bateau dans la bouteille

« Porthmerryn est tout petit, dit Mrs Cove en pressant ses filles sur la falaise. Et rempli de touristes en cette saison. Si nous n'arrivons pas les premières avec nos points de rationnement, tous les meilleurs bonbons seront partis. Ce n'est pas le moment de traîner. Blanche, tu ne peux pas marcher plus vite ?

— Elle a mal au dos, dit Beatrix.

— La marche lui fera le plus grand bien. »

Blanche se mit à trottiner en boitant, soutenue par ses sœurs. Le but de leur expédition ne les intéressait pas, car elles n'auraient sans doute pas droit à un seul des bonbons acquis avec tant de hâte. Leur mère conservait leurs friandises pour un jour de disette qui n'arrivait jamais. Mais elles savaient l'importance de posséder des biens que d'autres gens pouvaient désirer, puisque la rareté en faisait la valeur.

En haut de la côte, près de Bethesda, Mrs Cove

s'arrêta un moment pour leur donner ses dernières instructions.

« Mieux vaut nous séparer. Si nous allons toutes dans la même confiserie, on devinera que nous sommes de la même famille et on nous donnera un assortiment. Il y a plusieurs boutiques d'après ce que je sais. Blanche ! Tu suivras la digue. Beatrix fera Church Street et moi Fore Street. Maud ira dans Market Street. Voici une demi-couronne pour chacune, au cas où vous trouveriez du loukoum. Tâchez d'en avoir, c'est très rare. Sinon, des guimauves ou du caramel. Je ne veux pas de bonbons acidulés ni de sucres d'orge, on en trouve partout. Et si on vous fait des histoires parce que vous êtes seulement de passage, répondez que vous vous plaindrez au ministère du Ravitaillement. Je vous retrouve devant la poste dans une demi-heure. »

Elles se séparèrent et Mrs Cove descendit Fore Street d'un pas rapide, mais le dos de Blanche les avait retardées et elles n'arrivèrent pas les premières devant les boutiques comme elle l'avait espéré. La queue était déjà longue dans la principale confiserie. Mrs Cove s'y trouva juste derrière Robin Siddal et Sir Henry Gifford.

« Vous êtes matinaux, dit-elle d'un ton amer quand ils l'eurent saluée.

— Je viens pour des guimauves, dit Gifford. Ma femme m'a chargé de lui en acheter avant qu'il n'y en ait plus. Je vois qu'ils en ont ici.

— Moi, je cherche des caramels mous, dit Robin. Il n'y en a pas sur la digue. J'y ai croisé Blanche, Mrs Cove, et elle demande si ses sœurs et elle peuvent venir voir un bateau dans une bouteille dont je leur ai parlé. J'ai promis que je vous demanderais la permission si je vous voyais.

— Où est ce bateau ? demanda Mrs Cove.

— Dans une maison du port. C'est chez l'arrière-grand-mère de Nancibel. Elle a des tas de vieux objets très intéressants. »

Mrs Cove réfléchit et dit un peu à contrecœur qu'elle permettrait à ses filles d'y aller à condition qu'elles soient de retour à Pendizack à l'heure du déjeuner.

« C'est une très vieille dame, dit Robin en se tournant vers Sir Henry, presque aveugle, et il est question de l'envoyer à l'hospice. Ça l'inquiète beaucoup. Ça les inquiète toujours. Mais il n'y a pas de place pour elle chez les Thomas et elle ne peut pas rester seule. Je me demande si certaines de ses vieilleries ne pourraient pas rapporter un peu d'argent, assez pour la faire vivre un peu mieux. Est-ce que vous vous y connaissez en ambre noir, par hasard ? Vous disiez hier que vous aimiez l'ambre.

— Je m'y connais un peu, dit prudemment Sir Henry. C'est très rare.

— Je crois qu'elle en a un morceau, rapporté par son fils marin il y a longtemps. Il est mort depuis des années. Il l'avait trouvé quelque part en Orient.

— À quoi ressemble-t-il ? demanda Sir Henry.

— C'est une petite figurine sculptée, grande comme ça, dit Robin en tenant ses deux index écartés d'une dizaine de centimètres. Je dirais que c'est de l'ambre, à l'aspect et au toucher. Elle l'a sur son buffet.

— Mais une pièce comme ça peut valoir au moins mille livres !

— Je sais. Je sais que l'ambre noir est très recherché. Si c'en était, elle n'aurait pas besoin d'aller à l'hospice. »

La queue avança, mais ni Robin ni Sir Henry ne s'en aperçurent. Mrs Cove attendit quelques secondes, puis se glissa à la place vide devant eux.

« Je ne lui ai rien dit, continua Robin. Je ne veux pas lui donner de faux espoirs. Mais j'aimerais le montrer à un expert.

— Il y a très peu de chances que ça en soit, dit Sir Henry.

— Sans doute. Mais ça vaut la peine de vérifier, et je ne sais pas à qui demander.

— Je peux toujours y jeter un coup d'œil si vous voulez, proposa Sir Henry.

— Oh, c'est vrai, vous voulez bien ? »

La queue avança encore et Mrs Cove arriva au comptoir.

« Des guimauves », dit-elle d'un ton ferme.

Sir Henry et Robin regardèrent autour d'eux, surpris, et se demandant comment elle avait fait pour passer devant, avant de se rendre compte que c'était leur faute.

« Si vous aviez raison, reprit Sir Henry, je pourrai lui trouver un acheteur et veiller à ce qu'elle en tire le meilleur prix.

— Ce serait si gentil de votre part. Je dois y passer ce matin. Voulez-vous venir avec moi ?

— Je ne peux pas, ma femme m'attend. Mais un autre jour si vous voulez. »

La queue avança de nouveau, et ce fut le tour de Sir Henry. Il ne put avoir de guimauves, Mrs Cove ayant acheté les dernières. Il prit du nougat et Robin des caramels au lait.

« C'est un coup bas, dit Robin en sortant de la boutique. Elle s'est faufilée devant nous. Vous avez remarqué ?

— Nous l'avons laissée passer. Vous savez, à votre place, je ne parlerais pas tout haut de cet objet d'ambre noir, en admettant que c'en est, dans une boutique de Porthmerryn où chacun peut vous entendre. Et plus tôt on l'aura mis en sûreté, mieux cela vaudra. Vous ne pourriez pas lui glisser de le garder précieusement ?

— Je ne voudrais pas la décevoir au cas où je me tromperais.

— Dites-lui que ça peut valoir cinq livres. Vous ne risquez pas de vous tromper beaucoup. Et conseillez-lui de le ranger en lieu sûr. »

Robin acquiesça et ils se séparèrent. Il fit quelques courses pour sa mère et alla au bureau de poste, où les trois petites filles l'attendaient. Elles dirent que leur mère était rentrée à l'hôtel et qu'elles souhaitaient beaucoup voir le bateau dans une bouteille.

« Venez alors, dit Robin. Tenez, prenez un caramel. »

Il ouvrit le sac de bonbons, mais elles secouèrent toutes trois la tête en prétextant, comme d'habitude, qu'elles n'en avaient pas à lui rendre.

« Comment ? s'écria-t-il. Mais vous êtes toutes venues acheter des bonbons !

— C'est notre mère qui les a, expliqua Beatrix.

— Ah, je vois. Eh bien, servez-vous quand même. »

Elles finirent par en accepter chacune un petit, sans grand plaisir. Elles auraient de beaucoup préféré se montrer généreuses plutôt qu'accepter la générosité d'autrui. Si on leur avait laissé leurs bonbons, elles auraient couru à travers Porthmerryn pour en régaler tout le monde.

Robin les guida vers le port par une rue de traverse ; il ne tenait pas à rencontrer des camarades, flanqué de ces drôles de petites filles. Il s'étonnait par moments de s'être embarqué dans cette expédition, car il n'avait pas pour coutume de traîner avec des fillettes entre sept et dix-sept ans, et celles-ci étaient particulièrement dépourvues d'attraits. Mais le sourire de Blanche l'avait charmé. Elle avait une expression si rayonnante lorsqu'elle était contente qu'il était impossible de ne pas chercher à lui faire plaisir. Il l'avait trouvée en train de regarder avec ravissement, dans une vitrine de la digue, quelques petits bateaux en bouteille fabriqués en série. Ce ravissement avait atteint l'extase lorsqu'il lui avait parlé du bateau de la vieille Mrs Pearce. Le simple fait de l'avoir décrit lui avait valu un regard émerveillé et plein de gratitude. Sans réfléchir davantage, il lui avait proposé de le lui montrer un jour ou l'autre, et voyant que cette perspective la transportait au sixième ciel, il s'était senti obligé de lui ouvrir le septième en suggérant d'y aller dès aujourd'hui.

« Ce bateau, leur dit-il, doit avoir cent cinquante ans parce qu'il a été fabriqué par le grand-père de Mrs Pearce. C'est un cinq mâts dans une longue bouteille étroite, pas comme les imitations qu'on voit partout dans de grosses bouteilles. Nous y voilà. On monte par ici. »

L'escalier de pierre conduisait à une porte verte au premier étage ; le rez-de-chaussée de la maison était occupé par une poissonnerie. Robin frappa à la porte, qui était ouverte, et les introduisit dans une pièce encombrée de meubles, de fougères en pots et de chats.

L'arrière-grand-mère de Nancibel, une minuscule petite vieille, s'affairait devant l'âtre. Elle se retourna à leur entrée en frottant ses yeux troubles.

« C'est Robin Siddal, cria-t-il. Je vous amène trois petites demoiselles qui voudraient voir votre bateau, Mrs Pearce. Vous permettez ? »

Mrs Pearce mit un moment à absorber ces nouvelles, puis demanda si elles étaient les demoiselles de Tregoylan.

« Non. Non. Elles sont de Londres.

— Londres ? Je ne vois plus aussi bien que quand j'étais jeune. Les jeunes filles de Tregoylan viennent de temps en temps. Mais je ne les attends pas au mois d'août. Londres ? »

Blanche s'avança et mit sa main dans les doigts noueux.

« Je suis Blanche Cove », dit-elle d'une voix douce mais claire. Et voici mes sœurs. Maud et Beatrix. Nous sommes en vacances à Pendizack, chez Mrs Siddal.

— En vacances à Pendizack, tiens ! Une belle maison, le manoir de Pendizack. Mon petit-fils, Barny Thomas, habite près de l'église de St Sody. Mais je n'y vais plus maintenant. Pas depuis que mes vieilles jambes se sont mises à enfler. Asseyez-vous, mes chéries. Robin, donnez des chaises aux demoiselles. »

Tout le monde s'assit. Robin fut frappé par la bonne éducation des Cove qui ne parlèrent plus du bateau, même si leurs yeux se dirigeaient souvent vers la cheminée qu'il décorait, et qui posèrent des questions polies sur les jambes de Mrs Pearce. Au bout d'un moment, il exposa le véritable objet de leur visite et, cette fois, la vieille femme comprit.

« Mon bateau ? Bien sûr, mon cher enfant. Il faut le montrer aux demoiselles. Passez-le-moi. Vous savez où il est ? Sur la cheminée. »

Il le lui donna et elle le leur tendit pour qu'elles puissent l'admirer.

« Ce bon vieux petit bateau est sur cette cheminée depuis l'année que vous voyez écrite sur la bouteille, leur dit-elle. Si vous regardez bien, vous verrez aussi un nom : Phineas Pearce. Ça, mes chéries, c'est le nom de mon grand-père. Et regardez, après le nom, il y a des chiffres : un, sept, neuf, cinq, dix-sept-cent-quatre-vingt-quinze, ça, c'est l'année où le bateau a été fabriqué... »

Robin, qui avait entendu maintes fois ces explications, s'approcha du buffet pour jeter un coup d'œil sur l'ambre noir. La dernière fois qu'il l'avait vu, l'objet était posé sur la seconde étagère à côté de l'encrier. Il n'y était pas.

« Il n'y avait pas de digue en ce temps-là, disait Mrs Pearce, ni dans mon jeune temps, faut dire. C'était seulement un petit port de sardiniers... »

Il l'interrompit :

« Mrs Pearce, où est la petite statue noire ? Celle qui était sur le buffet ?

— Dans la terrine, dit Mrs Pearce. C'est là que je le range, quand je fais la poussière. »

Il regarda dans la terrine et l'objet y était. Ses battements de cœur se calmèrent.

« Et puis, continua-t-elle, j'ai vu arriver les chemins de fer. J'ai vu le premier train qui est entré dans la ville avec les drapeaux et les cris de joie et l'orchestre qui jouait si bien. Toute la ville était de fête ce jour-là. Un festin pour tout un chacun. »

Les Cove frémirent. Maud demanda si tous les habitants étaient venus et qui avait organisé le Festin.

« Tout le monde est venu et tout le monde a participé, dit Mrs Pearce. Pas un homme, une femme ou un enfant, n'aurait manqué ça et les paysans sont venus aussi, de plusieurs lieues à la ronde. Cinq mille personnes, disaient certains, d'autres dix mille. Moi, ce que je sais, c'est qu'ils étaient beaucoup, et j'y étais. Je n'avais jamais vu une foule pareille et je n'ai jamais revu ça. Et la gare, d'un beau vert couleur forêt, avec des nœuds et des guirlandes. On a entendu crier : “Le voilà ! Le voilà ! J'entends le sifflet !...” Et ça se bousculait, oh, là, là, on aurait dit un troupeau de vaches. Et là il y en a un qui a crié : “C'est pas le train. C'est moi qui sifflais mon chien.” Tout le monde a ri si fort qu'on aurait cru entendre le tonnerre. Un rire comme ça, je n'en ai plus jamais entendu. Et le train, il est arrivé finalement, tout garni de guirlandes, et le maire avec sa grande chaîne en or, qui le conduisait. Alors l'orchestre a commencé et tous ensemble on a chanté *Old Hundred*.

— Que ça devait être *beau* ! » s'écria Maud.

Elles prirent congé à regret, sans pouvoir quitter des yeux le petit bateau qu'on remettait sur sa cheminée. En remerciant Mrs Pearce, Robin lui glissa quelques mots de prudence au sujet de la figurine d'ambre, en ajoutant qu'elle pouvait être précieuse.

« Ça doit bien valoir une livre, à mon avis, opina la vieille.

— Et même cinq, Mrs Pearce, alors faites-y attention.

— Oh, dans la terrine, ça ne craint rien. Au revoir, mon garçon. Au revoir, mesdemoiselles. Si vous repassez par ici, et que le cœur vous en dit, entrez, vous serez les bienvenues. »

Robin avait encore une course à faire, et les trois filles rentrèrent seules par les falaises. Elles marchaient lentement, car Blanche était fatiguée et ses sœurs durent la tirer pour monter la côte. Elles avaient la tête si pleine de fêtes, de trains et de bateaux qu'elles parlaient très peu. Mais quand elles se trouvèrent au sommet de la falaise parmi l'herbe et les ajoncs, Maud se mit à fredonner un air. Les autres l'accompagnèrent et leurs notes légères, pas toujours justes, s'éparpillaient dans la brise salée.

Tous les habitants de la Terre
Louent le Seigneur à pleine voix !

Entre elles, elles étaient presque toujours heureuses, bien que leur pâleur, leur gravité et la pauvreté de leurs vêtements leur donnent un air un peu pitoyable. Elles possédaient et connaissaient si peu de choses, avaient été dans si peu d'endroits et rencontré si peu de gens, leur vie était si nue que l'étendue de leurs désirs était très limitée. Leur école, pendant la guerre, avait été évacuée à la campagne, mais elles ne l'avaient pas suivie et leur mère s'était chargée de leur instruction. Elle se vantait non sans raison que ses filles connaissent plus d'histoire, de géographie, de mathématiques et d'histoire sainte qu'elles n'en auraient appris en classe. Mais il ne restait plus aucun enfant dans le quartier et elles avaient pris l'habitude de jouer uniquement entre elles. Elles ne se disputaient jamais, et étaient rarement d'avis différents. Blanche était la plus intelligente, mais la patience avec laquelle elle endurait ses maux absorbait une part si considérable de son énergie qu'elle était en retard sur Beatrix dans ses études. Maud, la plus jeune, était la plus perspicace et la plus insatisfaite. Maud n'était pas toujours sage.

Ce voyage à Pendizack était la suprême aventure de leur vie. Elles en étaient toutes un peu ébahies. On eût dit une histoire lue dans un livre et soudain devenue réalité. Elles auraient, une semaine auparavant, tenu pour impossible d'approcher des amis comme les Gifford. À présent, la barrière entre les choses possibles et impossibles semblait avoir disparu.

« C'est demain que Hebe doit révéler notre action particulièrement courageuse, dit Beatrix quand elles eurent fini de chanter. Je me demande ce qu'elle va choisir.

— On a encore plein d'épreuves à passer, dit Maud. On n'a pas senti de mauvaise odeur ni dormi par terre.

— Elle a dit qu'on ferait ça plus tard, dit Beatrix. Je lui ai expliqué qu'ici, avec maman dans la même chambre, on ne pouvait pas coucher par terre.

— J'espère que ce ne sera pas le train, dit Blanche d'une voix inquiète. S'allonger entre les rails et laisser le train passer au-dessus de nous. J'aurais trop peur. Je ne crois pas que je pourrais.

— Hebe a fait ça ? s'écria Maud.

— Non, à Londres ils ne pouvaient pas. Là-bas, on ne peut pas aller sur une voie de chemin de fer. Mais c'est peut-être possible ici.

— Qu'est-ce que Hebe a eu comme épreuve ? demanda avidement Beatrix.

— Elle a passé toute une nuit dans la cathédrale St Paul. Elle s'est cachée quand on a fermé les portes. Elle dit qu'elle a vu le fantôme d'Henry VIII.

— N'importe quoi ! s'écria Maud. La cathédrale n'a été construite qu'après l'incendie de Londres.

— Les fantômes peuvent très bien entrer dans de nouveaux bâtiments, dit Blanche. Il y a une maison à Londres dans un endroit qui était autrefois une route, et un cavalier y passe au galop. Mais si on doit se coucher sous un train, je ne pourrai pas. Rien que d'imaginer l'entendre approcher !

— Je ne pense pas que ce sera le train, dit Beatrix. D'après Caroline, ce sera plutôt une épreuve de natation.

— Mais on ne sait pas nager ! protestèrent les autres.

— Je lui ai dit. Et Hebe prétend que la méthode spartiate pour apprendre c'est de se jeter à l'eau.

— Et si on n'apprend pas ? demanda Maud.

— C'est aussi ce qu'a dit Caroline. Elle a promis que si Hebe veut nous faire nager, elle l'en empêchera.

— Comment ?

— Je ne sais pas. Mais elle était fâchée. Elle a dit que les Spartiates n'étaient qu'un jeu et qu'il ne fallait pas le prendre trop au sérieux. Elle n'a pas vraiment passé l'épreuve de l'action courageuse. Elle a fait semblant.

— Mais c'est déloyal ! » dit Blanche.

En arrivant en vue de la baie, Blanche se laissa tomber dans l'herbe en disant qu'il lui fallait se reposer une minute. Elles s'assirent toutes les trois et s'amusèrent à frotter du thym sauvage entre leurs doigts. Beatrix dit d'un air rêveur :

« Si on avait de quoi agrandir les choses petites… une sorte de loupe… et qu'on arrivait à extraire le bateau de la bouteille, on aurait un voilier.

— Comment est-ce qu'il pourrait sortir de la bouteille ? demanda Maud.

— Je trouverais. Phineas Pearce l'a bien fait rentrer.

— Pourquoi ne pas agrandir la bouteille aussi ? dit Blanche. Se glisser par le goulot et vivre à bord du bateau. Si on le laissait dans la bouteille, on pourrait rester sur le pont même quand il pleuvrait.

— Où est-ce qu'on le mettrait ? demanda Maud.

— Sur le promontoire, décida Beatrix, là où on pourrait le voir à des kilomètres… une énorme bouteille avec un château dedans. Des foules se réuniraient chaque jour autour en chantant *Old Hundred*.

— Mais personne n'aurait le droit d'entrer dedans sauf les nobles Spartiates, dit Maud.

— Et Robin, dit Blanche. Et Nancibel. Oh !

je voudrais qu'on puisse faire ça ! Hebe serait bien étonnée.

— Tout le monde serait étonné, dit Maud. Mais je ne crois pas que ce soit possible. Ce genre de loupe n'existe pas.

— Il y avait un télescope, affirma Beatrix, par lequel on pouvait voir le passé.

— Beatrix ! C'est vrai ? Qui t'a dit ça ?

— Je l'ai lu dans le *Strand Magazine.* Un type a regardé sa maison dedans et elle n'était pas là. Alors, il a réglé le télescope plus près de son temps et il l'a vue en construction.

— C'est *sûrement* inventé, dit Blanche.

— Non. Il y avait écrit "Sciences". »

Blanche ne parut pas convaincue, et essaya de se lever, car elle pensait qu'il était temps de rentrer. Mais son dos lui faisait tellement mal qu'elle retomba en poussant un cri.

« Tu souffres beaucoup ? » demanda anxieusement Beatrix.

Blanche acquiesça. Les larmes coulaient sur ses joues, ce qui n'arrivait presque jamais.

« Veux-tu qu'on te masse ?

— Essayez peut-être. »

Elle se mit à grand-peine à plat ventre. Beatrix releva sa robe de coton, descendit ses culottes délavées et commença à lui masser la colonne vertébrale. Mais la douleur ne passait pas. Elles pleuraient toutes trois à présent.

Elles entendirent une voix demander :

« Elle s'est blessée ? »

Elles levèrent la tête et virent la vieille Mrs Paley debout à côté d'elles sur le chemin.

« Non, c'est son dos, expliqua Beatrix. Il la fait toujours souffrir. On la masse quand elle n'en peut plus.

— Laissez-moi faire, dit Mrs Paley. Je suis plutôt douée en massages. »

Elle s'agenouilla à côté de Blanche et se mit à la masser doucement. Ce faisant, elle les interrogeait. Depuis combien de temps Blanche souffrait-elle ainsi ? Depuis toujours, répondirent-elles, puis précisèrent : « Depuis qu'elle a eu la diphtérie. » Est-ce que leur mère le savait ? Oui, elle le savait. Mais elle pensait que c'étaient des douleurs de croissance, ajouta Maud.

« Est-ce le docteur qui a dit qu'il fallait la masser ? demanda Mrs Paley. Il y a des cas où les massages sont mauvais.

— Oh, elle n'a pas vu le docteur, dit Beatrix. Ce n'est pas une maladie ; seulement une douleur. On la masse quand ça l'empêche de dormir. »

Au bout d'un moment, Blanche déclara qu'elle avait moins mal et on l'aida à se relever. Descendre une côte lui était toujours très pénible, expliqua-t-elle, mais elle y arriverait si les autres la soutenaient et il devait déjà être très tard.

Elles reprirent toutes trois leur chemin, Beatrix et Maud tenant Blanche par la taille. Elles semblaient de nouveau très gaies et, tout en trébuchant sur le sentier de la falaise, se remirent à pépier leur hymne :

Ô franchissez joyeusement ces portes,
Approchez Son domaine béni !

Mrs Paley les suivit d'un œil inquiet jusqu'au moment où elles atteignirent la plage.

3. Une dame, sûrement pas

En descendant au jardin pour y cueillir de la menthe, Nancibel crut apercevoir un homme derrière les mûriers.

« Qui est là ? » cria-t-elle.

Il se redressa et s'avança vers elle avec un large sourire.

« Bruce ! Qu'est-ce que tu fais là ?

— Je cherche les écuries. Et toi ?

— Je travaille ici. Et les écuries sont de l'autre côté. Qui t'a permis de manger nos mûres ?

— Comment ça… tu travailles ici ? demanda Bruce un peu agité.

— Je suis femme de chambre.

— Mais je croyais que tu habitais plus haut sur la falaise.

— Je rentre chez moi le soir.

— Ah ? Je vois. »

Il parut soulagé et ramassa une valise de carton posée dans l'allée en ajoutant :

« Je n'ai pas mangé de mûres, il n'y en a pas. Où sont les écuries ?

— Par là. Pourquoi ?

— C'est là que je vais dormir.

— Comment ? Tu loges ici ? Avec tes patrons ?

— Oui, dit Bruce.

— C'est curieux ! Mrs Siddal n'a pas parlé de nouveaux arrivants.

— Je ne crois pas qu'elle soit au courant. Elle était sortie quand nous sommes arrivés. C'est le vieux qui nous a loué les chambres.

— Mr Siddal ? Alors ça…

— C'est un vieil ami de… mon patron. Alors, en arrivant, on a demandé à lui parler.

— Qui t'a ouvert la porte ?

— Un abruti qui ahanait.

— Oh, *celui-là* !

— Oui, *celui-là !* Je suis content que tu en parles comme ça.

— Pourquoi ?

— Parce que je n'aurai pas à en être jaloux.

— Ne fais pas l'idiot. Qu'est-ce qui s'est passé ?

— Eh bien, on a attendu dans le vestibule pendant des siècles que l'abruti ait réveillé Mr Siddal. Il a fini par arriver et il a loué la chambre du jardin à mon patron. Mais il n'y avait plus de place pour moi dans l'auberge, alors…

— Ne sois pas désobligeant. Tu logeras dans

le petit grenier des écuries, je pense. Les fils Siddal et Fred occupent les deux autres.

— Tu veux bien m'y conduire ?

— Conduis-toi toi-même ! dit Nancibel. C'est par là, tu ne peux pas te perdre.

— Tu es contente de me voir ? lui cria-t-il comme elle s'éloignait.

— Bien sûr, répondit-elle par-dessus son épaule. Je n'avais pas autant ri depuis samedi. »

Elle s'éloigna en courant, espérant qu'elle n'avait pas montré son plaisir de le revoir. Car elle avait beaucoup pensé à lui depuis la soirée du samedi et décidé qu'elle l'aimait bien, malgré ses gamineries. Tous les garçons n'auraient pas accepté ses remontrances avec autant de bonne humeur. Et ce serait amusant d'avoir quelqu'un de jeune dans la maison, quelqu'un de vivant, qui la changerait de Fred et de ses ahanements. « Nancibel, vous êtes con-gédiée ! » Elle deviendrait marteau à force d'entendre ça tous les matins. Et puis, il a le béguin pour moi, et ça me remonte le moral, songea-t-elle. Tout cet hiver, ça m'était complètement égal qu'on ait le béguin pour moi, mais je commence à aller mieux.

Elle entra dans la maison d'un pas léger, avec le regard brillant de celle qui connaît son succès. *Je te reverrai,* entonna-t-elle en s'approchant de l'évier, *quand le printemps fera son grand retour !*

« Tu en fais du boucan, dit Fred. Et c'est quoi cette chanson ?

— Oh, une très vieille chanson, répondit Nancibel. Ma mère la chantait souvent. »

Miss Ellis entra dans l'office en se donnant des airs.

« Il y a des nouveaux, annonça-t-elle. Une dame avec un chauffeur. Il logera dans l'écurie. Sortez des draps et allez faire son lit, Nancibel.

— Bien, Miss Ellis. »

Bruce avait trouvé sa chambre et l'examinait sans enthousiasme lorsqu'elle y entra portant les draps. Les cloisons étaient de bois nu ainsi que le plafond, et elle ne contenait pas d'autre mobilier qu'une chaise et un lit de camp.

« L'austérité est à la mode, dit-il. J'ai droit à des draps ?

— Oui, tu vois, j'en ai apporté. Attention, surtout : ne t'assieds jamais sur ce lit. Si tu le fais, il se refermera avec toi dedans et c'est toute une histoire pour en sortir. C'était le lit de Fred ; il s'y est trouvé coincé une fois et, si on ne l'avait pas entendu crier, il y serait encore.

— Combien de temps y est-il resté ?

— Deux ou trois jours », énonça gravement Nancibel en étendant les draps sur le lit.

Cela les fit bien rire et Bruce reprit :

« Mais comment j'y entre pour attendre le marchand de sable ?

— Il faut l'aborder par le pied du lit et remonter en rampant. Même chose quand tu te lèveras.

— Je m'exercerai. Parle-moi des fils Siddal. Ils sont trois ? J'ai vu trois lits dans leur chambre.

— Eh bien, il y a Gerry. C'est l'aîné. Il est *très* gentil.

— Vraiment ? Et très beau, j'imagine ?

— Non. Rien de remarquable. Duff… c'est le second… lui, c'est un amour.

— Plus beau que moi ?

— Non. Mais il ne raconte pas de bobards sur Limehouse.

— Oh, Nancibel ! Tu enfonces le couteau dans la plaie. Tu trouves ça chic ?

— Non, pas très, reconnut-elle. Je ne le ferai plus, si tu arrêtes de m'agacer.

— Je ne t'agacerai plus jamais. Tu as changé ma vie.

— Je ne te trouve pas changé du tout.

— Eh bien, je le suis. Tu n'imagines pas. »

Il ouvrit sa valise et commença à déballer ses affaires.

« Je n'ai pas cessé de penser à toi depuis samedi, lui dit-il. Je me demandais si je te reverrais un jour.

— Quelle belle robe de chambre ! s'écria Nancibel.

— Jolie, n'est-ce pas ?

— Qu'est-ce que c'est que tous ces papiers ?

— C'est une partie du livre que je dois taper. Je t'ai dit que j'étais secrétaire.

— Qui l'a écrit, ce livre ? »

Allons-y, se dit Bruce en suspendant sa robe de chambre à un clou. Enfin, ç'aurait pu tomber à un plus mauvais moment.

« Mrs Lechene, dit-il d'un air dégagé.

— *Mrs* Lechene ?

— Oui. Je te l'ai dit. Elle est un écrivain. »

Lui avait-il dit ? Nancibel ne s'en souvenait pas. S'il lui avait dit qu'il travaillait pour une dame, elle s'en serait souvenue.

« Comment as-tu trouvé cet emploi ? » demanda-t-elle.

Bruce hésita, puis se rappela son serment de ne plus dire de mensonges.

« Je cirais les chaussures dans un hôtel où elle… commença-t-il.

— Tiens, s'écria Nancibel, comme dans ton livre ? Ce garçon, il était cireur dans un hôtel, n'est-ce pas ?

— Tu t'en souviens drôlement bien, pour un livre que tu n'aimes pas, dit Bruce, contrarié.

— C'est curieux que vous soyez tous les deux cireurs.

— Pourquoi ? Il faut bien utiliser son expérience.

— Et cette dame…

— *Elle* n'a rien à voir avec la dame du livre. Ce n'est pas autobiographique.

— Pardon ?

— Ce n'est pas l'histoire de *ma* vie, dit Bruce avec chaleur. C'est tout.

— Encore heureux.

— Nous avons déjà parlé de tout ça. Et d'ailleurs, ce livre n'est pas bon. Je le brûlerai et j'en écrirai un autre.

— Ça tombe bien, on manque de charbon.

— Je vais écrire un livre sur un garçon qui se fait enfermer à l'intérieur d'un lit pliant. Et personne ne saura où il est, parce qu'il est trop fier pour appeler au secours. »

Il se tut.

« Continue, dit Nancibel.

— Je ne peux pas. C'est trop triste. Et tu n'aimes pas les livres tristes. »

Un pas lourd secoua l'échelle du grenier et une voix l'appela d'un ton sec. Il changea d'expression.

« Bruce », répéta la voix.

Une femme parut sur le seuil de la chambre et resta là à les regarder. Nancibel devina que ce devait être la dame écrivain. Une vieille amie de Mr Siddal. Rien d'étonnant à cela : ils devaient avoir à peu près le même âge. Écrivain si l'on voulait, mais une dame, sûrement pas. Une vraie dame ne vient pas fourrer son nez dans la chambre de son chauffeur et ne le regarde pas de cette façon-là. Et si elle l'avait surpris à rire avec la femme de chambre ? Les dames font en sorte ne pas voir ces choses-là. Ça ne serait pas arrivé à Mrs Siddal.

Les secondes passaient et le regard de l'inconnue devenait offensant. Nancibel leva les yeux et regarda Anna bien en face, consciente, sans savoir pourquoi, qu'il ne suffirait pas de dire « excusez-moi » et de se retirer sans bruit. Elle avait le droit d'être là et elle devait le lui faire savoir. On aurait dit une vieille limace blanche. Sauf que les limaces sont assez futées pour ne pas se promener en pantalon. Je ne dirai rien. Mieux vaut la laisser comprendre toute seule que c'est elle l'intruse. Qu'elle parle la première. Espérons que Bruce aura l'intelligence de se taire…

Bruce n'eut pas cette intelligence. Incapable de supporter le regard d'Anna, qui détaillait pensivement les courbes de Nancibel, il commença d'un ton paniqué :

« Nous étions… »

Le regard revint vers lui. La bouche pâle s'étira en un sourire narquois.

« Je le vois bien », dit Anna.

Moi aussi je peux jouer à ce jeu, songea Nancibel, s'appliquant à examiner l'adversaire avec la même insolente attention. Pas de soutien-gorge ni de corset, et si j'avais des doigts de pieds pareils, je ne porterais pas de sandales. On peut continuer à se regarder en chiens de faïence si ça t'amuse, vieille poule.

« Miss Thomas a eu la gentillesse de… m'apporter des draps », balbutia Bruce.

Le lent regard d'Anna glissa vers le lit.

« Je… Vous voulez que j'aille garer la voiture, c'est ça ?

— Rien ne presse, dit Anna, si vous avez mieux à faire.

— Pas du tout ! Je n'ai rien de mieux à faire », déclara-t-il.

Il passa devant Anna et descendit en courant.

Nancibel avait fini le lit, mais elle jugea bon de ranger un peu la chambre avant de la quitter afin de bien marquer qu'en étant là, elle ne faisait que son travail. Elle ramassa donc les feuillets dactylographiés que Bruce avait éparpillés par terre et les posa sur le rebord de la fenêtre.

« Je vous ai interrompus, je le crains, fit Anna. Est-ce que Bruce vous racontait sa vie ?

— Non, non, répondit Nancibel en souriant. Il me l'avait déjà racontée samedi.

— Samedi ? dit Anna. Samedi ? »

Elle traversa la pièce pour s'asseoir sur le lit, visiblement désireuse d'apprendre l'origine de leur rencontre. Mais Nancibel jugea que l'heure de la retraite stratégique avait sonné.

« Excusez-moi », marmonna-t-elle en se hâtant de quitter la chambre.

Comme elle descendait l'échelle, elle entendit un craquement et un juron. Anna s'était assise sur le lit à ressorts et trouvée prise au piège. Qu'elle se débrouille, pensa Nancibel en traversant la cour des écuries. Elle est loin d'être aussi fluette que Fred. Seigneur ! Quelles façons ! Je ne sais pas ce qu'elle est, mais une dame, sûrement pas.

4. Guimauves

Lady Gifford ne pouvait concevoir qu'une localité de l'importance de Porthmerryn se trouvât réellement dépourvue de guimauves dès le premier jour d'une nouvelle distribution. Elle était certaine qu'une recherche un tant soit peu approfondie aurait permis d'en trouver.

« Tu as précisé que c'était pour une malade ? demanda-t-elle.

— Ça n'aurait rien changé, répondit Sir Henry. Il n'y en avait pas. J'ai cherché partout.

— Je suis sûre qu'il y en avait plein l'arrière-boutique. Tu ne les voyais pas, voilà tout.

— J'en ai vu chez Saundry, mais Mrs Cove a acheté les dernières avant que j'arrive au comptoir.

— Mrs Cove ? Ça ne m'étonne pas. Pourquoi l'avoir laissée passer devant toi ?

— Je suis désolé, Eirene.

— Non, mon cher, je ne te crois pas. Si tu

étais désolé, tu essaierais de me rendre la vie plus facile et c'est tout le contraire.

— Je fais ce que je peux », murmura-t-il.

Elle rougit, s'assit dans son lit et parla avec une vigueur inhabituelle.

« Comment oses-tu dire une chose pareille alors que tu me forces à vivre de cette façon horrible, alors que nous pourrions être tellement bien ? J'ai reçu une lettre de Veronica ce matin. Elle dit qu'on trouve de tout dans les îles Anglo-Normandes, à condition d'avoir de l'argent.

— Eirene, on a déjà discuté de tout cela…

— Nous vivons comme des coolies…

— Nous ne vivons pas comme des coolies. Tu n'as aucune idée de ce qu'est la vie des coolies…

— Ne crie pas, Henry. Je t'en prie, ne crie pas. Tu sais que les scènes me rendent malade. Pourquoi ne pas discuter tranquillement ? »

Sir Henry baissa la voix et déclara que les coolies ne mangeaient que du riz.

« Qui est introuvable ici, dit triomphalement Eirene Gifford. Tu vois ? On est encore plus misérables que des coolies. Je t'assure que je serais bien contente de manger du riz… J'adore le risotto… et je dois m'en priver parce que Mr Strachey a décrété que les ouvriers n'aimaient pas ça. Tous mes amis en Amérique disent qu'ils ne savent pas comment nous arrivons à vivre avec nos rations. Ceux qui peuvent s'en aller s'en vont, sauf nous.

— Je t'ai déjà dit, Eirene, que rien ne t'empêche d'aller à Guernesey si tu y tiens.

— Ça ne sert à rien si tu ne viens pas avec moi. On n'échappera à l'impôt sur le revenu que si on y va tous les deux.

— Je t'ai dit que je n'irais pas et je t'ai dit pourquoi.

— Tu trouves ça antipatriotique. Le patriotisme compte plus pour toi que ta femme et tes enfants.

— Eh bien… oui, j'imagine.

— Alors ne dis pas que tu es désolé. Si tu tiens à me voir mourir de faim par la faute d'un gouvernement pour lequel tu n'as pas voté… un gouvernement qui dit que tu ne valais rien…

— Il n'a jamais dit ça.

— Si. Tu n'es pas un travailleur syndiqué, n'est-ce pas ? Mr Shinwell a dit que les travailleurs non syndiqués ne valaient rien.

— Shinwell, ce n'est pas tout le gouvernement.

— Détrompe-toi. Mr Attlee n'ose pas le mettre à la porte, alors qu'il est incapable de nous fournir du charbon.

— Allons, Eirene, si je devenais le chouchou de Shinwell, tu ne verrais pas d'inconvénient à ce que je reste au Palais et que je fasse mon métier ?

— Ne dis pas de bêtises, Henry. Tu sais très bien que tu ne seras jamais son chouchou.

— Je reconnais que c'est peu probable.

— Et c'est pour faire plaisir à ces gens qui veulent ta peau que tes enfants sont mal nourris.

— Je ne crois vraiment pas qu'ils le soient.

— Bien sûr que si ! Ils n'ont que quinze cents calories quand ils devraient en avoir trois mille.

— Par jour ou par semaine ? »

Elle se tut un moment : il était sûr qu'elle n'en avait aucune idée.

« Ils n'ont pas l'air mal nourris, dit-il. Comparés aux Cove…

— Ce sont pourtant bien les Cove, dit Eirene, qui auront droit à toutes les guimauves de Porthmerryn.

— J'en suis navré. Un coup de Shinwell, à ton avis, ou de Strachey ?

— Les deux, dit Lady Gifford. Si les conservateurs avaient gagné, on n'aurait pas ces pénuries. Écoute, Henry, peut-être que Mrs Cove accepterait de faire un échange. Peut-être qu'elle préférerait mon nougat.

— Si elle préférait le nougat, elle en aurait acheté. Il y en avait plein.

— Tu pourrais lui dire combien je suis malade. Enfin, ne t'embête pas. Continue à répéter que tu es désolé sans faire le moindre effort pour me rendre service. »

Elle retomba sur ses oreillers et ses yeux se remplirent de larmes.

Sir Henry hésita, puis sortit de la chambre.

Un quart d'heure plus tard, il revenait, portant un sac de guimauves qu'il posa sur la table à côté du lit.

« Henry ! Où les as-tu trouvées ? »

Elle en prit une qu'elle goûta du bout des lèvres en fronçant le nez.

« Chez Mrs Cove.

— Elle les a échangées contre mes nougats ?

— Non… Elle me les a vendues.

— Grand Dieu ! »

Elle en goûta une autre et dit :

« Elles ne sont pas fameuses. C'est elle qui t'a proposé, ou toi qui as demandé ?

— Je lui ai proposé un échange qu'elle a refusé. Puis, elle a dit en passant que ses enfants n'aimaient pas beaucoup les bonbons, qu'elles préféraient les livres. Elle m'a dit que, souvent, elles vendaient leurs bonbons pour acheter des livres. Alors je lui ai demandé de me vendre leurs guimauves.

— Combien ?

— Huit shillings et six pence.

— Enfin Henry, c'est énorme ! C'est plus du triple de ce qu'elle les a payées.

— J'ai trouvé ça un peu fort, mais elle m'a dit qu'elles ne trouveraient pas un livre convenable pour moins que ça. Et je savais que tu en avais envie. »

On frappa à la porte et Hebe parut, portant elle aussi un petit sac en papier.

« Bonjour ma chérie, s'écria Lady Gifford. T'es-tu bien amusée ? Qu'est-ce que tu as fait ? Embrasse-moi. »

Hebe tendit la joue et, comme Lady Gifford y posait un baiser, les lèvres de la petite fille formulèrent silencieusement la malédiction des Spartiates.

« Nous sommes allés à Porthmerryn acheter nos bonbons, dit-elle en posant son sac sur l'édredon. J'ai pris des guimauves parce que je sais que ce sont tes préférées.

— Ma chérie… comme c'est gentil ! Mais je ne peux pas les accepter, voyons. Ta ration de bonbons !…

— Tu les acceptes toujours, dit froidement Hebe. Je n'aime pas les bonbons. »

Elle jeta un regard dur au sac qui se trouvait déjà dans les mains de Lady Gifford et s'enfuit.

« Cette enfant est d'une austérité exemplaire, dit Lady Gifford.

— Hum », dit Sir Henry.

Le mépris non dissimulé de Hebe envers sa mère l'avait choqué.

« Elle est toujours comme ça ? demanda-t-il.

— Comme quoi ?

— Eh bien si… si pincée ?

— Elle est très réservée. Les enfants sensibles le sont souvent.

— Ce n'est pas notre enfant, après tout. On peut se demander…

— Quoi ?

— Si elle est vraiment bien… chez nous…

— Henry, chéri ! Où pourrait-elle être mieux ? Elle a tout ce qu'une enfant peut désirer, ou plutôt elle l'aurait si nous n'étions pas obligés de vivre dans ce pays lamentable. »

Voyant de nouveau Guernesey poindre à l'horizon, il préféra se retirer. L'expression de Hebe le hantait. Il n'était pas tolérable qu'une enfant regardât sa mère ainsi, lui parlât sur ce ton. Quelqu'un devait la réprimander, et ce quelqu'un était évidemment lui. Il n'avait eu aucun désir de l'adopter, non plus que les jumeaux. Il l'avait fait pour complaire à Eirene. Toutefois, il avait signé des papiers et s'était engagé à remplir auprès d'eux les fonctions d'un père, et il n'avait pas l'impression de faire grand-chose pour tenir cette promesse.

Il lui paraissait inévitable que les enfants, en grandissant, se mettent à critiquer Eirene. Lui-même la critiquait et les défauts qu'il décelait ne devaient pas échapper à leurs jeunes yeux lucides. Mais il leur faudrait apprendre, comme lui-même, à la supporter et à l'excuser, sinon la vie deviendrait impossible.

Il descendit et se promena quelque temps sur la plage. Il découvrait que la vie pouvait devenir encore plus désagréable qu'elle n'était. Depuis neuf ans, il s'était résigné à l'idée que son mariage était un échec et faisait de son mieux pour le supporter. Mais il considérait la catastrophe comme n'affectant qu'Eirene et lui. Il n'avait jamais imaginé que les enfants puissent en pâtir. Ce qui n'avait d'ailleurs pas été le cas tant qu'ils étaient des bébés, confiés au soin de leurs nurses et confinés à l'étage supérieur de leur maison à Queen's Walk.

Et c'étaient encore des bébés lorsqu'il les avait accompagnés au bateau qui, en 1940, les avait emmenés aux États-Unis. Caroline avait cinq ans, Hebe trois et les jumeaux à peine dix-huit mois. Il aurait préféré ne pas adopter Luke et Michael au printemps 1939, prévoyant la guerre prochaine et craignant une crise domestique. Mais Eirene y était résolue. Son caractère était dominé par un optimisme forcené. Elle se refusait à croire que rien de fâcheux pût arriver et quiconque n'était pas de cet avis avait tort. Il avait fallu attendre la chute de la France en 1940 pour ébranler sa sérénité : affolée, elle s'était alors précipitée en Amérique.

Il avait vécu cinq ans en solitaire dans le sous-sol de leur maison de Queen's Walk, travaillant de son mieux, mangeant où et quand il pouvait ; il avait traversé les raids de 1940 et de 1941, les incendies, échappé aux missiles. Il avait été heureux, dans une certaine mesure. Il était délivré de l'irritation constante d'écouter Eirene et cela compensait bien des inconforts. Il participait activement à la défense passive et il aimait la rude camaraderie des postes de garde. Sa vie lui paraissait plus satisfaisante à bien des égards qu'elle ne l'avait été depuis des années.

Au début de 1941, il avait eu une maîtresse, ce qui n'aurait jamais pu arriver si Eirene avait été là. Ça l'avait surpris, mais à cette époque il découvrait bien d'autres raisons de s'étonner. Son amie, elle aussi préposée à la défense passive, était rousse, et il ne l'aurait jamais trouvée séduisante dans son monde d'avant-guerre ni dans son monde d'après-guerre. Elle s'appelait Billie. Elle avait un accent un peu cockney. Il patrouillait avec elle dans les rues par les nuits de troubles. Elle avait un répertoire inépuisable de limericks et elle lui en récitait un à chaque bombe qui tombait. Il se la rappelait surtout coiffée d'un casque et tenant une lance à incendie. C'était une petite catin courageuse qui ne demandait rien à personne et donnait ce qu'elle avait avec une généreuse insouciance. Quelques mois plus tard, elle s'engagea dans la marine et disparut de sa vie. Mais, en très peu de temps, elle lui avait appris bien des choses sur les femmes.

Il se rendit compte qu'Eirene, à aucun moment, n'avait pu l'aimer. Billie pensait qu'il en était responsable. Il aurait dû, lui dit-elle, « faire l'éducation de cette pauvre fille ». Elle lui dit aussi que quand ça allait de travers dans la chambre à coucher, ça allait de travers dans toute la maison. C'était une femme sans grande subtilité, mais il reconnut la justesse de certaines de ses maximes. Et pourtant, dans son cas, il avait l'impression que la réciproque pouvait être vraie : à Queen's Walk, c'est parce que la maison allait de travers que la chambre à coucher n'irait jamais. Un époux trop soumis ne fait pas un bon amant.

Peu à peu, son amertume vis-à-vis d'Eirene s'était dissipée. Il prit des résolutions pour l'avenir, se promit de repartir de zéro lorsqu'elle rentrerait avec les bébés. Il commanderait et elle l'aimerait. Un tendre lien pourrait se nouer dans l'émotion du retour. Car il avait imaginé qu'ils rentreraient tous inchangés.

Ils revinrent en été 1945, méconnaissables. Les bébés étaient devenus des individus, ils posaient des questions, avaient des opinions. Quant à Eirene, elle était malade, faible, émaciée, incapable de mener une existence normale. Elle avait davantage besoin d'une infirmière que d'un mari, et il fut obligé de remettre à plus tard ses projets de vie meilleure. Les médecins laissaient entendre qu'elle finirait par se remettre, mais personne ne semblait connaître au juste la nature de sa maladie.

En rentrant de la plage à l'heure du déjeuner, il rencontra de nouveau Hebe. Elle était assise sur la balustrade de la terrasse, son chat sur l'épaule. S'il devait la réprimander, c'était le moment.

« Hebe, commença-t-il sévèrement. Je voudrais te dire un mot. »

Elle leva ses jolis yeux sur lui et attendit.

Il lui reprocha son attitude envers sa mère. Eirene, lui rappela-t-il, était très malade et souffrait beaucoup.

« Qu'est-ce qu'elle a ? demanda Hebe.

— Elle… on ne sait pas au juste. Malheureusement, les médecins ne trouvent pas pour l'instant. »

Hebe le regarda avec attention et son expression changea. Il aurait juré y déceler enfin une nuance de pitié, mais il avait comme l'impression que l'objet de cette compassion n'était pas Eirene.

« Elle t'aime, dit-il, depuis que tu es un tout petit bébé. Elle a tout fait pour toi.

— Qui était ma vraie mère ? interrompit Hebe avec une certaine urgence.

— Je… ne connais pas son nom, ma chérie.

— Tu ne sais rien sur elle ?

— Je… nous avons une idée des circonstances. Tu les connaîtras un jour… quand tu seras plus grande.

— Pourquoi pas tout de suite ?

— Nous estimons que tu es encore trop jeune.

— Il faut toujours répondre avec franchise et

honnêteté aux questions des enfants, sinon ils attrapent des compresses.

— Des complexes. Je te réponds avec franchise.

— Je suis une bâtarde ? »

Sir Henry fut déconcerté, mais après un instant de réflexion, répondit :

« Oui. Mais ce n'est pas là un mot que tu devrais employer. Où l'as-tu appris ?

— Dans Shakespeare. Et Luke et Michael ?...

— Ça ne te regarde pas.

— Dis-moi encore une seule chose. Est-ce que je viens d'une famille pauvre ? D'une famille d'ouvriers ?

— Non. »

Elle se rembrunit.

« Dommage, dit-elle.

— Pourquoi ?

— Je trouve qu'ils sont plus gentils.

— C'est souvent vrai, reconnut-il.

— Mais si mes parents étaient riches, pourquoi est-ce que vous m'avez adoptée, alors ?

— Ils ne voulaient pas de toi. Nous, oui.

— Pourquoi ils ne voulaient pas de moi ? »

Il hésita de nouveau avant de décider qu'il valait mieux qu'elle sache.

« Tu les aurais gênés.

— Ah ! »

Elle regarda les dalles de la terrasse et cogna ses talons nus contre le muret. Il avait de la peine pour elle. Et il se rappelait qu'au moment de l'adopter, toute petite, il avait mit Eirene en garde : quelle impression aurait l'enfant lorsqu'elle apprendrait, comme elle devrait l'apprendre un jour, que sa propre mère n'avait pas voulu d'elle ? Que ce n'était pas la nécessité ni le malheur qui l'avaient jeté dans des bras inconnus ? Apprendre cela, à n'importe quel âge, serait, pensait-il, un choc. Mais Eirene avait soutenu qu'elle ne poserait jamais la question.

Et voilà qu'il avait porté ce coup, sans prendre de gants, sans douceur ni ménagements. C'est elle qui l'avait réclamé, certes, mais elle n'avait que dix ans ; il aurait dû remettre sa réponse à plus tard. Ce n'était pas pour cela qu'il était allé la retrouver mais pour jouer le rôle d'un bon père.

« Est-ce que ma mère est vierge ? demanda tout à coup Hebe.

— Non, bien sûr que non.

— Tu es sûr ? Comment tu peux en être sûr ?

— Ne dis pas de bêtises. Une vierge ne peut pas avoir d'enfants.

— Il y en a eu une », dit Hebe d'un air grave en sautant de la balustrade. Il ne sut que répondre et la laissa s'éloigner. Il se dit qu'elle ne manquait pas de repartie pour rendre les coups qu'elle recevait, et cessa de se faire de si amers reproches.

5. L'amour est un navire de guerre

Evangeline Wraxton avait fait des progrès. Sa transformation n'était pas flagrante à l'heure des repas ; tassée sur une chaise en face de son père, elle marmonnait et se contractait comme auparavant. Mais elle n'était pas restée toute la journée dans sa chambre. Elle était allée nager et jouer au cricket dans le sable avec les Gifford. Elle courait bien, et son rire, qu'on entendait à Pendizack pour la première fois, était charmant.

Après le goûter, elle alla à la poste acheter des timbres avec Mrs Paley. Elles avaient à peine quitté la maison qu'elle lui confia tout ce qu'elle lui avait tu la veille au soir. Elle lui raconta l'histoire de sa vie avec force exclamations et insistances. Comme elle déclarait pour la dixième fois que personne ne pouvait imaginer combien tout cela était affreux, Mrs Paley l'arrêta.

« Cessez de répéter tout le temps la même chose, Angie. C'est une mauvaise habitude. Et il y a beaucoup de gens capables d'imaginer combien c'est affreux. Vous n'êtes pas la seule à avoir un père odieux. Gerry Siddal, pour autant que je sache, n'a pas beaucoup de chance non plus dans ce domaine.

— Oui… c'est vrai. Vous… lui avez parlé ?

— Non. Je ne l'ai pas encore vu aujourd'hui. Mais je lui parlerai. Maintenant, dites-moi : comment votre père a-t-il pu devenir chanoine ? Qu'est ce qui a bien pu pousser qui que ce soit à l'ordonner prêtre ? »

Evangeline n'y avait jamais réfléchi. Mais il émergea de ses souvenirs assez flous que le chanoine n'avait pas toujours été aussi odieux. Sa violence était allée croissant. Il avait la réputation d'un dialecticien remarquablement éloquent et habile. Le parti de la Basse Église avait placé des espoirs en lui, et le vieil évêque, celui qui lui avait confié la cure de Great Mossbury, était de ses admirateurs.

« Mais il s'est disputé avec tout le monde, dit-elle. Et, à la fin, personne ne venait plus à l'église. Personne. Pendant toute une année, il a dit l'office devant notre famille et c'est tout. Vous ne pouvez pas savoir comme c'était affreux… Oh, pardon.

— Combien d'enfants étiez-vous ?

— Nous étions six : j'ai trois frères et deux sœurs. Mais il a coupé les ponts avec tous et je ne les vois plus jamais. Et donc, les paroissiens ont demandé à l'évêque – le nouvel évêque – de leur donner un autre recteur. Mais père ne voulait pas s'en aller, bien qu'ils aient cassé ses vitres et fait toutes sortes d'ennuis. Vous ne pouvez pas savoir… Vous comprenez, moi je suis restée quand les autres sont partis, à cause de mère. Je ne pouvais pas la laisser. Enfin, un jour, l'évêque a fait appeler père et l'a obligé à démissionner. Père était dans une telle colère qu'il ne savait plus ce qu'il disait jusqu'au moment où il a entendu l'évêque lui dire qu'il acceptait sa démission. Il a dit que c'était un piège, qu'il ne s'en irait pas et il s'est barricadé dans le presbytère. Et aucun commerçant ne voulait plus rien nous vendre. C'était dans les journaux ; des journalistes se sont installés à l'auberge. Ils appelaient ça le siège de Mossbury. J'avais douze ans. Vous ne pouvez pas savoir… Enfin, il a tout de même cédé, je ne sais pas pourquoi. Et on ne lui a jamais confié d'autre cure. Heureusement, il avait de l'argent à lui, et il lui arrive de faire des remplacements dans une autre paroisse. Mais nous n'avons plus jamais eu de foyer à nous, après Mossbury. Et on lui a interdit de prêcher après un sermon qu'il a fait… On en a parlé dans les journaux. Partout, ç'a été affreux. Vous n'imaginez… Mère est morte il y a trois mois. Elle a été longtemps malade. Elle souffrait sans répit. Vous n'imaginez pas… Mrs Paley, c'était affreux, il faut que je le dise. Et en mourant, elle m'a demandé de lui promettre de ne jamais abandonner père. Je ne pouvais pas refuser. C'est la dernière chose qu'elle a dite. Elle s'inquiétait de ce qu'il deviendrait. Alors, vous voyez !

— Comment a-t-elle pu vous condamner à une existence pareille ?

— Eh bien, c'est qu'elle avait une vision plutôt triste de la vie. Elle pensait que chacun était né pour souffrir et que plus on souffrait maintenant, moins on souffrirait plus tard. Elle trouvait que c'était mal d'être heureux. C'est sans doute d'être mariée avec père qu'elle en était venue à cette conclusion.

— Et vous pensez que vous devez tenir votre promesse ?

— Oh, oui. Je n'ai pas le choix.

— Même si vous finissez par devenir folle ou par l'assassiner ?

— Mère m'a dit que Dieu me donnerait la force de le supporter.

— Et Il vous la donne ?

— Non.

— C'est bien ce qu'il me semblait. Voici la poste. Entrez et demandez vos timbres une seule fois. Ne vous répétez pas, et essayez de parler intelligiblement. L'employée ne vous mangera pas. Dites : deux timbres à deux pence et demi, s'il vous plaît. »

Evangeline obéit et revint triomphante. Sur le chemin du retour, elle raconta à nouveau son histoire avec plus de détails, tandis que Mrs Paley la laissait parler et réfléchissait à divers moyens de libérer la jeune fille de sa promesse insensée. Le mieux serait de recommencer la ruse de l'évêque. Le chanoine Wraxton, si on le mettait suffisamment hors de lui, pourrait se laisser manœuvrer de façon à chasser lui-même sa fille. Il serait capable de la jeter dans la rue sans un sou. Mais il allait d'abord falloir lui trouver un refuge. Il faudrait qu'un ami attende Evangeline dans la rue et l'enlève avant que le chanoine ne change d'avis. Et je suis sa seule amie, songeait Mrs Paley. Elle a besoin d'autres amis. Je vais régler ça, et faire quelque chose pour le dos de Blanche Cove.

Le dos de Blanche Cove la tourmentait depuis le matin. La veille encore, elle aurait soupiré et écarté ce sujet comme ne la regardant pas. Mais aujourd'hui elle était convaincue qu'une telle douleur ne devait pas être permise si quelqu'un pouvait la soulager. Aujourd'hui, elle était une nouvelle femme, quelque chose avait changé en un battement de cils, entre deux vagues qui se brisent. En ce qui concernait sa propre vie, elle restait sans force et sans espoir : Paul et elle étaient dans la même impasse. Mais dans le cas d'Evangeline et de Blanche, aussi accablées l'une que l'autre, son énergie naturelle – réprimée depuis des années – jaillissait comme une source.

Elle descendit la côte d'un pas rapide et en boitillant, car la nuit dans la bruyère lui avait donné un peu de rhumatisme, et s'en fut à la recherche de la mère de Blanche.

Mrs Cove était assise à sa place accoutumée sur la terrasse et tricotait comme s'il en allait de sa vie. Toutefois elle paraissait un peu moins sombre que d'habitude et sourit presque lorsque Mrs Paley vint s'asseoir à côté d'elle. Ce n'était pas tout à fait un sourire, mais la mince ligne droite de sa bouche se détendit légèrement, et elle remarqua qu'il faisait beau. Quelque chose d'agréable avait dû lui arriver.

Cela étant, elle ne s'étendit pas sur le cas de Blanche et fit bien comprendre à Mrs Paley qu'elle trouvait ses questions indiscrètes. Les douleurs de la fillette étaient, dit-elle, des douleurs de croissance comme en avaient tous les enfants. Blanche était grande pour son âge. Mrs Cove n'en était nullement inquiète et considérait comme une erreur d'encourager les jérémiades.

Mrs Paley accepta la rebuffade et parla du Dorsetshire. Son père avait connu un Cove, Sir Adrian Cove de Swan Court. Était-il par hasard de ses parents ?

« L'oncle de mon mari, répondit Mrs Cove.

— Ah, vraiment ? Il est mort, n'est-ce pas ? Qui habite sa propriété à présent ?

— Un autre neveu. Gerald Cove.

— Et il a les moyens de l'entretenir ? Tant de gens, de nos jours…

— Il faut croire, dit Mrs Cove, mais je n'en sais rien. »

Mrs Paley se lamenta un moment sur le sort des grandes propriétés puis s'en fut en boitant chercher le nom de Sir Gerald Cove dans *L'Aristocratie terrienne* de Burke qu'elle avait remarquée dans la bibliothèque du salon. Elle apprit qu'il avait succédé à Sir Adrian cinq ans auparavant et que sa femme était née Miss Evelyn Chadwick, fille aînée de Guy Chadwick Esq. de Grains-bridge. Cela ne la menait pas loin car elle ignorait tout des Chadwick. Mais elle pourrait au moins demander aux petites Cove le prénom de leur père, et une fois de retour à Londres, aller à Somerset House et y prendre connaissance des testaments qui pouvaient les concerner : celui de leur père, et celui de Sir Adrian. Elle était curieuse de savoir quelle était la fortune de Mrs Cove. Si elle n'en avait pas – et elle présentait tous les signes de ne pas en avoir –, on pouvait imaginer que la famille de son mari lui payait une pension. Peut-être ne lui donnaient-ils pas de quoi faire soigner le dos de Blanche. Mais celui qui paie les violons choisit la musique et ça ne mangeait pas de pain de les mettre au courant de son état. Le monde est plein de gens bien intentionnés et de vieilles dames bavardes. Il n'était pas impossible que l'histoire de Blanche gémissant sur les falaises de Pendizack parvienne un jour jusqu'à Swan Court.

Si, en revanche, Mrs Cove touchait un revenu indépendant, le problème devenait plus compliqué. Personne ne peut forcer une mère à chérir ses enfants. À moins, songeait Mrs Paley en reprenant espoir, que les enfants elles-mêmes ne soient héritières. On pourrait faire pression sur leur mère si elle n'employait pas comme il fallait des revenus destinés à leur entretien. Il y avait peut-être une tutelle, ou un garant quelconque. Elle trouverait. Elle mettrait son nez dans les affaires des autres et dérangerait tout le monde, et ne renoncerait pas tant qu'un médecin n'aurait pas examiné le dos de Blanche.

Pour l'instant, elle allait profiter de son humeur entreprenante pour parler à Gerry Siddal. Elle l'avait promis et entre le goûter et le dîner on le trouvait presque toujours en train de pomper de l'eau, car Pendizack était alimenté par un puits.

La pompe était près de la grande allée, cachée dans un bosquet de rhododendrons. Elle se posta sur le seuil de la porte d'entrée et tendit l'oreille. Elle entendit le grincement qu'elle attendait, mais moins régulier que d'ordinaire. Il y avait des temps d'arrêt comme si l'esprit de Gerry n'était pas entièrement à sa tâche. Et alors qu'elle s'engageait dans l'étroit sentier entre les arbustes, elle entendit un éclat de rire. Il semblait qu'il y avait deux personnes en train de manœuvrer la pompe ; deux jeunes voix, un ténor et un soprano, entonnèrent une chanson tandis que le grincement reprenait :

La viande, la viande faisandée n'est pas ce qui manquait
Dans les réserves ! dans les réserves !
Les œufs, les œufs, déjà prêts à courir
Dans les réserves du lieutenant !

En regardant à travers les branches, elle aperçut Nancibel dont la journée de travail venait de finir, en compagnie d'un étrange jeune homme, un très beau jeune homme. Ils avaient l'air de beaucoup s'amuser, et Mrs Paley aurait rebroussé chemin si Nancibel ne l'avait pas aperçue. Mrs Paley expliqua pourquoi elle était là et Nancibel dit :

« Je crois que Mr Gerry est en train de couper du bois, Mrs Paley. Dans la cour des écuries. On lui a proposé de pomper l'eau à sa place ce soir. »

Mrs Paley revint sur ses pas, contente que Nancibel se soit trouvé un garçon si charmant. Le pauvre Gerry, qui coupait du bois dans la cour, n'avait pas de jolie fille pour chanter avec lui. Il sourit en apercevant Mrs Paley, mais ne s'attendait pas à ce qu'elle lui parlât, car il ne l'en savait pas capable. Peu de gens à Pendizack avaient entendu le son de sa voix. Elle avait peut-être changé, mais cela ne se voyait pas et elle paraissait aux yeux de Gerry aussi incolore, terne et mélancolique que jamais. Il fut très étonné lorsqu'elle vint lui demander de lui rendre un service. Elle voulait emprunter deux petits matelas gonflables qui se trouvaient dans le hangar du jardin, pour Miss Wraxton et elle. Elles projetaient, expliqua-t-elle, de dormir à la belle étoile, à l'abri de la falaise.

« Bien sûr, répondit Gerry. J'irai vous les porter là-bas. Après dîner, ça ira ?

— Oh, ne vous donnez pas cette peine, dit Mrs Paley qui espérait bien qu'il le ferait. Nous pouvons les porter nous-mêmes.

— Ils sont un peu lourds. Je vous les porterai. Vous n'avez besoin de rien d'autre ? Des couvertures ? Des coussins ?

— Nous en avons déjà, merci. Mr Siddal... Je crois que Miss Wraxton est très ennuyée de devoir rester ici. Elle préférerait s'en aller, mais elle n'a pas le choix puisque son père refuse de partir. Je lui ai dit que j'étais sûre que vous comprendriez. »

Gerry se rembrunit, car il avait des remords au sujet d'Evangeline.

« Eh bien non, dit-il. À sa place, je m'en irais, sans m'occuper de ce que fait mon père.

— Elle n'a pas d'argent. À peine quelques shillings.

— Ah, fit Gerry.

— Elle s'en veut d'avoir eu cette crise de nerfs, mais ce n'est guère étonnant, vous ne trouvez pas ? Le comportement de son père a conduit un certain nombre d'entre nous à agir… autrement qu'on ne l'aurait fait d'ordinaire. On devrait la remercier d'avoir fait sortir son père de l'église, il me semble, même si c'était un peu bruyant. Rien d'autre ne l'en aurait fait sortir, et j'aime mieux ne pas penser à ce qui serait arrivé s'il était resté.

— Vous voulez dire… fit Gerry, qu'elle ne riait pas exprès ? »

Mrs Paley ouvrit de grands yeux.

« Bien sûr que non. Vous êtes médecin. Vous devez savoir ce que c'est qu'une crise de nerfs.

— Je ne me suis pas rendu compte, murmura-t-il.

— Vous étiez assez loin. Moi, j'étais juste à côté.

— Je crois que j'ai été très impoli avec elle, hier après-midi.

— Ça ne fait rien, si vous m'autorisez à lui dire que vous… ne voyez plus les choses de la même façon.

— Oui, dit vivement Gerry, dites-le-lui. »

Mrs Paley lui fit son petit sourire pincé et s'éloigna.

Gerry retourna à son ouvrage, le cœur léger. Le souvenir du visage peiné d'Evangeline tandis qu'elle montait l'escalier ne le tourmenterait plus, grâce à Mrs Paley. Avec son air de citron desséché, elle n'avait rien d'une mégère, en fin de compte. Il porterait les matelas jusqu'à l'abri, et il mettrait un point d'honneur à adresser un mot gentil à cette pauvre jeune fille. Quelques shillings ! C'était impensable que personne ne lui vienne en aide !

6. Le rameau sanglant

Il n'y eut pas d'éclat lorsque Mrs Siddal, en rentrant du marché, apprit que la chambre du jardin avait été louée à Anna Lechene. Elle savait fort bien que son mari l'avait fait pour l'agacer, mais elle conserva son calme et demanda doucement où le chauffeur prendrait ses repas. Avec Fred, ou dans la salle à manger ?

« Dans la salle à manger, dit Siddal. À une gentille petite table avec Anna. C'est un secrétaire-chauffeur. Très chic.

— Très distingué, sauf quand il oublie de l'être, dit Duff qui s'était pris d'antipathie pour Bruce. Et il a l'air d'un figurant de cinéma.

— Il s'est proposé pour pomper l'eau, dit Gerry.

— Ça, c'est gentil, accorda Mrs Siddal.

— C'est par amour pour Nancibel, dit Robin. Il est fou d'elle. Il lui a épluché ses pommes de terre cet après-midi. Et elle l'a emmené dîner chez elle.

— Ah tiens ? s'écria Mr Siddal. Très intéressant ! Où était Anna ?

— Elle était dans sa chambre en train d'écrire son livre.

— Excellent ! Je crois que je me joindrai à nos hôtes ce soir pour voir comment tout se passe. »

Siddal mettait toujours très longtemps à se raser et lorsqu'il alla retrouver Anna, elle était installée sur la terrasse, Duff, Robin et Bruce sur des coussins à ses pieds. Aucun d'eux ne tenait beaucoup à rester là, mais sa volonté était plus forte que la leur.

« Je viens surveiller les garçons, dit Siddal en approchant une chaise longue, et te demander quel sera le titre de ton nouveau livre, Anna.

— *Le Rameau sanglant*, dit Anna de sa voix lente et grave.

— Merci. C'était le seul détail dont je n'étais pas sûr et même cela j'aurais dû le deviner : *Que ton rameau sanglant opère le rachat – De chaque larme torturante ! Mes jeunes péchés*[1]... Maintenant je sais ce que sera ton livre aussi exactement que si je l'avais écrit moi-même.

— Tiens, fit Anna. Alors dis-moi comment ça commence ?

— Par une scène où les innocentes petites

1. Emily Brontë, *Poèmes*, traduction de Pierre Leyris, Gallimard, 1963.

Brontë – ou quasi-innocentes (car tu ne saurais dépeindre la véritable innocence, Anna) – gravent leurs noms sur des arbres. Je ne sais pas pourquoi elles choisissaient les branches plutôt que le tronc, mais c'était ainsi. Il est possible qu'ensuite elles grimpent aux arbres, s'y assoient et jouent à Gondal.

— Dick ! Tu es devin !

— Et ça finit par une Emily moribonde et bourrelée de remords, coupant une branche à coups de hache. Entre les deux, nous aurons "le labyrinthe sauvage des années sombres", dans lequel Branwell écrit *Les Hauts de Hurlevent,* qu'Emily chipe et réécrit. Le livre de Branwell était un bien plus grand chef-d'œuvre, mais elle le saccage parce qu'elle ne supporte pas la Vérité. Elle ne veut pas que Cathy soit la maîtresse de Heathcliff. Elle ne veut pas que la jeune Catherine soit leur fille, et la refile à Edgar Linton. La jeune Catherine était évidemment l'héroïne du livre de Branwell, et son demi-frère, le jeune Linton Heathcliff, le héros. Mais Emily a tout changé. Elle l'a complètement écarté parce que, naturellement, c'était un autoportrait.

— Il y a beaucoup de preuves, commença Anna.

— Oh, beaucoup. L'apparition de la jeune Catherine au premier chapitre, par exemple. Enfin, tu vois, ma chère Anna, je sais tout. Je sais exactement ce que seront les jeunes péchés de la pauvre Emily et ce n'est pas la peine que tu me les racontes.

— Je ne l'accuse de rien, dit Anna sentencieusement, si ce n'est d'avoir massacré ce livre. S'il y a un Jugement dernier, c'est de cela qu'elle aura à répondre.

— J'espère bien qu'il y en aura un, dit Siddal. J'aimerais beaucoup t'entendre répondre de tes livres, Anna.

— Je sais que tu les détestes. Au fond tu es un peu puritain, Dick, tu sais.

— Et qu'entends-tu par puritain ? demanda Siddal.

— Tu détestes le sexe.

— Pas du tout. Je trouve le sexe très drôle.

— C'est un symptôme de frustration.

— Peut-être. Pourtant je ne trouve pas la nourriture drôle, et je n'en ai pas autant que j'en voudrais.

— On parle tous beaucoup de nourriture, dit Robin.

— Oui, dit son père, c'est un sujet de grande préoccupation. De même que les gens privés de vie sexuelle sont préoccupés par la sexualité. Beaucoup de paroles, peu d'actes. En général, je me méfie des gens qui se vantent de la richesse et de la variété de leurs expériences sexuelles. Je doute qu'ils en aient jamais eu qui soient dignes d'être mentionnées. Les gens satisfaits tiennent leur langue. Ils savent que c'est un sujet de conversation hasardeux.

— Comment ça, hasardeux ? demanda Anna.

— Quand Psyché allume la lampe, Éros s'envole par la fenêtre. C'est un dieu très sensible qui ne supporte pas la publicité. Et voilà, dit-il en s'adressant aux trois jeunes hommes, pourquoi vous n'obtiendrez jamais beaucoup d'informations de seconde main. Ceux qui savent ne parlent pas. Ceux qui parlent ne savent pas.

— Moi je parle, tonna Anna, et je sais. Je n'ai jamais refusé une expérience.

— Et moi je n'ai jamais refusé un dossier », dit Siddal en se levant.

Il se dirigea d'un pas traînant vers la balustrade de la terrasse pour regarder le soleil se coucher sur la mer. La marée descendait et la mer était aussi immobile qu'un miroir, ponctué çà et là par des mouettes au vol somnolent. Le ciel rose se reflétait sur la vaste étendue de sable mouillé. Plus près des falaises, là où il était sec, trois personnes longeaient la baie. Gerry trébuchait sous le poids de deux matelas, Evangeline portait un panier de pique-nique, Mrs Paley des oreillers. Ils prirent le chemin du promontoire.

Un cormoran volait bas sur les eaux, en tendant son long cou. Il se dirigea vers la terre et Robin se retourna pour le voir.

« Regardez ! dit-il. Il s'est perché sur le toit. Il y en a toute une rangée. Six ou sept ! »

Mais Anna ne s'intéressait pas aux oiseaux.

« Vous savez, dit-elle, je crois que votre père aurait été très différent si cette aventure avec Phœbe Mason ne s'était pas terminée si lamentablement. Il était si brillant. Tout le monde pensait qu'il ferait des prodiges. Quand on a vu que ce n'était pas le cas, on a cherché toutes sortes d'explications. Les gens disaient qu'il n'aurait pas dû faire de droit, que ce n'était pas la carrière qui lui convenait et qu'il aurait mieux fait de rester à Oxford. Mais ce n'était un secret pour personne qu'il était trop paresseux pour travailler. Et pourquoi cela ?

— Qui est Phœbe Mason ? demanda Robin en écarquillant les yeux.

— Vous ne savez pas ?

— Jamais entendu parler, déclara Robin.

— Comme c'est curieux ! ça montre bien quelle famille refoulée vous êtes. Tout est secret, j'imagine. Mais c'est probablement la faute de Barbara… de votre mère. »

Duff s'agita, mal à l'aise, sur son coussin. Il avait mis un moment mais savait maintenant que penser d'Anna.

« Si elle avait été plus généreuse… plus franche… si elle avait laissé l'aventure se poursuivre, au lieu de les séparer… »

À ce moment, Siddal revint du bord de la terrasse et passa près du groupe en déclarant :

« Je ne sais pas ce que tu racontes, Anna, mais

c'est un mensonge. Non. Je n'ai rien entendu, mais je jure que rien n'est vrai. Et si tu écris des livres sur moi avant ma mort, je te poursuivrai en diffamation. »

7. Extrait du journal de Mr Paley

Lundi 18 août, 21 h.

Je n'ai rien écrit ce matin et n'ai rien pu écrire de la journée. C'est la faute de Christina. Hier soir, alors que nous étions assis dans le salon, elle s'est levée d'un coup et est sortie. Je ne l'ai revue qu'à huit heures ce matin. J'étais monté dans notre chambre à l'heure habituelle, mais elle n'y était pas. J'ai veillé toute la nuit à l'attendre. Elle n'est pas rentrée. Elle est arrivée juste avant que Nancibel nous apporte notre thé. Elle ne m'a pas dit où elle était allée et je ne le lui ai pas demandé. Je déteste poser des questions et elle le sait parfaitement.

Nous avons emporté notre déjeuner à l'endroit habituel au-dessus de la baie de Rosegraille. Elle continuait à se conduire bizarrement. Elle m'a quitté un moment pour aller parler aux petites Cove, qui traversaient la falaise. Et, après le déjeuner, elle s'est étendue dans l'herbe et a dormi tout l'après-midi. Cest la première fois que ça lui arrive. À quatre heures, notre heure de retour, j'ai été obligé de la réveiller. Elle avait des brindilles dans les cheveux, c'était ridicule ; mais lorsque je le lui ait fait remarquer, elle n'a pas paru s'en soucier. Là-dessus elle a dit en passant qu'elle n'avait pas beaucoup dormi la nuit précédente parce qu'elle était restée sur la falaise avec Miss Wraxton. Elle ne s'en excusait pas. Au contraire, elle m'a laissé entendre qu'elle comptait renouveler l'expédition cette nuit.

Je lui ai dit franchement que cela ne me plaisait pas. C'est un affront qu'elle me fait. Sa place est auprès de moi, non auprès de Miss Wraxton. Elle a eu une réponse étrange. Je vais essayer de reproduire notre conversation *verbatim,* pour autant que je puisse me la rappeler. Mais il est difficile de rapporter les propos de Christina. Ses idées sont confuses et ses moyens d'expression limités. Il se peut que je lui prête des arguments plus cohérents que ceux qu'elle a effectivement présentés. J'ai du mal à ne pas donner un sens aux raisonnements les plus sots.

Christina : Je ne peux pas rester auprès de toi, Paul, car je crois à présent ce que tu dis depuis vingt ans.

Moi : Quoi donc ?

Christina : Je crois que tu es en enfer. Tu me l'as souvent dit, mais je ne voulais pas te croire.

Moi : Où que je sois, tu es ma femme. Ta place est auprès de moi.

Christina : Ma place n'est pas en enfer. Ce n'est pas mon devoir d'y être avec toi. Je pensais que tu étais fou et je m'en attristais pour toi. Mais maintenant je sais qu'il est en ton pouvoir de guérir et que tu ne le veux pas.

Moi : Dois-je comprendre que tu comptes me quitter ?

Christina : Je ferai tout ce que je pourrai pour te rendre la vie confortable. Et je resterai à ta disposition si tu as besoin de moi. Mais je ne veux plus partager ta prison, car c'est une mauvaise prison que tu t'es bâtie toi-même.

Moi : Tu n'as jamais compris. Il m'importe plus d'être intègre que d'être heureux.

Christina : Tu ne l'es pas non plus. Ça n'existe pas. Tu n'es pas un être entier. Personne ne l'est. Nous nous appartenons les uns les autres. Un bras n'est pas intègre

> s'il est amputé ; il n'a de valeur
> que s'il fait partie d'un corps
> avec un cœur qui lui envoie
> du sang et un cerveau pour le
> guider. Ton indépendance, c'est
> celle d'un bras coupé.

Cette réponse me surprit. Elle n'a pas coutume de s'exprimer aussi clairement. Je lui expliquai que, par intègre, j'entendais digne.

Je ne sais pas comment tout cela va m'affecter. Elle a changé. C'est ce que je devais souhaiter, puisque j'ai constamment repoussé toutes ses tentatives de nous réconcilier.

Nous sommes arrivés en retard pour le thé.

8. Drôles de lits

Le lit à ressorts se referma avec un craquement, et les jurons de Bruce retentirent jusque dans la cour. Il avait oublié les recommandations de Nancibel.

Le bruit réveilla les occupants du grand grenier. Robin s'assit dans son lit et entendit le rire de Duff.

« C'est le chauffeur très chic, dit Duff.

— On ne l'a pas prévenu... Ou bien il aura oublié.

— Mais quelle heure est-il ? demanda Robin en regardant le cadran lumineux de sa montre. Quatre heures et demie !

— Je sais.

— D'où revient-il ?

— J'ai ma petite idée. »

Robin réfléchit.

« Non, dit-il enfin, pas... pas avec... ?

— Bien sûr que si. C'est évident.

— Ça ! c'est tout de même un peu fort. »

On entendit des chocs violents dans la chambre voisine tandis que Bruce s'extrayait du lit, l'ouvrait de nouveau et y grimpait comme il fallait. Puis le silence revint.

« C'est dégoûtant », dit finalement Robin.

Duff grommela sans plus de commentaires et se retourna sur son matelas dur. Anna lui déplaisait mais il comprenait qu'elle puisse être attirante et il était lui-même, en partie, attiré. Son charme était celui de Circé. En sa compagnie, un homme était autorisé à se montrer aussi bestial qu'il voulait. Elle ne mettait aucune condition, ne réclamait ni fidélité, ni délicatesse, ni tendres considérations. On se sentait libre. La bête en Duff bâillait, affamée.

« Au fait, dit Robin. Où est Gerry ?

— Il n'est pas là ? »

Robin braqua une lampe de poche sur le lit de Gerry.

Il était vide.

« Ça, dit-il, c'est plus difficile à deviner.

— Je ne serais pas étonné qu'il soit parti, dit Duff. Il était dans une colère noire avant le dîner. Il était hors de lui, il a dû mettre les voiles.

— Qu'est-ce qui s'est passé ?

— Il s'est disputé avec maman.

— Gerry ? Impossible.

— Maman en a assez de ses conseils. Il passe son temps à lui dire ce qu'elle devrait faire.

— À nous aussi.

— Il essayait de lui dire ce qu'il fallait faire des livres juridiques de papa. Maman a reçu un courrier des gens qui ont repris son cabinet. Il paraît que ses bouquins y sont toujours et qu'ils n'ont cessé de lui écrire pour lui demander ce qu'il souhaitait en faire. Mais tu le connais. Il n'ouvre même pas son courrier. Alors, à la fin, ils se sont adressés à maman. Ça ne regarde pas du tout Gerry. Maman était livide.

— Ils veulent qu'on les en débarrasse ?

— Oui. Ils n'ont pas la place de les garder. Il les a abandonnés sur place quand il a cessé d'exercer. Maman leur a écrit de les mettre au garde-meuble. Elle l'aurait fait plus tôt si elle avait été au courant. Mais Gerry veut les vendre. Une bonne bibliothèque a de la valeur aujourd'hui, celle-là se vendrait environ cinq cents livres. Il paraît que quelqu'un a fait une offre, mais papa n'a jamais répondu à ses lettres.

— Cinq cents livres, c'est une somme, dit Robin.

— Oui, mais si je deviens avocat, j'aurai besoin de ces ouvrages. En tout cas, ça ne regarde pas Gerry. Un sacré culot, de décréter ce qu'on doit faire des bouquins de papa. Maman lui a dit qu'elle les gardait pour moi et il a pété les plombs. Parce qu'il lui donne quatre sous par semaine, il s'imagine qu'il a le droit de commander toute la famille. Il a dit qu'il ferait mieux de partir en Afrique du Sud et de ne jamais revenir. »

Robin réfléchit et dit :

« On serait dans un beau pétrin s'il le faisait. »

Mais Duff recommençait à avoir sommeil et ne répondit pas.

« Je ne vois pas pourquoi on te ferait cadeau de cinq cents livres, dit Robin plus fort.

— Quoi ? fit Duff, ouvrant les yeux.

— Si ces cinq cents livres de bouquins sont le seul bien qui reste à cette famille, je ne vois pas pourquoi c'est toi qui les aurais.

— J'aurai besoin d'une bibliothèque si je deviens avocat.

— Et moi ?

— Tu ne prépares pas le barreau.

— Comment je vais faire mes études ?

— Une idée serait de demander à un spécialiste du cerveau de t'opérer. Et ferme-la. J'ai envie de dormir.

— Je suis d'accord avec Gerry.

— Va te… »

On entendit des coups frappés au mur par Bruce qui essayait de dormir.

« Réponds-lui, dit Duff indigné. Il est gonflé ! C'est lui qui réveille tout le monde en se coinçant dans son foutu lit. »

Robin cogna le mur et hurla : « La ferme ! » à travers la cloison.

« La ferme vous-même », riposta Bruce.

Robin et Duff continuèrent à discuter en élevant exprès la voix jusqu'à ce que Bruce, perdant patience, se lève de son lit, lequel se referma dans un craquement sonore. Des éclats de rire s'élevèrent de l'autre côté de la cloison. Gerry, qui montait l'échelle avec précaution, se demanda quelle mouche les piquait tous, dans ce grenier.

Mais le bruit cessa quand il rejoignit ses frères. Duff et Robin arrêtèrent de rire et le regardèrent.

« Qu'est-ce qui se passe ? demanda-t-il.

— Des histoires de lit, dit Duff en désignant la cloison derrière laquelle on entendait de nouveaux coups sourds que Bruce donnait à son lit pour s'en libérer. Il a le sommeil agité, le pauvre. Mais toi ? Tu étais où ? En Afrique ? »

Gerry, qui avait allumé la lumière, s'assit sur son lit et commença à retirer ses chaussures.

« J'étais sur la falaise, dit-il. Avec Mrs Paley et Angie.

— Qui ça ?

— Angie Wraxton. Elles voulaient dormir dehors, alors je leur ai monté des matelas, et puis elles ont fait du thé et nous sommes restés longtemps à bavarder. Et quand elles se sont couchées, il faisait si bon que je suis resté encore un peu et que je me suis endormi.

— Angie Wraxton ? La folle ? demanda Robin.

— Elle n'est pas folle. C'est une fille très intelligente.

— De quoi avez-vous bien pu parler ? demanda Duff.

— De l'Afrique. Je leur ai parlé de la proposition que j'ai reçue de partir pour le Kenya et elles ont toutes les deux trouvé ça merveilleux. Elles ne comprennent pas que je ne me jette pas dessus. »

En retirant sa chemise par la tête, Gerry avait l'air très satisfait. Jamais encore il n'avait eu l'occasion de tant parler de lui-même ; et il avait trouvé très agréable que deux femmes s'intéressent ainsi à lui.

« Je leur ai dit que je n'avais pas refusé définitivement », ajouta-t-il.

Robin et Duff devinrent pensifs. Ils savaient tous deux que le poste africain – celui d'officier de santé d'un district étendu – ne rapporterait pas assez pour payer leurs années de collège, même s'il offrait des perspectives d'évolution de carrière. Et c'est pourquoi toute la famille comptait sur Gerry pour le refuser.

Aucun d'eux ne dit plus rien. Gerry finit de se déshabiller, enfila son pyjama et se coucha. Le silence tomba sur les écuries.

MARDI

1. Mégots

La chambre du jardin était au rez-de-chaussée et ses portes-fenêtres ouvraient sur une petite roseraie. Miss Ellis disait qu'elle n'aimerait pas ça. N'importe qui pouvait entrer.

Dans deux secondes, songea Nancibel en débarrassant le lit, elle va raconter que quelqu'un est entré.

Cela ne manqua pas et Nancibel éclata de rire.

« Vous trouvez ça drôle ? demanda Miss Ellis. Pas moi. Je trouve ça dégoûtant. Si vous connaissiez la vie comme moi, si vous en aviez vu autant les dessous… Les femmes de cet âge-là peuvent être épouvantables…

— Battre le fer tant qu'il est tiède, acquiesça Nancibel. C'est comme ça que maman appelle ça.

— C'est sa machine à écrire, dit Miss Ellis examinant l'objet. Il paraît qu'elle écrit des livres ou je ne sais quoi.

— Oui. C'est un auteur célèbre. Vous ne saviez pas ?

— Qui vous l'a dit ?

— Tout le monde le sait. Ma sœur Myra a lu un de ses livres. *Le Tartan perdu,* ça s'appelait. Elle était tout excitée hier soir quand je leur ai dit à la maison que nous avions Mrs Lechene comme cliente.

— *Le Tartan perdu ?* Drôle de titre.

— C'est vrai, ils choisissent parfois de drôles de titres.

— Ça se passe en Écosse ?

— Je ne sais pas. C'est Myra qui l'a lu. En tout cas, il a eu beaucoup de succès. Un peu, vous savez… triste. Mais une histoire passionnante.

— Triste ? dit Miss Ellis. Ça ne m'étonne pas. Les livres qui ont du succès sont tous comme ça aujourd'hui, ou bien ils attaquent quelqu'un.

— Eh bien, j'ai lu un jour un livre à grand succès, *Les Bons Compagnons*[1], qui n'était pas triste et qui n'attaquait personne. C'était charmant.

— Ça montre bien l'étendue de votre ignorance, Nancibel. Tout le monde sait que ce livre se moquait de J. B. Priestley. Le livre a été écrit dans le seul but de l'humilier. Vous avez mis le couvre-lit de travers.

— Difficile de faire autrement quand on est seul.

1. John Boynton Priestley, *The Good Companions*, 1929.

Miss Ellis ne releva pas et fixa sur la machine à écrire un regard envieux.

« Il y en a qui ont de la chance, dit-elle. Quand on pense qu'elle gagne des mille et des cents à écrire des bêtises. Qu'est-ce qu'elle peut faire de tant d'argent ? Moi aussi j'ai bien envie d'écrire un livre.

— Qu'est-ce qui vous en empêche ?

— Vous croyez peut-être que j'en ai le temps ! »

Elle se retourna et prit le cendrier sur la table de chevet. Son air dégoûté fit bientôt place à une expression qui ressemblait à de la joie. Elle l'amena près de la fenêtre pour mieux en examiner le contenu et s'écria :

« Je m'en doutais ! Regardez-moi ça. »

Elle tendait la petite coupe à Nancibel qui n'y vit qu'un monceau de mégots.

« Vous n'avez pas d'yeux, Nancibel ?

— Elle fume énormément.

— Oui, mais regardez bien ! Vous ne remarquez rien de curieux dans ces mégots ?

— Il y en a des jaunes et des blancs.

— Les jaunes sont ceux de ses égyptiennes à elle, celles du paquet sur la cheminée. Elle les achète dans un magasin spécial, à Londres. Elle ne fume jamais rien d'autre. Elle le disait hier soir dans la salle à manger. Les blanches sont des Player's. Regardez ! Vous voyez bien… il y en a une qui est seulement à moitié fumée. »

Il y eut un silence. Nancibel pâlit. Miss Ellis continua :

« J'ai vidé ce cendrier hier soir en apportant les brocs d'eau chaude. Depuis, quelqu'un a dû passer des heures ici. Vous savez qui fume des Player's ?

— Des tas de gens.

— Pas ici. Mais ça ne m'étonne pas. Je l'ai deviné tout de suite quand je les ai vus ensemble à dîner : chauffeur, je me suis dit. Allons donc ! Venez, nous avons encore tous les lits d'en haut à faire.

— Pas moi, dit Nancibel. Je ne ferai plus de lits avec vous, Miss Ellis. J'en ai assez. Je vous ai prévenue hier. Je ne supporte pas votre façon de parler des gens. Je vais chercher Mrs Siddal.

— Si quelqu'un doit aller chercher Mrs Siddal, c'est moi. Il y a des limites…

— Exactement. Je suis fatiguée de vous entendre dire des horreurs sur les pensionnaires derrière leur dos. Vous n'êtes qu'une vieille harpie envieuse de tous ceux qui valent plus qu'elle, c'est-à-dire tout le monde dans cette maison, car vous êtes bien ce qu'il y a de pire ici. Vous n'avez jamais fait un travail convenable de votre vie, j'en suis sûre. Vous en seriez incapable, même si vous le vouliez : vous êtes si bête que vous ne pourriez même pas mettre une bouilloire sur le feu sans en renverser la moitié et vous brûler le nez. Ça me met en colère de voir…

— Mrs Siddal. Elle va m'entendre. Si vous ne quittez pas cette maison, c'est moi qui partirai.

— Très bien. Allez lui demander de laquelle de nous elle peut le mieux se passer. »

Miss Ellis se précipita hors de la chambre.

Aussitôt seule, Nancibel fondit en larmes. Elle savait qui fumait des Player's. Et elle comprenait maintenant ce qu'Anna avait voulu exprimer la veille par son long regard. Une foule de détails lui avaient paru étranges ; à présent, ils étaient clairs. Bruce était de la très mauvaise graine. Il vivait aux crochets de cette horrible vieille qu'il n'aimait pas, pour laquelle il n'avait même aucun désir. Il s'était vendu pour une robe de chambre en soie et ce portefeuille rempli de billets qu'il exhibait au Café du Port.

Il y avait encore toutes les chambres du premier étage à faire, mais elle en était incapable pour l'instant. Elle sortit en courant par la porte-fenêtre et alla se cacher dans les rhododendrons le temps de reprendre ses esprits, un peu étonnée de l'intensité de son chagrin : elle ne l'avait pas pris très au sérieux, ils ne se connaissaient que depuis trois jours et elle avait commencé par le trouver antipathique. Mais il avait été charmant la veille, en l'aidant à éplucher les pommes de terre et à pomper l'eau. Elle s'était de nouveau sentie jeune et gai à son côté. Il l'avait raccompagnée chez elle à la fin de son service, et sa mère lui avait proposé une tasse de thé. Tout le monde avait été sous le charme. Son attitude envers les parents de la jeune fille avait été parfaite, aimable et gaie avec juste ce qu'il fallait de respect. Il les avait tous fait rire en leur racontant une repartie de sa mère à un fonctionnaire du ravitaillement. Il n'avait plus été question de bouges. Aucun jeune homme n'aurait pu faire meilleure impression, et Nancibel avait seulement craint que sa mère laissât trop paraître son approbation. À peine était-il parti qu'elle avait reproché à la pauvre Mrs Thomas d'avoir été trop aimable et elle avait haussé dédaigneusement les épaules à l'idée qu'il pourrait l'emmener danser le samedi soir. Elle y comptait pourtant bien et avait l'intention de profiter de sa demi-journée de congé, le jeudi suivant, pour se faire faire une permanente.

Elle n'avait pas voulu se projeter au-delà de ce samedi soir. Il serait temps plus tard de considérer les choses sérieusement si son inclination pour lui continuait à s'affirmer avec le même élan. Pour l'instant, elle était heureuse d'avoir de nouveau envie de danser, d'attendre le samedi soir avec plaisir, de trouver que cela valait bien une permanente. Et cependant, elle pleurait comme elle n'avait jamais pleuré de sa vie, même pour Brian. Car elle avait toujours su qu'avec le temps elle guérirait de la peine que Brian lui avait causée. Mais cette nouvelle blessure était empoisonnée. Reconnaître que Bruce était de la mauvaise graine l'obligeait à s'endurcir, à devenir quelqu'un de plus froid. Et elle alla pleurer dans les rhododendrons, moins pour lui que pour la Nancibel qu'elle était la veille.

2. Ambre noir

Sir Henry tint sa promesse et se rendit après le petit déjeuner à Porthmerryn avec Robin pour voir la figurine sculptée de Mrs Pearce. Mais une déception les attendait. Le bibelot était vendu. Une dame était venue le lundi après-midi qui l'avait acheté – une dame étrangère, une certaine Mrs Smith, qui avait dit qu'elle était de passage dans la ville et qu'une autre dame lui avait parlé de la statuette de Mrs Pearce. Elle lui en avait d'abord offert trois guinées, mais Mrs Pearce ne s'était pas laissé avoir et n'avait pas démordu de son prix de cinq livres dix shillings.

« Robin m'avait dit qu'elle valait cinq livres, gloussa-t-elle, et j'ai eu dix shillings de plus. Si elle croyait que j'allais me laisser berner ! »

Elle était incapable de décrire la dame en question, n'ayant plus de si bons yeux qu'autrefois.

« Elle avait une façon très sèche de parler. Elle

ne me plaisait pas tellement, pour tout dire. Mais cinq livres dix, ça fait une somme… Je regrette bien, monsieur, que vous soyez venu trop tard.

— Moi aussi, dit Sir Henry. Qu'est-ce qui vous fait penser qu'elle était étrangère ?

— Mrs Pearce veut dire qu'elle n'était pas des Cornouailles, expliqua Robin, navré.

— Elle était de Londres, précisa Mrs Pearce. Elle a dit qu'elle venait de là-bas. Et qu'elle y retournait aujourd'hui. Parce que ma première idée c'était d'attendre de pouvoir demander à mon petit-fils Barny Thomas, de Pendizack, s'il était d'accord, puisque c'est lui qui aura toutes mes petites affaires quand je m'en irai. Mais non, elle ne pouvait pas attendre. C'est à prendre ou à laisser, elle a dit, parce que je rentre à Londres demain, elle a dit. Et cinq livres dix, ça fait une sacrée somme. »

Robin déversa un flot de lamentations dès qu'ils eurent quitté la chaumière. Il était désespéré. Ses bonnes joues rouges étaient toutes pâles. L'hypothèse, émise par Sir Henry, que l'objet n'était peut-être pas après tout d'ambre noir, ne le consolait pas. Il était sûr que c'en était, et que Mrs Pearce venait de perdre mille livres.

« Croyez-vous, demanda-t-il, que cela servirait à quelque chose de mettre une annonce ? Si cette Mrs Smith avait une idée de sa valeur… elle n'en a probablement aucune…

— Je n'en jurerais pas, dit Sir Henry.

— Elle n'aurait quand même pas osé. Personne ne serait assez ignoble… Une pauvre vieille qui a peur d'en être réduite à l'asile !

— Ça, j'imagine que Mrs Smith n'en savait rien.

— Je ne comprends pas comment elle a pu en entendre parler. Qui a bien pu lui dire que Mrs Pearce possédait cet objet ?

— Des tas de gens vous ont entendu en parler dans la confiserie hier matin.

— Je n'ai pas dit où elle habitait. »

Sir Henry essayait de se rappeler les clients qui se trouvaient dans la confiserie en même temps qu'eux et un soudain soupçon lui traversa l'esprit. Mais il en fut si choqué qu'il le chassa immédiatement et chercha d'autres explications. Il se rappelait que Robin avait emmené les trois petites Cove chez Mrs Pearce. Il était possible qu'elles eussent parlé de la statuette. Il le dit à Robin, qui reconnut qu'elles l'avaient vue et promit de les interroger, aussitôt rentré.

Ils revinrent à Pendizack par les falaises, chacun occupé de ses propres pensées. Robin méditait une enquête dans tous les hôtels de Porthmerryn afin de retrouver la trace d'une Mrs Smith partie la veille pour Londres. Il était décidé à restituer la figurine à Mrs Pearce, car il se reprochait d'avoir causé l'incident par ses indiscrétions. Il retrouverait cette femme. Si elle était honnête, il lui rachèterait l'objet ; il avait sept livres à la Caisse d'Épargne. Si elle était malhonnête, il écrirait une lettre aux journaux. Il publierait son infamie à la face du monde.

Sir Henry s'efforçait de ne pas songer que Mrs Cove détenait très probablement le bibelot. Elle avait entendu Robin dans la confiserie. Elle parlait sèchement. L'épisode des guimauves avait prouvé à quel point elle était mesquine et cupide. Elle lui déplaisait souverainement. Mais avait-il le droit de la soupçonner d'une action aussi noire ? L'usage d'un faux nom et le mensonge au sujet de son retour à Londres excluait tout espoir qu'elle eût pu agir de bonne foi.

« Voilà les Cove », dit soudain Robin.

Il désignait la plage de Pendizack qui venait de se découvrir à eux. Blanche, Maud et Beatrix à genoux dans le sable, leurs têtes rapprochées, semblaient absorbées par un jeu passionnant.

« On dirait bien, fit Sir Henry en plissant les yeux.

— C'est certain. Il n'y a qu'elles pour porter des tenues de gymnastique à la plage. »

Ils contournèrent la falaise et descendirent vers la plage. En s'approchant, ils virent que les filles bâtissaient un château de sable. Ce n'était pas un simple fort, mais un petit château de conte de fées tout en minutieuses finitions, de forme triangulaire avec de hautes et fines tourelles. Elles étaient en train de construire une longue passerelle au-dessus des douves à l'aide d'un vieux couteau de table, et travaillaient rapidement, sans un mot. On eût dit que leurs petites mains osseuses étaient animées par une inspiration commune, car il n'y avait ni discussion ni consultation et aucune des trois ne semblait être l'architecte ; cependant, leur création était parfaite dans le dessin, les proportions, les détails.

« Que c'est joli ! » dit Sir Henry.

Les Cove, surprises, levèrent la tête et le regardèrent. Leur château était pour elles bien plus réel que lui.

« C'est français, n'est-ce pas ?

— Poitiers, précisa Blanche.

— Vous y êtes allées ?

— Non. On l'a vu dans un livre.

— *Les Très Riches Heures du duc de Berry*, dit Maud.

— Ah, bien sûr ! Ça me disait quelque chose. Il existe un très bon recueil de reproductions par Vernet. Vous l'avez ?

— Nous voulions vous demander... » commença Robin.

Mais Sir Henry le fit taire afin de poursuivre une enquête moins directe. Car il y avait un point qu'il désirait éclaircir pour son propre compte.

« Vous aimez beaucoup les livres ? » demanda-t-il.

Les trois têtes blondes acquiescèrent.

« Vous en avez beaucoup ? »

Elles parurent réfléchir.

« Nous en avons dix-sept, dit enfin Beatrix.

— Vous en achetez souvent ? »

À cela, elles répondirent sans hésitation. Elles n'avaient jamais, déclarèrent-elles, acheté un seul livre.

« Mais nous en achèterions si nous avions de l'argent.

— C'est votre mère qui vous en achète ? »

Non. Elles paraissaient convaincues qu'elle n'en faisait rien.

« Quand avez-vous reçu un nouveau livre pour la dernière fois ?

— Quand on a eu la rougeole, dit Blanche après un instant de réflexion. Le médecin nous a donné *La Case de l'Oncle Tom.*

— Il y a longtemps de cela ?

— C'était quand la paix a été signée, répondit Maud. On n'a pas pu aller voir les fêtes parce qu'on avait la rougeole. »

Deux ans ! Dire que cette femme prétendait vendre les bonbons de ses filles pour leur acheter des livres. L'ignoble menteuse !

« On a eu *Les Très Riches Heures* à cause du V1, dit Blanche. C'est un vieux monsieur qui nous l'a donné. Il avait une librairie.

— Oui, dit Maud. Maman nous avait envoyées nous promener, et on a entendu la bombe approcher, alors on a couru dans sa boutique et on s'est mises sous le comptoir. La bombe a explosé juste devant la boutique. En quelques secondes, on était enfouies sous les livres. Alors on est restées tout l'après-midi pour l'aider à les ranger. Et il nous a donné *Les Très Riches Heures* parce la couverture avait été arrachée.

— Et il nous a donné du sherry, dit Blanche. Il était tellement gentil. Mais le laitier a dit à notre mère que nous étions mortes. Il était un peu plus loin dans la rue et il nous avait aperçues juste avant la bombe ; et comme il s'était jeté à plat ventre en l'entendant approcher il ne nous avait pas vues courir dans la boutique. Et quand il a regardé à nouveau et qu'il ne nous a pas vues, il a cru que la bombe nous avait réduites en miettes.

— Il est allé dire à notre mère qu'on avait été réduites en miettes, dit Beatrix. Et on ne rentrait pas, naturellement, puisqu'on était restées aider à ranger les livres. On n'avait pas vu passer l'heure. Alors elle l'a cru et elle a pris un taxi jusqu'à la mairie. Trois shillings jetés par la fenêtre. »

Robin et Sir Henry étaient si stupéfaits par ce récit qu'ils en oubliaient presque pourquoi ils étaient venus.

« Plus de trois shillings, dit gravement Maud. Il y a eu le trajet de retour une fois qu'elle a fait sa déclaration à la mairie.

— Ça, ça ne lui a coûté que deux pence, dit Beatrix. Elle est rentrée en autobus.

— Bien sûr, à la mairie, on n'a pas pu la renseigner sur nous, expliqua Maud. Nous n'étions pas à la morgue.

— Mais votre mère n'était-elle pas dans tous ses états ? demanda Robin.

— Oh, si ! fit Maud. Elle n'était pas encore de retour quand nous sommes revenues, et nous ne pouvions pas entrer dans la maison. Nos voisins nous ont vues assises devant la porte. Et le laitier leur avait dit à eux aussi que nous étions mortes. Alors ils sont arrivés en courant et il y a eu tout un rassemblement. Quand elle est rentrée, il y avait une petite foule et en la voyant arriver les gens se sont mis à crier : "Tout va bien. Elles sont saines et sauves !" Mais elle n'aime pas nos voisins ; ils sont très indiscrets. Et puis elle n'arrivait pas à ouvrir la porte parce que sa clef s'était coincée. Et un monsieur a pris une photo d'elle et l'a envoyée aux journaux.

— Alors elle leur a demandé, reprit Beatrix, de bien vouloir s'en aller et qu'ils n'avaient rien à faire dans son jardin. Et les voisins ont commencé à être très impolis. Mais, juste à ce moment-là, un autre VI est passé et tout le monde s'est dépêché de s'en aller.

— Ç'a été un des jours les plus heureux de notre vie, dit Blanche, parce qu'on a *eu Les Très Riches Heures.* »

Plus j'en apprends sur cette femme, pensa Sir Henry, plus elle m'est antipathique.

« Nous venons de chez la vieille Mrs Pearce », dit-il.

Elles le regardèrent toutes d'un air rayonnant, et Blanche lui demanda s'il avait vu le petit bateau.

« Oui. Il est beau, n'est-ce pas ? Mais j'aurais beaucoup aimé voir un autre de ses trésors.

— Avez-vous… » commença Robin.

Sir Henry l'interrompit d'un geste et reprit :

« Une petite statuette noire. Est-ce que vous l'avez vue, quand vous étiez chez elle ?

— Celle qu'elle range dans la terrine ? demanda Maud.

— Oui. Je voulais la voir, mais je n'ai pas pu, car elle l'a vendue hier après-midi.

— Elle était beaucoup moins jolie que le bateau, dit Blanche pour le consoler.

— C'est vrai. Mais je regrette qu'elle l'ait vendue, parce qu'elle avait peut-être beaucoup de valeur et la personne qui l'a achetée lui en a donné très peu.

— Je suis sûre qu'elle ne vendra jamais le bateau, dit Blanche.

— J'espère que non. Robin et moi sommes d'avis qu'il vaut mieux ne pas trop en parler. Il n'est pas bon qu'on sache qu'une vieille femme qui vit toute seule possède de précieux bibelots. »

Elles acquiescèrent toutes d'un air entendu et Maud chuchota :

« Les voleurs !

— Alors ne parlez à personne des affaires de Mrs Pearce, d'accord ? »

Elles promirent de ne pas en souffler mot.

« Aviez-vous parlé à quelqu'un hier du bateau ou de la statuette ?

— À des tas de gens... commença Blanche d'un air très préoccupé.

— Mais seulement du bateau, précisa Maud. On avait oublié la statuette.

— Oui, dit Blanche. Je ne m'en suis souvenu que quand vous en avez parlé. Mais on a parlé du bateau à tout le monde... aux Gifford, à Mrs Paley, à Miss Wraxton et à notre mère, et nous en avons fait une description dans notre journal. Nous n'avons pas pensé aux voleurs. Si on allait dire à tout le monde de ne pas en parler ?

— Non, dit Sir Henry. Ne vous tracassez pas. Mais n'en parlez plus à personne. »

Il s'éloigna, suivi de Robin.

« Je crois qu'elles disaient la vérité, fit-il dès qu'ils furent hors de portée de voix.

— J'en suis sûr, dit Robin. Mais il m'est venu une idée... en les écoutant... Vous ne pensez pas... ça ne pourrait pas être Mrs Cove elle-même ?

— Cela me paraît plus que probable, dit Sir Henry. La difficulté maintenant va être d'arriver à la confondre. »

3. Acquérir de l'expérience

La moitié de la matinée s'écoula et Nancibel ne parut pas aux écuries pour faire le lit de Bruce. Il avait traîné dans la cour après avoir lavé la voiture, dans l'espoir de bavarder avec elle. Et comme elle ne venait pas, il finit par aller à sa recherche. En s'approchant de la fenêtre de la cuisine, il la vit debout près de la table en train d'éplucher des pommes de terre d'un air étrangement découragé. Elle ne répondit pas à son joyeux bonjour.

« Quand viendras-tu faire ma chambre ? demanda-t-il.

— Fred s'en chargera, répondit-elle avec froideur, toujours sans le regarder. La répartition des tâches a changé.

— Qu'est-ce qui ne va pas ? »

Comme elle ne répondait pas, il fit le tour de la maison, passant par l'entrée de derrière et par l'office, et entra dans la cuisine pour se planter devant elle.

« Qu'est-ce qui se passe ? »

À ce moment, elle leva les yeux, lui accorda un bref regard et revint à ses pommes de terre.

« Je vois », dit-il.

Il y eut un long silence qu'aucun d'eux n'avait envie de rompre. Nancibel n'osait parler de peur de fondre en larmes. Bruce, chose rare, ne trouvait pas grand-chose à dire. Il s'était cru préparé à cette crise et avait déjà répété sa propre défense, car il savait qu'elle éclaterait inévitablement tôt ou tard. Nancibel ne manquerait pas de tout découvrir et ne manquerait pas d'être en colère. Mais il s'était attendu à une tirade de reproches et d'insultes et ce morne silence le déconcertait. Pour en finir, il dit ce qu'il pouvait dire de pire.

« Jalouse ? » demanda-t-il.

Ce mot à peine sorti de sa bouche, il aurait fait n'importe quoi pour le rattraper. Il fallait être un sale type pour insinuer une chose pareille et il désirait par-dessus tout la convaincre qu'il n'était pas un sale type, mais un artiste en train d'acquérir de l'expérience.

Nancibel fut piquée au vif. Le mot avait aussitôt séché ses larmes et lui délia la langue :

« Sors de cette cuisine, ordonna-t-elle. Tu n'as rien à faire ici et Mrs Siddal n'aimerait pas te voir là.

— Je suis un domestique, oui ou non ? Je suis à ma place dans la cuisine.

— Non. Tu manges dans la salle à manger, par conséquent ta place est dans le salon.

— Tu m'as laissé venir ici hier.

— Je ne savais pas que tu étais ce genre de garçon.

— Quel genre ?

— Va au salon leur raconter comment tu es sorti d'un bouge. Les dames aiment peut-être ça. Moi pas. Tu me dégoûtes.

— Tu as des idées très démodées, Nancibel.

— Pas du tout. Il y a des choses qui ne se démodent pas. Tout le monde a toujours méprisé les garçons qui vivent aux crochets des vieilles dames, et ça ne changera pas.

— Elle n'est pas vieille.

— Elle a au moins vingt ans de plus que toi. Tu ne la regarderais même pas si elle ne te payait pas.

— Je conduis sa voiture.

— Ah, tu dois en baver en effet… Si tu étais chauffeur de bus, tu pourrais rester dans cette cuisine. Le pays manque de chauffeurs de bus. Pas étonnant que tu aies honte de dire que tu viens d'une famille convenable.

— Tu ne comprends pas, protesta Bruce. Un écrivain a besoin de vivre des expériences.

— Sûrement. Eh bien, tu en vis une en ce moment. Et elle t'apprend qu'une fille comme moi n'a rien à faire avec un garçon comme toi. C'est bon à savoir, si tu ne le savais pas déjà, et tu pourrais le mettre dans un livre.

— Je ne m'en priverai pas.

— Oui, une fois que tu auras arrangé l'histoire à ta façon pour que ça sonne mieux. Tu n'oserais jamais rien mettre de trop vrai dans un livre. Regarde ce que tu as écrit à propos d'elle et toi ! Qu'elle était belle et distinguée. Elle, belle et distinguée ! Il y a de quoi mourir de rire !

— Tu es jalouse pour de bon, voilà ce qu'il y a.

— Tu dis que tu veux être quelqu'un. Eh bien tu ne seras jamais qu'un lamentable petit crâneur que tout le monde méprise et dont tout le monde se moque derrière son dos. »

Mr Siddal parut au seuil de la cuisine pour réclamer d'un ton plaintif son thé de onze heures. Flairant quelque drame, il entra s'asseoir à la table. Son regard innocent passa d'un jeune visage furieux à l'autre et conclut que c'était le garçon qui avait perdu la bataille.

Nancibel alla prendre la théière sur le fourneau et lui apporta une tasse de thé. Il lui dit d'en servir une à Bruce par la même occasion, ce qu'elle fit avant de se retirer dans l'office avec ses pommes de terre.

« J'ai appris que vous écriviez un livre, commença aimablement Siddal en poussant le sucrier vers Bruce. Un roman. En grande partie autobiographique, j'imagine ?

— Non, répondit Bruce en criant presque.

— Non ? Tiens. Voilà qui est intéressant. En

général, les jeunes… *protégés** d'Anna écrivent trois livres. Le premier sur le thème de la petite victime. C'est plein de promesses. C'est bien écrit. Les critiques sont excellentes. L'auteur y raconte en termes crus son enfance pervertie dans un pensionnat ou un collège privé, ou encore les deux, à moins que ce ne soit sur les docks de Londres ou à la ferme de cousine Judith[1]. La perversion a l'air d'être moins en vogue dans les lycées publics. Je ne sais pas pourquoi. Voyons, le héros de votre roman, c'est à Eton ou à Stepney qu'il a été perverti ?

— Stepney.

— Hmm… Je vois. Le deuxième livre de la liste n'est pas nécessairement aussi tragique. C'est une espèce de comédie, une comédie amère et très mondaine. Avec un décor un peu exotique. Il traite de la vie libertine et débauchée que mènent des expatriés à Capri, à Majorque ou dans les Alpes-Maritimes. Le héros est le pire fainéant de la bande, mais ce qui le sauve, c'est qu'il a la grâce de se mépriser presque autant qu'il méprise les autres. L'héroïne est la seule femme du livre avec laquelle le héros ne couche pas. Parfois, elle meurt de façon assez touchante. »

1. *La Ferme de cousine Judith (Cold Comfort Farm)* de Stella Gibbons, paru en 1932 et devenu culte au Royaume-Uni, parodiait les romans de l'époque qui idéalisaient le quotidien de la vie rurale.

Siddal se tut pour boire son thé et Bruce ne put s'empêcher de lui demander quel était le sujet du troisième livre.

« Le troisième ? » Siddal parut s'arracher à sa rêverie. « Personne ne sait. Personne ne l'a jamais lu. On entend dire qu'il a été écrit. Je crois même qu'il est édité. Mais je n'ai jamais pu m'en procurer un. Alors je ne pourrais pas vous dire. Voilà une chose que j'espère faire avant de mourir : lire le troisième livre d'un des jeunes amis d'Anna. De quoi peuvent-ils bien traiter ? De religion, peut-être. Si vous allez jusqu'au troisième livre, j'espère que vous me l'enverrez. Encore un peu de thé ?

— Non, merci », dit Bruce.

4. Les Autres Falaises

Une frise d'enfants Gifford se découpa un instant contre le ciel. Ils couraient sur la falaise qui se dressait juste derrière la maison et leur rapide apparition rappela à Sir Henry une question qu'il avait décidé de poser depuis le dimanche après-midi où il s'était lui-même promené par là.

Cette partie de la côte communément appelée dans le pays les Autres Falaises et, sur la carte du cadastre, les roches de Tregoylan, était beaucoup moins fréquentée que les pentes plus accessibles conduisant à la pointe de Pendizack, la baie de Rosigraille et Porthmerryn. Il fallait, pour les atteindre, s'enfoncer dans les terres presque jusqu'au village afin de contourner le profond ravin que longeait l'allée de Pendizack. Le ravin se terminait par une étroite crique qui se trouvait à l'arrière de la maison, si bien que les fenêtres de derrière donnaient sur la haute muraille rocheuse des Autres Falaises. La péninsule sur laquelle était bâtie la maison devait s'être détachée de ce mur à une époque préhistorique.

Le sommet des falaises était recouvert d'une masse de broussailles, de ronces et d'ajoncs qui avaient fini par envahir les anciens chemins de douaniers, et l'endroit n'était guère propice à la promenade. Sir Henry n'y était allé que pour fuir l'atmosphère de catastrophe qui avait enveloppé Pendizack le dimanche après-midi ; et, tout en se frayant un chemin à travers les ajoncs, il avait découvert dans le sol d'étranges craquelures et fissures. Elles se trouvaient assez loin de la côte, mais il en avait conçu un doute sur la sécurité de toute cette région, et il en parla donc à Robin.

Robin répondit qu'elles s'étaient produites à la suite de l'explosion d'une mine que la mer avait ramenée dans la grotte au fond de la crique, quelques jours avant Noël. Il ne put lui dire si ces fissures s'étaient formées aussitôt, car Duff et lui ne les avaient découvertes qu'aux vacances de Pâques. Il pensait que les autorités les avaient examinées ; sa mère lui avait écrit, pendant le dernier trimestre, que quelqu'un était venu lui demander où elles se trouvaient. Il ne connaissait pas le résultat de l'inspection et, comme ils arrivaient sur la terrasse, il s'en enquit auprès de Gerry qui réparait un parasol rayé.

« Quelles fissures ? » demanda Gerry en levant les yeux de son ouvrage, le visage écarlate.

La cause de sa gêne n'était pas difficile à

deviner, car des rugissements de colère sortant d'une fenêtre du premier étage rendaient la conversation presque impossible.

« … Tu te rends compte que je t'ai attendue toute la matinée ? J'ai des lettres à dicter. Où étais-tu passée ? Oh, pour l'amour du Ciel, réponds ! *Où* étais-tu ?

— Tu sais ! hurla Robin. Les fissures provoquées par la mine. Sur les Autres Falaises.

— … Incapable de répondre à la plus simple question. Franchement, je me demande parfois pourquoi je ne te fais pas interner…

— Première nouvelle, cria Gerry.

— Maman ne t'avait pas écrit ? On les a découvertes à Pâques, sous les ronces… de longues fissures d'une quinzaine de centimètres de large…

— Une quinzaine de centimètres ? interrompit Sir Henry. Mais… celles que j'ai vues mesuraient au moins un mètre de large. Et elles paraissaient très profondes.

— Elles ont dû s'élargir, dit Robin. Je ne suis pas monté par là depuis Pâques.

— … Bon, peu importe ! Peu importe ! Tu es rentrée. Et tu vas me faire le plaisir de répondre immédiatement à cette question : *Où as-tu dormi la nuit dernière… ?* »

Gerry paraissait au supplice et ne faisait aucun effort pour en apprendre davantage sur les fissures.

« Demande à maman, dit-il. Je ne suis pas au courant.

— ... qui me l'a dit ? C'est cette roulure d'intendante qui me l'a dit... Comment s'appelle-t-elle déjà... Ellis. J'espérais qu'elle mentait...

— Un certain Bevin est venu, ou un nom comme ça. Maman a dû te le raconter, insista Robin.

— ... Tu remets ça alors ? Je croyais avoir mis fin à ce genre de comportement. Tant que tu habiteras sous mon toit, tu te conduiras convenablement. Et s'il faut t'enfermer pour ça, je n'hésiterai pas ! Sortir de la maison la nuit, comme une...

— Maman ne me raconte jamais rien, cria Gerry, furieux. Demande à Duff. Peut-être qu'il sait. Elle lui écrit, à lui.

— ... Qui est-ce, cette fois-ci ? Je te préviens, je suis décidé à le savoir. Alors, autant me le dire tout de suite. Qui est-ce ?... *Mrs Paley ?*... Tu es une idiote, Evangeline, je suis bien placé pour le savoir. Mais tu n'es tout de même pas assez idiote pour penser que je vais te croire...

— Je demanderai à votre mère, quand elle aura un moment », dit Sir Henry en rentrant dans la maison.

Gerry abandonna le parasol et se mit à rassembler ses outils. Il ne supportait plus de rester sur la terrasse. Il jeta un regard noir à Robin qui tendait l'oreille, horrifié.

« … Lui demander ? Ça, je vais lui demander, tu peux me croire. Et je lui dirai ce dont elle aurait pu s'apercevoir toute seule… Plus personne n'a pu en douter après la façon dont tu t'es donnée en spectacle à l'église…

— Ma parole, Gerry ! Ce n'est vraiment qu'un vieux…

— Tais-toi et viens, on s'en va. »

En quittant la terrasse, ils continuèrent à entendre la voix courroucée :

« … Me laisses pas d'autre choix… contrôler tes sorties… »

Robin alla à la cuisine où il trouva sa mère et Duff. Il leur raconta tout de suite la triste histoire de l'ambre noir et il était au milieu de son récit lorsque Gerry, qui était parti ranger ses outils, vint les rejoindre, très préoccupé soudain par l'état des Autres Falaises.

« C'est quoi cette histoire de fissures ? demanda-t-il. Où sont-elles ? Pourquoi personne ne m'en a parlé ? »

Il dut répéter ses questions plusieurs fois avant de se faire entendre. Enfin Mrs Siddal lui répondit :

« Ce n'est rien. Quelqu'un en a parlé à Sir Humphrey Bevin et il est venu les examiner.

— Quand ?

— En mai, je crois.

— Pourquoi personne ne m'a rien dit ? demanda Gerry.

— Pourquoi on aurait dû ? fit Robin, agacé d'être interrompu dans son récit.

— A-t-il dit que la falaise était sûre ? demanda Gerry.

— Il nous aurait sûrement avertis du contraire », répondit Mrs Siddal.

Mais cela ne suffisait pas à Gerry.

« Il a très bien pu ne pas nous avertir. Ces falaises ne nous appartiennent pas. Comment savoir s'il est prudent de s'y promener ? Il serait peut-être bon de dire aux pensionnaires de s'en tenir éloignés. Le temps qu'on se renseigne.

— Quel raseur ! » grommela Robin.

Et Mrs Siddal s'écria :

« Je voudrais bien que tu ne fasses pas tant d'histoires pour tout, Gerry. J'ai assez de soucis comme ça. Miss Ellis fait la grève parce que je ne veux pas mettre Nancibel à la porte. »

Gerry haussa les épaules et alla huiler le moteur du bateau. Celui-ci était posé sur une cale taillée à même le roc au bord de la crique derrière la maison, et on le mettait à l'eau à marée haute, les jours où la mer était calme.

Personne n'allait jamais de ce côté de la crique, sauf pour y chercher le bateau, car l'endroit était peu accueillant. La masse surplombante de la falaise y projetait son ombre pendant la plus grande partie de la journée, même en été. Les rochers, que le soleil ne séchait jamais, étaient glissants et recouverts d'algues d'un vert vif là où coulait un petit torrent. Les quelques îlots de sable rugueux étaient toujours creusés, à marée basse, par de grosses gouttes d'humidité tombant à intervalles réguliers de la falaise. Et il y régnait une odeur d'algues en décomposition.

Gerry frissonna en débarrassant le bateau de sa bâche. Il n'avait jamais aimé les Autres Falaises et elles lui semblaient aujourd'hui plus noires et plus sinistres que jamais. Il se dit que ce devait être un effet de son imagination, mais se rendit compte en les regardant à nouveau qu'il avait vu juste. Elles étaient plus noires que jamais parce qu'il n'y avait pas de mouettes. Les autres années, cette face de la falaise abritait d'innombrables nids ; chaque creux, chaque rebord était éclaboussé de guano blanc. Des générations de petites mouettes avaient appris à nager dans la crique, impitoyablement poussées des roches les plus basses par leurs parents. À présent, on n'en apercevait plus une seule. Des taches pâles apparaissaient à la place des anciens nids, mais il n'y en avait pas de récent.

Il ne se rappelait pas avoir jamais rien observé de semblable. Et une supposition inquiétante commençait à se former dans son esprit lorsque la porte de la maison s'ouvrit brusquement et qu'Evangeline Wraxton se mit à descendre en courant les marches menant à la crique. S'il n'avait pas su la raison de son désarroi, il l'aurait crue folle, car elle grimaçait et se parlait à elle-même comme une aliénée. Elle ne le vit que lorsqu'elle fut à mi-chemin de sa descente, alors elle se retourna et remonta en courant. Mais il lui cria de s'arrêter. Il ne voulait pas qu'elle se donne en spectacle en traversant la maison dans cet état ; ça ne ferait que confirmer sa fragilité d'esprit.

« Restez ici, ordonna-t-il. Asseyez-vous sur les marches au soleil. Je finis de graisser ce bateau. J'en ai pour une minute. Après cela, je vous laisse la place. »

Elle lui obéit. Il lui tourna le dos pour revenir à sa burette, mais il sentait que l'agitation de la jeune fille diminuait. Enfin elle soupira et dit :

« Je ne savais pas que le bateau avait un moteur. »

Elle prononçait ces mots comme une petite fille et Gerry sourit. Il avait déjà remarqué en elle quelque chose d'enfantin et de touchant, il l'avait senti la veille au soir en prenant le thé dans l'abri sur la falaise. Encouragée par Mrs Paley, elle s'était montrée gaie et spontanée ; les airs de vieille fille, les gestes saccadés avaient disparu. Elle avait parlé et ri librement, sans se vexer lorsqu'ils la taquinaient. Elle ressemblait à une charmante fillette, une enfant qu'on aurait empêchée de grandir. Une tendre créature était restée cachée et protégée derrière la façade martyrisée qu'elle présentait à un monde hostile. Et il avait discerné une certaine noblesse dans son refus catégorique de devenir quelqu'un de tordu. On aurait dit qu'elle continuait d'attendre sagement que le climat devienne plus propice.

« Je vous croyais sur la terrasse, dit-elle.

— J'y étais, acquiesça-t-il. Je raccommodais le parasol. »

Il se tut, hésita, puis ajouta :

« Je n'ai pas pu m'empêcher d'entendre un peu de ce que disait votre père. Je suis vraiment désolé. »

Elle fit une série de grimaces avant de pouvoir répondre. Enfin, elle éclata :

« Ce sont des mensonges ! Quand je dors mal, cela me fait du bien de me lever et d'aller faire un tour. Il s'en est aperçu et a cru que j'allais retrouver un… un homme. Mais ce n'est pas vrai. Ce n'est pas vrai. Je… Je ne connais pas d'hommes.

— Est-ce qu'il vous a défendu de sortir avec Mrs Paley ?

— Oh, oui. Et il dit qu'il me fera enfermer dans un asile si je ne lui obéis pas.

— C'est n'importe quoi, vous savez. C'est impossible sans un certificat médical.

— Il serait capable d'en obtenir un. S'il appelait un médecin, j'aurais tellement peur que je ne manquerais pas de faire une bêtise. Et il y a des tas de gens qui me croient folle.

— Pas des médecins, dit Gerry.

— Vous, vous en êtes un, et je suis sûre que vous l'avez cru... dimanche. »

C'était vrai. Il commençait à se rendre compte de ce que la situation d'Evangeline avait de dangereux.

« Vous devriez partir, dit-il. Pourquoi rester avec lui ? »

Evangeline lui expliqua sa malheureuse promesse.

Il en discuta avec elle jusqu'au moment où le gong du déjeuner retentit dans la maison. Evangeline devint livide.

« Je ne peux pas, murmura-t-elle. Je ne peux pas aller dans la salle à manger. Tout le monde a entendu. J'en suis sûre. »

Gerry se leva et s'essuya les mains avec un bout de chiffon.

« Attendez-moi, dit-il, je vais vous apporter quelque chose à manger. Vous déjeunerez ici. »

Il courut dans la maison et revint quelques minutes plus tard portant sur un plateau deux assiettes de langue froide et de salade, deux petits pains et quatre grosses prunes, qu'il avait chipés sur le passe-plat.

« Nous allons déjeuner dehors, dit-il en s'asseyant à côté d'elle au soleil, sur la pierre du seuil. Ensuite, nous irons à la pêche. Ça vous plairait ? »

Le cœur d'Evangeline bondit de plaisir, puis retomba dans un abîme de mélancolie à la pensée qu'il ne lui proposait cela que par pitié. Elle répondit d'un ton morne que ça l'amuserait beaucoup. Le cœur de Gerry se serra aussi, car à peine avait-il fait son invitation qu'il la regretta. Son intention était de passer l'après-midi seul en bateau loin de son exaspérante famille, et voilà qu'il s'encombrait de cette fille navrante. Il la plaignait énormément, mais après tout il avait assez de ses propres soucis. Lui aussi quelquefois pensait que son père le rendrait fou, mais il ne courait pas pour autant dans tous les sens en faisant des grimaces.

Il devint de plus en plus morose au cours de leur déjeuner. Les timides tentatives d'Evangeline pour égayer ce moment tombaient à plat. Comme ils finissaient les prunes, elle dit :

« Je crois que je ne vais pas venir, finalement. Merci beaucoup de m'avoir invitée. Le… le reflet du soleil sur l'eau pourrait me faire mal à la tête. »

Gerry savait qu'elle mentait et qu'elle voulait venir. Mais il était devenu maussade et n'insista pas.

« Je vais rapporter le plateau », dit-elle en se levant.

Sa douceur, son humilité exaspérèrent Gerry. Il dit qu'il ne le permettrait pas, le lui arracha des mains et se précipita dans la maison. Evangeline le suivit en protestant lamentablement :

« J'aurais très bien pu… C'est idiot… Il n'y a pas de raison… »

Dans le couloir de la cuisine, ils rencontrèrent Mrs Siddal qui les considéra d'un air excédé. Lorsque Gerry lui expliqua d'où ils venaient, elle s'écria :

« Voilà où étaient passées ces deux assiettes ! Et moi qui ai grondé le pauvre Fred. Vraiment, Gerry… Je ne comprends pas ce qui t'a pris. Venir piquer les déjeuners de la salle à manger…

— L'un d'eux était de toute façon pour Angie, protesta Gerry.

— Pour qui ?

— Pour Miss Wraxton ! On allait le lui servir dans la salle à manger, non ? »

Angie ? songeait Mrs Siddal. Il l'appelle Angie ? Quelle petite sournoise ! Et elle jeta un regard noir à Evangeline.

« Je ne peux pas permettre qu'on emporte son déjeuner comme ça, leur dit-elle. Je veux bien préparer des sandwichs à condition qu'on me prévienne à l'avance.

— Excusez-moi, Mrs Siddal.

— Excuse-moi, maman. C'est entièrement ma faute. J'ai eu envie de déjeuner sur les rochers. Je ne savais pas que c'était contraire au règlement.

— Mais il n'y avait pas de langue pour toi aujourd'hui, Gerry. C'était le menu de la salle à manger. Tu as mangé la langue du chanoine Wraxton. Qu'est-ce que je vais lui donner pour son déjeuner ?

— Tu ne peux pas lui donner ce que tu avais prévu pour moi ?

— Non. C'était du pain et du fromage. »

Mr Siddal, qui avait écouté tout cela derrière la porte du placard à chaussures, intervint en disant :

« Duff a de la langue, Gerry. Il n'y a qu'à donner la langue de Duff au chanoine.

— Il n'y en avait pas assez pour tout le monde, expliqua Mrs Siddal. Et j'ai été très injuste envers ce pauvre Fred. Je l'ai accusé à tort.

— Fred aura de la langue, cria la voix du placard à chaussures. Et Nancibel aura de la langue.

— Eh bien, je suis désolé, répéta Gerry. Nous voulions aller pêcher et…

— Aller pêcher ? En bateau ?

— Naturellement, en bateau, maman. Et Angie…

— Pas cet après-midi, Gerry, n'est-ce pas ? Je… je vais avoir besoin de ton aide. Miss Ellis s'en va. Peut-être… un autre jour, si Miss Wraxton tient vraiment à ce que tu l'emmènes…

— Non, murmura Evangeline.

— C'est toi qui m'as demandé d'aller pêcher des maquereaux pour le dîner, protesta Gerry.

— Je sais. Mais je m'arrangerai. Je préfère que tu restes ici.

— Pour quoi faire exactement ? »

Il y eut un silence. Mrs Siddal ne trouvait rien à répondre sur le moment, bien qu'elle fût décidée à s'opposer à la sortie en mer. La voix du placard à chaussures s'éleva pour dire qu'elle avait besoin de Gerry pour attraper une souris, mais Mrs Siddal était trop agitée pour saisir l'ironie.

« Oui, s'empressa-t-elle de dire. On a vu une souris. Dans l'office. »

Gerry perdit patience.

« Emprunte le chat de Hebe, dit-il. Venez, Angie. La marée va être haute. »

Il sortit de la maison, suivi par Evangeline puisque, cette fois, il avait l'air de vouloir qu'elle vienne.

« Je commence à en avoir assez ! grommela-t-il, tandis qu'ils poussaient le bateau sur la pente rocheuse. Vous n'imaginez pas… reprit-il alors qu'ils sortaient de la crique. Personne n'imagine ce que je supporte. Toute une histoire, juste parce que je veux vous emmener à la pêche !

— Vous ne le vouliez pas, dit Evangeline, avant que ça fasse toute une histoire. »

Il la regarda, un peu interdit.

« Eh bien, dit-il enfin, j'en ai envie maintenant.

— Alors vous devriez vous réjouir qu'il y ait eu cette histoire, lui fit-elle remarquer. On a intérêt à s'y mettre, non ? On va se faire mal voir si on rentre sans maquereaux pour le dîner. »

Ils croisèrent devant les baies de Pendizack et Rosigraille. En moins de deux heures, ils avaient pêché vingt-sept maquereaux.

5. Le Rocher de la Mort

Les Paley, assis dans leur niche habituelle, un creux du promontoire tourné vers la pointe de Rosigraille, suivaient des yeux la sortie des deux pêcheurs. Rien n'aurait pu plaire davantage à Mrs Paley, car il était visible, même à cette distance, qu'ils s'amusaient beaucoup. Elle s'était demandé comment les persuader de sortir un jour ensemble, et voici qu'ils l'avaient fait d'eux-mêmes. Car elle était loin d'imaginer que c'était la mère de Gerry qui leur en avait fourni l'occasion.

En Afrique, songeait-elle (car elle les voyait déjà mariés et expédiés outre-mer), en Afrique, ils auront beaucoup d'occasions de pêcher, et plus tôt elle apprendra à conduire un bateau à moteur, mieux ce sera. Quoique... Qu'est-ce qui me fait penser qu'il y a tant de rivières en Afrique ? Le Zambèze... Mais peut-être habiteront-ils une région de marais et de crocodiles. Trop dangereux. Et il y a le veld. C'est aride. Il faut qu'il nous parle davantage du Kenya. De toute façon, ils s'y plairont. Ni l'un ni l'autre n'a eu de chance jusqu'ici. Ils ne se rassasieront pas du plaisir d'être tout pour l'autre… d'être chéri et considéré…

Le bateau disparut derrière la pointe de Rosigraille. Mais il ne devait pas être loin, car le bruit du moteur lui parvenait encore par instants.

Elle demanda à son mari des renseignements sur le Kenya. Il leva les yeux au-dessus du supplément littéraire du *Times* et lui en donna. On pouvait toujours l'interroger sur les sujets de ce genre, car il avait une excellente mémoire et aimait à accumuler les connaissances. Il lui fit un bref exposé sur le Kenya, son histoire, sa géographie, sa faune, sa flore, sa production et sa population.

« Ç'a l'air agréable », dit Mrs Paley quand il eut terminé.

Il attendit un moment au cas où elle aurait d'autres questions à poser et retourna à son journal.

« Gerry Siddal songe à s'y installer, expliqua-t-elle. On lui a proposé du travail là-bas. »

Mr Paley la regarda sans rien dire, même si son visage exprimait un léger étonnement, l'air de se demander ce qu'il était censé répondre.

« Tu ne trouves pas qu'il devrait accepter ? demanda Mrs Paley.

— Je ne sais pas lequel est Gerry. Celui qui vient d'obtenir une bourse pour Oxford ?

— Non. Ça, c'est Duff, le beau gosse. Gerry est le petit boutonneux qui fait toutes les corvées. Il est médecin.

— Comment je saurais s'il doit accepter ? demanda Mr Paley. Au fond, je suppose que oui. L'Angleterre n'est plus un pays pour un jeune homme qui veut faire son chemin. Si j'avais son âge, j'émigrerais.

— Où ça ? » demanda Mrs Paley, heureuse de s'être engagée dans ce qui ressemblait à une conversation.

Mais il n'avait pas l'air de savoir. S'imaginer quitter la Grande-Bretagne était une chose, envisager sérieusement de s'installer dans un autre pays en était une autre.

« La Chine me plairait bien, fit rêveusement Mrs Paley. Pas en ce moment, je suppose. Mais j'ai toujours été attirée par la Chine. »

Et elle resta quelque temps, souriant au soleil à son idée de la Chine. Elle savait bien qu'elle s'en faisait une image inexacte et ridicule fondée sur le souvenir d'un paravent qu'elle admirait, enfant. Tout en bas de la Chine, il y avait un lac et des gens qui pêchaient sur de légers esquifs parmi des rochers aux étranges volutes. Puis, au-dessus d'une couche de nuages, un nouveau paysage commençait. Un cortège gravissait un chemin montagneux, se dirigeant vers une espèce de temple. Le sommet des montagnes émergeait au-dessus d'un autre banc de nuages, et des oiseaux volaient.

Le reflet du soleil faisait étinceler une myriade de diamants dans la baie de Rosigraille, l'obligeant à fermer les yeux. L'heure était très tranquille. Aucune vague ne se brisait sur la plage et, autour des rochers, on n'entendait que le faible clapotis de l'eau, à peine un murmure. Pendant plus de vingt minutes, seul le cri d'une mouette isolée vint troubler ce doux bruissement, puis elle entendit des voix sur la plage. Elle ouvrit les yeux et vit des enfants en train d'escalader les rochers de la pointe de Rosigraille. C'étaient les trois Cove et Hebe, portant des serviettes de plage.

Elles avaient choisi un mauvais moment pour se baigner, songea-t-elle : la mer montait et elles n'auraient plus pied sur le sable. Les petites Cove ne sachant pas nager, il faudrait qu'elles se contentent de barboter dans les piscines naturelles qui se formaient entre les rochers.

Elle les regarda grimper patiemment de l'autre côté de Rosigraille, puis, comme elle levait les yeux vers la falaise, elle vit qu'elle n'était pas la seule à les observer. Une petite silhouette nerveuse, vêtue de noir, se tenait sur le sentier qui menait à Porthmerryn. Mrs Paley avait de bons yeux, mais elle prit les jumelles de son mari pour s'assurer qu'elle ne se trompait pas.

Oui, c'était bien Mrs Cove. Les jumelles révélaient distinctement son visage, elles y révélaient même une expression stupéfiante. L'hostilité sans masque avec laquelle elle regardait les enfants sur la plage causa un choc à Mrs Paley. Car le visage qu'elle montrait d'habitude au monde, si peu aimable qu'il fut, était discipliné, contrôlé. Mais maintenant qu'elle était seule et se croyait loin de tous les regards, elle avait baissé la garde. Elle regardait Blanche, Maud et Beatrix, non avec sa calme indifférence habituelle, mais avec une évidente hostilité.

Au bout de quelques secondes, Mrs Paley braqua ses jumelles sur les enfants. Elles ne s'étaient pas arrêtées sur la plage, mais continuaient leur escalade en se dirigeant vers une longue saillie rocheuse qu'on appelait le Rocher de la Mort et qui s'avançait dans la mer à l'extrémité de la pointe. Blanche avait du mal à grimper, mais les autres la tiraient.

Un premier mouvement d'inquiétude agita Mrs Paley. Non, elles ne pouvaient pas songer à se baigner à cet endroit. Elles n'auraient pas pied près du Rocher de la Mort. Et une affiche au mur du vestibule de Pendizack avertissait les visiteurs qu'il était imprudent de s'y baigner à cause des forts courants.

Elle s'empressa de regarder à nouveau Mrs Cove, qui n'avait pas bougé. Et elle se dit qu'un rappel à l'ordre du haut de la falaise les atteindrait si elles se risquaient à faire une bêtise. C'était une chance que Mrs Cove fût si près. Les Paley, de là où ils étaient, n'auraient jamais pu se faire entendre à cette distance.

À présent, les enfants étaient rassemblées en un petit groupe sur le Rocher de la Mort. Son inquiétude se changea bientôt en épouvante lorsqu'elle vit qu'elles retiraient leurs robes. Et toutes les quatre apparurent en costumes de bain.

« Mais elles ne peuvent... il ne faut pas... s'écria-t-elle tout haut.

— Qu'y a-t-il ? demanda Mr Paley qui s'était assoupi.

— Ces enfants. On dirait qu'elles veulent se baigner au Rocher de la Mort. »

Il se redressa et prit ses jumelles.

Les trois Cove étaient debout en rang, timides, au bord du rocher, tandis que Hebe semblait les haranguer.

« Elles vont se noyer, dit-il.

— Mais leur mère ! Qu'est-ce qu'elle attend pour les en empêcher ?

— Leur mère ?

— Mrs Cove, elle est là-haut sur la falaise. »

Elle lui arracha les jumelles. Mais elle ne vit pas tout de suite Mrs Cove qui semblait avoir quitté le sentier.

« Ah, la voilà ! s'écria-t-elle au bout de quelques secondes. Elle descend, Dieu merci. Mais pourquoi ne les appelle-t-elle pas ?

— Bon Dieu ! » s'écria Mr Paley.

Elle abaissa les jumelles et regarda le rocher. Hebe, qui sautillait d'excitation, était seule à présent. Les Cove avaient disparu.

« Où sont-elles ? Où sont-elles passées ?

— Elles ont toutes plongé en même temps. De l'autre côté du rocher. Le courant les entraîne probablement autour de la pointe. »

Hebe avait cessé de sautiller. Elle criait à présent, si fort que l'écho de ses cris retentissait à travers la baie. Puis elle disparut elle aussi.

« Elle a plongé à leur recherche, commenta Mr Paley. C'est malin !

— Mais leur mère… leur mère… »

Mrs Cove ne descendait plus. Elle s'était arrêtée net et regardait, comme eux une seconde auparavant, le rocher désert.

« Elle a vu. Elle a forcément vu.

— Où est-elle ?

— Juste en dessous du sentier. Près de ce buisson de fougères. Mais enfin, pourquoi n'y va-t-elle pas ?

— C'est trop tard, dit Mr Paley. Elles doivent déjà être de l'autre côté de la pointe. »

Mrs Paley reprit les jumelles et les mit au point sur Mrs Cove. Le pâle visage carré se précisa. Il était vide et hésitant.

« Allons la rejoindre, dit Mr Paley en se levant.

— Elle… elle s'en va… »

Mrs Cove s'était retournée et remontait vers

le sentier. Elle ne paraissait pas se hâter. En arrivant au sentier, elle s'arrêta un moment comme ne sachant pas si elle devait continuer vers Pendizack ou retourner à Porthmerryn. Puis elle parut se décider et renonça à ces deux directions. Elle monta plus haut sur la falaise et disparut derrière une muraille de pierre.

« Il n'y a rien qu'on puisse faire, déclara Mr Paley, ni elle ni nous. Le temps qu'on arrive au rocher, elles seront à un kilomètre de là. Le mieux est de rentrer à l'hôtel et de donner l'alarme. Si elles savent nager, elles arriveront peut-être à se poser sur une de ces roches au large…

— Impossible. Les Cove ne savent pas nager.

— Alors c'est sans espoir. »

Ils couraient tous les deux sur le promontoire. Quand l'anse de Pendizack apparut devant eux, ils s'aperçurent qu'elle était pleine de monde. Presque tous les habitants de l'hôtel y étaient, courant et criant. Robin et Duff, les garçons Gifford derrière eux, avaient presque atteint le sommet du chemin. Sir Henry et Caroline les suivaient à quelque distance. Dispersés sur l'étroite bande de sable laissée intacte par la marée, on voyait Mrs Siddal, Bruce, Nancibel et Fred, tandis que Miss Ellis et Mrs Lechene arrivaient par le chemin rocheux de la maison. Mr Siddal était sur la terrasse.

« Un bateau ! hurla Mr Paley. Prenez un bateau ! »

Duff se retourna et cria à ceux qui étaient sur la plage :

« Le bateau ! Le bateau ! Sortez le bateau ! »

Mais personne ne parut le comprendre, excepté Nancibel qui se retourna et se mit à courir. Sur quoi Bruce se retourna aussi et la suivit.

Robin était arrivé sur le promontoire et, tout essoufflé, interrogeait les Paley. Avaient-ils vu les Cove ? Lorsqu'il entendit leur récit, il gémit et Duff, qui les avait rejoints, s'écria :

« Au Rocher de la Mort ? Alors c'est sans espoir. Le courant y est terrible. Ce démon de Hebe… »

Il se mit tout de même à courir en contournant Rosigraille, suivi par les autres garçons.

Sir Henry arriva ensuite si pantelant de son ascension qu'il dut s'asseoir sur un rocher. Caroline, qui l'accompagnait, expliqua aux Paley la cause de l'affolement général. C'est elle qui avait donné l'alarme aussitôt qu'elle s'était aperçue de la disparition de Hebe et des Cove. Elle avait prévenu Hebe qu'elle le ferait si celle-ci ne renonçait pas à l'épreuve de natation.

« Et je croyais qu'elle avait laissé tomber, pleurait Caroline. Je l'aurais dit plus tôt si j'avais pensé qu'elle allait le faire pour de vrai ! »

On entendit soudain crier : *Arrêtez-les ! Bon sang, arrêtez-les !* C'était Mrs Siddal, parvenue en haut de la côte et qui courait en hurlant, en proie à un seul désir : empêcher Robin et Duff de plonger du Rocher de la Mort. Ils ne sauveraient personne et ne réussiraient qu'à se noyer.

« Chut ! dit tout à coup Mrs Paley. Écoutez ! »

Ils se turent tous.

« Vous entendez ? »

On entendait nettement le bruit lointain d'un moteur, bien qu'aucun bateau ne fût en vue.

« C'est Gerry et Angie, dit Mrs Paley. Ils sont derrière la pointe. Je les ai vus la contourner. Ils doivent être tout près…

— Alors, peut-être… commença Sir Henry.

— Rappelez Duff. Rappelez Robin. Arrêtez-les ! Duff…

— Oh, regardez ! Regardez ! » Caroline tendait le doigt. « Les voilà… »

La proue du bateau apparut derrière les rochers. Quand il fut entièrement en vue, Mrs Paley braqua sur lui ses jumelles.

« Je crois que les enfants y sont, dit-elle. Oui… oui, elles y sont. Toutes les quatre.

— Rappelez les garçons. Robin ! Duff ! Duff ! » répétait Mrs Siddal.

Mrs Paley tendit ses jumelles à Sir Henry. Gerry tenait le gouvernail. Hebe et Evangeline donnaient de petites tapes à deux des Coves étendues inertes au milieu du bateau. La troisième vomissait par-dessus bord.

« Je crois qu'elles sont sorties d'affaire, dit Sir Henry après avoir longuement regardé. L'une d'elles a l'air… oui… et l'autre remue… »

Caroline lui prit les jumelles des mains et reconnut Beatrix, qui commençait à remuer, et Maud, celle qui vomissait. Blanche, dit-elle, ne bougeait pas. Mais tandis qu'elle regardait, Evangeline, qui jusque-là s'occupait de Beatrix, repoussa Hebe et se pencha sur Blanche.

Les cris de Mrs Siddal avaient arrêté ses fils qui tournèrent la tête et aperçurent le bateau. On parvint à attirer l'attention de Hebe. Levant la tête et voyant le groupe sur le promontoire, elle se mit à agiter les bras en un message codé que Caroline interpréta.

« Elle dit : Tous sains et saufs !

— Ah, vraiment, fit Mrs Siddal. Comme c'est gentil de sa part. »

Elle avait parlé avec tant d'amertume que Sir Henry se mit à s'excuser, promettant que Hebe serait réprimandée. Mais Mrs Siddal n'allait pas se calmer si facilement. Elle avait couru très vite en montant la côte, s'attendant à voir deux de ses fils noyés. Et l'apparition du bateau, bien qu'elle dissipât ses craintes, n'avait pas calmé toutes ses inquiétudes. Elle n'appréciait guère le ton doucereux avec lequel Mrs Paley associait les noms de Gerry et Angie, comme ceux d'un couple.

« J'espère, répondit-elle, qu'on interdira à Hebe de se baigner tant qu'elle sera ici. Elle a besoin d'une bonne leçon. »

Caroline, sentant que Hebe allait passer un

mauvais quart d'heure, intervint pour faire remarquer que les Cove s'étaient jetées à la mer de leur propre chef. Mais personne ne l'écouta, car les petites Cove étaient appréciées, et non Hebe. Un agacement général avait gagné Pendizack et l'on avait besoin d'un bouc émissaire. Le choix tacite et unanime s'était porté sur Hebe. Personne ne comprenait, personne ne voulait comprendre pourquoi elle avait attiré les petites Cove sur le Rocher de la Mort et les avait persuadées d'y accomplir un hara-kiri. Il n'y avait que le diable pour l'avoir poussée à cela, et comme le diable circulait parmi eux depuis le dimanche matin, c'était un soulagement de pouvoir le localiser en un seul de ses agents. On se retournait contre elle avec la fureur qui succède à l'épouvante.

« Mon épouse va être terriblement navrée, assura Sir Henry. Elle parlera à Hebe.

— Je l'espère, Sir Henry. Et j'imagine que Mrs Cove aura deux mots à lui dire, elle aussi. Je me demande ce qu'elle fera en apprenant tout cela.

— Elle prendra un taxi pour se faire conduire à la mairie, dit Robin qui les avait rejoints. C'est bien ce qu'elle a fait quand ses trois filles ont failli être tuées par un V1, n'est-ce pas, monsieur ? »

Sir Henry secoua la tête d'un air désapprobateur.

« Mais c'est vrai, insista Robin. Elles… les filles… nous l'ont raconté elles-mêmes ce matin. Leur mère les avait envoyées se promener sous les bombes et, quand le laitier est venu lui dire qu'il les avait vues se faire réduire en miettes, elle a sauté dans un taxi direction la mairie, plutôt que d'aller sur le lieu de la catastrophe. Après ça, elles ont été punies parce que ça lui avait coûté trois shillings pour rien. »

Tout le monde lui dit de se taire, mais un sourire courut à travers le groupe et la tension se relâcha. On avait l'impression que Mrs Cove serait beaucoup moins bouleversée que la plupart des mères lorsqu'elle apprendrait que ses filles avaient failli périr noyées.

Le groupe se remit en route vers l'hôtel et les Paley se retrouvèrent une fois de plus seuls sur le promontoire. Ils revinrent à leur creux favori et Mrs Paley déclara en reprenant son tricot qu'elle était curieuse de savoir comment Mrs Cove accueillerait la nouvelle.

« Elle ne peut pas avoir vu le bateau, dit Mr Paley. Donc, elle doit les croire toutes noyées. Qu'est-ce qu'elle peut bien faire ?

— Je suis sûre qu'elle a l'intention de rentrer plus tard, comme si elle ne se doutait de rien.

— Mais pourquoi ? »

Même Mr Paley était gagné par la curiosité devant l'étrange attitude de cette femme.

« Je ne sais pas trop, répondit lentement

Mrs Paley. Je crois… Je crois qu'elle agit par impulsion. Tu me diras que ça ne lui ressemble pas beaucoup, mais tout à l'heure… eh bien, c'est par impulsion qu'elle est descendue vers elles quand elle a vu qu'elles étaient en danger. Ensuite, voyant que la situation était désespérée, elle a réfléchi, et elle n'a plus su que faire. Elle a paru hésiter assez longtemps.

— Son impulsion naturelle aurait plutôt dû la pousser à courir chercher du secours, non ?

— Elle redoutait sans doute d'aller le dire à quelqu'un. Elle préfère qu'on vienne le lui annoncer. Elle ne se fait pas confiance.

— Enfin, pourquoi ?

— Parce que, dit gravement Mrs Paley, je crois qu'elle souhaite leur mort.

— Tu dis des bêtises, Christina.

— Tu n'as pas vu son visage. Moi, si. »

6. La multiplication des pains

« Qu'y a-t-il ? Pourquoi revenez-vous ? cria Anna au moment où Bruce et Nancibel passèrent devant elle sur la plage.

— Le bateau », fit Bruce essoufflé.

Elle demanda à Miss Ellis qui accourait derrière elle de quel bateau il s'agissait. Miss Ellis le lui expliqua et ajouta avec satisfaction :

« Ils ne le trouveront pas, il n'est pas là. C'est Gerry Siddal et Miss Wraxton qui l'ont pris. Je les ai vus de ma fenêtre.

— Qu'est-ce qu'ils veulent en faire ? Qu'est-ce qui se passe ? »

Anna avait vu tout le monde passer en courant devant sa fenêtre, entendu leurs cris, et elle était accourue elle aussi. Mais elle n'avait pas encore découvert ce qui était arrivé.

« Tous ces chichis parce que des mômes ont été se baigner dans un endroit un peu dangereux, dit Miss Ellis. Pas de quoi fouetter un chat. Mais ça va leur faire drôle à tous les deux quand ils s'apercevront que le bateau est parti. Ils vont revenir tout penauds.

— Pourquoi vous ne leur avez rien dit ? demanda sèchement Anna.

— Je ne tiens pas à parler à Nancibel, expliqua Miss Ellis. C'est une insolente. Ce matin, Mrs Lechene, elle a refusé de vider votre cendrier. Elle a prétendu qu'il était trop plein. »

Anna pesa cette information, comprit l'allusion et sourit.

« Peut-être était-il plus rempli qu'il n'aurait dû, en effet, reconnut-elle. Mais qui, dites-vous, a pris le bateau ?

— Gerry Siddal et cette Miss Wraxton. Ils ont filé à l'heure du déjeuner en pensant que personne ne s'en apercevrait. Maintenant, ça va faire toute une histoire, c'est sûr ; ce n'est vraiment pas de chance de se faire pincer comme ça. Personne n'a utilisé ce bateau depuis des lustres, et voilà qu'on en a besoin pile le jour où ils choisissent de faire une petite escapade. »

Anna parut intéressée.

« Je ne savais pas, dit-elle. Est-ce qu'ils… ?

— Vous n'avez pas entendu le chanoine s'en prendre à sa fille ce matin, Mrs Lechene ? On les entendait à trois kilomètres.

— Non. Qu'est-ce qui s'est passé ?

— Eh bien… il paraît que depuis dimanche soir… » commença Miss Ellis, savourant son récit.

Et son récit fut si passionnant qu'Anna ne put s'y arracher, bien qu'elle eût conscience que Bruce et Nancibel ne revenaient pas comme prévu, et qu'elle ne tînt pas trop à les laisser longtemps ensemble.

Ces derniers avaient regagné la cuisine après avoir constaté la disparition du bateau, car il semblait vain de se précipiter de nouveau sur la falaise. Tout serait terminé, d'une façon ou d'une autre, longtemps avant qu'ils n'y arrivent.

« On n'est pas sûrs qu'elles aient plongé, dit Nancibel. Espérons que quelqu'un est arrivé à temps pour les en empêcher. Je vais mettre de l'eau à chauffer, je suis sûre qu'elles auront envie d'une tasse de thé quand elles rentreront. »

Elle semblait avoir complètement oublié s'être disputée avec Bruce, et il se surprit à souhaiter que l'affolement général se prolongeât encore un peu.

« Je peux faire quelque chose ? demanda-t-il.

— Oui. Sors les tasses. Et va guetter leur arrivée. S'il y a des blessés, tu peux appeler le médecin. C'est le docteur Peters, Porthmerryn 215. Espérons qu'on n'aura pas besoin de lui. »

Elle s'assit et posa ses coudes sur la table de la cuisine. Son regard doux était rempli de détresse.

« Mon Dieu, dit-elle, pourvu que rien ne leur soit arrivé, pauvres petites. Ce sont de drôles d'enfants, ces Cove. On les croirait sorties de l'ancien temps. Je veux dire… elles font bien plus jeunes que leur âge. Enfin, c'est qu'on les a élevées comme ça. Elles ignorent tout de la vie. Elles voulaient pêcher une langouste et en nourrir tout l'hôtel.

— Pourquoi ça ? demanda Bruce, heureux de cette trêve.

— C'est ce que je leur ai demandé. Pour quoi faire, je leur ai dit. Oh, mais c'est qu'elles voulaient donner une fête. Un festin ! Où tout le monde serait invité. Et comme elles n'avaient pas d'argent, elles avaient décidé de pêcher une langouste et m'ont demandé si je savais comment il fallait s'y prendre. Je leur ai dit que je ne croyais pas qu'elles y arriveraient et que, même si elles y arrivaient, elles ne sauraient pas la faire cuire. Et que, quand bien même elles sauraient la faire cuire, elles n'iraient pas bien loin avec une seule langouste. Alors Maud, la petite, a dit : “Et la multiplication des pains et des poissons ? – Ça, c'était Jésus”, je lui ai répondu. Alors Blanche a dit : “Il *pourrait* peut-être recommencer pour nous.” Comme une enfant de cinq ans. Alors je leur ai dit : “Attendez Noël, peut-être que votre mère vous laissera inviter des amis.” Mais non, il paraît qu'elles n'ont jamais pu donner de fête de leur vie. Et elles meurent d'envie de le faire ici.

— Pauvres gosses ! C'est triste.

— Oui, je trouve aussi. Elles ont quelque

chose de… pathétique, si tu vois ce que je veux dire. Cette Hebe… elle mériterait une bonne fessée. Mon Dieu, pourvu qu'il ne leur arrive rien !

— Ça va aller, assura Bruce. Duff Siddal est parti à leur secours. Il est très bon nageur. Elles vont s'en sortir.

— Je pourrais leur trouver des langoustes. Et je pourrais les faire cuire. Et peut-être que Mrs Siddal me permettrait de faire de la gelée. Je pourrais aussi trouver de la crème, et il me reste encore des tickets de bonbons. Ça serait vraiment trop triste qu'elles ne puissent pas avoir leur festin, les pauvres chéries.

— J'ai encore tous mes tickets de bonbons, dit Bruce. Ils seront pour elles. Et il y a des pêches à Porthmerryn. J'irai leur en acheter.

— Elles pourraient inviter les petits Gifford, ça serait amusant… si… si elles rentrent saines et sauves. Mon Dieu !

— Ne t'en fais pas. Prends une cigarette. Tout va s'arranger. »

Bruce eut le malheur de sortir un paquet de Player's de sa poche, et la trêve cessa. Il ne comprenait pas ce qu'il avait fait de mal, mais il vit l'expression de Nancibel se durcir.

« Non merci, dit-elle froidement.

— Nancibel ! »

Il se leva et voulut s'approcher d'elle mais elle le repoussa en disant avec lassitude :

« Ne te fatigue pas. Je ne vais pas changer d'avis, Bruce. Seulement ce n'est pas le moment de se disputer et de s'énerver. Il y a des choses plus importantes que nos petites histoires. Allons voir si quelqu'un revient. »

Bruce se rejeta sur ces trois mots : « nos petites histoires », qui semblaient reconnaître un certain lien entre eux. Il n'avait pas perdu tout espoir de la reconquérir.

Il la suivit dans le jardin où la vue du bateau rentrant dans la crique mit fin à leurs inquiétudes. Poussant des cris de joie, ils se précipitèrent vers la cale pour aider au débarquement.

Blanche et Beatrix, qui avaient été le plus près de la noyade, étaient suffisamment remises pour se voir sermonner par Hebe au sujet de leur absence de réaction.

« Vous vous êtes laissées couler comme des pierres, disait-elle. Même si vous ne savez pas nager, vous auriez pu flotter. Heureusement que j'ai plongé… »

Gerry lui dit de se taire. Elles se seraient toutes noyées s'il n'avait pas amené le bateau près du rocher dès qu'il avait vu ce qu'elles s'apprêtaient à faire.

« Oh, je me serais débrouillée sans vous, prétendit Hebe d'un air dégagé, si je n'avais pas eu trois idiotes à sauver à la fois. »

Elle avait eu une peur terrible, et tâchait de s'en défaire.

« Tu n'as sauvé personne, dit sévèrement Gerry. C'est toi qu'il a fallu sauver.

— Et c'est toi qui nous a donné le plus de mal, dit Evangeline. Tu t'es débattue. Les Cove ont au moins eu l'intelligence de se laisser faire. »

Gerry la regarda avec inquiétude, car l'épuisement s'entendait dans sa voix. Il était encore transporté d'admiration pour le courage et le bon sens dont elle avait fait preuve au moment critique. Elle s'était jetée à l'eau à la seconde même où les Cove plongeaient, tout en trouvant le temps de lui dire de faire reculer le bateau. Il avait compris : elle craignait que le courant ne les fasse dériver et qu'il ne parvienne à les rattraper. Il avait donc navigué en dessinant un large cercle et avait repêché Maud qui flottait. Puis il était allé à la rencontre d'Evangeline. Elle tenait Blanche par les cheveux et Beatrix par un pied, mais n'avait d'autre choix que d'attendre qu'il la rejoigne. Hebe avait été emportée de l'autre côté du bateau, et ils durent se lancer à sa poursuite. Elle savait un peu nager, mais elle avait paniqué et s'était mise à couler au moment où le bateau la rejoignait, de sorte qu'Evangeline avait dû de nouveau plonger pour la repêcher. Gerry avait été contraint de la laisser faire car lui seul pouvait manœuvrer le bateau, mais il lui déplaisait fort d'accepter le rôle le moins dangereux et il avait été furieux qu'elle ait à plonger une deuxième fois. Sans la ténacité de la jeune fille, son intrépidité et la précision avec laquelle elle avait anticipé le sens du courant, il aurait été impuissant. Ils n'avaient pas échangé une parole après qu'elle avait sauté du bateau, mais il avait chaque fois réussi à la rejoindre à l'endroit vers lequel elle se dirigeait, et elle s'était montrée, songeait-il, aussi vive que courageuse.

« Tu as l'air exténuée, dit-il. Il faudra boire quelque chose de chaud dès qu'on arrivera et te mettre au lit avec une bouillotte. »

Elle le regarda et rencontra pour la première fois de sa vie des yeux remplis d'admiration. Cela lui parut si nouveau et plaisant qu'elle sourit comme s'il venait de lui remettre un prix.

« Le danger fait ressortir le meilleur des gens », dit Hebe.

C'en était vraiment trop.

« Et qu'est-ce que tu en sais, toi ? lui dit Gerry. Tu en as moins goûté que la plupart d'entre nous. Tu étais bien au chaud en Amérique, n'est-ce pas, pendant que les Cove subissaient les bombardements de Londres ? »

Hebe pâlit de honte.

Le bateau rebondit contre la cale où Bruce et Nancibel les attendaient. Maud, une fois sur la terre ferme, pouvait marcher, mais il fallut porter Blanche et Beatrix. Bruce prit l'une et Nancibel l'autre, tandis que Gerry aidait Evangeline à débarquer.

« Je ne t'ai pas dit… Je ne t'ai même pas

dit... combien tu as été admirable, lui dit Gerry. Avance, Hebe. Va dans la maison.

— Pourquoi ? protesta Hebe. Je n'ai pas besoin de boissons chaudes ni de bouillottes. Un petit peu d'eau salée ne me fait pas peur.

— Tu as besoin d'une bonne correction », déclara Evangeline avec feu.

Elle était furieuse contre cette horrible enfant qui gâchait tout et interrompait Gerry au moment où il prononçait des paroles exquises.

« C'est très démodé, dit Hebe. Les parents modernes ne battent pas leurs enfants.

— Peut-être. Mais tous les enfants modernes ne sont pas aussi pourris gâtés que vous.

— Gâtés ? hurla Hebe. Ce n'est pas vrai. Je ne suis pas gâtée. Je ne suis pas gâtée. Je ne suis pas gâtée. Ce n'est pas ma faute si on m'a adoptée pour que Caroline n'attrape pas des compresses d'enfant unique. Je suis une enfant abandonnée. Je suis une bâtarde. »

Gerry et Evangeline ne purent s'empêcher de rire, mais ils entrèrent dans la maison avec à l'esprit toutes les choses délicieuses qu'ils ne s'étaient pas encore dites, et bien peu de place dans le cœur pour prendre pitié de la fillette.

7. Les mères

« On ne le croirait pas, à la voir, hein ? fit Miss Ellis.

— Si, dit Anna. Je l'aurais deviné. La première fois que je l'ai vue, quand elle a fait cette scène à l'église, je me suis dit : cette fille est nymphomane. Je connais bien les symptômes. Mais comment savez-vous que c'est Gerry Siddal qu'elle va retrouver ?

— Par Fred, répondit Miss Ellis. Je lui ai demandé s'il n'avait rien entendu dans les écuries hier soir… Si personne n'était rentré tard, je veux dire.

— Bien sûr, dit Anna d'une voix mielleuse. Je me doute que la question vous tourmente. »

Miss Ellis lui lança un rapide regard et poursuivit :

« Le pauvre Fred s'est plaint de n'avoir pas pu dormir de la nuit, tellement ils ont fait de raffut. Ç'a commencé par votre chauffeur ; il est rentré et s'est trouvé enfermé dans ce lit de malheur.

Après, ç'a été Gerry. Lui aussi était parti en vadrouille, alors je n'ai pas eu à réfléchir longtemps. Je savais qu'elle n'avait pas dormi dans son lit et je pensais bien que ce n'était pas le chauffeur.

— Passionnant, fit Anna. Tiens ! Les voilà tous qui reviennent. Ça devait être une fausse alerte. »

L'équipe de la folle aventure de la falaise rentrait par la plage. Loin devant venait Fred, non qu'il eût hâte de retourner à son travail, mais il voulait être le premier à annoncer les nouvelles aux quelques personnes demeurées à Pendizack. Il eut son petit succès auprès d'Anna et de Miss Ellis, car elles parlaient avec tant d'animation qu'elles n'avaient pas vu le bateau rentrer dans la crique et ignoraient tout du sauvetage. Fred, qui préférait les mauvaises nouvelles aux bonnes, fit en sorte que son récit ne soit pas celui d'un sauvetage.

« On vient de ramener les corps, dit-il gravement. Vous avez vu le bateau ? Il est rentré dans la crique.

— Les corps ? » s'écrièrent Anna et Miss Ellis.

Elles n'avaient pas mesuré l'importance du péril et étaient toutes deux interdites.

« Les gosses Cove, expliqua Fred, et Hebe. Terrible !

— Mais elles ne se sont pas noyées, quand même ? Elles ne sont pas mortes ? » s'écria Anna.

Fred ahana et dit :

« Ils essayent le bouche à bouche. »

Il y eut un lourd silence, finalement brisé par Anna :

« Mon Dieu, dit-elle. Vous parlez de vacances ! »

Elle tourna les talons, et, traversant le jardin, s'éloigna de la maison frappée par le malheur. Elle monta dans un autocar au coin de la route de Porthmerryn et alla se consoler au bar de l'hôtel de la Digue. Miss Ellis, avide de détails, suivit Fred dans la maison. Mais il n'avait plus rien à dire.

« Où sont leurs mères ? demanda Miss Ellis. Est-ce qu'elles savent ? Où étaient-elles ? On leur a déjà annoncé ? »

Fred secoua la tête. Ni Lady Gifford ni Mrs Cove ne se trouvaient sur la falaise.

« Lady Gifford dort dans sa chambre, dit Miss Ellis pleine d'ardeur. Elle ne doit se douter de rien. Il faut absolument que quelqu'un…

— Terrible ! répéta Fred.

— Je ferais mieux d'y aller moi-même, décida Miss Ellis non sans plaisir. Puisque personne d'autre n'a pensé à prévenir la pauvre femme. »

Elle monta l'escalier tandis que Fred entrait dans la cuisine où les trois Cove et Evangeline étaient en train de boire du thé. Il en prit une tasse ; il n'éprouvait aucun remords de les avoir qualifiées de « corps ». Quand il les avait aperçues dans le bateau, elles ressemblaient vraiment à des cadavres.

Nancibel fit monter les Cove pour les mettre au lit dès qu'elles eurent fini leur thé. Mais Evangeline demeura dans la cuisine en compagnie de Gerry et Bruce pour en servir aux nouveaux arrivants, Mrs Siddal, Sir Henry, Caroline et les garçons qui s'attardèrent un long moment autour de la table, buvant et bavardant, dans cette sorte de légèreté qui succède à une vive émotion.

Caroline fut interrogée au sujet de l'Association spartiate et ses réponses embarrassées et réticentes accentuèrent l'impression générale que Hebe avait tyrannisé les autres enfants de la façon la plus répréhensible.

« Mais c'est une société secrète, protesta-t-elle. Nous avons juré de ne jamais révéler ses secrets. Je n'aurais rien raconté aujourd'hui, seulement j'ai pensé que c'était trop dangereux.

— C'est Hebe qui nous a fait jurer, dit Luke. Nous, on voulait pas être des Spartiates, mais Hebe nous a forcés. »

Et Michael régala la compagnie des détails les plus terrifiants.

« Je vous trouve très déloyaux, dit Caroline avec chaleur. Ça vous amusait beaucoup. Vous avez supplié Hebe de vous prendre comme Spartiates, au début.

— Mais pourquoi vous laissez-vous mener

comme ça ? demanda Robin. Vous êtes trois contre une. »

Sir Henry répéta d'un air découragé que Hebe serait réprimandée. Son épouse... Mais il fut interrompu par Mrs Siddal, qui remarqua sèchement que Lady Gifford et Mrs Cove semblaient être les deux seules personnes de la maison à n'avoir pas, jusqu'ici, subi la moindre inquiétude. Où étaient-elles, et pourquoi ne surveillaient-elles pas leurs enfants ?

« Ma femme est en haut, dit-il. Elle doit se reposer l'après-midi. Je vais aller la prévenir. »

Il monta au premier et frappa à la porte d'Eirene. Une voix froide, inattendue lui dit d'entrer d'un ton âpre. Il obéit et se trouva face à Mrs Cove qui lui annonça gravement que sa femme était évanouie.

« Elle est donc au courant ? demanda-t-il en regardant Eirene étendue sans connaissance sur le lit.

— Je suppose, dit Mrs Cove. J'ai sonné plusieurs fois, mais personne n'est venu. Je lui ai jeté de l'eau à la figure. »

Il alla prendre un flacon de cognac dans la valise d'Eirene. Mrs Cove avait jeté de l'eau, en effet. Elle avait dû en jeter un plein broc, le lit était trempé.

« Depuis combien de temps est-elle ainsi ? demanda-t-il.

— Je n'en ai aucune idée. Je l'ai trouvée

comme ça. Je rentrais de promenade, quand cette idiote d'intendante s'est mise à crier par-dessus la rampe et à appeler au secours, alors je suis montée. Elle m'a raconté… ce qui s'était passé, mais, comme en dehors de cela elle n'était bonne à rien, je l'ai envoyée chercher quelqu'un. J'attends toujours. Je ne voulais pas laisser votre femme seule, mais quelqu'un aurait pu venir, tout de même.

— Je suis désolé. Ce doit être l'émotion. Pourriez-vous la soulever un peu ? »

Mrs Cove redressa brutalement Eirene tandis qu'il lui versait du cognac dans la bouche, puis la laissa retomber. Une légère roseur colora les joues de cendre.

« Une chance que je ne sois pas du genre à m'évanouir, grommela Mrs Cove.

— C'est vrai, reconnut-il. Ça doit vous avoir fait quelque chose à vous aussi.

— Quelque chose ? » répéta-t-elle en le regardant.

Il y avait dans ce regard un singulier mélange d'inquiétude, de soupçon et de défi qui le gêna. Elle croyait visiblement qu'il avait voulu l'insulter. Il se rappela la course en taxi et se dit qu'elle devait être sensible aux accusations de mesquinerie.

« Ç'a dû être un terrible choc, corrigea-t-il. Mais elles vont bien, vous savez. Blanche et Beatrix sont encore un peu secouées, mais Hebe et Maud ne paraissent se ressentir de rien.

— Quoi ? »

Son expression changea, devint celle de la stupéfaction.

« Alors elles ne sont pas… elles ne sont pas… ? murmura-t-elle.

— Miss Ellis ne vous l'a pas dit ? Que vous a-t-elle dit ? »

Elle ne répondit pas. Elle baissa les yeux et une onde de pourpre envahit lentement son visage carré jusqu'à la racine de ses cheveux.

« Que vous a-t-elle dit ? répéta-t-il.

— Elle m'a dit qu'elles s'étaient… noyées, murmura Mrs Cove, d'une voix pesante. Toutes les quatre.

— Noyées ? Bon Dieu ! Pas étonnant qu'Eirene se soit évanouie ! »

Il prit les mains de sa femme dans les siennes et se mit à lui parler avec chaleur.

« Eirene ! Eirene ! Tout va bien, chérie ! Tout va bien ! Hebe n'a rien. Elles vont bien… »

Les longs cils frémirent et Eirene fit entendre un faible gémissement.

« Il y a eu un malentendu. Hebe est saine et sauve. Elle est saine et sauve, chérie. Je vais te l'amener… »

Il se précipita dans le couloir et dit à Fred qui écoutait à la porte d'aller chercher Hebe. Puis il revint près du lit.

« Oh, Henry…

— Je sais, chérie. Mais tout va bien. Elle n'a

rien. Le jeune Siddal les a sauvées. Il avait un bateau et…

— On m'a dit qu'elle était… Oh…

— Ma pauvre chérie ! Ma pauvre, pauvre chérie !

— Et moi, alors ? »

Mrs Cove n'avait pas parlé très fort, mais sa voix les fit sursauter.

« Hebe est seule et elle n'est même pas votre enfant. Moi, on m'a dit que toutes les miennes étaient perdues. Où sont-elles ?

— Elles sont dans leurs lits. Nancibel s'occupe d'elles. Oui, chérie… Hebe va venir… »

Mrs Cove alla vers la porte, mais sa rage était trop forte. Elle se retourna, revint au pied du lit et cria à Lady Gifford :

« Cessez donc de pleurnicher comme ça, pauvre idiote. Vous n'avez aucune raison de pleurer. »

L'ahurissement fit taire Eirene. Elle regardait Mrs Cove qui continua :

« Vous ne pensez qu'à vous gorger de nourriture et ne rien faire. Si vous étiez restée comme moi, veuve et sans le sou avec trois enfants sur les bras, vous auriez le cuir plus épais. Vous ne pourriez pas vous permettre toutes ces syncopes.

— Vous ne savez pas ce que vous dites, s'écria Eirene retrouvant sa langue. Moi, j'aime Hebe. Vous, vous n'aimez pas vos enfants, alors bien sûr, ça ne vous fait rien.

— Qu'est-ce qui vous fait supposer que je n'aime pas mes enfants ?

— Ça saute aux yeux. Vous les négligez. Vous vendez leurs bonbons.

— Que vous n'avez pas honte de manger. »

On frappa à la porte et Hebe parut sur le seuil, mi-craintive, mi-insolente.

« Fred m'a dit de monter, dit-elle. Qu'est-ce qui se passe ? On me demande ?

— Non, dit Sir Henry en traversant la pièce. On ne te demande pas. Va te coucher. »

Il la repoussa sur le palier et claqua la porte. Aucune des deux dames n'avait remarqué sa brève apparition, absorbées qu'elles étaient par leur dispute, chacune s'acharnant à condamner sa rivale. Mais aucune n'écoutait vraiment ce que disait l'autre.

8. Solitude

Beatrix et Maud dormaient. Blanche, éveillée dans son lit, regardait le plafond coloré par le couchant. Leur mère était descendue dîner. Mrs Cove était furieuse, mais ne les avait pas fouettées parce qu'elle étaient encore trop faibles. Toutefois, elles seraient punies. Elles ne joueraient plus jamais avec aucun des Gifford.

Ce n'était pourtant pas ce malheur qui tenait Blanche éveillée, tandis que ses sœurs s'étaient endormies à force de sanglots. C'était une chose bien plus grave, une découverte si terrible que, pour la première fois de sa vie, elle ne se sentait pas poussée à la partager avec ses sœurs.

La petite statuette de Mrs Pearce était enfermée dans la valise, sous le lit.

La plupart de leurs affaires n'étaient pas rangées dans la penderie ou la commode, de crainte que Nancibel, Fred ou Miss Ellis fussent des voleurs. On en avait laissé le plus possible dans les valises dont les clefs tintaient au fond du sac à main de Mrs Cove. Juste avant le dîner, celle-ci avait sorti et ouvert une des valises pour y prendre une paire de bas. À ce moment, Maud avait de nouveau eu envie de vomir, de sorte que la valise était restée par terre, son contenu exposé, tandis que Mrs Cove se précipitait pour attraper une cuvette. Blanche, regardant au bord de son lit, avait aperçu la petite statuette au milieu d'un monceau de mouchoirs et de gants. Elle l'avait immédiatement reconnue.

Elle n'avait rien dit, mais elle était sidérée.

Elle n'aimait pas sa mère. Il ne venait à l'idée d'aucune d'elles qu'elles auraient dû l'aimer. Mrs Cove n'avait jamais recherché leur affection. Mais elles ne la jugeaient pas, ni ne se révoltaient contre elle. Celle-ci dominait et gouvernait leur vie à la manière d'un climat hostile et elles acceptaient sa loi comme un mal inévitable, échappant à sa dureté par instinct plus que par raison. Car leur mère n'avait de contrôle que sur leur vie extérieure et matérielle ; elle n'avait pas de prise sur leur âme. Elle n'avait jamais pénétré leur imagination ni tenté de leur inspirer une quelconque idée. L'aridité même de son caractère avait été leur salut. Rien d'important ne leur avait été dit par la voix de Mrs Cove, et beaucoup de personnages de leurs livres préférés étaient plus réels à leurs yeux. Elles pensaient rarement à leur mère.

Mais Blanche y pensait en ce moment. Une

idée l'avait soudain illuminée à la vue de ce petit objet sombre parmi les mouchoirs. Car elle avait déjà établi que l'acheteuse de la statuette de Mrs Pearce devait être une personne très cruelle et méchante.

Elle était en proie à un effroyable sentiment de solitude. Elle avait l'impression de se trouver transportée en quelque étrange désert où elle se sentait complètement perdue. Jusqu'ici elle avait toujours partagé toute pensée nouvelle avec ses sœurs. Elle ne savait guère comment on prenait seul une décision. Cependant elle tressaillait à l'idée de leur faire part de sa découverte, de mettre des mots dessus.

Un pas léger approchait dans le couloir, et Nancibel entrebâilla la porte. Avec tous ces chamboulements, elle était restée plus tard à l'hôtel afin d'aider Mrs Siddal au service du dîner.

Apercevant les yeux ouverts et brillants de Blanche, elle s'avança sur la pointe des pieds et s'agenouilla à côté de son lit.

« Ça va, mon chat ? chuchota-t-elle.

— Oui, soupira Blanche.

— Je voulais monter avant de m'en aller. Tu n'as pas l'air en forme. Qu'est-ce qui ne va pas, chérie ? »

Elle se pencha et vit des larmes sur les joues de Blanche.

« J'ai peur.

— Ça ne m'étonne pas. Nous avons tous eu peur. Oublie ça, maintenant. Vous ne referez pas ce genre de bêtise, voilà tout.

— On essaiera. Mais on est des enfants un peu… étranges, non ? »

Nancibel était prise au dépourvu.

« Je ne sais pas, fit-elle évasive. Qu'est-ce qui te fait dire ça ?

— Notre famille est étrange, chuchota Blanche. On n'a pas d'amis. On ne connaît personne. On ne vit pas comme les autres gens, n'est-ce pas ? »

Elle lança à Nancibel un regard franc et interrogatif, et Nancibel rougit.

« Écoute, Blanche. J'ai pensé à quelque chose. Je crois que vous pourriez le donner, ce festin. Je vous trouverai des langoustes, de la crème et des bonbons, si vous voulez.

— Oh, Nancibel ! Comme tu es gentille ! Mais ce n'est pas la peine. On n'a plus le droit de jouer avec les Gifford, alors on ne peut pas les inviter.

— Eh bien, invitez d'autres gens ! Invitez-moi. Je viendrai.

— Et Angie et Gerry Siddal… tous les Siddal ! On pourrait les inviter. Ils sont si gentils ! Et le chauffeur, et Mrs Paley… et Fred…

— Voilà ! approuva Nancibel en riant. Invitez tout l'hôtel. Moi, c'est ce que je ferais à votre place. »

Blanche rayonnait de plaisir.

« Les Gifford seront bien obligés de venir si on invite tout l'hôtel, n'est-ce pas ?

— Il va vous en falloir des langoustes, ma puce !

— Combien ça coûte ?

— Ce n'est pas donné. Mais vous aurez votre festin, c'est promis. Un bon petit festin. Maintenant, embrasse-moi et dors, tu te sentiras mieux demain. »

Blanche jeta ses bras maigres autour du cou de Nancibel et se serra contre elle.

« Nancibel, je voudrais que tu sois notre sœur !

— C'est vrai ?

— Tu dois avoir du bon temps chez toi, je suis sûre.

— Du bon et du mauvais, dit Nancibel en souriant. C'est comme ça pour tout le monde. Tout votre bon temps à vous est encore à venir.

— Tu crois ? Comment le sais-tu ?

— C'est le chat qui me l'a dit.

— Quel chat ? s'écria Blanche étonnée. Le chat de Hebe ?

— Non. Le chat de mon arrière-grand-mère. Allons, qu'est-ce qui t'arrive encore ? »

Car Blanche, au souvenir de la vieille Mrs Pearce, semblait de nouveau désespérée.

« Le chat de Mrs Pearce ?

— Mais non. C'est une chose qu'on dit comme ça. Ça n'a aucun sens. Ça veut dire qu'on a deviné. »

Elle s'attarda encore un peu, se demandant ce qui avait pu troubler de nouveau cette enfant, mais Blanche ne voulait plus rien dire et Nancibel finit par la laisser pour monter la colline et faire à sa famille, autour de la table du dîner, le récit des aventures du jour.

Si elle savait, songeait Blanche, ce qu'il y a dans notre valise ! Maman va le vendre très cher. Elle a besoin d'argent, elle est si pauvre. Mais Nancibel est pauvre et elle va nous donner un festin. Et Mrs Pearce est pauvre, plus pauvre que tout le monde.

La lumière déclinait et le bruit de la mer s'éloignait avec la marée. À la précédente marée basse, elle était sur la plage avec ses sœurs en train de bâtir un petit château. Et elle se rappela l'arrivée soudaine de Sir Henry et ses propos sur la vieille Mrs Pearce. Elle se mit, selon son habitude, à se raconter l'incident comme il eût figuré dans un livre.

Alors, sans que personne s'y attendît, des pas s'approchèrent sur le sable, cher lecteur, les pas de celui qui devait nous avertir. Les avertir. Car les trois sœurs étaient si absorbées par leur château qu'elles n'avaient pas entendu la venue rapide du… du baron… jusqu'au moment où sa voix les surprit, une voix fort distinguée. *Que c'est joli ! C'est français, n'est-ce pas ?* C'était un homme de haute culture et de bon goût et *Les Très Riches Heures* était un de ses livres de chevet. Mais après leur avoir dispensé quelques compliments fleuris, il révéla le véritable objet de… de… de la mission qui l'avait conduit en ce coin reculé. Il s'agissait d'un avertissement. *Ne soufflez mot des trésors de Mrs Pearce,* dit-il tout bas. *Il y a des gens très malintentionnés dans ce monde.* Nous pensions qu'il voulait parler des voleurs. Elles pensèrent qu'il voulait parler des voleurs.

Mais que voulait-il dire ? Tout ça n'est pas un livre. Est-ce qu'il a deviné ? Est-ce qu'il sait ? Pourquoi nous a-t-il interrogées ? Est-ce que tout le monde sait ?

À dix heures, Mrs Cove monta se coucher. Blanche fit semblant de dormir. Elle entendait les mouvements de sa mère, rapides et décidés, le bruit des tiroirs ouverts et refermés, le grincement de la porte de la penderie. Puis, Mrs Cove sortit pour aller prendre un bain, laissant son sac à main sur la coiffeuse.

Blanche s'assit dans son lit. Elle se leva, sortit les clefs du sac et ouvrit la valise. Elle prit la figurine sculptée et la lança par la fenêtre, aussi loin qu'elle put, sur la pelouse. Puis elle referma la valise, remit les clefs à leur place et se recoucha.

C'était la première fois qu'elle prenait une décision sans consulter ses sœurs. L'idée de rendre l'objet à Mrs Pearce ne lui était pas venue. Maud, elle, y aurait sans doute pensé. Tout ce qu'elle voulait, c'était le soustraire à la propriété de sa mère.

9. Voix dans la nuit

« Qu'est-ce qui te prend, Bruce ?

— À moi, rien.

— Que veux-tu dire ?

— Ma chère Mrs Bassington Gore[1]...

— Sale petit voyou. Sors d'ici !

— Très bien. Je sors.

— Si Nancibel te fait cet effet-là...

— Je vous prie de ne pas parler de Nancibel.

— Amuse-toi avec elle si ça te plaît. Mais...

— Vous m'entendez ? Fermez-la ou je me charge de le faire pour vous.

— Nancibel...

— Vous l'avez cherché.

— Sale brute !

— Je vous avais prévenue.

— J'ai la lèvre qui saigne. Il y a du sang plein

1. Bruce fait référence au personnage d'un roman de Hector Hugh Munro, alias Saki (1870-1916) : *L'Insupportable Bassington* (1912), et à Catherine Gore, écrivaine anglaise prolifique du XIXe siècle.

l'oreiller. Regarde-moi ça. Que va dire Miss Ellis ?… Tu me plais quand tu te mets en colère. Tu devrais le faire plus souvent. Alors Nancibel, c'est plus qu'une amourette. Qu'est-ce que tu fais à quatre pattes ?

— Je cherche mes chaussures.

— Ne me dis pas que tu es vraiment fâché ?

— Je le suis.

— Pourquoi ? Je ne t'ai pas fait d'histoires pour Nancibel. Je devrais pouvoir mentionner son nom sans recevoir une gifle ?

— Non.

— Fais bien attention, Bruce. Ma magnanimité a des limites à ne pas franchir. Je veux bien oublier la gifle, mais je te conseille d'oublier Nancibel.

— Sinon vous irez raconter à la police que j'ai piqué une voiture ?

— Je n'ai pas dit ça. Je tiens seulement à te rappeler qu'il vaudrait mieux qu'on ne se dispute pas. Viens ici… Bruce ! Viens ici !… Oh, comme tu voudras. Va-t'en si tu veux. Tu ne diras pas que je ne t'ai pas prévenu. »

La nuit était vaste et fraîche. Toute l'anse de Pendizack baignait dans l'ombre, mais les falaises étaient à nu dans la clarté des étoiles. Bruce ne retourna pas vers les écuries et son lit à ressorts. Il descendit sur la plage obscure et s'y promena en essayant de décider ce qu'il allait faire, à présent. Il n'en pouvait plus d'Anna mais l'idée de rompre l'effrayait. Car c'était elle qui l'avait introduit dans les milieux littéraires, auprès des amis dont il s'était vanté devant Alice et Nancibel. Et s'il ne les aimait guère, ils constituaient un degré de l'échelle qu'il désirait gravir. Aussitôt son livre paru et son génie reconnu, il n'aurait plus besoin d'elle, ni d'eux. Le livre ne serait peut-être pas publié s'il la quittait maintenant ; il s'était un peu avancé en présentant cet événement comme acquis. Anna faisait pression sur un de ses amis éditeur pour qu'il l'accepte.

Et puis, il y avait la petite affaire de la voiture qu'il avait volée quand il était cireur dans un hôtel de la côte sud, l'été précédent. Il l'avait empruntée pour emmener une fille au bal, l'avait mise dans le fossé et avait tué un cycliste. Anna savait tout. Elle lui avait fourni un alibi quand on l'avait interrogée. Elle l'avait sauvé de la police, enlevé à ses brosses à cirer, et ramené avec elle à Londres. Elle l'avait encouragé à écrire et introduit dans des salons. Il lui devait assurément beaucoup, bien qu'il eût l'impression d'avoir déjà payé.

Il détestait sa situation et se trouvait parfois méprisable. Mais il serait volontiers resté avec Anna jusqu'à la publication de son livre, n'eût été Nancibel et le fait qu'un tel choix risquait de le déshonorer à jamais à ses yeux. S'il avait l'impression qu'elle pourrait finir par pardonner le passé, il était sûr qu'elle n'accepterait aucun compromis quant à l'avenir.

C'était de la folie. Nancibel contre toute sa carrière ! Et on ne parlait même pas de son amour, simplement de son estime. Qui était-elle donc, se demanda-t-il avec colère, pour bouleverser ainsi sa vie ? Une servante, une petite villageoise, sa beauté n'avait rien d'extraordinaire. Elle n'était pas non plus très maligne et ni très éduquée. Beau et intelligent comme il l'était, il pouvait trouver beaucoup mieux. Il devait surmonter cette amourette. Lundi, il quitterait Pendizack. Il ne la reverrait jamais et, dans un an, quand son livre serait paru, il remercierait sa bonne étoile de lui avoir évité cette impasse. Elle ne l'aimait pas. Sa disparition ne la chagrinerait pas.

À l'heure qu'il était, elle devait dormir dans la chaumière, là-haut, au milieu des champs pierreux, où on lui avait offert une tasse de thé la veille au soir. Il s'y était plu. Il y avait été heureux. Mais ce genre de bonheur était trop facile. Autant rester chez lui et succéder à son père à la Compagnie des Eaux, si c'était pour se contenter de ça. Et puis quoi, ce n'était pas un crime d'avoir de l'ambition, de vouloir devenir Quelqu'un.

À l'heure qu'il était, elle dormait avec son père et sa mère et tous ses frères et sœurs, entassés dans cette petite maison, tous profondément endormis après une dure journée de travail. Tandis que lui, dans le lit d'Anna, travaillait à s'élever vers le succès. Mais son prochain livre… *une comédie très perverse et mondaine, dans un décor légèrement exotique… Personne ne lit jamais le troisième livre…*

Il avait pris la direction des écuries pour retrouver son lit, mais le souvenir des pronostics de Mr Siddal au sujet de ce troisième livre le troubla au point qu'il se détourna et se mit à monter le chemin vers la falaise. Et s'il ne s'élevait jamais pour de bon ? Et s'il ne parvenait jamais à devenir Quelqu'un ?

Quand il était allé à Londres avec Anna pour la première fois, il ne savait rien de ses prédécesseurs. Anna y avait fait allusion et en avait parlé comme de gens importants, mais il n'en avait jamais rencontré aucun, ni n'en avait entendu parler autrement que par elle. Il avait pensé que c'était un effet du hasard. Mais il commençait à présent à se demander s'il n'y avait pas du vrai dans les propos de Siddal et si les hommes d'Anna n'étaient pas tous voués à l'oubli une fois qu'elle en avait terminé avec eux.

Il aurait voulu pouvoir consulter quelqu'un, exposer son dilemme franchement et sans honte. Mais ce devrait être une personne dont il estimait le jugement, ce qui rendait impensable de lui confier toute la vérité. D'ailleurs, qui pouvait lui dire ce qu'il valait ? Et ce qu'auraient pu valoir ses précédents amants ? Anna se spécialisait-elle dans les adolescents sans talent, ou dans des jeunes gens pleins de promesses dont elle faisait des ratés ? Seul Mr Siddal aurait pu répondre à ces questions, mais Mr Siddal était un vieux matou antipathique.

Bruce marchait à grands pas, sans savoir où il allait, lorsqu'il perçut des voix dans la nuit. Il n'était pas seul sur le promontoire. Des gens parlaient bas, non loin de lui. Il s'approcha, d'un pas plus discret.

On eût dit un couple d'amoureux cachés dans les rochers. Il ne les voyait pas, mais entendait une voix d'homme en train de raconter une longue histoire. Comme il arrivait plus près, il distingua les mots. L'histoire ressemblait plutôt à un cours de biologie. « Tarse », disait la voix, « et métatarse. Tu comprends ? »

Il n'y eut pas de réponse et la voix reprit : « Angie ! Tu dors ?

— Non, répondit une petite voix très douce. Non… je ne dors pas. Qui a vu un tarse, dis-tu ? »

La nuit retentit du rire de Gerry Siddal, et Bruce s'éloigna. Il avait aperçu une troisième personne assise à quelque distance de là et dont la silhouette se profilait sur le ciel étoilé, au sommet de la pointe. Il y a foule en cet endroit, se dit-il. Qui étaient-ils tous ? Qu'est-ce qu'ils faisaient là ?

Au bruit de son pas sur les rochers, Mrs Paley se retourna.

« Oh, dit-elle aimablement, vous venez nous tenir compagnie ? »

MERCREDI

1. Pierre à savon

Miss Ellis était assise dans le bureau. Elle ne faisait rien, car il n'y avait rien à faire. Mais elle s'ennuyait dans sa chambre. Et si elle était officiellement en grève et congédiée, elle n'avait pas l'intention de quitter Pendizack avant d'avoir trouvé une autre place.

Mrs Cove entra et demanda Mrs Siddal.

« Sortie, répondit Miss Ellis.

— Vous la remplacez ?

— Non, dit Miss Ellis avec un ricanement. On m'a donné mon renvoi.

— Quelle maison ! grommela Mrs Cove en s'éloignant. Déjà que je me fais voler, mais en plus…

— Voler ? s'écria Miss Ellis, soudain tout ouïe. Vous avez perdu quelque chose ?

— Oui. On a volé un objet dans ma chambre.

— Tss, tss. Il va falloir m'en dire plus, Mrs Cove.

— Si vous n'êtes pas de service, je ne vois pas pourquoi…

— Oh, il faut bien que je m'en occupe tout de même, puisque Mrs Siddal n'est pas là. Qu'est-ce que vous avez perdu ? »

Mrs Cove décrivit l'objet sans s'étendre.

« Je l'ai vu dans ma valise hier soir, dit-elle, et il n'y était plus quand je l'ai rouverte ce matin, pour prendre un mouchoir. J'ai tout de suite vu que la statuette manquait. J'ai toujours mes clefs sur moi. Mais c'est une valise très ordinaire. La plupart des clefs doivent s'y adapter, malheureusement.

— On avait fait votre chambre ?

— Oui, si on peut dire. Les lits étaient faits.

— Ah ! Et il y avait toujours quelqu'un dans la chambre entre le moment où vous avez vu votre statuette hier soir et celui où vous êtes toutes descendues au petit déjeuner ce matin ?

— En effet. On a dû la prendre ce matin, il n'y a pas plus d'une heure. Je voudrais qu'on interroge Nancibel.

— Certainement, Mrs Cove. Je vais l'appeler. »

Miss Ellis, d'un air supérieur et satisfait, appuya sur une sonnette censée faire venir Fred. Fred l'entendit, mais comme personne n'avait jamais songé à le convoquer de cette façon, il ne comprit pas que l'appel était pour lui. Il ne se passa donc rien.

« Vous feriez mieux d'aller chercher quelqu'un », conseilla dédaigneusement Mrs Cove.

Miss Ellis alla à la porte qui donnait sur le

couloir de la cuisine et aboya l'ordre qu'on fasse venir Nancibel dans le bureau sur-le-champ.

« Je ne m'y ferai jamais, dit-elle à Mrs Cove en revenant près d'elle. À ces domestiques qui ne logent pas sur place. On ne voit pas ça dans les bons hôtels. Ça leur donne toutes les occasions de…

— Est-ce qu'on a constaté d'autres disparitions ? demanda Mrs Cove.

— Pas que je sache. Mais les gens ne s'en aperçoivent pas toujours tout de suite, dit Miss Ellis.

— Elle est bonne domestique ?

— Très mauvaise. Aucune expérience, paresseuse et insolente. Elle n'avait même pas de recommandation, il me semble. Elle est entrée ici en sortant de l'armée. J'avais bien remarqué que certaines choses disparaissaient de façon inexplicable. Le savon, par exemple. Et il y a un essuie-main qu'on ne retrouve pas. Et toute cette confiture dont je me demande bien où elle est passée. Évidemment, aujourd'hui tout a de la valeur… Ah !… la voilà. »

Nancibel était apparue sur le seuil. Elle ne cachait pas sa surprise d'être ainsi convoquée.

« Bon, Nancibel, commença Miss Ellis, dites la vérité, je vous prie. »

Le rouge monta aux joues de la jeune fille, mais elle tint sa langue et attendit.

« Avez-vous emporté quelque chose de la chambre de Mrs Cove ce matin ?

— Les pots de chambre, Miss Ellis.

— Il ne s'agit pas de ça. Un objet de valeur a été volé dans la chambre de Mrs Cove il y a environ une heure. Vous êtes la seule personne à notre connaissance qui soit entrée dans cette chambre. Avez-vous quelque chose à nous dire à ce sujet ?

— Non.

— Vous êtes sûre ?

— Tout à fait sûre. »

Miss Ellis regarda Nancibel et sourit.

« Parce que, dit-elle, dans le cas où vous auriez cédé à une soudaine tentation, il vaudrait beaucoup mieux l'avouer tout de suite. Je pense que Mrs Cove pourrait accepter de fermer les yeux sur le vol, à condition que vous rendiez ce que vous avez pris. »

Nancibel ne répondit pas. Elle tourna les talons et s'en alla à la cuisine, où Duff et Robin finissaient un petit déjeuner tardif.

« Voulez-vous dire à Mrs Siddal que je suis rentrée chez moi ? leur dit-elle. Et, je regrette, mais il ne me sera pas possible de revenir ici tant que Miss Ellis y sera. Elle vous expliquera pourquoi. »

Elle se dirigea vers la patère près de la porte de service, où elle avait laissé son sac et ses souliers de marche. Robin et Duff, consternés à l'idée de la perdre, sortirent sur ses talons en la conjurant de réfléchir et d'attendre le retour de leur mère.

« Je ne peux pas, dit-elle en changeant de chaussures. Miss Ellis m'a, pour ainsi dire, traitée de voleuse. Je n'accepte ça de personne. »

On entendit des voix au bout du couloir. Miss Ellis rassurait Mrs Cove d'un ton affecté.

« Naturellement, bien entendu. Elle ne quittera pas cette maison… mais Nancibel… que faites-vous ?

— Je rentre chez moi, Miss Ellis.

— Qu'y a-t-il dans ce sac ? demanda sèchement Mrs Cove.

— J'y range mon tablier.

— Un bien grand sac pour cet usage, vous ne trouvez pas, Miss Ellis ?

— En effet, Mrs Cove. Je me le suis toujours dit. Mais, bien sûr, on ne m'a jamais demandé mon avis. Comment voulez-vous qu'on contrôle ce qui sort de cette maison…

— Vous pouvez regarder ce qu'il y a dedans », dit froidement Nancibel.

Elle le leur tendit et Mrs Cove s'en empara. Duff, incapable de contenir son indignation, s'avança.

« C'est infâme ! dit-il. Nous connaissons Nancibel depuis toujours…

— Tenez ! s'écria Mrs Cove, le voici. » Elle tenait un petit objet de couleur sombre. « Voilà le bibelot que j'ai perdu. »

« Ça ? s'écria Nancibel étonnée. Comment… Mais c'est à mon arrière-grand-mère. Ça lui appartient.

— Ma parole… éclata Robin.

— C'est à moi, dit Mrs Cove. Je l'ai acheté à Porthmerryn. Il était encore hier soir dans ma valise. Ce matin, il n'y était plus. Comment se trouve-t-il dans votre sac ?

— Je l'ai trouvé dans l'herbe devant la maison en arrivant ce matin, dit Nancibel. Je l'ai ramassé et mis dans mon sac. Je n'y pensais plus du tout. Vous n'avez pas dit que vous aviez perdu un objet de valeur ?

— C'est un objet de grande valeur. C'est de l'ambre noir.

— *Ma parole !*

— Ça vous arrive souvent de vous emparer de tout ce que vous trouvez ? demanda Mrs Cove. Pourquoi ne l'avez-vous pas remis au bureau ?

— Trouvé dans l'herbe ! Quel bobard !… s'écria Miss Ellis.

— Je voulais en parler à Mrs Siddal, et puis j'ai oublié. J'étais sûre que c'était à mon arrière-grand-mère. Et c'est le cas. Je l'aurais reconnu entre mille.

— Et comment expliquez-vous, demanda Miss Ellis, que les affaires de votre arrière-grand-mère se trouvent sur la pelouse de Pendizack ?

— C'est à elle. Les initiales de mon oncle Ned

sont gravées dessus. J'ai vérifié, vous n'avez qu'à regarder. »

Ici, Robin émergea de sa stupéfaction.

« C'est donc vous ! dit-il à Mrs Cove d'un air furieux. C'est vous qui avez acheté le bibelot de cette pauvre vieille. Vous saviez qu'il avait une grande valeur et vous ne lui en avez donné que cinq livres dix. »

Mais Mrs Cove ne parut pas l'entendre.

« Il a disparu de ma valise et je le retrouve dans votre sac, dit-elle à Nancibel. C'est tout ce que je veux savoir. J'ai bien envie de faire appeler la police.

— Je vais chercher Sir Henry, déclara Robin. Il est au courant. Il sait comment elle a roulé cette pauvre vieille Mrs Pearce. »

Il sortit en courant au moment où Nancibel fondait en larmes.

« Il était dans l'herbe, sanglota-t-elle. Je ne sais pas comment il est venu là, mais il y était.

— Personne ne croira ces salades, clama Miss Ellis. Vous êtes pincée, cette fois, ma chère. »

Duff s'avança et prit Nancibel par le bras.

« Ne pleure pas, lui dit-il. Tout le monde te croira. Du moment que tu dis qu'il était dans l'herbe, il y était.

— Je porterai plainte contre elle pour vol, dit Mrs Cove.

— Vous avez bien raison, approuva Miss Ellis, ne serait-ce que dans l'intérêt des autres pensionnaires. Si on apprend que Mrs Siddal protège une domestique malhonnête… au moins les gens sauront qu'ils doivent faire attention à leurs affaires.

— Et vous devriez faire attention à ce que vous dites, rétorqua Duff. Nancibel pourrait vous poursuivre pour diffamation. »

Sir Henry et Robin parurent à ce moment-là et Sir Henry demanda immédiatement à Mrs Cove si elle avait bien acheté l'objet du litige à Mrs Pearce le lundi après-midi.

« Je ne vois pas en quoi l'endroit où je l'ai acheté regarde qui que ce soit, répondit Mrs Cove. Il m'appartient et c'est tout.

— Je vous demande cela parce que j'étais très désireux de voir ce bibelot. J'ai été déçu en apprenant qu'il était vendu. J'espérais que vous accepteriez de me le montrer.

— Pourquoi ? demanda Mrs Cove d'un air soupçonneux.

— Je collectionne l'ambre. Si c'est véritablement de l'ambre noir, c'est une trouvaille. Je… j'imagine que vous ne consentiriez pas à le vendre ?… »

Il y eut un silence et Mrs Cove parut réfléchir. Duff avait emmené Nancibel, en larmes, dans la cuisine, et on l'entendait lui dire :

« Laisse-la appeler la police. Tout le monde te croira. Et tous les journaux raconteront comment elle a roulé ton arrière-grand-mère.

— Si on allait dans un endroit plus tranquille ? » proposa Sir Henry.

Toujours un peu hésitante, Mrs Cove acquiesça. Elle l'accompagna dans le salon ainsi que Robin. Miss Ellis, qui ouvrait de grands yeux, essaya de les suivre, mais Mrs Cove lui dit sèchement :

« Merci, Miss Ellis. Vous pouvez disposer. Je ne porterai pas plainte contre Nancibel pour cette fois, puisque j'ai retrouvé ma statuette. »

Et, afin de bien marquer qu'elle n'entendait pas se laisser importuner davantage, elle lui ferma au nez la porte du salon. Après quoi, avec un mélange d'avidité et de regret, elle tendit l'objet à Sir Henry qui l'examina soigneusement.

« Vous savez, Mrs Cove, dit-il enfin, je trouve qu'il faudrait rendre cet objet à la vieille dame. J'aimerais l'acheter et le lui rendre. Combien en accepteriez-vous ?

« Mille guinées, dit Mrs Cove.

— C'est ce que ça vaut, d'après vous ?

— Ça les vaut pour moi.

— Pourtant, vous l'avez payé cinq livres dix, lui fit-il remarquer. Cette vieille est presque indigente. Elle est menacée de l'hospice. Elle est très ignorante. Elle n'a aucune idée de la valeur d'une telle chose. Croyez-vous vraiment que… »

Mrs Cove l'interrompit, le regard flamboyant :

« Et qui l'entretiendra à l'hospice ? Qui paie sa pension ? Qui paie pour tous ces malheureux imprévoyants qui n'ont pas pris la peine d'économiser pour leurs vieux jours ? Leurs enfants ? Les gens dont ce serait le devoir de s'occuper d'eux ? Eh bien non. C'est moi. Les trois quarts de mon revenu me sont enlevés pour des gens comme ça. Je n'ai pas une once de pitié pour ces soi-disant pauvres, Sir Henry. On fait tout pour eux : l'éducation de leurs enfants, les médecins, l'hôpital, tout. Tout ça parce qu'ils sont trop paresseux pour travailler et gagner de quoi vivre convenablement. Il bien normal aujourd'hui que les gens de notre classe défendent leurs intérêts. On sait très bien qu'on nous prendrait jusqu'au dernier sou si on le pouvait.

— Ma femme serait de votre avis, dit Sir Henry. Mais payez-vous vraiment soixante-quinze pour cent d'impôts ? Certes la surtaxe proportionnelle est assez élevée… m'enfin, il ne s'agit pas de ça. Ce bibelot… en accepteriez-vous dix livres ? »

Il tenait la statuette entre ses doigts.

« Dix livres ! s'écria Mrs Cove. Vous me prenez pour une idiote. Rendez-le-moi, je vous prie. »

Robin esquissa un geste, mais Sir Henry rendit la statuette en disant :

« Vous ne le donneriez vraiment pas pour dix livres ?

— Sûrement pas.

— Eh bien, je m'en doutais. J'aurais été fait si vous aviez accepté. Cet objet n'est pas en ambre. Il n'est qu'en pierre à savon et je ne crois pas qu'il vaille une guinée. »

2. Le mouvement de résistance

« Mr Siddal s'excuse, rapporta Fred, mais il n'est pas encore habillé.

— Aucune importance, dit Anna avec impatience. Il faut que je voie quelqu'un et il n'y a personne dans le bureau. Conduisez-moi auprès de lui ou dites-lui de mettre une robe de chambre et de venir ici. »

Fred sortit. Après un long moment, Mr Siddal, en robe de chambre, vint la trouver.

« Ce n'est pas la peine de demander après moi, Anna, protesta-t-il. Je ne suis rien dans cet hôtel.

— C'est toi qui m'as loué les chambres lundi.

— Oui. Et ç'a fait toute une histoire.

— Je m'en doute. Tu ne me les as louées que pour agacer Barbara. Tout ce que je veux, c'est que quelqu'un lui fasse une commission de ma part. Je crois qu'elle est sortie, Ellis est introuvable et Fred un incapable.

— Tu aurais pu en charger Nancibel.

— Non, je n'aurais pas pu. Elle est, en fait, la dernière personne à qui je me serais adressée pour cela. Il ne reste donc que toi. Voudrais-tu avertir Barbara que je vais m'absenter pendant un jour ou deux, mais que je serai de retour avant la fin de la semaine ?

— Si j'y pense. Mais tu ferais mieux de lui laisser un mot. Antinoüs t'accompagne ?

— Bruce ? Naturellement. Qui conduirait ma voiture s'il ne m'accompagnait pas ?

— En effet. Est-ce qu'il sait que vous partez ?

— Pas encore.

— Très sage. Peut-on te demander où tu l'emmènes ?

— Sur la côte, à St Merricks. Polly a loué une maison pour l'été et j'ai promis d'y passer avant de rentrer à Londres. Autant y aller maintenant.

— Polly ? Polly Palmer ? Je la croyais morte.

— Pourquoi serait-elle morte ?

— Il serait grand temps.

— Mon cher Dick ! Elle n'est pas vieille.

— Non. Mais presque tous ses camarades sont morts. Ce n'est pas juste, de leur survivre comme ça. Je croyais que toute cette bande avait péri en rentrant en 1940 sur des charbonniers.

— Certains, oui. Les autres sont toujours là.

— Où ? On n'entend jamais parler d'eux. De quoi vivent-ils ? Ils ne peuvent plus compter sur leurs familles pour leur envoyer de l'argent. Où vivent-ils maintenant ?

— Surtout chez Polly, dit Anna. Elle a de l'argent.

— Elle en a encore ?

— Elle avait une immense fortune, rappelle-toi. Et je pense qu'il lui en reste pas mal. On n'entend jamais parler d'eux, parce que dans ce pays béni leur seul espoir de survivre est de se taire.

— Pauvre Polly ! À elle d'entretenir tout l'équipage. Je dois dire qu'elle a toujours été très généreuse. Et elle était jolie… Comment est-elle à présent ? Assez *délabrée**, je suppose.

— Comme tu dis.

— Mais pourquoi à St Merricks ?

— Il faut bien qu'elle habite quelque part.

— Les coups à boire doivent y être rares sans parler des gigolos.

— Elle en a fini avec les hommes et elle ne boit plus beaucoup. Je ne sais pas ce qu'elle prend, mais ça a limité ses envies.

— Pauvre Polly. Un joli gâchis cette fille. Je croyais que tu l'avais laissée tomber depuis des siècles.

— J'ai assez pitié d'elle.

— Vraiment ? Aurais-tu l'intention de lui offrir les restes d'Antinoüs ?

— Je te l'ai dit : elle ne veut plus d'hommes. Elle parle très peu, mais quand elle parle, c'est uniquement de saint Jean de la Croix.

— Mais pourquoi l'emmener ?

— On emmène son chauffeur en général.

— Pas chez Polly, non, à moins de vouloir le perdre. Quelqu'un va sûrement se jeter dessus. »

Anna rit.

« Nous nous y sommes arrêtés un après-midi en venant, confia-t-elle, et ça n'a pas raté. Il était furieux.

— Ça ne m'étonne pas. Ce jeune homme a un côté petit-bourgeois. Ça se voit qu'il n'a jamais mis les pieds dans un collège privé. Méfie-toi ou bien il va rallier le mouvement de résistance.

— Le quoi ? Qu'est-ce que tu veux dire ?

— Un mouvement de résistance clandestin est en train de s'organiser dans cet hôtel, expliqua Mr Siddal en s'asseyant sur le lit d'Anna. Lancé, je crois, par Mrs Paley et Miss Wraxton et elles ont enrôlé mon fils Gerry. Ils sont cul et chemise avec Nancibel et elle pourrait y entraîner ton petit ami. Le mouvement prend de l'ampleur.

— Mais quelle résistance ? Contre quoi ?

— Ça, je ne sais pas. Ce que je sais, c'est qu'il se passe un tas de choses. Toutes sortes d'alliances sont en train de se créer. Ils se réunissent la nuit sur la falaise. Le chanoine Wraxton a interdit à sa fille d'assister à ces agapes, mais elle lui désobéit. Gerry parle d'aller au Kenya et de nous laisser nous débrouiller tout seuls. Et je crois que la jeunesse y a sa propre branche, qui communique par messages codés. Nancibel veut donner un festin pour les petites Cove et ma femme a promis de la gelée. Mrs Paley rit dans le salon. Autant d'indices.

— Mais dans quel but ? De quoi s'agit-il ?

— Ah, si je le savais… »

À ce moment, Fred se précipita dans la pièce, les yeux exorbités. Il leur annonça qu'un agent de police arrivait par la plage.

3. La loi

Il arrivait par la plage parce qu'un pneu de sa bicyclette avait crevé au moment où il quittait Porthmerryn et, obligé de faire le chemin à pied, il avait choisi le plus court par les falaises pour éviter le long détour de la route. Mais il lui semblait que la Loi aurait dû arriver dignement par l'allée carrossable et non en escaladant les rochers. Aussi s'efforçait-il de traverser la plage d'une démarche officielle et menaçante. Les hôtes de Pendizack l'avaient aperçu et son apparition avait commencé à causer des inquiétudes avant même qu'il atteigne la porte. Bruce se dit qu'il allait l'interroger à propos de la voiture volée et s'en alla se cacher dans la crique. Miss Ellis pensa que les Siddal l'avaient fait venir pour la mettre dehors, car elle avait eu une scène avec Mrs Siddal dans la matinée et lui avait annoncé son intention de demeurer encore un mois entier à Pendizack tout en refusant d'y accomplir le moindre travail. Le chanoine Wraxton crut lui aussi qu'il s'agissait de son expulsion et était prêt à en découdre. Fred pensa que Nancibel allait être arrêtée pour avoir volé une pierre sculptée. Il courut l'en avertir, mais Nancibel lui répondit :

« Rien à craindre ! Il n'oserait pas. C'est mon cousin. »

On l'avait persuadée de renoncer à sa menace de rentrer chez elle. C'était une fille bonne et raisonnable et elle comprit très vite que la seule personne qui pâtirait de sa défection serait cette pauvre Mrs Siddal qui ne lui avait rien fait. D'ailleurs l'histoire de Mrs Cove et de la pierre à savon, triomphalement rapportée par Robin, lui avait rendu sa bonne humeur. Elle était désormais disposée à considérer l'incident comme une plaisanterie, et quand l'agent de police sonna, elle alla gaiement lui ouvrir.

« Bonjour, Sam », dit-elle.

Sam Peters était un très jeune policier, et c'était la première mission de ce genre qu'il accomplissait. Il ne répondit pas à son aimable salut et demanda gravement :

« Est-ce bien ici l'hôtel de Pendizack ?

— Non, c'est la cathédrale St Paul, dit Nancibel. Tu as perdu la mémoire ?

— On doit commencer par demander cela, expliqua Sam. Question de procédure.

— Tu me rassures. J'aurais de la peine pour

toi si tu ne savais pas où on était, alors que tu es né à Pendizack. Comment va ta mère ?

— Je suis ici en mission, dit Sam. Maman a de nouveau des ennuis avec ses reins. Y a-t-il ici des gens du nom de Gifford ?

— Oui. Sir Henry Gifford.

— Il ne s'agit pas de lui. Je cherche une dame, Lady Gifford.

— C'est sa femme. Qu'est-ce que tu… ?

— Il faut que je la voie.

— Pourquoi ?

— Ne sois pas si curieuse, ma petite Nancibel.

— Tu ne peux pas la voir. Elle est encore couchée.

— Quand est-ce qu'elle se lève ?

— Jamais.

— Je dois la voir. J'attendrai le temps qu'il faudra.

— Tu ne peux pas voir le monsieur à sa place ?

— Non, je dois lui remettre ceci en main propre. »

Il lui montra l'enveloppe qu'il tenait.

« Entre ! dit Nancibel. Je vais chercher Mrs Siddal. Je crois qu'elle est rentrée. »

Sam entra et s'assit sur une chaise dans le vestibule.

Nancibel se mit à la recherche de Mrs Siddal, qui faisait l'inventaire du linge avec Gerry. Elle lui fit part de la mission de Sam.

« Une contravention, dit Gerry.

— Mais elle ne conduit pas, dit Mrs Siddal, qui n'imaginait pas d'autres causes de contravention. Vous êtes sûre qu'il ne demande pas Sir Henry ? »

Elle alla conférer avec Sam dans le vestibule, puis monta à la chambre de Lady Gifford.

« Je ne peux pas le voir, déclara Lady Gifford.

— Il refuse de s'en aller, dit Mrs Siddal. Voulez-vous que je le fasse monter ou bien préférez-vous descendre ? »

— Mrs Siddal, je ne peux pas. Je suis trop malade.

— Il ne bougera pas du vestibule tant que vous ne serez pas levée.

— Je ne me lèverai pas aujourd'hui.

— Cet agent de police ne peut pas rester assis dans mon vestibule indéfiniment, déclara Mrs Siddal.

— Alors, dites-lui de s'en aller. Je ne le recevrai pas.

— Ce n'est pas une façon de traiter la police.

— Je ne vois pas pourquoi. Qui la paie ? Nous. »

Mrs Siddal descendit et rapporta tout cela à Sam. Mais il n'en démordait pas. Ses instructions étaient de remettre le document à la dame en main propre et il ne quitterait pas la maison avant de l'avoir fait. Il resta sur sa chaise dans le vestibule et Nancibel lui apporta une tasse de thé.

La nouvelle se répandit peu à peu dans Pendizack qu'il était venu pour Lady Gifford. Bruce remonta de la crique et Miss Ellis déverrouilla sa porte. Mais personne n'avertit le chanoine, qui, las d'attendre l'attaque, descendit affronter l'ennemi dans le vestibule.

« Je crois, dit-il à Sam, être la personne que vous désirez voir. Très bien. Me voici. »

Sam ouvrit de grands yeux et lui demanda s'il était Sir Henry Gifford.

« Certainement pas. Je suis le chanoine Wraxton. Et je vous préviens que si vous essayez de me molester de quelque façon que ce soit, vous aurez de mes nouvelles. Qu'est-ce que vous tenez là ? Une convocation ?

— Ce n'est pas pour vous, dit Sam. C'est pour une dame.

— Une dame ? Ma fille, je suppose. Ah ! c'est là le jeu ? On va tout lui mettre sur le dos ? Montrez-moi ça.

— Je dois la lui remettre en main propre, dit Sam en écartant la lettre.

— Pas avant que je l'aie vue. Je la représente.

— Dans ce cas, vous feriez mieux de l'amener ici, monsieur. J'attendrai jusqu'à ce que je l'aie vue.

— Elle est sortie. Elle est allée à Porthmerryn.

— On m'a dit qu'elle était couchée.

— Ah, tiens, on vous a dit ça ? Eh bien, on

vous a menti. Je vous demande pour la seconde fois de me montrer ce document.

— Pas avant d'avoir vu Lady Gifford, déclara Sam.

— Lady Gifford ? Qu'est-ce qu'elle vient faire là-dedans ?

— C'est la dame en question.

— C'est impossible ! Lady Gifford n'est pas ma fille. Que signifient toutes ces sottises ?

— Je n'ai jamais dit qu'elle était votre fille ! s'écria Sam exaspéré. C'est vous qui l'avez dit.

— Moi ?... Je n'ai rien dit de pareil. »

Ils furent interrompus par Sir Henry qui venait de rentrer de promenade et que Mrs Siddal avait avisé de la présence de Sam dans le vestibule.

« J'apprends, dit-il à Sam, que vous avez mission de voir ma femme. Je suis Sir Henry Gifford.

— En effet, acquiesça Sam.

— Cet homme est un crétin, interrompit le chanoine. Ceci ne regarde en rien votre femme, Sir Henry. C'est ma fille qu'il est venu voir. Une manigance destinée à nous chasser d'ici. »

Une expression de soulagement traversa le visage accablé de Sir Henry. En apprenant qu'il y avait un agent de police dans le vestibule, il s'était aussitôt dit que ce qu'il attendait était arrivé ; car il l'attendait plus ou moins consciemment depuis qu'il était à Pendizack. Mais Sam éteignit vite la lueur d'espoir que les paroles du chanoine avaient fait naître en lui. Le document était bien pour Lady Gifford et nulle autre.

« Elle est couchée à l'étage, dit Sir Henry d'un air sombre. Laissez-moi vous y conduire. Vous pouvez le lui remettre même si elle est au lit, n'est-ce pas ?

— Bien sûr, monsieur, dit Sam reconnaissant.

— Alors, s'écria le chanoine, alors ça ne me regarde en rien… Pourquoi m'a-t-on fait descendre ? »

Personne ne put lui répondre et on le laissa essayer d'élucider tout seul ce mystère, tandis que Sir Henry accompagnait Sam au premier étage.

« Je ne peux pas ! » protesta Lady Gifford lorsqu'ils entrèrent dans sa chambre.

Sam s'approcha du lit et lui demanda si elle était Lady Gifford.

« Cette dame est bien Lady Gifford, déclara Sir Henry.

— Je refuse, commença-t-elle. Je refuse absolument… Mon médecin m'a ordonné… »

Sam tendit l'enveloppe, mais elle ne voulut pas la prendre. Il la posa donc sur l'édredon et se retira.

« Je ne te pardonnerai jamais, dit Lady Gifford à son mari. Amener cette brute ici ! Toi ! Toi qui m'avais juré amour et protection !

— Laisse-moi voir cette convocation.

— Comment sais-tu que c'est une convocation, d'abord ?

— Que veux-tu que ce soit d'autre ? »

Elle saisit le papier et, avant qu'il pût l'en empêcher, le déchira.

« Eirene ! Tu es folle ! Tu finiras en prison, si tu t'obstines.

— Mais non. Jamais de la vie. Le professeur Giles me donnera un certificat. Toi, tu ne veux pas le croire, mais lui sait à quel point je suis malade.

— Cette convocation signifie que tu dois comparaître devant un certain tribunal à une certaine date. Tu n'auras pas le choix.

— Pas si je suis malade.

— De quoi s'agit-il ? Pourquoi es-tu convoquée ?

— Comment veux-tu que je le sache ? C'est ridicule.

— Si tu refuses de me le dire, je le découvrirai par mes propres moyens. J'irai à la gendarmerie. Je ferai le nécessaire pour que tu comparaisses.

— C'est ça que tu appelles m'aimer et me protéger ?

— Je ne peux pas te protéger tant que je ne suis pas au courant de l'affaire.

— Je te dis que je ne sais pas de quoi il s'agit.

— Un agent de police est venu te demander à Londres après notre départ. On me l'a dit quand j'ai téléphoné. Tu te rappelles ?

— Non. Je ne me rappelle rien.

— Ils ont dû se procurer ton adresse et faire suivre la convocation pour qu'elle te soit remise ici.

— Au lieu de garder notre maison contre les cambrioleurs. Pas étonnant que la criminalité augmente pendant qu'ils perdent leur temps à des bêtises pareilles.

— As-tu jamais reçu une lettre du Trésor public ?

— Non, je ne crois pas. Pourquoi ? »

Il s'éloigna du lit, exaspéré.

« On perd son temps à parler avec toi, déclara-t-il. Je vais à la gendarmerie.

— Non, non… Henry ! Ne fais pas ça. Je me rappelle maintenant. J'ai reçu une lettre en effet. Peut-être que c'était du Trésor public.

— Et qu'est-ce qu'elle disait ?

— J'ai oublié… non… non… Ne pars pas. C'était pour me demander d'expliquer quelque chose.

— D'expliquer quoi ?

— Je n'ai pas compris.

— Alors qu'as-tu fait ?

— Je l'ai déchirée.

— Tu n'as pas répondu ?

— Oh, non.

— Pourquoi ne me l'as-tu pas montrée ?

— Ça m'a paru sans importance.

— De quoi… en résumé… s'agissait-il ?

— De Mr Perkins.

— Qui est-ce ?

— Je ne sais pas. C'est un monsieur que j'ai rencontré à l'hôtel.

— À quel hôtel ?

— À l'hôtel à Cannes.

— Mais tu n'étais pas à l'hôtel. Tu étais chez les Varens.

— Oui… La plupart du temps.

— Aurais-tu par hasard donné un chèque à ce Perkins ?

— Oui.

— Et qu'est-ce qu'il t'a remis en échange ? Des francs ?

— Oui.

— Le chèque était de combien ?

— J'ai oublié. Je crois… quatre cents livres.

— Mais tu ne sais pas que c'est contraire aux règlements de change ? Tu m'avais promis que tu ne…

— Je sais. Je t'avais promis que je n'emporterais pas plus de soixante-quinze livres, et je n'ai pas emporté un penny de plus. Mais on ne peut pas vivre à Cannes indéfiniment avec soixante-quinze livres. Bien sûr que j'ai eu besoin de plus…

— Tu m'as dit quand tu es rentrée que tu t'étais arrangée avec soixante-quinze livres.

— J'avais dû oublier. Mr Perkins est anglais.

— Je t'avais dit… Je t'avais expliqué…

— Tout le monde le faisait. Tout le monde lui donnait des chèques.

— Si tu lisais les journaux, tu saurais que les gens qui font ce genre de choses sont condamnés à de très lourdes amendes.

— Eh bien, si je suis condamnée, je paierai, j'ai les moyens. Je ne comprends pas pourquoi tu fais tant d'histoires.

— Je te l'ai dit. Si tu continues, ce sera plus qu'une amende. Ce sera la prison.

— Non, Henry. Les gens de notre classe ne vont pas en prison. J'ai plusieurs amis qui ont eu des amendes. Personne ne les a fait mettre en prison.

— Autre chose encore. Ce sera la fin de ma carrière. Si cela s'ébruite et qu'il y a un scandale, je serai obligé de démissionner. J'ai trop de respect pour la loi pour continuer à exercer quand ma femme l'a violée de façon si flagrante.

— Ah ! C'est donc pour ta carrière que tu te fais tant de souci ?

— Je sais que tu as toujours voulu que je démissionne pour qu'on s'installe à Guernesey.

— Oui. Et maintenant on peut. Mais enfin, Henry, je ne vois pas ce que ça a de si terrible. Si nous échappons à l'impôt sur le revenu en allant vivre à Guernesey, cette amende n'aura aucune importance. »

Il resta sans voix pendant plusieurs minutes. Enfin, il dit :

« Je ne veux plus vivre avec toi. Tout ce qui compte pour toi dans la vie, c'est ton bol de crème.

— Et pourquoi pas ? J'ai les moyens de manger de la crème. Pourquoi est-ce que je n'irais pas là où il y en a ?

— Je ne vivrai plus avec toi. Tu n'es pas humaine. »

Lady Gifford ferma les yeux et se laissa retomber sur ses oreillers. Les mots ne tuaient pas, et ils le savaient tous les deux. Il sortit de la chambre et descendit l'escalier.

4. Le bouc émissaire

Les petites Cove, bien qu'à peu près rétablies, restaient ébranlées par leur aventure de la veille. Elles étaient assises sur la terrasse avec un air de convalescentes et l'on s'occupait beaucoup d'elles. L'opinion générale faisait peser toute la responsabilité de l'incident sur Hebe qui ne rencontrait partout où elle allait que regards durs et, pour peu qu'elle ouvrît la bouche, paroles sévères.

Les seules à lui adresser des sourires étaient les Cove, qui lui faisaient de petits signes pleins de regrets dès que leur mère avait le dos tourné. Hebe savait qu'elles lui restaient fidèles et lui gardaient leur amitié, mais elle ne leur en était pas reconnaissante et leur en voulait de toutes les attentions dont elles faisaient l'objet. Elle repoussa même les timides excuses de Caroline qui avait trahi les secrets spartiates.

Se tenir à l'écart jusqu'à ce que le vent de désapprobation se fût calmé était une précaution qui ne vint pas à l'idée de Hebe. À chaque rebuffade, elle devenait plus agressive et plus résolue à combattre l'hôtel entier. Elle joua des airs d'opérettes sur le piano du salon jusqu'à ce que Mrs Siddal vînt le fermer à clef. Elle amena son chat dans la salle à manger à l'heure du déjeuner. Elle dessina sur le mur de la terrasse une caricature de Mrs Cove en train de dire : « Quoa ? Pas de l'ambre noir ? » Et, finalement, trouvant ouverte la porte-fenêtre de Mrs Lechene et la chambre vide, elle y entra. Une machine à écrire était sur la table, garnie d'une feuille vierge. Elle se mit à l'essayer :

l'3 HorRIBL3E HOTeL

Il étai une fois unhôtel habité par des diables déguisés en dames et en Messieurs…

Anna entra et la surprit. Mais, pour une fois, il n'y eut pas de sermon. Anna se contenta de sourire de façon étrange et de dire :

« Eh bien ! Tu es un drôle de spécimen, toi, hein ? »

Hebe acquiesça.

« Tu te rends compte que tu as mis cet hôtel sens dessus dessous ? »

Hebe acquiesça de nouveau assez fièrement.

« Si tu t'asseyais et me racontais tout ? »

Anna prit la boîte à cigarettes sur la cheminée et l'ouvrit.

« Tu fumes ?

— Oh, merci ! » dit Hebe, ravie.

Elles allumèrent leurs cigarettes et Anna se laissa tomber dans un fauteuil.

« Tu iras loin, prédit-elle. À ton âge, j'en étais encore à broder des mouchoirs. »

Hebe mâchonnait le bout de sa cigarette et essayait de se représenter Anna en train d'ourler des mouchoirs. Dans son ignorance, elle l'imaginait vêtue d'une crinoline.

« Tu auras toujours des histoires impossibles. Toujours ! continua Anna. Mais ne t'en fais pas. Ça vaut la peine. Vis à ta guise et tu ne le regretteras jamais. »

Elle dévisagea Hebe et murmura :

« Née sous le signe de la passion. Ça se voit tout de suite. Qui étaient tes vrais parents ? Le sais-tu ? »

Hebe lui donna tous les détails qu'elle put et Anna l'écouta avec un intérêt flatteur. Cela plaisait beaucoup à Hebe. Toutefois, elle éprouvait une bizarre impression de mensonge et d'insatisfaction. Elle n'était pas très sûre de sa sympathie pour Anna et se demandait un peu pourquoi elle lui faisait toutes ces confidences.

« Alors ils t'ont adoptée, conclut Anna, et maintenant, ils veulent faire de toi une petite demoiselle bien sage. Pourquoi ne pas t'enfuir de tout ça ?

— J'y ai souvent pensé », dit Hebe.

C'était vrai.

« Ils seront furieux, évidemment. Mais autant se faire pendre pour un bœuf que pour un œuf. Je pars pour St Merricks cet après-midi, passer un jour ou deux chez des amis. Je crois que tu les amuserais et qu'ils t'amuseraient. Tu voudrais venir ?

— Oh, Mrs Lechene !

— Je m'appelle Anna.

— Oh, Anna ! C'est très gentil…

— Pas du tout. J'aime les petites filles pas sages, voilà tout. J'en ai été une moi-même. Mais, comme je te l'ai dit, j'étais un modèle de patronage à côté de toi.

— Ils vont peut-être s'inquiéter ?

— Et alors ? Ça leur fera les pieds. Maintenant, va chercher Bruce et dis-lui que j'ai besoin de lui. Ramène-le ici. Mais ne lui raconte pas un mot de notre plan. »

Hebe partit en courant et trouva Bruce qui traînait dans la cour d'un air lugubre. Il lui lança le regard noir qui l'accueillait désormais partout et lui dit de fiche le camp. Mais il fut bien obligé de la suivre lorsque, d'un ton hautain, elle se fut acquittée de son message.

« Ah, Bruce, dit Anna lorsqu'ils arrivèrent dans sa chambre. Veux-tu sortir la voiture et préparer tes bagages ? Nous allons passer un jour ou deux à St Merricks, chez Mrs Palmer. J'ai prévenu le bureau. »

Bruce regarda Hebe sans savoir que dire. Si elle n'avait pas été là, peut-être aurait-il refusé de conduire Anna à St Merricks. Il avait réfléchi toute la matinée à la façon dont il lui donnerait sa démission.

« J'ai eu l'envie soudaine de m'éloigner d'ici, ajouta Anna d'un ton neutre. L'agent de police assis dans le vestibule ce matin m'a coupé l'appétit avant le déjeuner. »

Il n'en fallait pas plus pour le décider à aller sortir la voiture.

« Maintenant, dit-elle à Hebe, file en haut de l'allée et cache-toi dans les buissons. Quand il sortira de la voiture pour ouvrir la grille et qu'il aura le dos tourné, accours et monte auprès de moi. Je tiendrai la portière ouverte.

— Mais est-ce qu'il ne faut pas que j'emporte...

— Non. Pas la peine d'emporter quoi que ce soit.

— Ou que je mette une robe ?

— Non. Viens comme tu es. »

Hebe portait un short et un chandail. Son visage était très sale. Ce renversement de toutes les règles présidant aux visites la stupéfiait et elle se dit que les amis d'Anna devaient être sacrément amusants. Elle courut se cacher dans les buissons au sommet de l'allée.

Comme ils allaient s'inquiéter, songeait-elle, lorsqu'ils s'apercevraient de son départ ! On la chercherait partout, tout le monde aurait des remords. Leurs visages seraient de plus en plus consternés à mesure que les jours passeraient sans qu'on ait retrouvé trace de la pauvre enfant qu'ils avaient persécutée. Toute l'attention se détournerait des Cove. Elle rentrerait en héroïne avec Anna, Anna et son prestige de grande personne pour la protéger des réprimandes. Elle rit toute seule, tapie dans les buissons. Et pourtant, elle continuait de ressentir un vague malaise, une insatisfaction lancinante. Au fond, Anna ne lui plaisait pas. Bientôt elle entendit l'auto monter l'allée en lacet.

Elle déboucha au sommet et s'arrêta devant la grille. Bruce en descendit. Au même moment, une portière s'ouvrit à l'arrière et elle vit Anna qui lui faisait signe. Trois secondes plus tard, elle était blottie sur un monceau de couvertures aux pieds d'Anna.

« Couche-toi », lui chuchota Anna.

Bruce revint et ils franchirent le portail. Puis il redescendit refermer la grille derrière eux. Ils repartirent ensuite et elle sentit une accélération dès qu'ils se trouvèrent sur la grand-route.

Hebe commença vite à s'ennuyer, accroupie parmi les couvertures et ne voyant rien au-dehors. Il faisait très chaud et l'odeur de l'essence lui donnait mal au cœur. Elle commençait à comprendre pourquoi les chiens détestent souvent voyager en auto, et pourquoi ils veulent toujours grimper sur les banquettes. Mais, au bout d'un moment, elle s'endormit.

Lorsqu'elle se réveilla, Anna parlait.

« Personne ne t'oblige à y loger si ça ne te plaît pas. Tu peux prendre une chambre à l'auberge.

— Je ne m'en priverai pas, dit la voix de Bruce au volant. Je ne veux voir personne de cette bande. Comment pouvez-vous… »

Anna vit que Hebe était réveillée et ajouta vivement : « Ça suffit. Fais comme tu veux, je t'ai dit. »

Hebe fit des signes interrogateurs, mais Anna secoua la tête pour lui ordonner de rester cachée. Ils semblaient descendre une pente très lentement. Puis ils traversèrent une petite ville aux rues étroites et tortueuses. Après quoi ils montèrent une côte et, enfin, s'arrêtèrent.

« Nous y sommes, dit Anna en descendant. Laisse la voiture, tu la mettras au garage plus tard. Va chercher une chambre. Viens, Hebe. »

Hebe sortit de la voiture et rit de l'étonnement de Bruce. Anna rit aussi et expliqua :

« Je l'ai enlevée. C'est un esprit de mon genre et j'ai l'impression qu'on ne l'apprécie pas comme il faut à Pendizack.

— Anna ! Vous n'y pensez pas… une gosse comme elle !

— Ne fais pas tant d'histoires. Je veillerai sur elle. Nous la ramènerons vendredi.

— Mais chez Mrs Palmer… une gosse de cet âge-là… Vous savez parfaitement qu'ils sont… »

— Ça ne te regarde pas, que je sache. Viens, Hebe ! »

Anna ouvrit une porte verte dans un haut mur blanc, y fit passer Hebe et la ferma au nez de Bruce.

Le jardin, à flanc de colline, formait une succession de terrasses gazonnées reliées par un escalier de pierre. Sur la terrasse inférieure, deux personnes étendues dans l'herbe prenaient un bain de soleil. Elles étaient couchées à plat ventre et portaient des pantalons de pyjama. Elles avaient les cheveux si bouclés et la croupe si ronde que Hebe les prit pour des filles jusqu'au moment où ils s'assirent au passage d'Anna, montrant leurs torses masculins.

« Oh, Anna, dit l'un d'eux. Vous auriez des cigarettes ? On n'en a plus.

— Tout juste assez pour moi, répondit Anna. Polly est à l'intérieur ?

— Je crois. Où est Bruce ? »

Anna rit et fit monter Hebe jusqu'à la maison. Du haut du jardin, on avait une belle vue sur le port et les toits. Puis elles entrèrent par une haute porte vitrée dans une pièce remplie de gens qui se ressemblaient tous énormément. Au bout d'un moment, Hebe commença à repérer des différences. Ils n'étaient ni jeunes ni vieux. La plupart portaient des pantalons, de sorte qu'il était difficile de dire si c'étaient des hommes ou des femmes. Ils ne paraissaient pas particulièrement contents de voir Anna, mais ils ne quittaient pas Hebe des yeux.

Enfin, Polly, qui était rousse et indiscutablement femme, demanda qui elle était.

« Je vous présente Hebe, dit Anna en la poussant en avant. Elle habite le même hôtel que moi, et je l'ai amenée parce qu'elle était en pénitence à cause d'une petite affaire de meurtre. »

Ce discours fut accueilli avec quelque animation, et un vieux monsieur, qui n'était certainement pas une vieille dame, s'avança et serra la main de Hebe. Hebe fit la petite révérence qu'elle avait apprise en Amérique, mais n'arriva pas à dégager sa main jusqu'au moment où Anna intervint, signalant au monsieur qu'on avait seulement le droit de regarder Hebe, rien d'autre.

« Tout de même, dit Polly de mauvaise humeur, il y a des limites. Une petite assassine.

— Qui a-t-elle assassiné ? » demandèrent plusieurs voix.

Et quelqu'un apporta un verre à Hebe.

« Elle ne dérangera pas, déclara Anna. Elle peut jouer avec Nicolette.

— Nicolette n'est pas là. Elle est avec son père. Écoute, Anna, j'ai reçu une lettre du propriétaire… »

Le verre qu'on avait donné à boire à Hebe

ne ressemblait à rien de ce qu'elle avait goûté jusque-là. Sa tête se mit à tourner au bout de deux gorgées. Les voix devinrent un bourdonnement confus et elle ne comprenait pas ce qu'on disait. Mais il lui sembla que Polly avait employé un des fameux MOTS. Elle en avait vu deux ou trois écrits sur des murs, mais n'avait jamais pu découvrir ce qu'ils signifiaient ; elle savait seulement que personne ne les prononçait jamais et que les gens qui les écrivaient n'étaient pas d'accord sur l'orthographe.

Polly venait de répéter le mot, très distinctement cette fois, puis elle en dit un autre. Le temps qu'elle termine de lire la lettre du propriétaire, tous les mots y étaient passés y compris certains que Hebe n'avait jamais vus écrits. Mais personne ne parut surpris et quelqu'un revint sur la question de l'assassinat.

« Trois petites pestes nasillardes qui habitent l'hôtel, expliqua Anna. Elle les a emmenées sur une très haute falaise et les a poussées à la mer. Hélas, quelqu'un est venu se mêler de ce qui ne le regardait pas et les a repêchées.

— Anna ! Tu inventes !

— Non, dit Hebe très haut. C'est vrai. Elles s'appellent Blanche, Maud et Beatrix. »

Cette réplique fut saluée par des applaudissements et l'on demanda d'où sortait cette Hebe.

« Personne ne sait, répondit Anna. C'est une enfant de l'amour. Mais sa mère…

— Je ne veux pas d'elle ici. On est assez nombreux comme ça. Tu as l'air de croire que je tiens une espèce de bordel…

— Ne fais pas attention à ce que dit Polly, Hebe. Bois encore un verre et raconte-nous pourquoi tu as fait ça. »

Quelqu'un la poussa dans un fauteuil en disant : « Parle-nous de Blanche, Maud et Beatrix. Pourquoi as-tu fait ça ?

— Elles portent des combinaisons », gloussa Hebe en portant le deuxième verre à ses lèvres.

La réponse eut grand succès.

« Et elles ont les dents en avant. »

Nouveaux rires.

« Et elles ressemblent à des vieilles tantes. »

C'était la meilleure boutade de la journée. On hurla de rire. Une onde de nausée envahit Hebe, mais elle ne savait pas si c'était à cause de ce qu'elle avait bu ou parce qu'elle s'en voulait de tourner en ridicule les gentilles et loyales Cove. Elle eut tout à coup envie de chanter et se mit à entonner en balançant son verre :

Si par hasard tu vois ma tante au fond du jardin…
Va l'embrasser, ce n'est pas bien loin.

Sa voix fut écrasée sous les éclats de rire. La maussade Polly elle-même riait et demanda :

« Quel âge dis-tu que ça a ? »

Hebe cessa de chanter et la regarda d'un air buté.

« Vous, je ne vous aime pas, dit-elle. Vous êtes horrible. Vous avez l'air d'une… haridelle. Mes amies Cove sont très gentilles. »

Elle dut s'endormir peu après dans son fauteuil, car elle perdit le fil de ce qu'on disait, bien qu'elle continuât à entendre les voix criardes. Mais quelqu'un la tapotait, la caressait, la tripotait ; elle n'aimait pas ça et elle finit par crier :

« Hé ! va-t'en ! »

Il y eut un soudain silence, puis Anna dit d'un air très mécontent :

« Bennett, vieux cochon. Laissez cette enfant tranquille. Je vous ai dit…

— Pourquoi l'as-tu amenée ? interrompit Polly. Elle est pompette.

— Elle va dormir, ça va passer si on la laisse tranquille.

— On devrait la mettre un peu au grand air, près de Bint et Eggie, dit une autre voix. Avec *eux*, elle n'a rien à craindre. »

Quelqu'un la prit et l'emporta dehors jusqu'au bas de la terrasse où les voix des deux hommes couchés au soleil s'élevèrent pour protester.

« Polly vous la confie, dit la personne qui avait amené Hebe. Ce n'est peut-être pas trop vous demander de faire quelque chose de temps en temps pour payer le couvert.

— C'est pas gentil de la part de Polly. On n'est pas des bonnes d'enfants.

— Je vais vomir », dit Hebe.

Et elle vomit au milieu des cris furieux de Bint et Eggie qui transportèrent leurs matelas sur une autre terrasse et la laissèrent là couchée dans l'herbe, épuisée et misérable.

Combien de temps resta-t-elle ainsi, elle ne savait pas. Mais une voix finit par la réveiller en s'écriant :

« Hebe ! »

Elle tourna péniblement la tête – et ouvrit ses yeux brûlants. Bruce était penché vers elle.

« Il fallait que je vienne voir… j'étais inquiet… comment te sens-tu ?

— Oh, Bruce, ramène-moi à la maison. Je suis malade et ils ne veulent pas de moi, et il y avait un vieux bonhomme horrible…

— Tout va bien. Ne pleure pas. Je t'emmène tout de suite. Tu peux marcher ?

— Non. Je vais tomber. »

Il la prit dans ses bras et, franchissant la porte du jardin, la porta dans la voiture.

5. L'heure de Siddal

« Est-ce que le chauffeur sera de nouveau parmi nous ce soir ? » demanda Evangeline à Mrs Paley sur la terrasse après-dîner.

Elles attendaient que Gerry leur apporte leur panier avec le thé avant de gagner leurs quartiers nocturnes sur la falaise.

« Non, répondit Mrs Paley. Je crois qu'il est allé à St Merricks avec Mrs Lechene. Mais Duff et Robin doivent venir, il me semble. »

Evangeline fit la grimace. Elle ne souhaitait pas la compagnie de Duff et Robin.

« De quoi avez-vous parlé si tard avec le chauffeur ? demanda-t-elle.

— D'un tas de choses. Il m'a raconté que Nancibel projetait de donner une fête pour les Cove. J'ai promis de l'aider.

— Quel genre de fête ?

— Une sorte de grosse nouba, à ce que j'ai compris. C'est ce qu'elles veulent. Mais elles n'ont pas d'argent, les pauvres petites. Enfin…

on peut arranger ça. Mais c'est le ravitaillement qui...

— Je pourrai peut-être y participer, dit Angie. J'ai encore des tickets de bonbons. Quand est-ce ?

— Dès qu'elles seront tout à fait remises. Vendredi serait un bon jour, à mon avis. Le soir, car elles veulent inviter le personnel.

— J'espère qu'elles feront ça en plein air, dit Evangeline. Je déteste cet hôtel. On s'y sent tellement enfermé sous ces falaises. Mrs Paley ! Je... je voudrais vous parler. Je n'arrive pas à décider... de... si seulement... Gerry Siddal est tellement gentil... Mais naturellement...

— Parlez de façon cohérente ou bien ne parlez pas du tout, ordonna Mrs Paley.

— Eh bien... mon père dit que je cours après les hommes.

— J'aimerais bien que ce soit le cas.

— Oh, Mrs Paley !

— Une fille qui fuit les hommes est une sotte, Angie.

— Mais il dit... il dit souvent que je m'accrocherais à n'importe quel pantalon rien que pour quitter la maison.

— Ce serait tout naturel. C'est ce que je ferais à votre place.

— Oui. Mais je ne voudrais pas m'accrocher à Gerry. Il est si gentil. Je voudrais être sûre... Je veux dire, j'ai l'impression que je pourrais lui faire pitié, au point qu'il… mais ce serait injuste. Il lui faut quelqu'un qui… qui soit vraiment… Je ne saurais jamais si c'est juste parce que je me suis accrochée…

— Qu'est-ce qui vous tourmente ? Vos sentiments pour Gerry ou les siens pour vous ?

— Plutôt les miens pour lui. Est-ce que je… ou bien n'est-il qu'un refuge ?

— Vous aurez à lutter de toutes vos forces pour l'avoir, Angie. Seule une fille bien décidée pourra jouer cette partie. Et quand vous l'aurez gagnée, vous vous apercevrez que vous êtes très sûre de vous. Il faut que vous le sauviez de sa famille.

— Oui, dit Evangeline en rougissant. C'est terrible…

— Vous n'êtes pas très douée pour vous défendre. Vous deviendrez probablement plus tenace quand il s'agira des siens. Mais pour ça il faudrait que vous teniez à lui. Voici Mr Siddal. Ne fuyez pas. Restez et parlez-lui. Il sera peut-être votre beau-père un de ces jours et il sait à peine qui vous êtes. »

Evangeline resta assise, tremblante, dans le fauteuil à bascule à côté de Mrs Paley, en regardant approcher Mr Siddal qui, lavé et habillé, sortait de son placard à chaussures pour se joindre à ses hôtes. Il était entré dans le salon, mais n'y avait trouvé que Sir Henry en train d'écouter la radio d'un air morose. Il arrivait à présent sur la terrasse où Mrs Paley et Miss Wraxton l'accueillirent avec des visages souriants.

Il s'assit près d'elles dans un transat, prêt à parler, ou plus exactement à discourir, sur la question qu'elles voudraient. Une fois lancé, il permettait rarement aux autres de placer un mot, mais il laissait toujours à ses victimes le choix du sujet à aborder.

« De quoi allons-nous discuter ce soir ? » leur demanda-t-il.

Mrs Paley était toute disposée à lui fournir un thème.

« Il y a une chose que je voulais vous demander, dit-elle.

— Je suis à vos ordres, madame.

— Quelle est la différence entre l'orgueil et la dignité ? »

Il y eut un court silence tandis que Mr Siddal mettait ses idées au clair.

« L'orgueil… commença-t-il.

— Qu'est-ce que c'est ? » s'écria Evangeline. Quelque chose était tombé sur la pelouse tout près d'eux. Elle bondit et se mit à chercher, à la faible lumière du crépuscule. Au bout de quelques minutes, elle trouva l'objet et le leur apporta.

« C'est une petite… d'où est-ce que ça vient ? »

Mr Siddal se mit à rire et le lui prit des mains.

« C'est de la pierre à savon, je crois.

— Quoi ? s'écrièrent les dames qui étaient toutes deux au courant de l'histoire. Encore ?

— Un esprit nous joue des tours, apparemment.

— Ils prennent souvent la forme de petites filles, remarqua Mrs Paley.

— Exactement. Et cet hôtel est rempli de petites filles. Je vais remettre cela à ma femme. Elle saura quoi en faire. Mrs Cove me terrifie, pas vous ?

— Vous pensez que ce sont les petites Cove ? demanda Evangeline. Mais elles sont si timides et dociles.

— Pas toutes. Pour ma part, je soupçonne celle qui a l'air un peu visionnaire et qui souffre du dos. Nous disions donc… l'orgueil…

— Oui, dit Mrs Paley. L'orgueil. Et la dignité.

— Et la dignité. Comme vous l'avez remarqué, Mrs Paley, on les confond souvent. Cela tient à ce qu'ils donnent lieu, dans une certaine mesure, au même genre de conduite. Les gens orgueilleux et les gens dignes préfèrent naviguer sous leur propre pavillon, ramer sur leurs propres canots et faire cuire leur propre pêche. Ils ne demandent ni secours ni pitié. Mais le motif… il souligna le mot en lui tapotant le genou, le motif est différent. La dignité considère l'indépendance comme un devoir social et moral. Nous ne devons pas nous décharger de nos fardeaux sur les épaules d'autrui. Nous ne devons pas lui imposer le récit de nos malheurs. Cela dit, la dignité n'est pas blessée par la pitié ou la main qu'on lui tend. Elle peut se sentir obligée de les refuser, en restant pas moins touchée de l'offre et respectueuse de la générosité dont elle émane.

— Oui, dit Mrs Paley, alors que l'orgueilleux en veut à quiconque propose de l'aider.

— L'orgueilleux est humilié qu'on puisse supposer qu'il a besoin d'aide. La main qu'on lui tend est une insulte. Son motif n'est pas dans une obligation sociale, mais dans un désir de supériorité. Il pense toujours en termes de supériorité et d'infériorité. Il s'imagine que toute aide est offerte par le supérieur à l'inférieur, et que lui en proposer, c'est l'abaisser. S'il se trouve forcé d'accepter une quelconque générosité, il haïra celui qui la dispense. Son indépendance n'est qu'un caprice de son moi. »

Mrs Paley soupira. Puis elle remercia Mr Siddal.

Le carillon de Big Ben retentit sur la terrasse, car Sir Henry écoutait les nouvelles du soir dans le salon, toutes fenêtres ouvertes.

« Je voudrais savoir ce que vous pensez de la patience, demanda timidement Evangeline. Pensez-vous qu'on puisse être trop patient ? »

Mr Siddal sourit. Il n'avait pas souvent d'auditoire aussi déférent.

« Non, dit-il. Il ne faut pas confondre la patience et la soumission. Quand on dit d'une personne qu'elle est trop patiente, on entend généralement par là qu'elle est non pas patiente mais seulement soumise…

— Mais qu'est-ce exactement que la patience ? » insista-t-elle.

— La patience est la capacité de supporter tout ce qui est nécessaire à la réalisation d'un dessein voulu. L'homme patient est maître de son destin, l'homme soumis l'a remis entre les mains d'un autre. La patience implique la liberté et la supériorité. L'impatience implique presque toujours une perte de liberté. Elle amène les gens à se livrer, à brûler leurs vaisseaux, à se mettre hors d'état d'en modifier la marche. La patience ne renonce jamais au but sous prétexte que le chemin est dur. Il ne peut y avoir de patience sans objectif. »

À son tour, Evangeline le remercia. Il avait donné sans le savoir aux deux dames des conseils sur leurs problèmes personnels.

« Ça se rafraîchit, dit Mrs Paley en se levant. Je vais faire quelques pas. »

Ils se mirent tous trois à marcher de long en large sur la terrasse, tandis que Mr Siddal illustrait sa thèse sur la patience par des citations du *Roi Lear.* Mais il s'interrompit en passant devant les fenêtres du salon afin d'écouter une voix profonde qui s'élevait de l'ombre. Elle disait :

« Beaucoup d'entre vous sont encore en vacances ou viennent juste de les terminer sous ce beau soleil d'été. Que Dieu vous bénisse, vous et vos familles. Puisez tout ce que vous pouvez de bonheur, de santé, de force, dans le soleil, la mer et le grand air…

— Un évêque, on dirait, dit Mr Siddal comme ils s'éloignaient. Les nouvelles ont dû être vite expédiées ce soir.

— Je dirais plutôt quelqu'un du gouvernement, dit Mrs Paley. Quoi qu'il en soit, merci. Vous exposez les choses d'une façon merveilleuse. Vous y avez toujours mûrement réfléchi, et c'est si clair. Quel dommage que vous ne soyez pas entré dans les ordres, Mr Siddal.

— Je le pense aussi, reconnut-il. Je pourrais être doyen à l'heure qu'il est. J'aurais aimé être doyen. Les doyennés sont généralement de si jolies maisons avec de beaux potagers, de beaux arbres fruitiers.

— Je n'oublierai jamais ce que dimanche vous avez dit de l'innocence.

— L'innocence ?

— À propos des innocents qui sauvent le monde. »

Mr Siddal sourit mais ne se risqua pas à apporter un post-scriptum à ses paroles du dimanche, et cela valait mieux, car il eût été parfaitement capable de soutenir l'opinion inverse et de prouver que l'innocence est la cause de tous les maux. Il pouvait défendre avec un égal succès n'importe quelle opinion, sur n'importe quelle question.

Ils firent encore quelques pas sur la terrasse, puis rentrèrent dans le salon où la voix sonore prononçait sa péroraison.

« … et ainsi je vous dis, comme ce fut dit avant moi : Fortifie-toi seulement et aie bon courage. »

Sir Henry était seul dans le salon. Il était assis à côté de la radio, le visage blême.

« Qui était-ce ? demanda Mr Siddal.

— Le chancelier de l'Échiquier s'adressant à la nation après les nouvelles de neuf heures.

— Vraiment ? Et qu'est-ce qu'il avait à nous raconter ce soir ?

— Le prêt américain. Épuisé. Plus de dollars.

— Fichtre ! J'aime mieux Shinwell. Au moins, quand il nous annonce qu'il n'a pas de charbon, il ne cite pas la Bible.

— J'étais sûre que c'était le gouvernement », dit Mrs Paley, placide.

6. Adieu pour toujours

L'absence de Hebe au dîner fut remarquée, mais on supposa qu'elle boudait quelque part et personne ne prit la peine d'aller la chercher. Le repas était terminé, et tout le monde dispersé, quand Bruce la ramena. Il la laissa dans la voiture au milieu de la cour et s'approcha de la porte de l'office où Nancibel, qui prolongeait une fois de plus sa journée de travail, était encore en train de laver la vaisselle.

Elle s'étonna de le voir si tôt de retour de St Merricks, mais se garda de lui témoigner sa surprise et continua de gratter les casseroles sans lui prêter la moindre attention.

« Nancibel, j'ai à te parler.

— Combien de fois faudra-t-il te répéter que je ne veux plus rien avoir à faire avec toi ?

— Il ne s'agit pas de nous, expliqua-t-il. C'est Hebe.

— Hebe ? Qu'est-ce qu'elle a encore fait ?

— Elle est dans ma voiture. Il faut que je

l'amène jusqu'à son lit sans que personne s'en aperçoive.

— Je me fiche de Hebe. Si elle s'est encore mise dans le pétrin, qu'elle s'en sorte toute seule.

— Nancibel, je t'en prie ! Ne parle pas trop vite. Ce n'est pas sa faute. Quand tu sauras ce qui lui arrive, tu seras aussi bouleversée que moi. Viens la voir.

— Qu'est-ce qu'elle a fait ?

— Eh bien… pour commencer, elle est saoule. Complètement.

— Hebe ? Non ! C'est répugnant !

— Ce n'est pas sa faute, je te dis. Cette gosse a eu assez d'ennuis comme ça aujourd'hui. Tu sais comment sont les gens ici… Miss Ellis… Mrs Cove…

— Je sais, dit Nancibel qui commençait à s'adoucir. Bon, d'accord. Je viens. On va la monter par l'escalier de service. Où est l'auto ?

— Devant les écuries. »

En allant jusqu'à la cour, Bruce lui raconta brièvement ce qui s'était passé. Elle l'écouta dans un silence glacé. À eux deux, ils sortirent de la voiture l'enfant inerte, la montèrent par l'escalier de service et la posèrent sur son lit. Enfin Nancibel dit :

« Je vais la déshabiller et la coucher. Tu peux y aller. Demain j'irai trouver Sir Henry et je lui raconterai ce que vous avez fait, Mrs Lechene et toi. Il ne faut pas que Hebe soit punie. Mais si tu ne pars pas tout de suite et si tu dis encore un mot, je vais immédiatement trouver Sir Henry.

— Ce n'est pas moi…

— Je te donne le temps de disparaître, tu comprends ? Si tu ne veux pas que Sir Henry te demande des explications, tu ferais mieux de ficher le camp.

— Je n'ai rien fait de mal. Je ne savais même pas qu'elle était dans la voiture.

— Il y a des téléphones là-bas, non ? Quand tu t'en es aperçu, tu aurais pu téléphoner. Si tu l'avais seulement menacée de téléphoner à Sir Henry, elle aurait renvoyé Hebe tout de suite, et tout ça ne serait pas arrivé. Maintenant va-t'en, et que je ne te revoie plus. »

Bruce obéit. Il alla dans le grenier des écuries faire sa valise. Avant de quitter Pendizack, il écrivit deux lettres.

La première était pour Anna, libellée comme suit :

> Votre voiture est au garage. Que vous ayez emmené Hebe dans cette maison dépasse pour moi la limite. J'espère ne jamais vous revoir.
>
> BRUCE.

La lettre à Nancibel fut plus difficile ; il la recommença plusieurs fois et il était très tard lorsqu'il la termina.

Chère Nancibel,

Je vais faire ce que tu as dit et devenir chauffeur d'autobus. Mais pas dans cette région, tu n'auras pas à craindre de me rencontrer sur les routes. Pas avant longtemps en tout cas. Quand j'aurai un peu meilleure opinion de moi-même, je te demanderai de réviser la tienne à mon sujet, mais pas avant.

Je suis presque sûr que, même sans toi, je l'aurais quittée après l'avoir vue enlever Hebe aujourd'hui. J'en suis écœuré.

Nancibel, je t'aime et il ne faut pas m'en vouloir de te le dire. C'est mon droit et il est naturel que tout homme qui te connaisse t'aime, qu'il le mérite ou non, de même qu'un méchant et un bon aimeront tous les deux un beau morceau de musique s'ils l'entendent. Tu es la fille la plus gentille et la plus adorable au monde et j'ai beaucoup de chance de t'avoir rencontrée, cela a changé ma vie, quand bien même tu ne me regarderais plus jamais. J'espère que tu seras très heureuse. Tu épouseras probablement un brave garçon, tu es trop intelligente pour choisir un vaurien. Et tu le rendras très heureux. Mais tu ne feras pas plus pour lui que tu n'as fait pour moi.

Il y a une chose qu'elle sait sur moi et qui peut sortir un jour. J'ai piqué une voiture pour m'amuser, j'avais l'intention de la rendre, mais j'ai eu un accident et un cycliste a été tué. Elle connaît cette histoire et elle m'a tiré d'affaire. Mais parfois, quand elle est énervée, elle a l'air de vouloir me dénoncer. Je ne crois pas qu'elle le fasse, mais si c'était le cas et si ça devait se savoir, je veux que tu l'aies su avant les autres.

Voilà, c'est assez à mon sujet. Dieu te bénisse, ma Nancibel chérie, et t'accorde une vie très heureuse. Depuis que je te connais, je suis sûr qu'il peut y avoir beaucoup de bonheur sur la terre.

Tendrement,

BRUCE.

P.-S. Je joins 5 shillings et mes tickets de bonbons pour le Festin. C'est vendredi soir, n'est-ce pas ? Je penserai à vous tous. Mais ne pense pas à moi si tu ne peux pas y penser gentiment.

7. Esclave ou libre ?

Gerry ne savait pas que Duff et Robin avaient l'intention de dormir sur la falaise. Il fut très contrarié de les trouver là en venant apporter le panier du thé. Non qu'il eût tout à fait décidé d'y passer lui-même une troisième nuit ; la prudence lui conseillait de retourner aux écuries aussitôt après avoir installé ses dames pour la nuit. L'aventure entre Evangeline et lui évoluait dangereusement vite. Il ne pouvait se permettre de s'attacher et il aurait dû s'en souvenir plus tôt.

C'était souvent sa première pensée – lorsqu'il rencontrait une jolie fille. Il ne pouvait pas se trouver en face de l'une d'elles dans l'autobus sans éprouver l'émotion du renoncement ; il l'imaginait un instant en tablier à fleurs penchée sur un fourneau, puis il l'écartait dans un soupir. Car c'était toujours ainsi qu'il se représentait une épouse, non pas en compagne de lit ou de jeu, mais en pimpante cuisinière en train de lui préparer ses plats préférés ou de les lui présenter avec un sourire, de le regarder les manger tout en l'écoutant parler de lui-même.

Quand on le présentait à une jolie jeune femme, il se montrait toujours extrêmement réservé de crainte de lui donner de faux espoirs. Comme il ne pouvait en épouser aucune, rien ne l'empêchait de s'imaginer qu'elles seraient ravies de cuisiner pour lui s'il les en priait. Le moindre flirt aurait pu lui ouvrir les yeux, mais il n'avait jamais osé se le permettre, de crainte de s'attacher.

Si Evangeline avait été jolie, si elle avait possédé les attraits qui le faisaient soupirer dans l'autobus, il se serait méfié plus tôt. Mais il avait commencé par la détester, puis s'était pris d'affection pour elle en essayant simplement de rendre justice à la pauvre créature. Pas un instant il ne l'avait vue sous les traits d'une potentielle épouse-cuisinière. Elle s'était glissée dans son cœur si subrepticement qu'il ne s'était aperçu qu'elle y était que lorsqu'il avait envisagé la possibilité de la perdre. Sa mère avait dit négligemment au cours du dîner que les Wraxton s'en allaient le dimanche suivant, et l'émotion qu'il avait éprouvée alors avait été pour lui le premier signal de danger. Il ne pouvait pas supporter la pensée de ne plus jamais voir Evangeline. Il y avait une note dans sa voix qu'il était loin d'avoir suffisamment entendue. Il s'était pris à sa musique sans s'en apercevoir, tandis qu'il se disait qu'elle était vraiment intelligente.

Aussi gravissait-il la colline dans une humeur mélancolique et résolue, méditant une rupture. Il ne voulait pas la blesser. En prenant le thé, il glisserait simplement quelques allusions à sa situation. Et, pendant le reste de la semaine, il l'éviterait.

Mais avant d'arriver à l'abri de la falaise, il fut frappé par des bribes de chanson ; la voix de baryton de Duff et la robuste voix de ténor de Robin s'élevaient en canon. Et toute sa mélancolie éclata dans un élan de colère. Comment glisser de subtiles allusions tandis que ces jeunes brutes hurlaient à tue-tête ? Ne lui serait-il jamais permis de goûter un peu d'intimité ?

Il s'arrêta au milieu du sentier de la falaise et maudit en silence toute sa famille. Il en voulait aussi un peu à Mrs Paley et à Angie d'avoir accueilli ces intrus. Si elles avaient apprécié sa présence à sa juste valeur, elles lui auraient réservé l'heure du crépuscule, à lui seul. Angie n'avait pas à chanter des rondes avec ses frères ; elle n'aurait pas dû chanter du tout. Il ignorait qu'elle sût chanter. Il lui était intolérable que Robin et Duff aient découvert cela avant lui. Elle avait une voix haute et douce qui s'accordait bien avec les leurs et, comme Gerry contournait les rochers, elle lança les premières notes d'un nouveau refrain, chantant seule dans la paisible obscurité d'un soir d'été :

Doucement sur la tombe de Sophocle, doucement ô lierre,
Rampe en poussant tes verts rameaux...[1].

Robin et Duff reprirent avec elle. Tous trois étaient assis en rang sur un rocher, ridicules et contents d'eux, tandis que Mrs Paley occupait sa place habituelle un peu plus loin, à la pointe du promontoire. Les chanteurs ne s'interrompirent pas en apercevant Gerry ; ils se contentèrent de sourire et de lui faire signe de les rejoindre. Il déposa brusquement le panier et se dirigea vers Mrs Paley, qui lui apprit que ses insupportables frères avaient effectivement l'intention de passer la soirée ici.

« Dans ce cas, moi, je ne reste pas, annonça-t-il avec mauvaise humeur. Je rentre à l'écurie. »

Mais il resta. Il s'assit près de Mrs Paley et bouda un moment. Puis il dit :

« Je suis dans une situation sans issue. »

Mrs Paley hocha la tête. Bruce, assis la veille au même endroit, avait employé les mêmes mots. Il lui avait raconté une longue histoire. Gerry aussi allait lui raconter une longue histoire. Mais ils ne pouvaient rien lui raconter qu'elle n'eût deviné.

1. William Hayes, *La tombe de Sophocle*, in *Anthologie grecque*, traduction de Friedrich Jacobs, Hachette, 1863.

Elle n'avait rien pu pour Bruce qui, disait-on, était parti avec Anna. Pourrait-elle quelque chose pour Gerry ? C'était bien improbable. Ces gens aux situations sans issue semblaient se complaire dans leur malheur. Elle aurait voulu rester seule et regarder s'allumer les étoiles.

« Tout a commencé quand je suis né, je crois, dit Gerry tristement, mais non sans une espèce de satisfaction. Je…

— Oh, détrompez-vous, dit Mrs Paley, ça remonte à beaucoup plus loin. À la naissance de votre père.

— Peut-être bien, acquiesça Gerry. Voyez-vous, il…

— Je n'en doute pas. Mais je n'ai pas toute la nuit. Passons sur le début. Êtes-vous bien sûr de vouloir épouser Angie ?

— Comment avez-vous deviné ?…

— C'est clair comme le jour. Mais êtes-vous sûr de vouloir l'épouser ?

— Non. Mon malheur c'est que, même si je le voulais, je ne le pourrais pas.

— Pas plus que vous ne pourriez épouser un tas d'autres filles. Toutes, en fait.

— Oui, reconnut Gerry. Vous avez sans doute raison.

— Et vous ne pourriez pas les épouser toutes. Votre problème n'en est donc pas un tant que vous ne souhaitez pas vous marier avec l'une d'entre elles en particulier.

— J'aimerais bien me marier.

— J'imagine. Mais qu'est-ce qu'Angie vient faire là-dedans ?

— Je… Je l'aime beaucoup.

— Oui… ?

— Mais ce n'est pas bien de flirter.

— Je ne suis pas d'accord. Je crois qu'un petit flirt vous ferait beaucoup de bien à tous les deux.

— Oh ! Mrs Paley.

— N'ayez pas l'air si scandalisé. Il n'en sortira rien, d'accord. Mais cela vous fera passer le temps agréablement, et c'est ce qu'un être qui se trouve dans une situation sans issue peut espérer de mieux.

— Mais elle pourrait se méprendre.

— Non, je ne crois pas. Sa situation à elle aussi est suffisamment sans issue, vous ne trouvez pas ? »

Le trio entonnait à présent *Shenandoah,* une chanson en tout temps mélancolique et peu propice à égayer une situation sans issue. Angie chantait les couplets et les garçons reprenaient en chœur les refrains :

Il y a sept ans que je ne t'ai vue…
Ô rivière vagabonde…

« Et si je continue de flirter comme ça, expliqua Gerry, je finirai par l'embrasser. »

Adieu ! Il faut partir !
Le long du Missouri…

« Et si je l'embrasse, je l'épouserai.

— Il me semble que vous disiez que vous ne pouviez pas.

— C'est-à-dire… Je pourrais, si j'allais au Kenya. »

Oh ! Shenandoah, j'aime votre fille…

« Alors, bon Dieu ! s'écria Mrs Paley exaspérée, qu'est-ce que c'est que toute cette histoire ?

— Je suis dans une situation sans issue. »

Adieu ! Il faut partir…

« J'en ai assez, protesta Mrs Paley. J'en ai plus qu'assez. Je n'ai jamais entendu de chanson plus déprimante. Il ne faut partir que si l'on en a envie. Nous ne sommes pas des esclaves. Emmenez Angie faire un tour à Rosigraille ; et ne revenez pas avant de savoir ce que vous voulez. Prenez garde aux terriers de lapins. »

Gerry lui obéit. Dès que le dernier couplet de *Shenandoah* eut fini de gémir, il se leva et s'approcha des chanteurs. Mais il était si ému et impatient qu'il ne put s'exprimer avec le détachement qu'il aurait voulu et il aboya son invitation à Evangeline comme un ordre.

« Viens te promener. »

Elle se leva aussitôt d'un bond.

« Vous promener ! dit Duff. À cette heure-ci ? Où ça ?

— Jusqu'aux falaises de Rosigraille, dit Gerry en prenant Evangeline par le coude et en l'entraînant.

— On vient aussi, dit Robin. Pas la peine de courir comme ça. »

Mais Mrs Paley intervint à ce moment en annonçant qu'elle avait appris des choses curieuses à propos de la pierre à savon de Mrs Cove. Gerry et Angie s'esquivèrent, tandis que les deux garçons restaient à l'écouter.

Robin fut ravi de cette histoire d'esprit et était tout prêt à en féliciter les petites Cove. Il prêta une oreille bienveillante aux projets de Mrs Paley pour le Festin et promit de l'aider. Mais il revint au drame de la pierre à savon et, tandis que Mrs Paley préparait le thé, il continua à dresser des plans à ce sujet.

« Je reprendrai l'objet à mon père, si c'est lui qui l'a maintenant, dit-il. Oui ! Je le rendrai à Mrs Cove… Je sais que c'est à elle. Ne vous en faites pas, Mrs Paley. Elle va le récupérer.

— Chut ! dit Duff. Écoutez ! Qu'est-ce que c'est ? »

Un mugissement lointain venait de troubler la paix du soir. Ils se turent, mais n'entendirent que le clapotis de l'eau contre le roc.

« Il doit y avoir un taureau quelque part », dit Robin.

Le mugissement retentit, plus proche cette fois.

« Non, dit Mrs Paley. C'est le chanoine Wraxton qui appelle sa fille. »

Bientôt, la silhouette massive du chanoine se découpa sur le ciel devant eux, et Mrs Paley lui annonça qu'Evangeline était en promenade avec Gerry Siddal.

« Eh bien, je vais l'attendre, dit le chanoine en s'asseyant sur un rocher. Je commence à en avoir assez de Gerry Siddal.

— Voulez-vous du thé ? lui offrit Mrs Paley.

— Non. Je ne veux pas de thé. »

Il y eut un court silence, puis le chanoine prit l'offensive.

« Je voudrais bien savoir, dit-il à Mrs Paley, pourquoi au juste vous encouragez Evangeline à se conduire de cette façon. Si vous croyez lui rendre service, vous n'avez jamais fait de plus grosse erreur de votre vie. Elle ne va pas tarder à le regretter, j'y veillerai.

— J'espère que non, dit Mrs Paley. J'espère qu'elle épousera Gerry et vous quittera. J'espère qu'ils sont en train d'arranger cela en ce moment-même.

— Quoi ? s'écria Robin.

— Moi, dit Duff, je m'en doutais.

— Mais c'est impossible, protesta Robin.

— Ça n'arrivera pas, dit le chanoine. Je m'y oppose.

— Vous ne pourrez pas vous y opposer, dit Mrs Paley, s'ils l'ont décidé. Angie est majeure.

— Elle n'est pas normale et vous le savez. Je ne tiens pas à la faire enfermer, mais je peux y être obligé.

— Non, chanoine Wraxton. Vous ne pouvez plus rien faire à Angie. Elle est libre.

— Elle ne l'épousera pas. »

Mrs Paley sourit et se mit à ranger les ustensiles du thé.

« Je crois que je vais aller me coucher », dit-elle.

Le chanoine se leva et donna un coup de pied au rocher.

« Parfait, dit-il. Parfait, parfait, parfait… »

Et il donna un second coup de pied au rocher. Cela devait lui faire très mal, mais il n'en continua pas moins à se meurtrir les orteils contre le granit en répétant : « Parfait », plusieurs minutes encore après que Mrs Paley et les garçons se furent retirés dans l'abri. Quand il reprit enfin le chemin de Pendizack, il boitait.

« Il veut à tout prix blesser quelqu'un, expliqua Mrs Paley aux garçons stupéfaits. À tel point qu'il prend plaisir à se blesser lui-même. Et maintenant voulez-vous avoir l'obligeance de me dire pourquoi Gerry n'épouserait pas Angie ? »

Robin se lança dans une explication, mais

les faits étaient si peu à l'honneur de la famille Siddal qu'il s'interrompit assez vite. Et Duff ajouta d'un air maussade que lui, pour sa part, pouvait parfaitement se passer de l'aide de Gerry.

« Je peux trouver du travail pendant les vacances. J'ai une bourse et il y a la bibliothèque de mon père. Elle vaut cinq cents livres. Gerry s'imagine qu'on serait sur le pavé s'il n'était pas aux commandes. Il ferait mieux de se marier et de commander sa femme.

— Alors, dit Mrs Paley, que diriez-vous de les encourager un peu, en vous montrant gentils avec Angie et lui ? Ça ne vous coûtera rien et ils en retireront beaucoup.

— Gentils ? fit Duff.

— Vous voulez dire, embrasser Angie ? demanda Robin.

— Et donner une tape dans le dos à Gerry ? demanda Duff.

— Je vous laisse entièrement juges », dit Mrs Paley en bâillant.

Quelque chose dérangea les mouettes dans les falaises de Rosigraille. Il y eut des frémissements d'ailes, un envol et un chœur de cris qui se répercuta sur les eaux, avant qu'elles ne se réinstallent sur leurs rochers. Angie, à demi endormie dans les bras de Gerry, se redressa et vit la lune au-dessus des terres.

« Il faut rentrer, dit-elle. Il est affreusement tard.

— Je n'ai pas envie de rentrer, murmura Gerry. Je suis heureux. Je n'avais jamais été heureux et je ne le serai plus jamais. Restons ici.

— Mais si, nous serons encore heureux, dit Angie. Nous serons heureux toute notre vie. Et si nous restons ici, nous attraperons des rhumatismes.

— Ça m'est égal d'attraper des rhumatismes. Je n'en souffrirai pas avant demain. Et, demain, nous nous apercevrons que tout ça est impossible. Ils seront tous contre nous. »

Ils se levèrent toutefois de leur nid dans les ajoncs et reprirent le chemin de l'abri, serrés l'un contre l'autre et s'arrêtant souvent pour s'embrasser et s'exclamer. La lune continuait de s'élever au-dessus des collines et jetait une nappe d'argent sur les buissons au moment où ils arrivèrent à l'abri. Une voix chuchota :

« Les voici ! »

Deux ombres couchées sous un rocher se levèrent à leur approche.

« Désolé, dit Gerry. On ne voulait pas vous réveiller.

— On ne dormait pas, dit Duff. On vous attendait pour vous féliciter.

— Quoi ?

— On a toujours manqué d'un bon soprano, dans la famille. Tu as toute notre gratitude, Gerry.

— Mais… balbutia Gerry. Mais… mais comment savez-vous ?

— On vous regardait arriver. »

Le bruit des voix réveilla Mrs Paley.

« C'est eux ? » demanda-t-elle d'une voix encore ensommeillée.

Gerry s'approcha d'elle et s'agenouilla à côté de son matelas pour lui annoncer la nouvelle.

« Angie est merveilleuse, lui dit-il. Elle est formidable. Elle n'est pas du tout comme vous pourriez croire. Elle est… »

Il baissa la voix et lui confia dans un chuchotement solennel :

« Elle est d'une nature très passionnée. »

Mrs Paley étouffa un rire et lui souhaita beaucoup de bonheur. Il se hâta de revenir border sa bien-aimée sur son matelas gonflable. Bientôt tous furent endormis, sauf Angie qui regardait la lune monter dans le ciel. Elle était trop heureuse pour accepter l'oubli du sommeil. Retrouver ainsi un monde qui l'accueillait finalement sans hostilité, qui, pour la première fois, lui offrait un visage avenant, était comme se réveiller d'un cauchemar. Toutes ses craintes, ses terreurs la quittaient. Elle restait éveillée, sereine, entourée par sa garde fidèle.

JEUDI

1. Pas le temps de pleurer

Nancibel trouva la lettre de Bruce sur la table de la cuisine et la lut en préparant le thé matinal. Elle en fut si bouleversée qu'elle oublia de mettre les feuilles de thé et servit à tous les hôtes de Pendizack des théières d'eau chaude. Elle commença à faire le ménage du salon, les joues mouillées de larmes.

La veille au soir déjà, sa colère contre lui avait commencé de se diluer dans le chagrin et elle était sûre à présent qu'elle ne pourrait jamais l'oublier. Bien qu'elle ne l'eût connu que pendant quatre jours, et qu'elle eût beaucoup de choses à lui reprocher, il lui avait inspiré des sentiments plus vifs et plus intenses que Brian, son premier amour. Car ses émotions, en ce qui concernait Brian, étaient prévisibles et compréhensibles. C'était un gentil garçon, sérieux et raisonnable, sensible aussi et qui savait embrasser. Bruce, en revanche, lui avait tout à coup ouvert une fenêtre sur une étrange région du cœur qu'elle ignorait jusque-là, un territoire sauvage et trouble qu'une future Nancibel traverserait peut-être un jour pour rejoindre des horizons nouveaux et sans nom. Elle avait compris que la vie et les êtres sont très importants, que chacun est seul et que personne ne comprend vraiment personne.

Le premier émoi s'était apaisé, mais il avait frappé une corde qui continuait à vibrer dans sa relation avec Bruce, de sorte que leur attirance mutuelle, leurs joies et leurs querelles étaient dominées par une tristesse aiguë et étrange et que Bruce lui apparaissait comme quelqu'un de réel, en trois dimensions, existant par lui-même et non pas comme un simple élément de son paysage à elle. Il était parti et elle ne le reverrait plus jamais ; mais il lui semblait qu'elle serait toujours consciente du fait qu'il existait quelque part et qu'il était aussi réel qu'elle.

Plusieurs sonnettes se mirent à retentir en même temps. Les Paley, les Gifford, le chanoine Wraxton et Miss Ellis venaient tous de s'apercevoir qu'il n'y avait pas de thé dans leurs théières. Pendant vingt minutes, elle dut courir, monter et descendre les escaliers, réparer son oubli, s'excuser. À l'heure du petit déjeuner, elle avait tellement de retard qu'elle ne savait où donner de la tête. Elle dut abandonner le salon à moitié fait et se précipiter à l'office pour aider Fred. Ils entendaient, par la porte de la cuisine, une belle bagarre entre les Siddal qui parlaient tous à la fois. Mrs Siddal disait que cette fille était complètement névrosée, Gerry disait qu'il voulait vivre sa vie, Duff disait qu'elle chantait comme un oiseau, Robin disait qu'il ne demandait qu'à quitter le collège ; et Mr Siddal disait qu'à sa connaissance sa bibliothèque juridique avait été bombardée.

« Non, dit Gerry. Mr Graffham a écrit à ce sujet. Il me dit qu'il a reçu une offre. Quelqu'un veut l'acheter.

— Qu'est-ce qui se passe ? » demanda tout bas Nancibel à Fred.

Fred, chuchotant lui aussi, répondit que les Siddal avaient perdu une bibliothèque. Ni l'un ni l'autre ne pouvaient comprendre comment cela avait pu arriver, car ce mot évoquait à leurs yeux soit un bâtiment public, soit une pièce dans une demeure seigneuriale élégamment meublée de tables, de fauteuils de cuir et de vitrines remplies de livres.

« On ne pourrait pas retrouver cette lettre ? demanda Gerry. L'offre est peut-être encore valable.

— Et si on faisait venir la bibliothèque ici ? proposa Robin. Comme ça, on pourrait juger de son importance. »

Fred ouvrit de grands yeux et demanda à Nancibel si elle ne croyait pas que le gouvernement l'avait réquisitionnée pour servir de lieu de ravitaillement. C'est souvent ce qui arrivait aux bibliothèques, avait-il cru comprendre.

« Va dans la salle à manger, le pressa Nancibel avec un regard à travers la porte. Les Cove sont descendues. »

Elle-même se rendit dans la cuisine pour mettre leur café sur le plateau et le confier à Fred à travers le passe-plat. Elle se heurta devant la porte à Mr Siddal qui rentrait dans son placard à chaussures dans un état de fureur manifeste. Son visage ordinairement jaunâtre était tout rouge et il grommelait :

« J'en ai assez… j'en ai assez… »

Quant à Gerry, il tonnait dans la cuisine.

« On ne lui demandait pas de la lire, cette lettre. S'il nous l'avait donnée, nous aurions fait le nécessaire.

— C'est qu'il est incapable de remettre la main dessus, dit Mrs Siddal. Il y a des milliers de lettres dans sa chambre. Des millions. Il ne les ouvre même pas…

— Enfin, ça ne peut pas continuer comme ça… »

Le plateau des Cove était prêt. Nancibel le porta au passe-plat et fit une grimace à Fred qui était debout au milieu de la salle à manger, l'air absent. Peut-être méditait-il encore sur le mystère de la bibliothèque disparue. Il revint à lui pour prendre le plateau au moment où apparaissaient les Paley. Nancibel alla préparer un second plateau et se heurta de nouveau à Mr Siddal. Cette fois, il sortait du placard à chaussures, portant un tiroir débordant de papiers. Elle s'effaça pour le laisser passer, mais il ne retourna pas dans la cuisine. Il suivit le couloir dans la direction de la chaufferie.

« Je ne veux pas être désobligeant, disait Gerry, mais il faut faire quelque chose. Il y a peut-être des lettres importantes... des lettres d'affaires... Dieu sait quoi... Je les trierai. Et il est temps d'exiger...

— Mr et Mrs Paley, annonça Nancibel. Et Miss Ellis.

— Miss *Ellis* ? s'écria Mrs Siddal qui était en train de servir le bacon des Paley. Pourquoi... Miss Ellis ?

— Elle est assise à sa table, déclara Nancibel.

— Elle devrait être à l'office. Ce n'est pas l'heure de son petit déjeuner. On ne lui servira rien. Absolument rien. Il manque une théière.

— Oui, Mrs Siddal, je suis désolée. Le chanoine Wraxton en a cassé une ce matin... en me la jetant à la tête d'ailleurs, alors j'ai été obligée d'en prendre une autre. C'était ma faute. J'avais oublié d'y mettre du thé.

— Mais enfin que se passe-t-il ce matin ? s'écria Mrs Siddal. Comment avez-vous pu être si sotte, Nancibel ? Lady Gifford s'en est plainte.

— Pardon, Mrs Siddal. Et je suis navrée, mais la théière a atterri contre un tableau au mur et a cassé le verre. Vous savez… le portrait de la Vierge Marie avec tous les petits chérubins. »

Nancibel prit le plateau des Paley et se dirigea vers la salle à manger, en songeant qu'elle deviendrait folle si elle restait plus longtemps dans cette maison. Mr Siddal sortait de la chaufferie, portant son tiroir vide. S'il avait jeté tous ces papiers dans la chaudière, se dit-elle, elle allait s'éteindre. On entendit alors un vacarme effroyable dans la salle à manger. Mrs Cove était en train de crier en agitant sa cafetière et en exigeant qu'on aille chercher Mrs Siddal, et les Gifford, qui venaient d'arriver, riaient aux éclats.

« C'est la petite statue de ton arrière-grand-mère, lui dit tout bas Fred à travers le passe-plat. Elle vient de la trouver dans sa cafetière. »

Folle ! se dit Nancibel en fuyant le tumulte. Le bombardement de Plymouth était une partie de plaisir, à côté de ça ; on savait tous où on allait et qu'on faisait. Mais ici, les seules à avoir un peu de sens commun étaient les petites Cove. C'est dire. Tous les autres sont marteau, moi la première, qui pleure toutes les larmes de mon corps pour un énergumène comme Bruce…

Elle courut faire les chambres et finit par celles des petites Gifford où elle trouva Hebe, le teint verdâtre.

« Tu ne veux pas de petit déjeuner ? s'écria-t-elle. Il n'y que des sels d'Eno pour les enfants qui ne veulent pas de petit déjeuner.

— Moi, je voudrais mourir, dit Hebe. Comme ça tout le monde aurait des remords.

— Pas autant que tu crois. Ils s'en remettraient, au bout d'un moment, et toi tu serais toujours morte.

— Est-ce que tout le monde sait… ce qui est arrivé hier ?

— Pas une âme, mon chat, sauf moi et… et Bruce. Et on ne dira rien.

— J'étais ivre ?

— Oui. Et il n'y a pas de quoi se vanter. Ça faisait peine à voir. Alors dépêchons-nous d'oublier tout ça. Des réjouissances nous attendent vendredi. »

Tout en faisant les lits, Nancibel lui exposa les projets pour le Festin. Mais Hebe reçut ces nouvelles sans enthousiasme.

« Je n'irai pas, dit-elle plaintivement.

— Et pourquoi ça ? Ça sera charmant.

— Tout le monde est horrible avec moi.

— Pas les Cove. Elles seront très déçues. Elles veulent t'inviter plus que n'importe qui. Elles t'adorent.

— Je ne m'amuserai pas. Pourquoi est-ce que j'irais à un pique-nique qui m'ennuie rien que pour faire plaisir aux Cove ?

— Parce que tu serais un méchant petit crapaud si tu n'y allais pas. On ne peut pas grand-chose pour elles, les pauvres chéries ; mais c'est toi qui peux le plus, parce que tu as le même âge, tu comprends ? Tu dois être la première personne avec qui elles s'amusent.

— On dit que j'ai essayé de les tuer.

— Oh, assez. Personne ne dit ça. Ce n'était pas une mauvaise idée de leur apprendre à nager. Il ne fallait pas choisir un endroit aussi dangereux, voilà tout. Moi, je trouve que tu as été très chic avec elles, mais tu vas tout gâcher si tu ne vas pas à leur Festin. Maintenant, avale une bonne dose d'Eno, Hebe, et lave-toi la figure, ça ira déjà beaucoup mieux.

— Je n'ai pas d'Eno.

— Je vais t'en trouver. »

Nancibel courut emprunter le flacon d'Eno de Mrs Paley. Quand elle revint, Hebe avait l'air plus en forme.

« Je pense, dit-elle, tandis que Nancibel diluait le médicament dans un verre, qu'il faudrait fonder une société secrète de secours aux Cove. Elles ont beaucoup d'alliés à Pendizack.

— Le meilleur secours que tu puisses leur offrir, dit Nancibel, c'est d'aller à leur Festin et d'aider à en faire un succès. Tiens, avale ça !

— Vous ne trouvez pas qu'on devrait faire une fête costumée ?

— C'est à elles de décider. C'est leur fête.

— Elles n'en ont jamais donné. Elles ne savent pas s'y prendre. Elles auront besoin de conseils. J'ai une idée de déguisement merveilleuse. Où est Bruce ?

— Il est parti.

— Parti ? Pour de bon ?

— Oui. Il est parti hier soir.

— Oh, Nancibel ! Quel dommage ! Il était si gentil. Ce sera une grande perte. Pour la société, je veux dire. »

Nancibel s'en alla faire les lits des jumeaux. Quand le ménage fut terminé dans toutes les chambres, elle s'échappa un moment dans l'écurie. Il avait laissé son grenier bien rangé. Ses draps et sa taie d'oreiller étaient soigneusement pliés au pied du lit à ressorts, prêts pour le blanchissage. Peut-être avait-il deviné qu'elle viendrait les chercher et voulu lui faciliter la tâche.

Elle s'assit par terre près du lit et enfouit son visage dans les draps.

Duff faisait jouer son gramophone dans le grenier voisin et des bribes de musique passaient à travers la cloison. C'était une musique très triste, rapide et douce, dont chaque phrase était une exclamation, une protestation chuchotée, pareilles à la partition qui se jouait dans le cœur consterné de Nancibel. Elle semblait exprimer le chagrin de la jeune fille devant ce monde de sentiments inexploré où elle venait de tomber, la pitié, l'incertitude, le regret, et la succession infinie d'expériences qu'il lui faudrait traverser avant de trouver la vieillesse et la paix. La musique se précipitait, comme les heures, ne lui laissant pas le temps de pleurer.

Elle ne pouvait pas s'attarder. Elle ramassa le linge et l'emporta dans la maison. Elle le jeta dans le panier d'un geste implacable, songeant que lorsque ces draps reviendraient du blanchissage, elle ne les distinguerait pas des quarante autres.

2. Activité dans la chaufferie

Mr Siddal ne s'était pas donné tant de mal depuis des années. En moins d'une demi-heure, il avait sorti tous les papiers de sa chambre et en avait bourré la chaudière. Il fit tout cela pendant que sa famille prenait son petit déjeuner, avant qu'elle ne s'en aperçût et pût l'en empêcher. Il allait et venait dans le couloir et, comme il y portait sa huitième charge, constata que le feu était éteint. La masse de papiers avait bloqué le tirage et éteint les flammes.

Il ne s'attendait pas à ce contretemps. Sortir les papiers et rallumer le feu représentait un labeur écrasant. Mais ce ne serait rien à côté des efforts dont Gerry le menaçait : le tri, les réponses, les décisions… Il tisonna et jura, puis retourna dans le placard à chaussures chercher une caisse de copeaux sous son lit.

L'arôme d'une cigarette de luxe frappa ses narines et il trouva Anna qui l'attendait – une Anna très agitée, les joues pâles et le regard inquiet. Cette vision lui rendit un peu de sa bonne humeur. Sa petite fenêtre était un excellent poste d'espionnage, et les gens avaient tendance à oublier que c'était celle d'une chambre habitée : Bruce et Nancibel l'avaient oublié la veille au soir, en portant Hebe dans la maison.

« Anna ! Je te croyais partie chez Polly.

— J'y étais. Je viens de rentrer. J'ai pris un taxi. Mon Dieu, Dick ! Ça sent le fauve dans cette chambre. Tu n'ouvres jamais la fenêtre ?

— Elle ne s'ouvre pas. Mais l'odeur ne me gêne pas. Elle éloigne les indiscrets. Que puis-je pour toi, ma chère Anna ?

— Je suis très ennuyée », avoua Anna en tirant sur sa cigarette.

Il sourit.

« Nous sommes tous très ennuyés, dit-il. Tout est sens dessus dessous. On a égaré une des enfants.

— Laquelle ? fit vivement Anna.

— J'ai oublié. Je ne crois pas qu'on me l'ait dit.

— Hebe ?

— La petite au chat ? Je crois que c'est la petite au chat.

— Qu'est-il arrivé ?

— Aucune idée. On ne me dit jamais rien. Mais je crois que Sir Henry est allé à la gendarmerie.

— Quelle poisse ! »

Il la regarda.

« C'est vraiment chic de ta part de te faire tant de souci pour eux, alors que tu as tes propres ennuis », dit-il.

Anna prit une nouvelle cigarette dans son sac et l'alluma au mégot de la précédente.

« Où est Antinoüs ? demanda-t-il. Pourquoi ne t'a-t-il pas ramenée ? Pourquoi as-tu dû prendre un taxi ?

— C'est épouvantable. » Elle jeta le vieux mégot par terre et l'écrasa sous son talon. « Je crois que ça va me retomber dessus. C'est que… j'ai emmené Hebe avec moi hier…

— Quoi ! Chez *Polly ?*

— Oui. Je… La petite me faisait pitié… tout le monde lui tournait le dos.

— Dieu me préserve de ta pitié, Anna. Tu vas passer un sale quart d'heure avec Sir Henry. Enfin, puisque tu l'as ramenée…

— Mais je ne l'ai pas ramenée, gémit Anna. Je ne l'ai pas ramenée. »

Mr Siddal ne vint guère à son secours tandis qu'elle lui racontait son histoire. Il se montra si obtus qu'elle dut lui donner tous les détails. Lorsqu'elle aurait voulu qu'il l'interroge, il se contentait de la regarder fixement sans rien dire. Quand elle aurait préféré qu'il ne demande rien, il lui posait des questions malvenues. Mais elle avait besoin de lui et fut bien obligée de tout lui dire.

Hebe, Bruce et la voiture avaient disparu lorsque, le mercredi, vers sept heures du soir, Anna s'était rappelé sa *protégée** et était allée la réclamer à Bint et Eggie. Elle ne s'était pas inquiétée plus que ça, supposant que Bruce avait ramené Hebe à Pendizack en voiture, mais elle était loin de se réjouir de l'indignation qui l'accueillerait si l'on avait remarqué l'état de la petite. Aussi était-elle descendue du taxi en haut de la côte pour approcher à pied de la maison et tâter discrètement le terrain. Elle était d'abord allée au garage voir si sa voiture y était. C'était le cas, et en entrant dans sa chambre, elle avait trouvé sur sa coiffeuse la lettre de Bruce.

« À peine quelques lignes, Dick. Je ne peux pas te la montrer, je l'ai déchirée… J'étais tellement en colère. Tout ce qu'il disait, c'est qu'il s'en allait pour ne pas revenir et qu'il ne voulait plus me voir. Je m'en moque, crois-moi. Je l'ai assez vu. Mais il ne parlait pas de Hebe… pas un mot… il n'a pas dit où elle était, je veux dire…

— Tu ne penses pas qu'un des invités de Polly pourrait te renseigner ?

— Je ne sais pas s'il faut les croire. Ils ont tous prétendu qu'ils ne savaient pas. Et moi, évidemment, j'ai pensé qu'elle était partie avec Bruce. Mais je n'en jurerai pas… enfin… tu sais comment sont les amis de Polly. On ne peut pas leur faire confiance.

— En effet. Mais tu ne m'as toujours pas dit pourquoi tu l'avais emmenée là-bas.

— Une impulsion, rien de plus. J'avais l'intention de garder un œil sur elle.

— Tes impulsions me fascinent. J'essaie de deviner, je ne peux pas m'en empêcher. Tu voulais choquer Bruce ? »

Anna sourit un peu.

« Eh bien… peut-être, en partie.

— Tu aimes les méthodes de choc, n'est-ce pas ? Tu t'armes d'un gourdin moral et tu assènes à tes victimes un bon coup sur la tête.

— Je n'ai pas le temps d'en discuter. J'ai fait mon devoir. Je t'ai tout raconté. Maintenant, agis comme bon te semblera.

— Moi ? »

Mr Siddal parut stupéfait.

« Mais, ma chère amie, cela ne me regarde en rien.

— Je veux dire : raconte aux Gifford exactement ce qui te plaira. Je m'en vais. Dis au revoir à Barbara de ma part.

— Tu prends la fuite ?

— Avant de tomber sur Sir Henry. Ce n'est pas ce que tu ferais à ma place ?

— Je n'ai pas ta rapidité. Tu es un sacré numéro, si tu me permets. »

Mr Siddal rit et elle dit aigrement :

« Je suis ravie que ça t'amuse.

— Oh, tu sais, je m'amuse d'un rien.

— Tu es la méchanceté même.

— Très juste. Où vas-tu ?

— Je préfère ne pas te le dire. Je ne tiens pas à me montrer avant d'être sûre qu'il n'y aura pas d'histoires.

— Sage de ta part. Mais si la petite a été assassinée, il pourra se passer des années avant qu'on ne la déterre dans le jardin de Polly. Enfin… le scandale finira bien par se calmer. Oui, file, et dès que tu seras partie je dirai à Sir Henry ce que tu as fait.

— Mais Dick… je n'ai rien fait. La petite s'est faufilée au milieu de mes bagages. Je ne m'en suis aperçue qu'en arrivant chez Polly.

— Tu ne m'avais pas dit ça.

— Tu es sûr ? Je viens seulement de me le rappeler. Je l'ai renvoyée immédiatement dans ma voiture avec Bruce. S'il ne l'a pas ramenée… C'est lui que Sir Henry devrait rechercher.

— Tout ça est très compliqué. Imagine que je m'emmêle les pinceaux ? Je ferais peut-être mieux de ne rien dire, après tout. Si tu te dépêches de partir… Personne ne t'a vue rentrer, n'est-ce pas ?

— Je ne crois pas. À toi de voir ce que tu diras ou non. Moi, j'ai la conscience tranquille : je t'ai tout raconté.

— Tu as payé pour ton séjour ?

— Non. Je vais te faire un chèque. Je le date

d'hier, tu pourras dire que je te l'ai donné avant de partir pour St Merricks. »

Elle fouilla dans son sac et en sortit un chéquier et un stylo en demandant :

« Combien ?

— Comment veux-tu que je le sache ? Ce n'est pas moi qui tiens cet hôtel.

— C'est toi qui m'as loué les chambres. Il me semble que c'est six guinées. Je les ai prises pour la semaine, donc je paie la semaine. Disons quatre guinées pour Bruce ? Il logeait dans une écurie. Ça fait dix guinées. Pas de suppléments. On n'a rien bu, puisqu'on ne sert pas d'alcool dans votre gargote.

— Le thé du matin ? murmura Siddal dont le sens du commerce s'était soudain ravivé.

— C'est en supplément ? Combien ? J'en ai eu deux fois : mardi et mercredi. Disons deux shillings.

— Bruce n'en a pas eu ? Nancibel n'en a pas monté à Bruce ?

— Je n'en sais rien. Mais je ne suis pas une Mrs Cove, je rajoute quatre shillings au cas où. Dix livres, quatorze shillings. Tu n'as pas fait une mauvaise affaire, on n'est là que depuis lundi.

— Pas de pourboires ? » murmura Dick Siddal.

Anna hésita et rougit légèrement. Puis elle ouvrit de nouveau son sac et en sortit dix shillings qu'elle lui tendit.

« C'est pour Fred. Tu vas oublier de les lui donner, le pauvre ! Je laisserai le pourboire de Nancibel sur ma coiffeuse.

— Parce que tu ne me fais pas confiance ?

— Précisément. Voici le chèque. Tâche de ne pas oublier de le remettre à Barbara. Au revoir. Ça m'a fait plaisir de te revoir, Dick. On me demande souvent ce que tu es devenu ; maintenant je pourrai répondre. »

Elle quitta le placard à chaussures en lui adressant un regard plein de malice et s'éloigna dans l'intention de sortir par la porte de service et de faire le tour de la maison pour se glisser dans sa chambre.

Mais la porte de service était en partie obstruée. Fred était devant, écoutant Miss Ellis le haranguer depuis la buanderie. Heureusement, il avait le dos tourné et ne vit pas Anna.

« Il faut me retirer tous ces bouts de papier, tous, et les mettre dans la poubelle, disait Miss Ellis. Non, mais quelle idée ! Aller déposer tout ça sur le feu ! Pas étonnant qu'il soit éteint… »

Anna suivit le couloir sur la pointe des pieds et gagna le vestibule. La chance était de son côté et elle atteignit sa chambre sans croiser personne.

Ses bagages furent vite faits. Elle déposa sur la coiffeuse un pourboire d'une générosité insultante à l'intention de Nancibel et s'en fut au garage, portant sa machine à écrire et ses valises. Elle ouvrit la porte du garage, monta dans l'auto et appuya sur le démarreur. Rien ne se passa, pas même quand elle descendit pour actionner le moteur à la main.

« Je peux vous aider ? » demanda Duff.

En montant à son grenier pour y faire jouer son gramophone, il avait entendu Anna jurer dans le garage.

« Je ne sais pas, dit-elle. Cette foutue machine ne démarre pas. Vous vous y connaissez ? »

Il fit une brève inspection et rapporta qu'il n'y avait pas d'essence dans le réservoir. Les commentaires d'Anna sur ce contretemps le choquèrent presque autant que les mots de Polly avaient choqué Hebe, car ils étaient à peu près de la même nature.

« Et donc ? fit-elle d'un ton impatient mais retenant un rire devant son expression outrée. Ne restez pas planté là avec vos yeux de merlan frit. Dites-moi ce que je dois faire. Bruce m'a laissée tomber. Il faut que je parte immédiatement pour Londres et je veux m'en aller discrètement. »

Duff chercha une réponse pertinente et spirituelle. C'était la première fois qu'il se trouvait seul avec Anna et il avait l'impression qu'elle attendait quelque chose de lui. Mais il ne trouva rien à dire, sinon qu'il y avait peut-être un bidon d'essence dans le hangar du jardin et qu'il pourrait lui fournir de quoi rouler jusqu'au village. Elle le suivit à travers le potager.

« J'ai droit à une grosse ration d'essence, lui expliqua-t-elle. Je leur ai écrit que j'avais besoin de circuler dans le pays pour trouver des sujets de roman et gagner de beaux dollars, et ils ont tout de suite marché. C'est étonnant ce qu'on obtient avec un peu de culot. »

Duff s'arrêta net ; il regardait une petite tête brune à peine visible sous les branches d'un pommier.

« Excusez-moi, dit-il à Anna, puis il appela : Hebe !

— Quoi ?

— Qu'est-ce que tu fais là ? Tu n'as pas le droit de venir dans le potager.

— Je cueille de la lavande, cria de loin Hebe. Votre mère m'a permis.

— Alors, elle est rentrée, soupira Anna.

— Rentrée ? Elle n'était jamais partie.

— Votre père m'a dit qu'elle était perdue, ou quelque chose comme ça.

— Oh, non. Il a mal compris. Elle a été malade dans la nuit, c'est tout. Elle a réveillé toute la maison.

— Ah ! je comprends. »

Anna réfléchit un moment puis s'écria :

« Le vieux salaud ! Bon… laissons tomber l'essence. Je ne suis pas obligée de partir aujourd'hui. »

Elle tendit le bras, cueillit une figue à un figuier voisin et y planta ses dents blanches. Duff savait que sa mère avait l'intention de vendre toutes les figues, mais il craignit d'avoir l'air puéril s'il le faisait remarquer. Il prit un air dégagé, cueillit une figue à son tour, et lui demanda pourquoi Bruce était parti.

« Un appel, dit Anna d'un ton vague. *Vers d'autres prés, et de nouveaux pâtis.* »

D'autres *bois*, rectifia Duff qui avait hérité de son père la manie de la précision. Mais il était impressionné par la facilité avec laquelle Bruce avait l'air de s'être affranchi, personne ne l'en avait empêché, il était libre de tenter sa chance ailleurs. Il s'enhardit. Elle n'était pas le genre de femme qu'il désirait ; à certains égards, il la trouvait même repoussante, mais elle lui offrait une chose qu'il n'avait jamais connue et dont il était très curieux. S'il pouvait seulement s'en aller dès que ce serait terminé… En revenant dans la cour des écuries, il lui demanda si elle voulait qu'il rapportât ses bagages dans sa chambre.

« Où alliez-vous quand je vous ai croisé et détourné de votre chemin ? lui demanda Anna.

— J'allais écouter un disque sur mon gramophone.

— Où ça ? »

Elle regarda curieusement autour d'elle.

« Dans les écuries. Je… nous dormons là-haut », expliqua Duff.

Il hésita, puis ajouta d'un air dégagé. « Venez voir. »

Anna eut l'air d'hésiter et il lui montra l'échelle du grenier.

« Gerry n'approuverait pas, objecta-t-elle.

— Qu'il aille au diable, dit Duff. C'est en haut de l'échelle, la porte à droite.

— Montez devant, dit Anna. Quel séducteur !

— Ah oui ? dit Duff assez satisfait.

— Je suis sûre que Gerry ne laisserait jamais une femme le précéder sur une échelle. »

Duff n'avait jamais songé aux échelles sous ce jour, mais il trouva moyen de lui renvoyer la balle en remarquant que certaines femmes pourraient trouver vexant qu'on ne les y invite pas.

« Toutes les femmes, approuva Anna en riant. Mais Gerry ne le sait pas. Et vous ne devriez pas le savoir non plus, à votre âge. »

Ils grimpèrent l'échelle et il la fit entrer dans le grand grenier en désordre qu'il occupait avec Gerry et Robin. Elle regarda autour d'elle avec un petit sourire.

« C'est presque monastique, dit-elle.

— D'une austérité démente », renchérit Duff, puis il fronça les sourcils car il s'efforçait de ne plus employer ce qualificatif depuis que son père s'était moqué de lui.

Il se rappela que Gerry était avec Angie et que Robin était parti en bateau. Ce *tête-à-tête** pouvait se prolonger pendant des heures avant que personne ne vînt.

« Quel est ce livre ? demanda-t-elle en cueillant

un volume dans une caisse à côté d'un des lits. *Les Marches de l'Autel*[1] ! À Gerry, j'imagine.

— Oui, répondit Duff.

— Peut-on s'asseoir sur ces lits sans qu'ils se referment ?

— Oui. Il n'y a que le lit de Bruce qui fasse ça. »

Il s'interrompit, gêné. Anna s'assit sur le lit et ouvrit *Les Marches de l'Autel.* Une inscription sur la page de garde lui apprit que ce livre avait été donné à Duff par sa mère le 5 mars 1944.

« Quel menteur ! Pourquoi disiez-vous que c'était à Gerry ? Alors, vous avez fait votre première communion en 1944.

— Ma confirmation, dit Duff en rougissant.

— Votre confirmation ? Qu'est-ce qui se passe à la confirmation, rappelez-moi. Je croyais qu'ils réservaient ça aux femmes qui viennent d'accoucher.

— Non, ça, ce sont les relevailles. Pour la confirmation, l'évêque met sa main sur votre tête, et...

— Ah, oui, ça me revient. Si on a sa main droite, ça porte bonheur, si on a la gauche, ça porte malheur. Moi, j'ai eu la gauche. J'étais épouvantée.

— Quoi ? Vous avez été confirmée ?

1. Willliam Edward Scudamore, *Steps to the Altar : A Manual of Devotion for the Blessed Eucharist*, 1887.

— Bien sûr. Pourquoi pas ? Et vaccinée, et présentée à la cour. Mes parents ont mis le paquet pour mon éducation. J'avais un voile blanc, ça je me rappelle. Pourquoi pensiez-vous que je n'étais pas confirmée ? »

Duff ne sut que répondre et avait l'impression de faire piètre figure. Sa cote de séducteur devait être en baisse. Il lui lança un regard hésitant, se demandant ce que ferait un vrai séducteur. Mais il entendait au fond de lui une petite voix sèche lui chuchoter qu'un vrai séducteur ne perdrait pas cinq minutes de son temps avec Anna. Tandis qu'il hésitait, on entendit un pas sur l'échelle. Quelqu'un montait.

« Mettez un disque », lui souffla Anna.

Duff s'élança vers le gramophone et y mit le premier disque qui lui tomba sous la main. Mais l'appareil n'était pas remonté et il aurait fallu changer l'aiguille. Les pas sur l'échelle se rapprochaient. Puis ils tournèrent dans le couloir. Ils se dirigeaient vers le grenier de Bruce.

Duff actionna le disque. La symphonie de Mozart en sol mineur en jaillit, s'écoulant en une lamentation étouffée. Duff traversa la chambre et approcha son œil d'un petit trou dans la cloison.

« Qui est-ce ? murmura Anna, le son de sa voix recouvert par la musique.

— Nancibel.

— Qu'est-ce qu'elle fait là ? »

Il ne répondit pas. Nancibel était à genoux près du lit, la tête baissée, et il lui sembla qu'elle pleurait. Il se rappela les plaisanteries dans la cuisine à propos de Bruce et de Nancibel. Et il se dit que Bruce n'était peut-être pas parti si facilement ; qui sait s'il n'avait pas été obligé d'abandonner une chose précieuse. Peu après, il entendit Nancibel s'éloigner. Mais la musique continuait, tissant à vive allure sa toile de chagrin, aussi fine que celle d'une araignée, affûtée comme l'acier. Duff ne pouvait s'y arracher. Il se pencha sur le gramophone et se laissa emporter par le mélodieux courant.

Des grains de poussière dansaient dans les rais de soleil qui tombaient des étroites fenêtres. Le sourire énigmatique d'Anna se figea légèrement. Elle bâilla. Tapa du pied sur le plancher. Duff, près du gramophone, lui lança un regard de reproche, car le bruit le gênait.

Elle finit par se lever et s'en aller. Il n'essaya pas de la retenir. Elle pouvait attendre. Il était sûr qu'elle ne lui donnerait jamais autant de plaisir que la symphonie en sol mineur.

3. Une haie d'épines

Gerry et Evangeline étaient follement amoureux. Leur besoin d'affection et toutes les privations de leurs vies respectives s'étaient rejoints dans un torrent de joie mutuelle et de délivrance. Chacun aimait l'autre de tout son cœur, littéralement. Le bonheur les transformait. Les boutons de Gerry disparaissaient et Evangeline rayonnait d'un plaisir qui la rendait presque belle. Elle avait les joues roses, le regard pétillant, les cheveux brillants. Gerry l'assurait qu'elle s'était déjà un peu remplumée.

À y regarder de plus près, les obstacles qui leur avaient paru insurmontables au moment où ils avaient échangé leurs vœux sur les falaises de Rosigraille rapetissaient jusqu'à disparaître. Duff et Robin les soutenaient et l'opposition de Mrs Siddal, bien que tenace, s'était exprimée de façon si modérée qu'elle en devenait quantité négligeable. Quant au chanoine, le démon le plus redoutable, il semblait s'être retiré du combat. Ils avaient rassemblé leur courage pour aller l'affronter aussitôt après le petit déjeuner, mais il était enfermé dans sa chambre et ne voulut pas leur répondre. Il avait déposé au bureau, à l'adresse d'Evangeline, un mot clarifiant sa position.

> Je quitte cette maison samedi. Si tu veux venir avec moi, débarrasse-toi de ce garçon. Sinon, tu n'as qu'à rester. Qu'il t'entretienne et grand bien lui fasse. Épouse-le, s'il est assez fou pour le vouloir… Je vais changer mon testament. Tu devais hériter de tout puisque tu étais la seule de mes enfants qui le méritait. Mais plus maintenant. Pas un sou.

« Comment peut-il partir ? s'écria Evangeline après avoir lu la lettre. Qui conduira sa voiture ? Pas lui. On lui a retiré son permis.

— Qu'il se débrouille, dit gaiement Gerry. Voilà qui est inattendu ! En somme c'est son consentement, et sans esclandre ! »

Le cœur considérablement allégé, ils partirent pour les falaises de Rosigraille afin d'y revivre les douces émotions de la veille.

Mais ils se mirent bientôt à parler de l'avenir plus que du présent. Evangeline se montrait énergique et pratique. Ils ne pourraient pas se marier avant plusieurs mois, dit-elle, et il était hors de question qu'elle se laisse entretenir par

Gerry en attendant. Elle allait travailler. Elle avait déjà discuté de ce problème avec Mrs Paley qui lui avait indiqué une bonne agence de placement à Londres.

« Je ne peux pas rester plus tard que samedi, décida-t-elle. Cela déplairait à ta mère. Mrs Paley me prêtera de l'argent. J'irai à Londres et je me ferai embaucher comme cuisinière. Je vendrai le diamant de ma bague. J'en retirerai de quoi vivre jusqu'à ce que j'aie trouvé du travail et de quoi rembourser Mrs Paley.

— Tu sais faire la cuisine ? demanda Gerry, étonné.

— Oh, oui, je suis très bonne cuisinière. Meilleure que… »

Meilleure que ta mère, allait-elle dire. Mais elle se reprit et termina :

« Meilleure que tu ne crois.

— Alors je me demande pourquoi tu ne t'es pas enfuie plus tôt. Oh, c'est vrai… la promesse à ta mère. J'avais oublié. »

Gerry demeura rêveur un instant, puis dit :

« Mais au fait, cette promesse à ta mère ? »

Evangeline trouva la question dépourvue de tact. Elle répondit vivement :

« Je ne l'ai pas abandonné. C'est lui qui ne veut plus me garder.

— C'est vrai. Mais tu m'aurais épousé et tu l'aurais quitté quoi qu'il ait pu dire, n'est-ce pas ?

— Bien sûr que oui.

— Est-ce que ce n'est pas un peu inconséquent de ta part ?

— Non ! » répondit fermement Evangeline.

Il aurait dû voir le panneau « Danger », mais il connaissait très peu les femmes. Il insista :

« Hier tu disais que tu ne pouvais pas te marier. Aujourd'hui tu dis que tu peux.

— Je n'ai jamais dit que je ne pouvais pas me marier.

— Tu disais que tu ne pouvais pas quitter ton père. Il s'ensuivait que tu ne pouvais pas te marier.

— Je ne comprends pas. C'est toi qui es inconséquent. Hier soir, tu me suppliais de t'épouser. Aujourd'hui, tu veux m'en dissuader.

— Moi ? T'en dissuader ? Enfin, Angie !

— Tu dis que ce sera de l'inconséquence si je le fais. Tu veux prouver que j'aurais tort. Alors évidemment, si tu penses que j'aurais tort de t'épouser, il vaut mieux…

— Mais non ! Mais non ! Mais non ! Ce que je dis, c'est que tu avais tort avant. Je trouve que tu n'aurais pas dû faire cette promesse.

— Ah, je vois. Il faut donc que tu me donnes tort à un moment ou à un autre.

— Angie, mon amour, ne te fâche pas comme ça.

— Pourquoi tiens-tu tant à ce que je reconnaisse mon tort ? Je ne te demande pas, moi, de reconnaître que tu as eu tort quand tu as changé d'avis sur la question de savoir si tu pouvais te marier ou non.

— Mais j'ai eu tort, dit Gerry. Pas en changeant d'avis. Avant. Je le vois bien maintenant. Presque tous mes problèmes venaient de moi. Je me plaisais à jouer les martyrs. Duff et Robin ont été très chics... Ils auraient été chics plus tôt s'ils en avaient eu l'occasion. Mais je ne la leur ai jamais donnée. Je préférais me sacrifier et rester digne.

— Les chrétiens doivent se sacrifier, dit fièrement Evangeline.

— Oui. Mais ce n'est pas une raison pour encourager les gens à mal se conduire afin de garder le rôle de la noble victime. Ça n'est pas leur rendre le bien pour le mal. Ça revient plutôt à les pousser en enfer.

— Je ne vois pas à quoi cela t'avance de répéter partout que tu as eu tort. Nous avons assez de difficultés devant nous sans nous tourmenter pour ça.

— Je ne me tourmente pas. Oh ! chérie. Ne nous disputons pas. »

Il avait l'air si malheureux qu'elle s'adoucit et lui sourit. Ils parlèrent d'autre chose. Mais son bonheur n'était pas tout à fait intact, car il se rendait compte qu'il y avait des choses qu'elle ne comprendrait jamais. C'est une femme, se dit-il ; et les femmes sont étrangement bornées.

Aussi fut-il très étonné lorsqu'elle dit soudain, tandis qu'ils revenaient vers Pendizack :

« Bien sûr que j'avais tort. »

Il parlait du Kenya et il ne comprit pas tout de suite à quoi elle faisait allusion.

« Ma promesse à ma mère était de la folie. Je n'aurais pas dû la faire, ou bien je n'aurais pas dû la tenir. Je suis restée avec mon père par... par lâcheté et pessimisme... par une espèce de maladie... j'étais animée des pires intentions. J'étais horrible.

— Alors pourquoi as-tu été si agacée quand je...

— Je ne voyais pas la nécessité d'en parler.

— Je voulais savoir ce que tu pensais, expliqua-t-il. Tu ne trouves pas que c'est bien de tout savoir l'un de l'autre ?

— Pas du tout. Si tu savais tout de moi, tu ne voudrais pas m'épouser. »

Gerry protesta avec véhémence. Cette confession avait dissipé les ombres de son cœur.

« Chaque chose nouvelle que je découvre en toi, lui affirma-t-il, te rend plus charmante et plus aimable. »

Evangeline sourit. Mais elle décida de taire l'existence du verre pilé dans la boîte à pilules, estimant avec raison que Gerry ne trouverait cela ni charmant ni aimable. Quoi qu'elle eût pu être par le passé, elle savait qu'elle était à présent une femme bien, la femme qu'il lui fallait.

« Alors nous nous dirons toujours tout, décida l'heureux Gerry.

— Gerry chéri ! Je t'aime.

— Si seulement ma mère pouvait s'y faire !

— Allons la trouver, proposa Angie, et voyons si on peut l'aider. »

Ils rentrèrent allégrement à l'hôtel et trouvèrent, dans la cuisine, Miss Ellis, Nancibel et Fred autour de Mrs Siddal étendue par terre, les yeux fermés, le visage couleur de cendre.

« Dans les pommes, expliqua Miss Ellis.

— Elle est tombée comme un sac de charbon, dit Fred. J'étais dans l'office et j'ai bien entendu un drôle de bruit, mais je n'ai pas eu l'idée d'aller voir. Ça ressemblait plutôt au bruit d'un sac de charbon.

— Elle était couchée là quand je suis entrée, dit Nancibel qui aspergeait d'eau le visage de Mrs Siddal. Je ne sais pas depuis combien de temps. Pourquoi des sacs de charbon se mettraient-ils à tomber ? Tu aurais dû venir voir, Fred.

— Ça doit être le cœur, dit Miss Ellis. Ça ne m'étonne pas. Je lui ai toujours trouvé mauvaise mine. »

Mrs Siddal ouvrit les yeux et les regarda tous d'un air hostile.

« Je me suis évanouie », déclara-t-elle avec un certain triomphe.

Tandis qu'on lui donnait des remontants, elle réfléchit à l'incident avec satisfaction. Car il était la preuve que les fiançailles de Gerry étaient vraiment la goutte qui faisait déborder le vase. Ça l'avait brisée, achevée, si bien que, tout à coup, alors qu'elle roulait une pâte, le sol était venu à sa rencontre.

« Je vais me coucher, dit-elle.

— Et tu resteras au lit toute la journée, dit Gerry qui lui prenait le pouls.

— Il n'y aura ni déjeuner, ni thé, ni dîner, continua-t-elle. Personne n'aura rien à manger. Qu'est-ce que vous allez tous devenir, je n'en sais rien. Vous pourriez demander à Miss Wraxton de vous faire la cuisine. »

Elle avait voulu semer la panique et la consternation. Ainsi, ils mesureraient, songeait-elle, à quel point ils avaient besoin d'elle. Mais Gerry ne parut pas comprendre. Il hochait la tête d'un air rassurant.

« Mais oui, dit-il. Angie fera la cuisine.

— Je lui montrerai où sont rangés les ustensiles », proposa Nancibel.

Gerry passa un bras derrière les épaules de sa mère et l'aida à se relever en lui recommandant de ne pas s'inquiéter.

« Je ne m'inquiète pas, déclara-t-elle froidement. Je me suis assez inquiétée comme ça. J'ai décidé de ne plus m'en faire. Au tour des autres, maintenant.

— Bravo, dit cordialement Gerry. Si ça pouvait être vrai ! »

Il la conduisit à sa chambre. Elle s'assit sur son lit et vida son sac :

« Je vais abandonner cet hôtel. C'est trop lourd pour moi. Je ne peux pas continuer. Je le faisais pour Duff et Robin. Mais je ne peux pas subvenir toute seule à leur éducation. Alors, si tu tiens à te marier, ce n'est pas la peine que je continue. À les entendre, ça leur irait très bien de se débrouiller sans toi. Mais ils n'imaginent pas le faire sans moi... ils croient que je vais continuer à travailler pour eux. Eh bien, c'est fini. Quelqu'un va devoir nous entretenir, votre père et moi. Je vous ai tous entretenus assez longtemps.

— Tu vas bien te reposer, lui affirma Gerry, et ça ira beaucoup mieux. Angie restera autant que tu voudras et elle se chargera de la cuisine. Et je suis sûr que Mrs Paley voudra bien donner un coup de main, et les garçons aussi. On s'en sortira très bien. »

Elle ne répondit rien et se mit au lit, bien décidée à y rester jusqu'à ce qu'ils aient compris la leçon.

4. Miss Ellis à Miss Hill

… Encore quatre jours de passés, Gertie, et je n'ai toujours pas fini cette lettre, mais il faut que je l'envoie en vitesse maintenant parce que j'ai décidé de partir d'ici le plus tôt possible. Je ficherais le camp aujourd'hui si je savais où aller ; il n'y a que chez ma sœur et je n'y tiens pas, si je peux trouver autre chose. Elle n'arrête pas de m'écrire, elle veut se faire pardonner, paraît-il. Et elle m'invite à prendre des vacances à Frinton ! Je m'y vois, à faire la vaisselle pour tout le monde, probablement.

Gertie, j'ai trouvé une lettre. On l'avait jetée dans la chaudière mais elle n'avait pas brûlé. Ça m'a retourné les sangs et puis j'ai réfléchi. C'était quelqu'un d'officiel qui écrivait pour dire que cette maison n'était pas sûre parce que la falaise peut s'écrouler d'un moment à l'autre surtout si l'été est sec. Eh bien, il est sec. Ça m'a tellement remuée que je suis montée faire mes bagages. Puis, j'ai réfléchi, et je me suis dit qu'il ne faut pas croire ce que dit le gouvernement, toujours à se mêler de tout, si bien qu'on ne peut même pas construire un abri à bicyclettes sans autorisation. Et si c'était vrai, les Siddal feraient quelque chose. Elle ne laisserait pas ses petits garçons chéris dans une maison où il y a danger.

N'empêche qu'on rirait bien. Il faut s'imaginer tous ces gens qui paient six guinées par semaine pour qu'un beau jour la moitié des Cornouailles leur tombe sur le crâne ! Si les pensionnaires avaient eu cette lettre entre les mains, un certain nombre de chambres se seraient libérées, je parie. Pour un peu je leur dirais, rien que pour voir leur tête. Mais il y a des gens drôles, parce que je l'ai justement glissé à une femme qui est ici avec tout son petit monde – 4 enfants –, ils occupent les meilleures chambres. J'aurais cru que c'était le genre à ne pas rester une seconde de plus, après avoir entendu ça. Mais non ! Tout ce qu'elle m'a demandé, c'est de ne pas le rapporter à son mari. Et pas que demandé, d'ailleurs. Elle m'a donné une paire de bas. Parce qu'elle craignait que son mari s'affole et les emmène tous d'ici, ce qui l'obligerait à quitter son lit, et ça elle ne veut pas, à cause d'une curieuse histoire avec la police. À croire qu'elle est persuadée que rien de mauvais ne peut lui arriver, pas à elle ! Bon, je lui ai dit, c'est votre affaire, pas la mienne. Moi, je m'en vais. Je trouvais que c'était mon devoir de la prévenir, voilà tout.

J'écris lettre sur lettre pour trouver une place, mais ça ne donne rien. J'ai lu dans un journal, il y a peut-être six mois, qu'on manquait de gardiennes dans les prisons. Alors j'ai écrit. Ce n'est pas très bien payé, mais ça ne me déplairait pas. Au moins, là, c'est moi qui malmènerais les autres, et pas le contraire. Mais, tu me croiras si tu veux, ils m'ont envoyé une feuille à remplir et une chose qui est exigée, c'est que j'aie passé mon brevet. Vrai ! Il faudra m'expliquer pourquoi on a besoin de son brevet pour un boulot de ce genre.

Tout n'est que misère en ce monde, Gertie, voilà ce que j'en suis venue à me dire. Je me fiche pas mal que cette maison s'écroule une fois que j'en serai sortie, même si à mon avis c'est encore le gouvernement qui fait des histoires. Je t'enverrai ma prochaine adresse dès que j'en aurai une…

5. Banquet

Les plans pour le Festin mûrissaient rapidement sous le patronage tardif mais ardent de Hebe. Son idée de bal costumé, d'abord repoussée par Mrs Paley et Angie, fut accueillie par les Cove avec tant d'enthousiasme que les grandes personnes n'eurent qu'à s'incliner. Elle avait aussi prêté sa boîte de peinture et son encre de Chine aux trois sœurs en leur donnant de nombreux conseils quant à la rédaction et la décoration des cartons d'invitation. Elle imagina un costume pour chacun et fut très contrariée d'apprendre que Nancibel et Fred avaient l'intention de se déguiser en Carmen et en toréador, car elle avait projeté de faire incarner à tous les adultes des personnages d'Edward Lear. Elle établit un programme dont un exemplaire devait être remis à chacun en même temps que l'invitation. Et elle fonda une nouvelle société.

Pendant le dîner, elle informa Sir Henry

qu'il aurait à se déguiser en Mon Vieil Oncle Arly[1].

« Je fabriquerai un grillon qu'on te collera sur le nez, dit-elle. Et un billet de train que tu mettras dans ton chapeau. Il faudrait que tes chaussures soient trop petites ; ça revient à la fin de chaque strophe : *Et ses chaussures étaient bien trop petites.* Mais tant pis. Ça te gênerait pour grimper sur la falaise. Tu n'auras qu'à faire comme si elles te serraient. Boiter un peu.

— Mais de quoi parles-tu ? gémit Sir Henry. Qui est Oncle Arly ?

— Un personnage de Lear. Tout le monde devra faire un personnage de Lear. Toutes les grandes personnes. Mrs Paley sera Quangle Wangle. Angie lui a fait un chapeau magnifique, énorme, avec un tas de petits animaux qui dansent dessus. Personne ne sait comment était Quangle Wangle pour le reste parce que, sur l'image, on ne voit que son chapeau. Mais on s'est dit qu'il devait être maigre et vert, alors elle mettra un vieil imperméable de Duff. Gerry et Angie seront Mr et Mrs Discobbolos, et Duff le Pobble qui n'a pas d'orteils. Robin s'est fabriqué un très beau nez avec une lampe de poche dedans. Ce sera le Dong au Nez Lumineux[2]. »

1. D'après le poème *Incidents in the Life of My Uncle Arly* d'Edward Lear (*Nonsense Songs and Stories*, 1871).

2. Tous les poèmes cités (*The Quangle Wangle's Hat, Mr and Mrs Discobbolos, The Pobble Who Has No Toes* et *The Dong With a Luminous*

Sir Henry apprit tout cela sans aucun enthousiasme. Il avait entendu les enfants parler du Festin à chaque repas, mais il était si accaparé par ses propres soucis qu'il n'y avait guère prêté attention et n'avait pas compris que sa présence serait requise. Il trouvait suffisant d'avoir généreusement contribué aux dépenses.

Il n'était pas le seul de cet avis et beaucoup des hôtes de Pendizack regrettaient à présent d'avoir promis leur concours. Ils avaient donné de l'argent et des tickets de bonbons en imaginant que ça ne concernait que les enfants. Fred et Nancibel pouvaient en faire partie, car on a tendance à prêter aux classes inférieures un caractère enfantin, mais aucun des mécènes du Festin n'avait l'intention de rester assis dans l'herbe humide à boire de la limonade une partie de la nuit.

Mrs Paley avait été la première adepte. Elle avait compris qu'elle devait assister au Festin, qu'un soutien financier ne suffisait pas. Elle était décidée à payer de sa personne. Car toute l'affaire était destinée à faire plaisir aux Cove et elles désiraient des invités beaucoup plus que des tickets de bonbons. Refuser leur invitation eût été cruel et impoli. C'est ce qu'elle déclara à Gerry et Angie, qui avaient espéré s'esquiver.

Nose) font partie du recueil *Laughable Lyrics, Fourth Book of Nonsense Poems* d'Edward Lear (1877).

C'est aussi ce qu'elle dit à Duff, qui refusait catégoriquement de se déguiser en Pobble. Elle les convainquit tous de venir, et les petites Gifford essayaient de convaincre de même Sir Henry.

« Mais il faut venir, clamait Hebe. Tout le monde doit venir.

— Tu ne comprends pas, dit Caroline.

— Qu'est-ce que je ne comprends pas ? »

Caroline regarda vers la table où la famille Cove mangeait ses pruneaux en silence. Elle se pencha vers son père et lui dit tout bas :

« C'est une fête de pardon. Pour montrer qu'on n'est pas fâchés avec les Cove malgré ce qui est arrivé avant-hier. Hebe essaie de réparer ce qu'elle a fait. »

Sir Henry n'entendit pas très bien et le souffle de la petite fille lui chatouillait l'oreille, mais il saisit l'idée générale et l'approuva.

« Entendu, dit-il. Je ne promets pas de rester très longtemps. Mais je viendrai un moment. Est-ce que ces insignes que vous portez ont quelque chose à voir là-dedans ? »

Tous les Gifford portaient des broches composées d'une épingle de nourrice, d'un brin de lavande et d'un disque de papier marqué des initiales C.C. Et il se rappela que le mystérieux symbole ornait le revers de la veste blanche de Fred.

Il y eut un silence et les jumeaux rirent sous cape.

« C'est une société, dit Michael.

— Encore ! »

Les Nobles Spartiates avaient été dissous de force après la catastrophe du Rocher de la Mort.

« Tu peux en faire partie si tu veux, dit Hebe. Fred, Nancibel et Robin ont adhéré. L'emblème est un brin de lavande. Et tu approuverais sûrement le but. Mais on ne peut pas t'en parler maintenant. »

Elle roula les yeux dans la direction des Cove.

« Tous ceux qui sont pour la libération des opprimés peuvent adhérer », ajouta-t-elle.

Caroline chuchota :

« C.C. veut dire *Cave Cove*[1].

— *Ca-vé*, corrigea Sir Henry. C'est du latin. Deux syllabes.

— Mais ça ne marche plus, objecta Hebe. À moins qu'on prononce aussi Cové. »

Elle murmura « cavé cové », mais cela lui déplut et elle décida :

« On prononce *cave.* »

Il sourit devant son air dictatorial, puis se rembrunit. Le caractère de Hebe commençait à le préoccuper sérieusement. Il se disait qu'elle pourrait bien causer nombre d'ennuis à autrui et à elle-même. Elle avait besoin d'être habilement recadrée. Et qui saurait s'en charger ? Eirene, à

1. *Cave* signifie à la fois « grotte » en anglais et « attention » en latin.

qui il devrait vraisemblablement la laisser si la famille devait voler en éclats ?

Pourquoi ces enfants seraient-ils obligés de vivre avec Eirene alors que lui-même en était incapable ? Cette question l'avait hanté toute la journée, entre ses réflexions moroses sur l'évaporation du prêt américain et sa lecture, dans quatre journaux différents, de la transcription de l'allocution diffusée la veille à la radio. Aucune de ces préoccupations n'allégeait l'autre. Un crédit de dollars n'aurait pas résolu ses problèmes domestiques. Et, après avoir lu pour la quatrième fois l'adjuration de se fortifier et d'avoir bon courage, il était tenté de s'enfuir avec Eirene à Guernesey.

Il n'avait pas eu l'occasion de discuter des nouvelles politiques avec qui que ce soit, mais en entrant dans le salon après le dîner, il y fut accueilli par une conversation animée, à laquelle même Mr Paley et Mrs Cove prenaient part. Sa femme, qui s'ennuyait dans son lit, était descendue, vêtue d'une jolie robe de chambre, pour gémir sur le sort de son pays. Miss Ellis occupait son canapé habituel. Mr Siddal était sorti de son placard à chaussures. Seules Mrs Paley et Miss Wraxton étaient absentes, occupées à la cuisine.

On s'adonnait à une lamentation indignée. Tout le monde paraissait en colère. On disait beaucoup de choses que Sir Henry avait lui-même pensées au cours de la journée, mais avec lesquelles il commençait à ne plus se sentir d'accord. Car c'était un libéral, de ces libéraux dont le teint vire au rose dans un environnement bleu et au lilas aussitôt qu'il est question de Moscou.

Dans le salon de Pendizack il avait tendance à rosir.

Il s'assit à côté de Miss Ellis qui paraissait plus apaisée que d'ordinaire, comme si elle, et elle seule, voyait quelque chose de plaisant dans les nouvelles. Elle dit avec une espèce de plaisir réprimé :

« Maintenant il va falloir qu'ils se privent !

— Qui ? demanda-t-il.

— Tout le monde, dit Miss Ellis.

— Et vous avec, lui lança Mrs Cove qui l'avait entendue.

— Oh, moi, je me suis toujours privée, répondit Miss Ellis.

— Attendez-vous à pire, prédit Mrs Cove.

— J'ai particulièrement apprécié, dit Siddal, le passage sur nos vacances au soleil.

— Peut-être qu'enfin… *enfin…* soupira Lady Gifford.

— Aucune chance, gémit Mr Paley. Ils n'ont jamais perdu une seule élection partielle.

— Comment auraient-ils pu ? demanda Mrs Cove. La plupart des électeurs appartiennent à la soi-disant classe ouvrière, à qui ils font cadeau de notre argent. Ils resteront au pouvoir jusqu'à ce que tout soit dépensé en bas, en permanentes, en pêches et en ananas. Et quand il ne restera plus rien, ça n'aura plus d'importance que ce soit un parti ou un autre qui gouverne.

— Ce pays mourra de faim, tonna le chanoine, et ce sera bien mérité. »

Il y eut un murmure d'approbation générale. Sir Henry se sentait pencher vers la gauche.

« Pourquoi ? demanda-t-il. Qu'a donc fait ce pays de si répréhensible ? »

Pendant quelques secondes, tout le monde regarda le renégat avec stupéfaction.

« Ce gouvernement… commença Eirene.

— Oui, je sais. La plupart d'entre nous n'aiment pas ce gouvernement. Mais en quoi ce pays est-il si coupable ? Car il faut être très coupable, pour mériter de mourir de faim. Mrs Lechene… je vous ai entendue dire que vous étiez socialiste. Vous trouvez que ce pays mérite de mourir de faim ?

— Il ne s'agit pas du gouvernement, dit Anna d'un ton pas très assuré. N'importe quel autre gouvernement ferait la même chose. Il s'agit de la lutte des classes. Tout ce pays est dévoré d'amertume, de dépit, d'intolérance et d'animosité… un nouveau genre de puritanisme…

— Est-ce que vous ne faites pas un usage un peu inexact de ce mot ? interrompit Mr Siddal. Je croyais que nous nous étions débarrassés des puritains en 1660 ?

— Oh, je ne parle pas de ces types à drôles de

chapeaux, comme ce vieux débris de Hawkins, dit Anna qui parlait avec plus d'ardeur. Je parle des gens qui ne peuvent pas vivre et laisser vivre les autres, mais prennent plaisir à nous enquiquiner sous prétexte que c'est pour notre bien. Ils s'imaginent que la sainteté de leur cause leur donne le droit divin de commander tout le monde. Et ce sont eux qui dirigent le monde à présent. Tous les politiciens parlent comme s'ils étaient les préfets de police du Bon Dieu. Écoutez-les citer la Bible. Regardez-les insulter quiconque n'est pas de leur avis ! Pour moi, je regrette que nous ayons cessé d'être des singes. Ils n'ont pas ces idéologies sacrées, eux. Ils ne se battent que pour des noix ou quand ils sont en rut.

— Et vous pensez vraiment, madame, que vous avez cessé d'être un singe ? hurla le chanoine. Je me permets d'en douter.

— Vous demandez ce qu'a ce pays ? s'écria Mr Paley. Je vais vous le dire, moi, ce qu'il a, et pas seulement ce pays, mais le monde civilisé tout entier : il est pourri, détruit par cet ignoble cri d'égalité. Égalité ! Comme si ça existait. Ce n'est qu'une éruption de haine des inférieurs envers leurs supérieurs.

— Les singes ne prétendent pas que leurs idées sont celles de Dieu…

— Dieu, clama le chanoine, n'a qu'une seule idée.

— Laquelle ? demanda Mr Siddal.

— Il est bien limité. Nous en avons beaucoup plus ! cria Anna.

— … Nous avons courtisé, flatté, gâté les masses inférieures, gronda Mr Paley, jusqu'à ce qu'elles se croient les égales de ceux qui valent mieux qu'elles. Nous leur avons enseigné qu'elles étaient nées égales en droits… »

Miss Ellis l'interrompit avec rage :

« "Qui valent mieux qu'elles" ? Qui ça, Mr Paley ? Les riches ? Pourquoi est-ce qu'ils vaudraient mieux que les autres ? En quoi est-ce qu'ils sont différents ? Est-ce qu'une grosse voiture et un manteau de vison… ?

— … Si les gens de ce pays ignorent quel était le dessein de Dieu en créant l'humanité, Dieu les abandonnera…

— … Nous avons laissé croire à n'importe quel gamin des rues qu'il avait fait quelque chose de méritoire rien qu'en se donnant la peine de naître. Quelles que soient son incompétence, sa paresse et sa bêtise, il croit avoir droit à une part égale des biens de ce pays, un droit égal à son respect et une voix égale dans son destin. Absurdité néfaste ! Dans une société juste, il recevrait exactement ce qu'il mérite. Pas davantage.

— … Ce pays va à l'abîme. Ne nous y trompons pas ! Nous retombons rapidement au niveau du singe…

— Mais qui voudrait d'une société juste ?

protesta Mr Siddal. Personne, j'en suis persuadé. Quelle horreur ! Imaginez seulement ce que ce serait d'être obligé de reconnaître que tous les types qui sont aux commandes méritent leur place ! Comme ils feraient les fiers ! Et quelle humiliation pour les autres…

— … Mrs Cove accuse les pauvres de vouloir des bas et des ananas. Si les riches ne s'offraient pas des luxes de ce genre, ils ne…

— … Il y a beaucoup trop de gens de votre avis, hélas, Mrs Lechene. Voilà pourquoi ce pays disparaîtra.

— Nous disparaîtrons tous, de toute façon, chanoine Wraxton. Dans une guerre sainte entre la démocratie et le communisme.

— Non, non, Paley ! Laissez-nous au moins le plaisir de pouvoir critiquer ceux qui sont au-dessus de nous ! Je n'ai connu qu'un duc dans ma vie, mais j'ai éprouvé une grande satisfaction à constater que c'était un idiot, et à penser que je ferais un bien meilleur duc que lui…

— Et qu'est-ce que vous avez à reprocher aux bas et aux ananas, Miss Ellis ?

— Si les riches n'en avaient pas, Lady Gifford, les pauvres n'en voudraient même pas. Ce sont les riches qui donnent l'exemple…

— … La juste rétribution d'un monde sans Dieu. Pour ma part, je suis d'avis de traiter comme des singes les gens qui admirent les singes.

— … pas de pitié pour la pauvre vanité humaine. Dans une société juste, ceux qui seraient au bas de l'échelle n'auraient même plus le droit de s'estimer. Ils seraient obligés de reconnaître qu'ils sont là parce qu'ils ne valent rien.

— Ils l'ont reconnu pendant des siècles, Siddal. Avant l'avènement de toutes ces sottises…

— Je ne demanderais pas mieux, chanoine Wraxton. Nous traitons les singes très gentiment. Nous leur donnons des noix et nous ne leur faisons jamais de sermons. Je souhaiterais que nous soyons aussi bons les uns envers les autres.

— Nous exterminons tout animal devenu nuisible.

— Exterminer ! Un grand mot chez les saints dictateurs. C'était encore acceptable quand toute cette affaire restait entre vous, les ecclésiastiques. Vous avez toujours adoré voir vos semblables finir au bûcher. Mais le reste d'entre nous savait, autrefois, que ce n'est pas poli de perdre son sang-froid et de se mettre à exterminer tous ceux dont l'opinion diverge de la nôtre…

— Les voies du Seigneur sont impénétrables…

— … croit que personne n'a le droit de lui donner d'ordres, de vivre mieux que lui, de comprendre ce qu'il est incapable de comprendre, ou de travailler davantage…

— … la somme en est grande ! Tous les principes vont à vau-l'eau. La décadence morale est universelle. Les enfants n'obéissent plus à leurs parents. On ne respecte plus le jour du Seigneur. La chasteté est devenue un sujet de plaisanterie. Les églises sont vides…

— … jusqu'à ce que tout le pays soit ramené au bas de l'échelle. Et aucun pays ne survit, au bas de l'échelle.

— Si les églises sont vides, c'est parce que les religieux se sont tous exterminés entre eux… »

Le tapage était effrayant. Cela rappelait à Sir Henry les tirs de barrage de Londres. Le chanoine disposait de la plus grosse artillerie, mais les grondements d'Anna Lechene étaient fort impressionnants et les protestations de Miss Ellis éclataient sur un ton de plus en plus aigu comme une série de fusées. Le monologue impassible de Mr Paley se poursuivait impitoyablement. Mr Siddal aboyait de façon intermittente. La voix de Lady Gifford devenait perceptible pendant les rares pauses, mais elle parlait avec véhémence depuis plusieurs minutes et elle finit par se faire entendre en se levant de son fauteuil, ce qui obligea tous les hommes à se taire et à se lever également.

« L'argent, disait-elle, est la racine de tout le mal. Toujours. Maintenant, il faut que j'aille me coucher. Quel dommage ! Mais les ordres de mon médecin sont formels. Et vraiment, vous savez, si chacun pensait moins à l'argent, tout serait beaucoup plus simple. On croit qu'on serait plus heureux si on en avait davantage. Mais ce n'est pas vrai. Les gens les plus heureux sont souvent les plus pauvres. Vous ne connaissez pas l'histoire du roi qui…

— Si ! crièrent-ils tous. Si ! »

Car personne n'avait envie d'entendre une fois de plus l'éternelle légende de l'homme heureux qui n'avait pas de chemise.

« Essayez donc d'être heureuse en vous passant de dîner ! » cria Miss Ellis.

Eirene leva les sourcils et répondit avec calme et dignité :

« Personne ne peut être heureux s'il a faim, c'est évident. Dans un bon pays, les pauvres ont assez à manger, tandis que dans un pays misérable comme celui-ci, même les riches doivent se priver. Nous ne voulons de l'argent que pour acheter des choses. L'argent ne se mange pas. Mais les gens s'imaginent qu'ils en ont besoin et réclament des salaires de plus en plus élevés. Alors, tout devient si cher qu'ils peuvent acheter encore moins de choses. Plus les salaires sont hauts, plus tout le monde est misérable. Voilà ce que c'est, de trop aimer l'argent. Bonne nuit ! Henry, mon cher… veux-tu me donner ton bras pour monter ? »

Comme la porte se refermait derrière les Gifford, Miss Ellis lança une nouvelle fusée :

« Je ne peux pas le croire ! Elle devrait vivre de

l'allocation de chômage. Elle verrait si l'argent a de l'importance.

— Elle a tout de même dit une chose juste, remarqua Anna. Les gens s'attachent plus à la somme d'argent qu'à la valeur qu'elle représente. »

Mrs Cove, qui n'avait guère participé au tir de barrage, leva les yeux de son tricot et dit avec un reniflement dégoûté :

« Ce n'est pas de l'argent que les gens veulent de nos jours. On n'en serait pas là sans ça. Tout ce qu'ils veulent, c'est travailler de moins en moins. Ils ne répondent qu'à l'appel de la faim. Dès qu'ils ont le ventre plein, ils se reposent. Ils ne veulent faire aucun effort. Vous verrez… Vous verrez ce qui se passera quand tout notre argent aura filé. Les écoles seront les premières à disparaître. Depuis des années, ils font instruire leurs enfants à nos frais. Le jour où il faudra qu'ils paient eux-mêmes, ils ne crieront plus si fort qu'ils veulent de l'instruction. Regardez tout ce gaspillage, ces excès ! À mon avis, la ruine de ce pays c'est la paresse. Les gens détestent travailler. Ils considèrent ça comme une punition. »

Elle renifla de nouveau et souleva deux chaussettes grises pour comparer leur longueur.

Il n'y eut personne pour lui répondre. Mr Paley, un peu honteux peut-être de sa propre volubilité, s'était retiré derrière un journal. Anna et le chanoine s'étaient tous deux usé la voix.

Le seul commentaire fut proféré par Miss Ellis qui s'écria qu'elle n'avait jamais, de sa vie, été insultée de la sorte.

« Par qui ? demanda Mr Siddal.

— Par un tas de gens. Je ne dois pas demander qu'on augmente mon salaire, c'est mal. Je ne dois pas demander qu'on réduise mes heures de travail, c'est mal. Je ne dois pas m'imaginer que je suis née avec des droits, c'est mal. Je ne dois pas réclamer, c'est mal. S'il y avait plus de gens comme moi, il y en aurait moins comme vous, Mrs Cove.

— Ce serait bien dommage », répondit Mrs Cove.

Miss Ellis se leva en grommelant et quitta la pièce au moment même où Mr Siddal se carrait devant la cheminée en s'éclaircissant la gorge.

« Ah ! non, ne commence pas ! s'écria Anna.

— Et pourquoi, s'il te plaît ? demanda Mr Siddal. Vous avez tous exposé les maux de ce monde. Pourquoi ne serait-ce pas mon tour ?... »

Il s'interrompit et traversa la pièce pour regarder par la fenêtre.

« J'ai cru entendre tomber quelque chose, expliqua-t-il. Une fausse alerte. Je ne vois rien. Je pensais que l'esprit malin de Pendizack avait encore frappé. »

Et il reprit sa place devant la cheminée.

« Quel esprit malin ? demanda Anna.

— Tu ne savais pas qu'il y en avait un ? Il

lance des choses la nuit par les fenêtres des mansardes… de petits objets précieux… »

Mrs Cove se redressa brusquement et le regarda.

« Nous avons, ce soir, entendu accuser différentes catégories de gens de la triste situation où nous sommes, reprit-il. Les envieux… les luxurieux… les paresseux, les intolérants, etc. Comment, Mrs Cove, vous nous quittez ? »

Mrs Cove rangeait son tricot dans un sac. Elle dit sèchement bonsoir et sortit en hâte.

« Ce que tu peux être méchant, Dick ! lui reprocha Anna. Est-ce vraiment ses filles qui lui ont joué des tours avec sa pierre à savon ?

— Je les en soupçonne fortement.

— Elle va les écorcher vives !

— Oh ! non. Si elle fait ça, la femme de Paley et la fille de Wraxton, sans parler de Nancibel, Robin et Hebe, l'écorcheront vive à leur tour. Les petites Cove peuvent se défendre. Les petites Cove sont très puissantes ! Elles mettent toute la maison dans leur poche. Elles sont les humbles qui hériteront de la terre et elles festoieront sur nos tombes. Mais, comme je suis gentleman, je suis un peu attendri, au fond, par la pauvre Mrs Cove, ce gladiateur à l'agonie. Moi, je ne crois pas qu'aucune catégorie d'individus soit particulièrement responsable de ce monde qui s'effondre. S'il n'y avait pas quelque tare en chacun de nous, on pourrait s'arranger de n'importe quelle catégorie, si dangereuse fût-elle. Mais on ne peut pas parce que personne n'est assez reconnaissant. L'ingratitude ! Voilà le vice de tous. Et cela ne tient-il pas à ce que tout homme a une idée complètement fausse de ce qu'il est ? Il se considère comme une unité indépendante et se suffisant à elle-même, comme un État souverain. Et dans ses rapports avec les autres, il croit négocier avec d'autres États souverains. Rien d'étonnant si les négociations sont rompues. Car, par lui-même, il n'est rien. Absolument rien. Tout ce qu'il est, tout ce qu'il possède, il le doit aux autres. Il n'a rien qui soit vraiment à lui.

— Il a une âme immortelle, déclara le chanoine.

— Qu'il n'a pas faite lui-même. Il n'est qu'une créature qui a la prétention de négocier sur un pied d'égalité avec son Créateur. S'il pouvait jamais mesurer pleinement ce qu'il doit aux autres, il serait si pénétré d'humilité et de reconnaissance qu'il s'empresserait de payer ses dettes, plutôt que de réclamer son dû. Il serait l'être le plus doux de la terre.

— Je crois ne rien devoir à personne, remarqua Mr Paley. Tout ce que je suis, tout ce que j'ai, est le résultat de mes propres efforts.

— Vous ne vous êtes ni conçu ni mis au monde. Vous n'avez pas inventé le langage dont vous vous servez et au moyen duquel la sagesse des autres générations vous a été transmise par d'autres. Vous ne pourriez pas accomplir une noble action sans notre aide : sans nous, vous n'auriez même pas la notion de noblesse, et de toute façon il faudrait bien que quelqu'un en soit le bénéficiaire. Vous n'avez pas tissé les vêtements que vous portez, ni pétri le pain que vous mangez.

— Je paie ce que je consomme.

— Payez-vous assez ? Paie-t-on jamais assez ? Quel homme a seulement rendu la millionième partie de tout ce qu'il a reçu ? Où seriez-vous sans nous ? Avez-vous jamais lu la vie d'Helen Keller ? Aveugle, sourde, muette… une âme emprisonnée… une intelligence gelée par la solitude… incapable de nous atteindre… seule au monde ! Et… »

Mr Siddal se tut car Mr Paley venait de se lever avec un cri étouffé.

« Vous dites ?

— Je n'ai rien dit, haleta Mr Paley qui était devenu blême.

— Vous ne vous sentez pas bien ? s'enquit Anna.

— Non. Je… Un malaise… » Il se tourna vers Mr Siddal avec colère. « Vous dites n'importe quoi. Vous ne savez pas de quoi vous parlez… »

Une espèce de spasme le secoua et il sortit de la pièce.

« Mais qu'est-ce que j'ai bien pu dire ?

demanda Mr Siddal. Pourquoi le fait de citer Helen Keller donne-t-il une attaque à Paley ? C'est une histoire merveilleuse. Elle est parvenue jusqu'à nous par le seul lien qui lui restait : le sens du toucher. On lui versait de l'eau sur la main, encore et encore, et chaque fois, on lui épelait le mot en traçant des lettres sur sa paume. À la fin, elle a compris. C'était un message. Nous étions là. Ça l'a complètement retournée. Elle s'est précipitée autour de la chambre en saisissant, en touchant tout ce qu'elle trouvait à sa portée, tendant ses pauvres petits doigts en quête d'autres noms, d'autres mots, d'autres messages. Alors le cerveau put fonctionner. Alors l'âme put se développer. Par le bout de ses doigts, elle apprit tout ce que nous savons. »

Anna bâillait et le chanoine, renversé dans son fauteuil, tapait du pied avec impatience. Ils formaient à présent le seul auditoire de Mr Siddal et ne l'encourageaient guère à continuer. Mais il poursuivit, accoudé à la cheminée :

« Je ne crois pas que l'homme soit destiné à survivre. Il y a un vice fatal dans notre constitution : une espèce de surdité morale à une vérité que nous sommes capables de percevoir intellectuellement. La raison nous dit que nous devrions être reconnaissants. La raison nous dit que, si nous l'étions, nous pourrions collaborer dans la poursuite du bonheur. Mais la raison ne peut pas diriger la machine. Elle peut seulement en dessiner les plans. Les civilisations sont devenues poussière les unes après les autres parce que nous sommes incapables d'humilité.

— Et c'est pour ça que tu passes tes journées dans le placard à chaussures ? demanda Anna.

— Oui. C'est pour cela que je me terre dans le placard à chaussures. Je ne suis né que pour mourir et ne raisonne que pour me tromper ! Si tout le monde sentait cela aussi clairement que moi, ils se terreraient tous dans des placards à chaussures. Mais vous êtes tous très actifs, très occupés à la poursuite du bonheur et de la sécurité. Vaine poursuite. Vous n'êtes rien et vous ne pouvez rien pour vous-mêmes. Vous pourriez peut-être quelque chose les uns pour les autres si vous croyiez à l'existence les uns des autres. Mais vous n'y croyez pas. Peu de gens sont vraiment capables de croire que d'autres existent en dehors d'eux. Trop peu. Ils ne sont capables que de semer une graine qui commence de grandir, puis meurt.

— Tu respires la joie de vivre, dit Anna en se levant. Moi, je continue à penser que les singes méritent le prix d'excellence. Bonsoir, chanoine Wraxton. »

Le chanoine ne lui rendit pas son salut. Il attendit qu'elle se fût éloignée, puis dit :

« Maintenant que nous sommes seuls, je voudrais vous dire un mot, Siddal.

— S'il s'agit de mon fils et de votre fille…

— Il ne s'agit pas d'eux. Je sais que vous n'avez pas votre mot à dire dans cette maison. Non. Il s'agit d'une histoire rocambolesque qu'on m'a racontée cet après-midi. Je sais ce qu'elle dissimule. Quelqu'un veut me faire peur pour que je parte d'ici. Ce n'est pas la première tentative. Et l'on voudrait me faire croire que cette maison est en danger, que les falaises vont s'écrouler !

— Qui vous a dit ça ?

— Peu importe. Si vous ne le savez pas, ce n'est pas moi qui vous le dirai. Mais il est certain que mon informateur était envoyé par quelqu'un. Il y a beaucoup de gens ici, j'en suis sûr, qui voudraient bien se débarrasser de moi. Si vous les connaissez, dites-leur ceci : Je ne suis pas né d'hier. Qu'ils trouvent mieux la prochaine fois.

— Vous voulez parler des Autres Falaises ?

— Vous savez mieux que moi de quelles falaises je veux parler. On m'a dit que vous aviez reçu une lettre du gouvernement vous disant d'évacuer immédiatement cet endroit. Est-ce vrai ou non ?

— Non, dit Mr Siddal. Pas que je sache.

— Je m'en doutais. Je savais que vous finiriez par avouer, si je vous mettais au pied du mur. Parfait. Maintenant, je sais à quoi m'en tenir. Bonsoir. »

Mr Siddal demeura quelque temps à méditer dans le salon désert. Avant de retourner à son placard à chaussures, il eut envie de jeter un coup d'œil dans la buanderie. La chaudière ronflait joyeusement et la pièce était en ordre. Il était impossible de dire si toutes les lettres qu'il y avait déposées le matin avaient brûlé ou non.

6. L'esprit malin

« Dix-sept, dix-huit, dix-neuf, vingt, compta Blanche en empilant les cartons d'invitation.

— Mais on est vingt-trois, dit Maud.

— Si on se compte nous-mêmes. Maintenant, décidons à qui on envoie lesquelles. »

Chaque invitation avait été illustrée par les Cove, qui dessinaient et peignaient très bien. Elles y avaient travaillé toute la journée.

Beatrix les étala sur son lit, et les trois sœurs s'agenouillèrent tout autour, pour décider s'il était impoli d'adresser à Mr Siddal les escargots dessinés par Maud. Elles finirent par lui donner des roses trémières et les escargots échurent à Robin. Elles dédièrent leur plus joli carton à Nancibel, une bordure de clochettes délicieusement dessinée à la plume par Blanche, tandis que Mrs Paley recevrait un motif de coquillages presque aussi ravissant.

« Les lapins pour Mrs Siddal, la toile d'araignée pour Duff, les pommes de pin pour Gerry et les houlettes pour Angie. Et pour le père d'Angie ?

— Donne-lui l'anémone de mer sur laquelle j'ai fait un pâté, suggéra Maud.

— Non, décida Blanche. C'est la moins jolie. Il ne faut pas donner la moins jolie à quelqu'un qu'on n'aime pas. Donnons-lui les hiboux. Je me demande en quoi il va se déguiser.

— Il pourrait échanger ses habits avec ceux de Fred, dit Maud. Comme ça, Fred serait en pasteur et le chanoine en serveur. Oh, j'espère que la pauvre Lady Gifford sera assez en forme pour venir. Il ne faudra pas oublier de mettre sa carte sur son plateau de petit déjeuner. »

Elles n'étaient pas étonnées de leur propre euphorie, même si elles n'avaient jamais éprouvé cela auparavant. Elles avaient toujours pensé qu'un tel sentiment devait accompagner un festin. Aussi procédaient-elles calmement, attentives aux détails. La question de leurs costumes avait été facilement réglée. Hebe et Caroline leur avaient prêté deux peignoirs kimonos de coton qui déguiseraient Blanche et Beatrix en geishas. Maud avait réuni le pantalon de plage de Hebe, des anneaux de rideaux en guise de boucles d'oreilles, une écharpe, un mouchoir rouge et une trousse à crayons qui pouvait passer pour un pistolet. Un véritable pirate n'aurait pas demandé mieux.

« Allons nous coucher, dit Beatrix. Dépêchons-nous de dormir pour que demain vienne plus vite. »

Mais Blanche fit remarquer que les préparatifs comptaient autant que le Festin. Et, qu'une fois le Festin terminé, elles en garderaient le souvenir pour toujours.

« Demain à cette heure-ci, dit-elle, nous serons sur le promontoire à festoyer et à nous amuser. Maintenant nous sommes ici à y penser. Après nous serons dans d'autres endroits et nous y penserons encore. Ce sera comme si cela se passait pendant très longtemps, dans des tas d'endroits. »

Elles allèrent à la fenêtre et s'y penchèrent, regardant la silhouette massive du promontoire dressé au-dessus de la mer. La marée était haute. Elles calculèrent qu'elle serait à nouveau haute le lendemain lorsqu'elles partiraient pour le Festin. On ne pourrait pas passer par la plage. Le cortège en musique, premier événement du programme de Hebe, devrait monter les lacets de l'allée jusqu'à l'embranchement du sentier de la plus haute falaise.

Elles étaient encore à la fenêtre lorsque leur mère arriva. Quelque chose de menaçant dans le bruit de ses pas les avertit d'un danger avant même qu'elle fût dans la chambre. Un pressentiment les fit frémir toutes trois. Elles se retournèrent lentement en entendant la porte s'ouvrir. Mrs Cove était très en colère, chose peu évidente pour un observateur ordinaire, car son expression n'en était guère changée, mais que ses filles discernaient toujours sans peine.

« Approchez », dit-elle en s'asseyant sur son lit.

Elles se rangèrent en tremblant devant elle.

« Il y a une voleuse dans cette chambre, dit-elle. Quelqu'un a pris mes clefs pendant que j'étais dans la salle de bains, a volé mon ambre noir et l'a jeté par la fenêtre. Laquelle d'entre vous a fait ça ? »

Leur réaction laissait peu de place au doute. L'étonnement de Maud et de Beatrix ne pouvait être feint. Mrs Cove tendit une main d'acier et saisit Blanche par l'épaule.

« Pourquoi as-tu fait ça ?

— Je… je ne sais pas, souffla Blanche.

— Qui t'a dit de le faire ?

— Personne.

— Ne mens pas !

— Personne ne savait. Seulement je… je ne voulais pas qu'on le garde.

— Tu sais ce qui arrive quand on ment ? »

Un cri leur échappa à toutes les trois.

« Non… protesta Blanche. Non. Je ne mens pas. Personne ne savait.

— Quelqu'un devait le savoir. Tu mens. Étends une serviette par terre et mets une chaise au milieu. Mets une autre serviette sur tes épaules. »

Mrs Cove se leva, alla ouvrir un tiroir et en sortit un petit rasoir de sûreté dont elle usait régulièrement sur sa lèvre supérieure.

Beatrix et Maud éclatèrent en lamentations, suppliantes :

« Oh, non, pas ici ! Pas ici, où tout le monde le verra ! Oh, maman ! Je t'en prie… Je t'en prie… Le Festin… elle ne pourra pas y aller comme ça… Je t'en prie, attends que le Festin soit passé…

— Il n'y aura de Festin pour aucune de vous, dit Mrs Cove en se retournant, à moins que Blanche ne dise la vérité. »

Les lamentations se muèrent en cris aigus.

« Je dis la vérité ! C'est vrai ! C'est vrai ! » hurla Blanche.

Mrs Cove n'y prêta aucune attention. Elle prit un porte-savon sur la table de toilette et alla à la salle de bains chercher un peu d'eau chaude. Les Cove pleurèrent à chaudes larmes jusqu'au moment où Maud, avec le courage du désespoir, bondit et ferma la porte de la chambre à clef.

Un silence soudain s'abattit dans la pièce.

« Elle ne peut pas faire ça, dit Maud. On ne la laissera pas entrer.

— Elle enfoncera la porte, fit tout bas Beatrix.

— Elle ne pourra pas, toute seule. La porte est très solide. Et elle n'osera le dire à personne. C'est trop méchant. Trop cruel. Quelqu'un l'en empêcherait.

— C'est notre mère, dit Blanche.

— Nous mourrons de faim ici, ajouta Beatrix.

— Non. Ils s'en apercevront. S'ils ne nous

voient pas au Festin, ils viendront nous chercher. On aura très faim, mais on pourra manger une fois au Festin. Ils nous sauveront. »

Beatrix acquiesça dans un soupir. Blanche était trop faible pour en dire davantage. Frissonnant et sanglotant, elles attendirent que leur mère revienne. À ses coups frappés à la porte, à ses appels, même Maud n'osa répondre. Elles laissèrent la porte fermée exprimer leur ultimatum.

Mrs Cove tambourina et menaça jusqu'au moment où une voix l'interrompit :

« Qu'est-ce qui vous arrive, Mrs Cove ? Elles vous ont mise dehors ? Eh bien ! »

C'était Miss Ellis. Leur mère cessa de frapper et lui demanda s'il y avait un tournevis dans la maison.

« Ça, je n'en sais rien. Ça m'étonnerait. Mais qui aurait cru que vos petites vous joueraient un tour pareil ! Je parie que ce sont les Gifford qui les y ont poussées.

— Non, ce n'est pas nous ! »

Les jumeaux, attirés par le tapage, venaient d'entrouvrir leur porte.

« À votre place, Mrs Cove, je m'en irais. Je les emmènerais d'ici avant qu'elles apprennent d'autres sales tours. Même si je devais payer les chambres…

— Je vous remercie, Miss Ellis. Je suis parfaitement capable de m'occuper de mes enfants.

— On ne dirait pas. Et si vous saviez ce que je sais, Mrs Cove, vous ne paieriez même pas les chambres. Ils n'oseraient pas vous faire payer…

— Qu'est-ce que vous voulez dire ?

— Je ne peux pas vous parler ici. Les murs ont des oreilles. Venez dans ma chambre un moment. Il faut que je vous raconte ça… »

Les pas s'éloignèrent, une porte se ferma, le silence tomba.

« Elles sont allées dans la chambre de Miss Ellis », dit Maud.

Blanche, qui était couchée par terre, se ranima et s'assit.

« Ce n'est pas la peine, dit-elle d'une voix faible. Nous ne pouvons pas laisser mère à la porte de sa propre chambre. Nous ne pouvons rien faire d'autre que nous en remettre aux Cieux.

— Non ! s'écrièrent Maud et Beatrix.

— C'est Jésus qui décidera.

— Je n'y tiens pas, dit Maud. C'est ce qu'on avait fait pour le chat perdu, et Il ne nous a pas laissées le garder pour autant.

— Il a eu raison, lui rappela Beatrix. On l'a compris après. Comment l'aurait-on nourri ? Il a fait que les voisins ont eu pitié de lui et il a trouvé un bien meilleur foyer.

— Il aurait eu encore plus raison de nous le laisser et de nous envoyer de quoi le nourrir.

— On n'aurait pas pu l'amener à Pendizack.

Il devait savoir que nous venions ici. Que serait devenue la pauvre bête ?

— Maud ! s'écria Blanche. Tu n'as pas confiance en Jésus ?

— Pas quand je veux quelque chose. Il ne s'occupe que du royaume des cieux, qui ne sera pas avant des millions d'années. Quand je veux vraiment quelque chose, j'aime autant ne *pas* m'en remettre à Lui.

— Si nous nous en remettons à Lui, rien de mal ne pourra arriver. Rien de ce qu'Il veut ne peut être mal. C'est ce qu'a dit le pasteur à la messe du Vendredi saint.

— Peut-être. Mais tout de même, il pourrait arriver quelque chose d'affreux... » murmura Maud.

Elles ne discutèrent pas davantage. Maud disait vrai. Leurs précédentes tentatives de s'en remettre à Dieu ne les avaient jamais sauvées des catastrophes, mais Blanche avait allégué que c'était parce qu'elles n'avaient jamais totalement renoncé en elles-mêmes à leurs désirs. Elle n'y réussirait pas davantage à présent. Elle ne pouvait s'empêcher d'espérer que le royaume des cieux n'exigerait peut-être pas qu'elle eût le crâne rasé.

Mais, au bout de vingt minutes d'attente, Maud elle-même commença à faiblir. La noirceur de leur conduite leur apparaissait à toutes de plus en plus nettement.

Enfin, elles entendirent leur mère. Mrs Cove essaya d'ouvrir la porte, la trouva toujours fermée et appela Blanche. Sa voix était changée, elle était inquiète et hésitante.

« Ne faites pas les sottes. Ouvrez la porte. J'ai à vous parler. »

Blanche essaya de se relever, mais Maud la retint.

« Si vous arrêtez ces bêtises, peut-être vous pardonnerai-je pour une fois.

— N'y va pas ! N'y va pas ! C'est un piège, cria Maud en essayant d'immobiliser Blanche qui se débattait.

— Mais non ! répondit la voix impatiente de l'autre côté de la porte. Si je vous pardonne, c'est que j'ai d'autres choses plus graves en tête. Je vais peut-être devoir partir… pour Londres… et vous laisser ici… Dans ce cas…

— Pourquoi partirais-tu comme ça tout à coup ?

— Si vous voulez rester ici, il faut vous conduire raisonnablement. Je ne peux pas demander à Mrs Siddal de garder trois enfants enragées… »

Blanche repoussa Maud et se leva.

« Est-ce que tu promets solennellement de laisser Maud et Bea aller au Festin ? demanda-t-elle à travers la porte. Pour moi, ça n'a pas d'importance, si tu le promets pour elles.

— Quoi ? Le Festin ? Oui, je suppose… J'ai

dit que je vous pardonnerais à toutes les trois si vous redeveniez raisonnables. »

Blanche se tourna vers ses sœurs.

« Faites une prière ! Faites une prière ! les exhorta-t-elle. On n'a pas le choix. Si Jésus veut nous sauver Il le fera. Sinon tant pis. Mais je dois ouvrir la porte. »

Beatrix et Maud fermèrent les yeux et se mirent à prier.

Blanche ouvrit la porte. Les trois filles se tinrent toutes droites, immobiles, les yeux fermés, tandis que leur mère entrait.

7. Atalante

La vieille horloge dans la cuisine des Thomas marquait neuf heures et demie lorsque Nancibel, d'une main lasse, poussa la porte. Un refrain de la radio l'accueillit en même temps que la voix de sa mère lui demandant d'où elle venait. Tous les autres membres de la famille étaient couchés, mais Mrs Thomas veillait, d'une humeur qui oscillait entre l'indignation et une vive curiosité.

L'indignation s'exprima la première.

« Je croyais que tu avais ta demi-journée de congé. Je croyais que Millie Stephens devait te faire une permanente.

— Je l'ai décommandée, dit Nancibel en se laissant tomber dans un fauteuil. J'ai téléphoné à Millie de Pendizack. Mrs Siddal s'est trouvée mal, alors j'ai changé mon jour et je suis restée. Ma permanente n'a rien d'urgent.

— Et voilà ! C'est bien ce que je pensais. J'étais sûre que tu leur avais encore fait cadeau de ta demi-journée. C'est un peu fort.

— Je ne leur en ai pas fait cadeau, je l'ai seulement changée, maman. Je prendrai deux jours une autre semaine. Tu as du thé ? Je meurs de soif.

— Tu as bien tort de te laisser faire, dit Mrs Thomas en prenant la théière sur le fourneau. Ils ne t'en sont pas reconnaissants. Ils trouvent ça tout naturel. Il ne faut pas être trop bon. On n'a qu'une jeunesse. Tu dois en profiter maintenant. Tu auras tout le temps de te sacrifier pour les autres. Une fois mariée, on ne fait que ça. »

Nancibel sourit en sirotant son thé.

« Alors pourquoi tu es toujours après moi pour que je me marie ? demanda-t-elle.

— Un mari, des enfants, c'est la vie, déclara Mrs Thomas en se versant une tasse de thé. Ce n'est pas très gai, mais la vie n'est pas très gaie ici-bas. Ce que je veux dire, c'est que Pendizack ne vaut pas la peine de se tuer au travail. Mrs Siddal a eu les yeux plus gros que le ventre, la pauvre ; mais ça ne doit pas t'empêcher de dormir pour autant. Ce n'est pas toi qui remettras le monde en ordre. Fais le travail pour lequel on t'a engagée et fais-le bien, pour le reste, laisse-la se débrouiller.

— Oh ! parlons d'autre chose, maman ! »

Elles criaient toutes deux car la radio chantait à pleine voix, mais elles y étaient si habituées qu'elles ne pensaient pas à la faire taire. Depuis six heures et demie du matin, elle fournissait un accompagnement de rigueur à l'existence de la famille.

Mrs Thomas chercha un sujet de conversation qui plairait plus à sa fille.

« Ah, j'oubliais ! s'écria-t-elle. Il y a une lettre pour toi. »

Elle la prit sur la cheminée où elle était restée toute la journée, appuyée contre une statuette de John Wesley en train de prêcher dans un berceau de verdure.

Nancibel se redressa, une étincelle dans les yeux, les joues roses. Une lettre ? Bruce ?

Mais ce n'était pas son écriture et le timbre était de Wolverhampton. Elle la prit et se pencha sur la table, lisant lentement, tandis que sa mère essayait de ne pas l'épier avec trop d'attention et que l'orchestre Geraldo jouait un fox-trot.

Toute la famille Thomas avait discuté de cette lettre, depuis son arrivée, car on savait que Brian habitait Wolverhampton et l'on en avait conclu qu'il écrivait pour se réconcilier avec son ex-fiancée. Quant au reste, la famille n'était pas d'accord. Mr Thomas, furieux du chagrin que ce chenapan avait causé à Nancibel, voulait jeter la lettre au feu. Myra espérait que le mariage se ferait ; on s'était moqué de ce que sa sœur s'était fait plaquer et elle rêvait d'être demoiselle d'honneur. Mrs Thomas était indécise : Brian avait de bonnes perspectives d'avenir, mais elle avait préféré l'allure de Bruce. Le reste de la famille débordait simplement d'une curiosité qui aurait été satisfaite dans l'après-midi si Nancibel n'avait pas changé son jour de sortie. Ils avaient envie de l'attendre, mais Mrs Thomas le leur avait défendu et les avait tous envoyés se coucher. Elle pensait que la discussion avec sa fille serait plus efficace si elles étaient seules.

« C'est de… Brian ? » demanda-t-elle quand Nancibel eut fini.

« Non. De son père. Tiens, lis. »

Nancibel, avec un petit sourire, poussa la lettre à travers la table et revint à sa tasse de thé. Mrs Thomas lut :

> Chère Miss Thomas,
>
> Vous serez sans doute très surprise de recevoir de mes nouvelles. Mais je suis un homme franc et je trouve que deux jeunes gens ne devraient pas gâcher leur vie faute d'un peu de franc-parler. Aussi, je vous écris pour vous demander si vos sentiments ont changé depuis l'année dernière au sujet de mon fils Brian.
>
> Les siens n'ont pas changé. Il est malheureux depuis. Il n'arrive pas à vous oublier. Il ne s'intéresse à rien, il ne sort jamais, ni seul ni avec des jeunes filles ; il reste assis à rêvasser ; il ne s'intéresse même pas à ce qu'il mange. Il dit que le bonheur de sa vie est

détruit depuis qu'il vous a quittée. Mais il dit qu'il n'a pas le courage de vous écrire après ce qui s'est passé. Moi, je ne vois pas pourquoi vous ne vous remettriez pas ensemble si vos sentiments sont les mêmes. Je sais que vous êtes une jeune personne raisonnable et que vous avez bon caractère. Vous ne permettriez pas à une vieille rancune de démolir un brillant avenir.

Miss Thomas, il faut que je vous dise qu'il y a eu de tristes changements chez nous ces derniers temps. Ma pauvre femme est décédée en juin. Brian et moi, nous sommes donc tous les deux seuls à la maison, et n'avons personne pour s'occuper de nous. C'est aujourd'hui une grande consolation pour Brian de pouvoir se dire qu'il n'a pas été contre la volonté de sa pauvre mère. On dit que les bons fils font de bons maris. Mais je peux dire maintenant que je n'ai pas toujours été du même avis qu'elle. Je serais personnellement très heureux de vous accueillir comme ma fille.

Si vous avez changé, il n'y a rien à faire. Mais si vos sentiments sont restés les mêmes, quelques lignes à Brian feront de lui un homme nouveau. Ou, si cela vous gêne, quelques lignes à moi pourraient être utiles et je lui en toucherais un mot.

Il y a notre commerce. Les affaires marchent bien et il l'aura quand je prendrai ma retraite.

Il a un bel avenir devant lui, s'il veut sortir de sa tristesse et s'y intéresser.

Avec tous mes respects à vos chers parents et à vous-même.

A. GOLDIE.

« Pauvre Brian ! dit Nancibel avec un nouveau petit rire. D'abord sa maman lui dit qu'il ne faut pas. Puis son papa lui dit qu'il peut. Crois-tu qu'on puisse faire plus mollasson ?

— Qu'est-ce que tu vas faire ? demanda Mrs Thomas.

— Oh, je vais écrire au vieux. Je lui écrirai dimanche. Je lui dirai que je suis désolée pour sa femme et tout ça, mais que mes sentiments ont changé, merci, au revoir.

— Ils ont changé ? »

Nancibel prit la lettre et la posa sur le buffet derrière l'encrier de la famille.

« Mais oui, maman. Et si rien d'autre ne les avait changés, cette lettre suffirait.

— C'est dommage que Brian n'ait pas écrit lui-même, reconnut Mrs Thomas d'un ton incertain.

— Ce n'est qu'un enfant gâté. D'abord il se laisse persuader par eux et ensuite il vient pleurnicher. Moi, je suis passée à autre chose, je l'ai oublié. Mais lui, il n'a rien dans le bide.

— Rien dans le bide ! Pourquoi emploies-tu des expressions si communes ?

— Parce que je suis commune, voilà, trop commune pour les Goldie.

— Ce n'est pas moi, ni ton père, qui t'avons appris à parler comme ça.

— Je sais, mais il y avait toutes sortes de gens à l'armée. Certaines filles avaient des noms à particule, et si je parlais comme *elles*, tu n'hésiterais pas à me mettre à la porte. Dis, maman, la grosse bouilloire est sur le feu et je suis sale comme un peigne. J'ai couru partout dans la cuisine de Pendizack, ce soir. Si tu me préparais de quoi faire une bonne toilette devant la cheminée avant que j'aille me coucher ?

— D'accord », dit Mrs Thomas en rangeant la vaisselle du thé.

Le nom de Bruce flottait entre elles sans que personne ne l'ait prononcé. Mrs Thomas avait bien remarqué que sa fille ne l'avait pas mentionné. Les souvenirs de sa propre jeunesse, l'expérience d'autres filles lui avaient appris que ce ne sont pas les garçons dont on parle qui comptent. Elle avait envie de demander s'il avait sa part dans les sentiments changés de Nancibel, mais elle n'osait rien dire de peur de se faire rabrouer.

Elle alla dans l'arrière-cuisine chercher une cuvette, du savon et une serviette. Nancibel, comme pour bien marquer sa décision de changer de sujet, se lança dans un récit animé des événements du jour. Elle parla des fiançailles de

Gerry Siddal, de la mystérieuse disparition de la bibliothèque, des lettres brûlées dans la chaudière, de la syncope de Mrs Siddal, des talents de cuisinière de Miss Wraxton et de sa propre crainte de devenir folle si elle restait plus longtemps à Pendizack.

« Ça me déprime, c'est vrai, déclara-t-elle en se déshabillant. Tous les matins, je me force à y aller et le soir je n'ai qu'une idée c'est de ficher le camp. Tout ce mépris, ces disputes, ces tensions ! Ils ne sont qu'une poignée, mais ils rendent la vie impossible à tous les autres. On ne croirait pas que si peu de gens arrivent à faire tant de mal. C'est Ellis la pire, évidemment. Tu sais ce qu'elle s'est mise à raconter ? »

Elle s'arrêta pour remonter ses cheveux avec des épingles.

« Elle est allée dire à tous les pensionnaires que l'hôtel est insalubre. Elle dit que le gouvernement veut le faire fermer.

— La vieille chipie ! »

Mrs Thomas posa la cuvette sur une chaise devant le fourneau et la remplit avec la grande bouilloire.

« Si je pouvais la prendre sur le fait, j'irai tout droit chez Mrs Siddal. Oh, je le ferai, même si je déteste rapporter. Elle dit ça par pure méchanceté, pour couler l'hôtel, et il faut l'en empêcher.

— Comment sais-tu qu'elle dit ça ?

— C'est Fred qui me l'a dit. C'est pour ça que je ne veux pas trop m'en mêler. Il comprend quelquefois de travers... et ça ne sert à rien d'accuser quelqu'un tant qu'on n'est pas sûr de ce qu'on avance. Si je l'avais entendue moi-même, ça serait autre chose... »

Nancibel s'agenouilla devant la cuvette et commença à se savonner les bras, la poitrine et les épaules.

« ... Il débarrassait les plateaux du thé sur la terrasse et il l'a entendue parler avec Mr Paley dans le salon. Alors voilà Fred qui arrive à l'office et qui me lance : "Tu sais la nouvelle ? Il va falloir fermer la maison. Mr Bevin a écrit à Mr Siddal..."

— Mr Bevin ! s'écria Mrs Thomas. Jamais de la vie !

— Il fait partie du gouvernement, non ?

— C'est le ministre des Affaires étrangères[1], nigaude. Il a assez à faire à discuter avec les Russes. Non, ça doit plutôt être Bevan.

— Aucune idée, dit Nancibel. Bevin et Bevan... moi, je les confonds toujours, alors Fred, tu penses... »

Elle se leva pour se savonner les hanches et les cuisses.

« C'est étonnant que vous soyez toutes si

1. Ernest Bevin (1881-1951) était ministre des Affaires étrangères du gouvernement travailliste, de 1945 à 1951.

ignorantes, se lamenta Mrs Thomas. Je vous croyais tellement plus instruites que nous… Je ne sais pas ce qu'on vous a appris à l'école, mais vous ne lisez pas le journal et vous n'écoutez pas la radio et vous ne savez rien de ce qui se passe. Moi, j'ai quitté l'école à treize ans, mais je m'intéresse et j'assiste aux réunions du Women's Institute, et je sais la différence entre Bevin et Bevan.

— Sois gentille, maman, et frotte-moi le dos.

— Quel bébé ! dit Mrs Thomas sur un ton de tendre reproche.

— Tu frottes bien le dos de papa. »

Nancibel s'agenouilla avec délice devant le feu, tandis que sa mère frictionnait son beau dos blanc, pétrissant épaules, échine, côtes et hanches avec l'art antique et rituel des femmes qui, depuis des siècles, apaisent les muscles fatigués de leurs hommes.

« Ton père s'engourdit à travailler aux champs.

— Et moi je m'engourdis à Pendizack. Oh, c'est tellement agréable. Continue !

— Mais qu'est-ce qui ne va pas à Pendizack ? demanda Mrs Thomas. Ça ne pourrait pas être le puits ? Il paraît que les puits sont devenus insalubres.

— J'espère que non. Ils n'ont jamais eu assez d'argent pour faire venir l'eau depuis Tregoylan. J'ai dit à Fred de tenir sa langue et de ne pas répéter de pareilles histoires. Mais ça te donne une idée de l'ambiance qui règne là-bas. Et c'est tout le temps comme ça. Je ne voudrais pas laisser tomber Mrs Siddal, mais je ne pourrai bientôt plus le supporter.

— Je t'essuie le dos ?

— Oui, je veux bien ! Je ne suis pas la seule à me dire que j'en ai assez. Tout à l'heure, dans la cuisine, on a discuté du pique-nique de demain. Les enfants voudraient le faire à la pointe, mais Gerry dit que nous ne pourrons jamais monter toute la nourriture et la boisson là-haut, et pourquoi on ne le ferait pas sur les rochers juste devant la grille du jardin. Alors Miss Wraxton a dit exactement ce que je pensais. Elle a dit que non, qu'il fallait le faire le plus loin possible de l'hôtel. Personne ne peut espérer s'amuser à proximité de cette maison, elle a dit. Et Mrs Paley a dit pareil. Lève-toi, sors prendre l'air, voilà les mots qu'elle a eus en tête toute la semaine. Et je la comprends. Impossible d'échapper à toute la méchanceté qui règne là-dedans. Ou à ce pauvre vieux Mr Paley et sa triste figure à la fenêtre comme un cheval regardant par dessus une clôture, ou au chanoine Wraxton qui sortira jeter quelque chose à la tête de quelqu'un. Franchement, maman, je ne sais pas si cet endroit est insalubre, mais il n'y a pas que ça. Personne ne pourrait être heureux à moins d'un kilomètre de là. »

Nancibel se releva, détendue et revigorée par

le massage. Elle bâilla et étira ses bras au-dessus de sa tête, remplissant la petite cuisine de sa glorieuse beauté nue.

Mrs Thomas acquiesça machinalement à ce qu'elle disait, mais son attention revenait à la lettre derrière la petite bouteille d'encre, et elle redoutait une décision trop hâtive. Après tout, songeait-elle, s'il est un peu mollasson, il n'en sera que plus aisé à commander. Et la vie sera facile, plus facile que la mienne, même si elle n'aura pas un aussi bon mari que Barny. Je voudrais qu'elle ait mieux que moi... Oui, mais mieux à quel point de vue ? Peut-être que Bruce...

Elle alla vider la cuvette pendant que Nancibel enfilait un vieux manteau et ramassait ses vêtements.

« Ce chauffeur... commença Mrs Thomas en revenant.

— Oh, il est parti, dit vivement Nancibel.

— Parti ? Je croyais qu'ils restaient jusque...

— Il a quitté sa place. Il en cherche une meilleure.

— Eh bien !... ç'a été vite fait. Ça ne me paraît pas très sérieux de quitter une bonne place comme ça d'un jour à l'autre ! Nancibel... Il me semble que tu devrais réfléchir sérieusement à Brian avant de...

— Oh, non, maman. Je ne pourrais plus. J'ai tourné la page.

— Ce Bruce… il reviendra, tu crois ?

— Ça se peut, avoua Nancibel en rougissant.

— Eh bien, espérons que, s'il revient, tu ne vas pas te mettre à tourner une autre page ! »

Nancibel réfléchit.

« Je ne crois pas, dit-elle lentement, s'il revient.

— Un jour, tu t'en mordras les doigts, d'avoir tourné toutes ces pages, s'écria Mrs Thomas soudain irritée. Tu auras rejeté tellement de garçons que tu finiras vieille fille. Dans vingt ans, quand tu auras plus que coiffé Sainte Catherine, tu regretteras d'avoir fermé ta porte à tout le monde. »

Nancibel rit et monta sur la pointe des pieds le petit escalier qui menait à la chambre qu'elle partageait avec ses jeunes sœurs. Mrs Thomas soupira, éteignit la radio et la suivit.

VENDREDI

1. Journal de Mr Paley

J'ai de nouveau fait ce rêve. J'ai dit que je le consignerais ici s'il recommençait. Mais son souvenir me remplit d'une telle horreur que je peux à peine écrire.

C'est la faute de Siddal. C'est lui qui a abordé le sujet. S'il n'avait pas dit ce qu'il a dit, j'aurais peut-être évité ce rêve.

Je n'ai pas pu me débarrasser de l'impression qu'il m'a laissée pendant plusieurs heures après mon réveil. J'étais seul. Christina me laisse seul tous les soirs à présent.

Je m'étais couché assez tôt après une conversation dans le salon. Peut-être étais-je trop excité et est-ce cela qui m'a fait rêver. Christina est arrivée. Elle a changé de souliers. Elle m'a dit qu'elle voulait rester ici jusqu'à la fin du mois. Deux semaines de plus que nous n'en avions l'intention. L'hôtel a des difficultés. Il paraît que Mrs Siddal est malade. Miss Wraxton va faire la cuisine et ma femme veut l'aider. C'est son affaire, mais je veux bien prolonger notre séjour. Je ne suis pas impressionné par les histoires de cette imbécile d'intendante. Je n'en ai pas cru un mot quand elle m'en a parlé. N'empêche qu'hier, après le goûter, je suis monté sur les falaises pour examiner les fissures en question. Et j'incline à penser qu'il pourrait y avoir du vrai dans tout cela, quoique je ne veuille accepter d'autre opinion que celle d'un expert. Je ne crois pas que le rond-de-cuir qui a écrit à Siddal en sache plus long que moi. Les fissures semblent s'élargir rapidement et elles sont assez proches du bord de la falaise pour qu'il paraisse possible que tout le devant de celle-ci s'écroule à un moment ou à un autre. Je ne serais nullement surpris que cela se produise. Et, dans ce cas, je ne vois pas comment cette maison pourrait être épargnée. Siddal, toutefois, doit être d'un autre avis, sinon il ne resterait pas ici.

Cela ne me trouble pas outre mesure. Il n'est pas dans mes habitudes de me terrer comme un lapin. Je ne tiens plus tellement à la vie. Je n'écris tout cela que parce que je répugne à raconter mon rêve.

Mon rêve est le suivant :

Je n'attache pas en général grande importance aux rêves. J'en ai eu très peu dans ma vie, autant que je puisse me rappeler. Je déteste les rêves en général. On s'y conduit ridiculement, dans la plupart. Ils sont humiliants et grotesques.

Mais c'est l'horreur, l'*horreur* de celui-là qui me bouleverse.

Le voici :

Siddal dit qu'il n'ouvre jamais ses lettres. Peut-être n'a-t-il jamais ouvert la lettre en question, ce qui expliquerait qu'il reste. Je n'y avais pas pensé. Mais c'est sans importance puisque je suis décidé à rester aussi.

Voici mon rêve. Toujours le même.

J'étais endormi. Je me réveille dans une solitude absolue. Je suis suspendu dans un vide qui n'est ni sombre ni éclairé. Je ne vois même pas l'obscurité. Il n'y a même pas pour moi d'obscurité à voir. Il n'y a rien... rien que moi. La seule réalité est que JE SUIS. Il n'y en a pas d'autre. Mais pas tout de suite. Pas au commencement de mon rêve. Il y a quelque chose d'autre alors. Je fume un cigare. Je le vois, le sens, le respire. Je vois le bout incandescent. Il est extrêmement précieux, parce que c'est la dernière chose qui reste qui ne soit pas moi. Quand il aura disparu, il n'y aura plus rien. Je le fume donc très lentement. Je n'ose pas ne pas le fumer, parce qu'il pourrait s'éteindre et, alors, je ne verrais plus son incandescence. Pourtant, si lentement que je le fume, le moment vient, le moment vient où il est consumé. Le mégot me brûle les doigts et je le laisse tomber, bien que je sois résolu à ne jamais faire cela, à accepter la brûlure, car une brûlure, une douleur provoquée par ce qui n'est pas moi vaudrait mieux que la solitude absolue. Mais je le laisse tomber. La petite lumière tombe comme une étoile filante et disparaît. Après cela, il n'y a rien, rien à jamais.

Rien.
JE SUIS.
Rien
JE SUIS.
À jamais.
JE NE SUIS
Rien.

Ça ne pourrait jamais arriver à… comment appeler ça ? À un être pensant ? *Cogito ergo sum.* Mais dans mon rêve, je ne pense pas. Ce qui n'est pas moi-même, je le perçois par mes sens. Alors, si je survivais à mes sens… qu'arriverait-il ? Et que penserais-je ? *Cogito ergo sumus ego et non ego.*

J'ai décrit mon rêve, mais pas complètement. Je n'ai pas expliqué que je me réveille dans ce vide, et que ceci, ma vie actuelle, est mon rêve… Je n'ai pas peur de rêver. J'ai peur de me réveiller…

2. Circé

« L s paupi r s innoc nt s d Branw ll... » tapa Anna.

Elle s'arrêta pour jurer, car la lettre *e* avait disparu de sa machine. Depuis des semaines, la touche menaçait de se détacher, et voilà qu'elle était tombée pour de bon. *Le Rameau sanglant* devait être interrompu jusqu'à ce qu'Anna trouve une machine à écrire de remplacement.

Il y avait dans le bureau une vieille Remington dont les Siddal, qui ne savaient pas taper, ne se servaient jamais, mais qu'ils avaient posée là au cas où ils trouveraient un jour une gérante qui sache le faire. Anna se la rappela et se mit en quête de quelqu'un qui l'autoriserait à l'emprunter. Mrs Siddal se montrerait sans doute peu accommodante, mais Mr Siddal se laisserait peut-être persuader et elle reprit le chemin de son placard à chaussures. Il n'y était pas. Fred, qui traînait dans le couloir, lui dit qu'il était allé aux écuries chercher quelque chose dans les poubelles. Anna mit donc le cap sur les écuries.

Les poubelles étaient rangées dans la cour des écuries, où un camion de Porthmerryn venait les collecter tous les vendredis. Les unes contenaient des épluchures et d'autres des papiers destinés à la récupération. Mais Mr Siddal les avait toutes vidées en tas au milieu de la cour pour mieux y fouiller. Troncs de choux, cendres, feuilles de thé, marc de café, coquilles d'œufs et vieilles boîtes de conserves étaient mêlés aux lettres et aux journaux. Encore vêtu de sa vieille robe de chambre, il tournait autour de l'amas malodorant, en extrayant une lettre, puis une autre, y jetant un coup d'œil, puis les rejetant. Duff, dans son grenier, écoutait du Stravinsky.

« Alors, fit Anna, on ne te nourrit pas assez ? »

Mr Siddal dit qu'il cherchait une lettre. Il n'était pas sûr qu'elle eût jamais existé. Et, même dans ce cas, elle avait peut-être été brûlée la veille. Mais elle pouvait se trouver dans ces ordures, car Fred avait, sur les instructions de Miss Ellis, mis à la poubelle tous les papiers qui n'avaient pas brûlé dans la chaudière.

« Voilà trois fois en deux minutes que tu ramasses la même, s'écria Anna. Pourquoi ne procèdes-tu pas avec un peu de méthode ? De quelle lettre s'agit-il ? »

Il resta vague. Il ne savait pas à quoi elle ressemblait et lui demanda d'examiner une enveloppe jaune qui se trouvait à ses pieds.

« Très peu pour moi, répondit Anna. Elle est couverte de vieilles feuilles de thé. Ramasse-la toi-même. »

Il l'attrapa en grommelant.

« Mais de quoi s'agit-il ? » insista-t-elle.

Il le lui dit. Tout en tournant fébrilement autour du tas d'ordures et en fouillant sous les troncs de chou, il lui raconta l'histoire de la mine, des fissures, de la visite de Sir Humphrey Bevin et des allusions du chanoine.

« Je ne sais pas quoi penser, gémit-il. Il se peut qu'il ait tout inventé. Mais si c'est vrai… »

Anna prit la chose au sérieux et lui conseilla d'écrire à Sir Humphrey. Mais cela ne le contentait pas. On était vendredi, répéta-t-il plusieurs fois. Il aurait une réponse au plus tôt le mardi. Et, dans l'intervalle, la falaise pouvait tomber. Il paraissait un peu affolé.

« La falaise n'est pas tombée jusqu'à présent, dit Anna. On peut espérer qu'elle tienne jusqu'à mardi. Et tu n'es pas sûr que le chanoine n'ait pas tout inventé.

— Mais où aller en attendant de le savoir ?

— Qu'en dit Barbara ?

— Elle ne sait rien. Je ne lui ai encore rien dit. Je voudrais d'abord retrouver la lettre.

— Barbara va adorer. Tu risques de passer

un sale quart d'heure. Ça serait moins de travail d'ouvrir tes lettres, tu ne crois pas ?

— Ne m'accable pas, Anna. J'ai très peur. Je n'ai pas fermé l'œil de la nuit. Je ne dormirai pas avant mardi. Tu n'as pas l'impression que c'est inquiétant ?

— Si, plutôt. Je vais peut-être partir demain, finalement.

— Que ferais-tu à ma place ?

— Je ne dirais rien à personne avant d'avoir une réponse de Sir Humphrey. »

Siddal s'accroupit par terre. Il était en sueur après tant d'efforts, dont il n'avait pas l'habitude.

« Oui, fit-il, peut-être... mais je ne sais pas comment je tiendrai jusqu'à mardi. J'ai cherché partout, cette lettre n'est pas là. J'ai des palpitations chaque fois que je regarde ces falaises.

— Tu n'as pas cherché partout, dit Anna. Il y a encore des tas de papiers que tu n'as pas regardés.

— Je mourrai d'insolation si je reste ici plus longtemps », dit-il, et il se releva en prenant appui sur une poubelle.

Il se dirigea vers la maison, la ceinture de sa robe de chambre traînant derrière lui sur les pavés.

« Et toutes ces ordures ? demanda-t-elle, en montrant le tas d'épluchures.

— Quelqu'un devra les remettre dans les poubelles. Moi, j'en ai assez fait. »

Il s'arrêta et éleva la voix pour appeler Duff dont la tête parut à la fenêtre du grenier.

« Nettoie cette cour », lui ordonna Mr Siddal en s'éloignant.

Les accords de Stravinsky se turent et Duff descendit.

« Quel cochon ! dit-il en constatant l'état de la cour. Mais qu'est-ce qu'il a fait ?

— Il cherchait une chose qu'il a perdue, dit Anna.

— Je ne nettoierai pas ça. Il faut que j'aille à Porthmerryn acheter un crâne chauve au magasin de déguisements. Pour le Festin.

— Vous savez conduire ? » demanda Anna.

Il savait, déclara-t-il.

« Alors, voudriez-vous me conduire à Porthmerryn dans ma voiture ? Je déteste conduire et je voudrais louer une machine à écrire. »

Duff essaya de dissimuler sa joie à l'idée d'avoir un volant entre les mains. Cela lui arrivait rarement. Il était si content qu'il renonça à toute velléité de séduction jusqu'au moment où il eut conduit la Hillman d'Anna tout le long de l'allée et sur la grande route sans faire grincer les vitesses. Là, un peu détendu, il répondit à son sourire.

« Alors vous allez au Festin ? demanda-t-elle. Drôle d'idée ! »

Un séducteur n'y songerait pas, devina-t-il aussitôt. Il répondit d'un ton négligent que ce serait d'un ennui mortel, mais qu'il ne pouvait guère s'en dispenser. Et, d'ailleurs, Anna n'y allait-elle pas ? Il avait cru comprendre que si.

« J'ai trouvé une invitation sur mon assiette au petit déjeuner, répondit-elle. Une très jolie carte. Aussi ai-je accepté. Le chanoine, à propos, a déchiré la sienne. Mais après que les enfants avaient quitté la salle à manger. Et le vieux Paley a laissé sa carte sur la table avec toutes ses enveloppes vides. Ce sont deux méchants vieillards. Ils auraient pu accepter et ne pas venir.

— C'est ce que vous allez faire ? demanda Duff.

— Vous pensez que ce sera drôle ?

— Non. Jeux d'enfants et limonade. Ennuyeux à mourir.

— Mais rester toute seule à l'hôtel ne sera pas très gai non plus.

— Vous ne serez pas toute seule. Vous aurez les méchants vieillards. Et Lady Gifford, qui n'est pas en état de venir.

— Oh, bon… si c'est tout ce que vous avez à me proposer, je crois qu'on ferait mieux d'y aller. Attention ! Vous avez failli nous jeter dans le fossé. »

Duff conduisit un moment sans rien dire, puis arrêta la voiture au bord de la route. Il ne pouvait pas être à la fois chauffeur et séducteur. Il arrêta le moteur. Le paysage de falaises, de petits champs et de murs de pierre était très calme. On entendait chanter les alouettes. Anna ne lui demanda pas pourquoi il s'arrêtait. Peut-être jugeait-elle cela plus prudent.

« J'aurais mieux à vous proposer, dit Duff.

— Je m'en doute, dit Anna.

— Je ne vous aime pas, lui dit-il, abandonnant sa technique de séducteur. Ce serait malhonnête de ne pas vous prévenir.

— Oh, mais je le sais bien.

— Ça vous est égal ?

— Complètement. Je trouve ça plus excitant comme ça.

— Plus excitant quand l'homme ne vous aime pas ?

— Oui. N'ayez pas l'air si étonné. Vous aussi. »

Duff rit, assez excité, en effet.

« C'est peut-être vrai. Ça m'est égal que vous sachiez à quel point je suis une brute.

— Voilà, dit Anna. Je laisserai donc tomber ce pique-nique. Je resterai dans ma chambre.

— Je ne peux pas ne pas y aller. Ça ferait tout un foin et on viendrait me chercher, si je n'étais pas là au moins pour le début. Nous avons un cortège en musique. Mais je pourrai m'échapper au bout d'un moment... Peut-être...

— Vous feriez mieux de vous décider, car je pars demain. »

Duff se décida.

3. Parfois silencieux, parfois criant

« Il y a longtemps, dans sa jeunesse, il erra, répéta tout bas Sir Henry. Ayant mangé son blé en herbe, à travers le monde il erra… »

Il dut regarder le bout de papier qu'il tenait dans ses mains. Caroline le lui avait donné en lui disant d'apprendre par cœur avant le soir les vers qui y étaient écrits. Car le Festin devait se terminer par un grand finale où tous les personnages d'Edward Lear réciteraient chacun leur poème. Elle l'avait prévenu que le sien était assez triste, mais il n'était pas de cet avis. Le Vieil Oncle Arly ne semblait pas avoir fait si mauvais usage de sa vie.

Comme les anciens Perses et Mèdes,
Il réussit tant bien que mal
À subsister par mont et val
Soit en vendant sorts et remèdes,
Soit en apprenant aux écoliers
À lire, à écrire et compter.

Il aurait aimé que sa vie, ou ne serait-ce que la moitié, soit si bien employée. Mais il avait tout gâché douze ans auparavant, par un été qui ressemblait à celui-ci, dans un petit village du bord de la mer qui ressemblait à Pendizack.

Ils avaient alors une jeune nurse, entrée chez eux à la naissance de Caroline, une jolie fille fraîche dont il avait oublié le nom. Elle n'était pas restée longtemps dans leur maison. Mais elle lui était revenue à la mémoire ces derniers jours. Car ils l'avaient emmenée ainsi que le bébé passer les vacances dans un hôtel de la côte. Il faisait beau et chaud. Eirene se remettait lentement de son accouchement. Ils restaient étendus toute la journée sur les rochers au soleil, et descendaient se baigner dans la mer tiède de temps à autre, sans se presser. C'était délicieux. Car il était encore profondément amoureux d'Eirene après dix-huit mois de mariage, bien qu'elle mît parfois son humeur à l'épreuve. Les souffrances de la maternité suffisaient à justifier, à ses yeux de mari aimant, des caprices d'enfant gâtée qui cesseraient sans doute à présent qu'elle allait mieux. Il connaissait très mal les femmes. Il n'avait pas de sœurs et avait fréquenté peu de jeunes filles au cours de sa jeunesse laborieuse. Il considérait Eirene comme une créature fragile et rare, une fleur de serre, et les cruautés de la nature l'avaient bouleversé presque autant qu'elle. Au bout de neuf mois de douleur sans répit, elle avait failli mourir. Les médecins prétendaient que non, mais la mère d'Eirene le lui avait assuré. Dans sa joie de la voir sauvée, il s'en voulait des mouvements d'impatience qu'elle lui avait inspirés.

Les vacances s'écoulaient, eux étendus sur les rochers, la nurse assise sur la plage à côté du landau, dans son uniforme empesé. Il ne se rappelait pas ce qui l'avait amené à s'étonner que la jeune fille ne prenne pas de bains de mer. Peut-être avait-il vu d'autres nurses de l'hôtel faire un rapide plongeon. Mais il s'était avisé qu'il était bizarre qu'une fille jeune et robuste se contente de rester assise toute la journée devant la mer sans avoir envie d'y nager, et il avait demandé à Eirene comment cela se faisait. Eirene avait répondu, avec un peu trop de hâte, que la nurse n'aimait pas la natation.

Il aurait pu le croire jusqu'à son dernier jour s'il n'avait entendu, par la suite, un fragment de conversation sur le balcon contigu à celui de leur chambre d'hôtel. Mrs Gifford, apprit-il, était odieuse avec la jeune nurse qui s'occupait de son bébé ; elle ne lui permettait jamais d'aller se baigner avec les autres jeunes filles. Elle refusait de rester une seule demi-heure à côté de son propre landau, et c'était d'autant plus cruel que la nurse était championne de natation et avait remporté une médaille d'argent. Mrs Gifford le savait parfaitement.

Rassemblant son courage, il avait affronté Eirene. Il lui avait reproché de lui avoir menti et d'être cruelle envers la nurse. Ç'avait été leur première vraie dispute. Et l'on peut dire que ce fut la dernière, car c'était la seule fois où il avait fait les choses à sa façon. Pendant tout le reste des vacances, il s'était installé une heure chaque jour à côté de Caroline, tandis que la nurse allait nager. C'était en août. Quelques mois plus tard, il avait cru qu'Eirene le lui avait pardonné, puisqu'ils avaient eu un charmant Noël, remplissant joyeusement ensemble les premières chaussettes de Caroline. Mais il avait vécu, mangé, dormi pendant des semaines et des mois auprès d'une fleur qui se fanait sur sa tige. Elle ne lui faisait aucun reproche. Elle ne disait presque rien. Elle avait simplement cessé de reprendre des forces, et sa mère ne se privait pas de dénoncer le responsable de cette mélancolie.

Il était moins pressé de s'affirmer, après cela. Mais il lui arrivait de perdre patience et de lui crier dessus. Eirene n'en faisait qu'à sa tête. Il lui devint beaucoup plus facile de la laisser faire lorsqu'il eut cessé de l'aimer, ce qui arriva très vite. Il considéra sa vie privée comme un échec et consacra toutes ses forces à sa vie professionnelle. Il accepta que sa femme soit une menteuse.

Il se rappelait tout cela en faisant le tour du jardin de Pendizack et en apprenant par cœur son poème. Et il se demandait s'il aurait pu se faire aimer d'Eirene en lui tenant tête. Il s'était montré froid et dur au lieu de l'aider à corriger ses défauts. Et maintenant qu'elle était manifestement malade, il projetait de la quitter. Elle ne comprendrait jamais pourquoi…

Parfois silencieux, parfois criant,
Il arriva enfin au château ancestral
Où il avait vécu enfant ;
(Mais ses chaussures lui faisaient mal.)

Parfois silencieux, parfois criant, se dit-il, c'était là une très bonne description de son attitude envers Eirene.

À l'heure du thé, il lui monta son plateau et la trouva en train de soupirer et de se lamenter, regrettant que sa mauvaise santé ait gâché la vie de son mari. Elle disait souvent cela. Il posa le plateau sur ses genoux et s'assit sur le lit à côté d'elle.

« Ta mauvaise santé ne serait qu'un petit malheur, dit-il, si nous nous aimions.

— Tu m'aimerais si je n'étais pas malade. Une malade ne peut pas retenir un homme.

— Mais tu ne m'aimes pas.

— Henry ! Tu sais très bien que je t'adore.

— Ça ne se voit pas. Si tu pouvais me citer

un seul exemple de ton amour pour moi, je… enfin… je considérerais tout cela sous un jour différent. »

Eirene se versa une tasse de thé. Il eut l'impression qu'elle hésitait, non parce qu'elle ne savait que répondre, mais pour une autre raison.

« Eh bien… dit-elle enfin, j'aurais pu divorcer si j'avais voulu. Et je ne l'ai pas fait.

— Quoi ? »

Il ne s'attendait pas à cela.

« Arrête de t'agiter. Tu vas renverser le plateau. Si je ne t'aimais pas tant, j'aurais divorcé en rentrant d'Amérique. J'avais toutes les preuves. Mais je ne l'ai pas fait. Je ne t'ai même rien reproché et pourtant j'en ai eu le cœur brisé…

— Tu veux parler de Billie Blacker… ?

— Je sais que les hommes ont des pulsions animales, et tu étais seul. Je t'ai pardonné. Toutes les femmes ne l'auraient pas fait.

— Comment as-tu su ?

— Beaucoup de gens l'ont su. Certaines de mes amies l'ont su. Tu crois qu'elles ne me l'ont pas dit ? Allons… tu habitais pratiquement avec elle, pendant des mois, un appartement près de Bayswater.

— Oui. Oui… Je suppose que ça a dû se savoir. C'était tellement… c'était pendant les bombardements… La vie était sens dessus dessous. On n'avait pas d'amis ; on n'avait que sa vie… et la guerre.

— Tout le monde trouvait que j'aurais dû divorcer. Mais j'ai dit non. Non, je l'adore. Je le comprends. La jalousie est un vilain défaut, je l'ai toujours pensé. Si j'attends patiemment, il me reviendra.

— Mais, Eirene… nos différends avaient commencé bien avant. Ils ont commencé il y a très longtemps, tout de suite après la naissance de Caroline. Nous avions cette nurse, tu te rappelles ? Et tu ne voulais pas la laisser se baigner et j'ai…

— Ciel, Henry ! Déjà à l'époque ? Cette nurse ? Je n'aurais jamais…

— Oh, non, non, non ! Je ne suis pas en train de te dire que j'ai eu une aventure avec cette nurse. Mais nous nous sommes disputés à propos d'elle. Notre première dispute.

— Je ne me rappelle pas. Comme tu retiens tout ! Pas moi. J'essaie d'oublier nos petites querelles. Tu m'as fait une frayeur, avec cette histoire de nurse. Parce que j'étais sûre que cette femme de la défense passive était la première. Je l'ai dit à tout le monde. J'ai dit, je sais que c'est la première fois qu'il regarde une autre femme. Et c'est déjà magnifique, quand on sait dans quel état je suis…

— À qui as-tu dit tout ça ?

— À Lulu Wilmot, dans le Massachusetts. À tous mes amis là-bas. Ils ont trouvé ça formidable de ma part de retourner près de toi sans rien dire. Ils voulaient que je divorce et que je reste en Amérique. Je l'aurais fait si je ne t'avais pas tant aimé. J'adore l'Amérique. Je voudrais y passer toute ma vie.

— Certainement, tant que tout y est assez confortable pour toi, après quoi tu partiras. »

Il se tut, honteux de sa propre amertume. Mais Eirene n'avait pas senti le poison caché dans son apparente approbation. Elle avala son thé et dit tranquillement :

« Je ne crois pas que la vie y devienne jamais difficile, même s'il y avait une nouvelle guerre. C'est trop grand. Il y aura toujours abondance de tout. »

La vieille irritation, l'envie de hurler l'étouffait presque.

« Je pense vraiment que je ne devrais pas te laisser élever les enfants, s'écria-t-il. Tu n'en es pas capable. »

Cela la secoua un peu. Elle répondit sèchement :

« Ne dis pas de bêtises ! Je suis parfaitement capable d'élever les enfants. Ma mauvaise santé ne m'a jamais empêchée de faire tout ce qu'il fallait pour eux. Je m'occupe mieux d'eux que bien des mères qui n'ont jamais été malades de leur vie. Regarde ces pauvres Cove... comme leur mère les néglige !

— Tu n'en es pas capable. Je ne veux pas qu'ils soient élevés sans aucun principe. Je ne veux pas qu'ils deviennent des rebuts… rejetés de toutes les nations… qui échouent de pays en pays en quête d'une mangeoire pleine. Il faut qu'ils soient citoyens d'un pays. Il faut qu'il y ait une communauté à laquelle ils appartiennent dans la bonne et dans la mauvaise fortune. Ce ne sont pas des rats. Je ne veux pas qu'on en fasse des rats. »

Malgré lui il élevait la voix. Il criait, une fois de plus. Eirene dit très doucement :

« Je voudrais bien qu'ils se décident, à la cuisine, à m'envoyer autre chose que de la confiture de framboises. Ils savent que je ne peux pas en manger. Tu aurais pu regarder, Henry, avant de monter le plateau. Et comment pourrais-tu m'empêcher d'élever les enfants ?

— Je peux les emmener.

— Non. On ne peut pas enlever des enfants à leur mère, à moins qu'elle n'ait fait quelque chose de mal. Moi, j'aurais pu les emmener, si j'avais divorcé, mais toi, tu ne peux pas. Et même si tu penses vraiment à t'en aller et à me quitter, je ne divorcerai pas. J'espérerai que tu regrettes et que tu me reviennes un jour. Je t'attendrai toujours. Mais tu ne verras pas les enfants jusque-là. »

On frappa à la porte. Hebe passa la tête. Il lui fit signe de s'en aller en disant :

« Tout à l'heure, Hebe. Sauve-toi…

— Non… attends… lui cria Eirene en lui

tendant sa soucoupe de confiture. Descends cela, chérie, et demande de la gelée de groseille à la place. »

Hebe s'approcha du lit et présenta à Sir Henry un petit objet d'ouate et de fil de fer ressemblant à une sauterelle, ainsi qu'une boîte à pilules portant une étiquette sur laquelle était écrit SORTS ET REMÈDES.

« J'ai fait ça cet après-midi, dit-elle. Et Caro est en train de te fabriquer ton ticket de chemin de fer. Tu as appris ton rôle ?

— Quel rôle ? demanda Eirene.

— Pour le Festin, expliqua Hebe. Le Festin des Cove. Tu n'as pas trouvé ton invitation sur ton plateau de petit déjeuner ?

— Cette carte ? Oh ! si. Je me suis demandé ce que cela pouvait bien vouloir dire. Qui a pu supposer que j'étais assez bien portante pour ce genre de distractions ?

— Tout le monde est invité, expliqua Hebe. Elles ont dû penser que cela serait impoli de ne pas t'inviter, alors que nous y allons tous.

— Qu'est-ce que tu dis ? Vous y allez tous ? Quand vous ai-je donné la permission d'y aller ? »

Hebe parut très déçue et regarda Sir Henry en quête de soutien.

« On n'a pas pensé que tu ne voudrais pas.

— Eh bien, je ne veux pas. Je croyais vous avoir dit de ne pas jouer avec ces petites Cove.

Nous n'avons pas à fréquenter ces gens-là. Leur mère a été odieuse avec moi mardi.

— Mrs Cove n'a rien à voir là-dedans, maman. Elle ne viendra même pas au pique-nique. Elle doit rester à la maison faire ses bagages, parce qu'elle part pour Londres demain...

— Ces enfants t'ont mise dans une situation impossible, on t'a accusée d'avoir voulu les noyer. Ça suffit comme ça. Je déteste te refuser le moindre plaisir, chérie, mais cette fois-ci il le faut. Ça ne me plaît pas, cette idée de Festin.

— Mais, maman... »

Sir Henry intervint.

« C'est ma faute, Eirene. Je leur ai donné la permission. Je n'aurais pas cru que tu t'y opposerais. Et il est trop tard pour revenir là-dessus, tu devrais les laisser y aller. Ce serait une catastrophe de décevoir les Cove au dernier moment. »

Eirene lui lança un regard glacé. Il se rendit compte qu'elle voulait lui faire payer sa menace de lui enlever les enfants. Mais elle dit avec enjouement :

« Chéri ! Je sais que tu trouves que je les gâte et que tu es la seule personne vraiment digne de les élever. Mais tu te trompes. C'est toi qui ne peux rien leur refuser. Je suis beaucoup plus sévère que toi.

— Mais, maman, on doit y aller ! Il le faut ! s'écria Hebe qui commençait à s'inquiéter.

— Il n'y a pas de "il le faut" qui tienne, mon trésor. Je l'interdis formellement.

— Mais pourquoi ? Pourquoi ?

— Je te l'ai déjà dit. Je n'aime pas les Cove.

— Tu te trompes sur leur compte, Eirene. Ce sont de très gentilles filles et nous les plaignons tous beaucoup. »

— Il ne s'agit pas seulement des Cove. Je ne veux pas que les jumeaux se couchent si tard. Et aucun de nos enfants n'a l'estomac très solide. Ils ne réussiront qu'à attraper une indigestion, à avaler un tas de saletés au milieu de la nuit…

— Ce ne sont pas des saletés. Il y aura de très bonnes choses : de la salade de langouste, du poulet et des glaces… on a tous souscrit…

— Extrêmement indigeste. Les Cove ont peut-être besoin d'être nourries au milieu de la nuit par souscription publique. Mais mes enfants…

— Oh, bien sûr ! hurla Hebe, furieuse, tu préférerais qu'on mange des vers solitaires ! »

L'altercation se termina brusquement par un silence terrible. Sir Henry, se tournant vers Hebe pour la réprimander d'avoir eu une idée si déplaisante, fut saisi par l'expression de son visage. On y lisait l'effroi et l'exultation d'une enfant qui est allée trop loin et qui le sait.

Il regarda sa femme.

Eirene ne demanda pas ce que Hebe avait voulu dire. Elle était la plus épouvantée des deux. Elle tenait la soucoupe de confiture à la main et la tenait levée comme pour repousser Hebe. Elle passa la langue sur ses lèvres, essaya de parler et reposa la soucoupe. Renversée dans ses oreillers, elle ferma les yeux.

« Tu ferais mieux de t'en aller », dit-il sévèrement à Hebe.

Mais Hebe, bien que tremblante, ne s'avouait pas vaincue.

« Est-ce qu'on va au Festin ? demanda-t-elle en le regardant durement.

— Oui, dit-il, désireux de mettre fin à la scène. Oui. Ils peuvent y aller, n'est-ce pas, Eirene ? »

Eirene ouvrit un instant les yeux pour tourner vers Hebe un regard de pure haine. Elle dit d'une voix faible :

« Fais comme tu voudras. Mais sors d'ici. »

Hebe se précipita dehors.

« Je n'ai plus envie de goûter, soupira Eirene. Toutes ces scènes sont très mauvaises pour moi. Il ne faut pas que je m'énerve. Veux-tu descendre le plateau, chéri. Je vais me reposer un peu. »

Il ne l'écoutait pas. Debout au pied du lit, il tapotait les barreaux au rythme des vers qui résonnaient dans sa cervelle engourdie.

Un tas de foin en guise de lit
C'est là que mourut Oncle Arly
Et on l'enterra un beau soir…

« Veux-tu m'enlever ce plateau, Henry ? »

Il se reprit.

« Qu'est-ce que… qu'est-ce qu'elle a voulu dire ? demanda-t-il.

— Hebe ? Comment veux-tu que je le sache ? Une expression vulgaire qu'elle aura entendue. Voilà ce qu'une enfant gagne à jouer avec n'importe qui. Prends le plateau. »

Il prit le plateau. Dans le couloir, il trébucha presque sur Hebe, qui l'attendait, accroupie devant la porte. Elle commença tout de suite :

« Vous devriez me renvoyer à l'orphelinat. Je ne suis pas votre enfant et je suis en train de mal tourner. Il vaut mieux que je m'en aille.

— Nous sommes responsables de toi, dit-il tristement.

— Vous ne pouvez plus vouloir de moi après ce que j'ai dit.

— Ce n'était pas très joli. Comment… ? »

Mais il se tut, sentant qu'il valait mieux ne pas l'interroger.

« J'ai entendu Edmée, la femme de chambre de Mrs Wilmott, qui parlait à une autre…

— Oh… Dans le Massachusetts ?

— Oui. Edmée disait que c'était comme ça que… que les gens restent minces. Elle disait que Mrs Wilmott était furieuse après maman à cause de ça et disait qu'elle était folle… Elle avait pris beaucoup de poids, en Amérique, tu sais. Elle devenait vraiment grosse. Et puis, tout d'un coup, elle est devenue très maigre. Edmée disait...

— C'étaient de vulgaires potins, lui dit-il. N'en crois pas un mot. C'est impossible. »

Hebe acquiesça.

« Tu... tu en as parlé aux autres ? reprit-il.

— Oh, non... Je n'en ai jamais parlé à personne. Aujourd'hui seulement... j'étais tellement furieuse...

— Oublie tout cela.

— Elle ne l'oubliera pas. Vous serez obligés de me renvoyer. »

Il savait que c'était vrai.

« Peut-être, fit-il, pensif, peut-être serais-tu mieux en pension.

— Peut-être, approuva Hebe, un peu rassérénée. Comme Jane Eyre. »

Il descendit le plateau et sortit sur la plage. En ce qui le concernait, cette découverte grotesque changeait fort peu de choses. Il se sentait encore plus idiot, voilà tout. Cela retirait à ses malheurs toute ombre de dignité.

4. Le chapeau de Quangle Wangle

Les aiguilles du temps continuaient de tourner, se rapprochant toujours plus du Festin. Telle était l'impression de beaucoup des hôtes de Pendizack. Pour les sept enfants, elles tournaient beaucoup trop lentement et le jour n'en finissait pas. Mais leurs aînés, chargés de préoccupations multiples, n'avaient rien à reprocher au temps. Evangeline, qui faisait toujours toute la cuisine, regrettait d'avoir entrepris la confection de si nombreux costumes. Elle ne finit le chapeau de Mrs Paley qu'à la toute dernière minute et, lorsqu'elle courut le lui porter, les enfants déjà déguisés se rassemblaient dans le vestibule pour former le cortège. Elle trouva Mrs Paley en train de s'introduire avec peine dans le vieil imperméable que Duff lui avait prêté. Il était très étroit et un peu court de manches. Mais c'est vrai qu'il évoquait vaguement une peau.

« Voilà, dit Evangeline en posant le chapeau

sur le lit. Mais je me demande comment il va tenir sur votre tête.

— C'est un chef-d'œuvre ! » déclara Mrs Paley.

Le chapeau faisait un mètre de diamètre. Il était en carton très rigide. Des rubans et des clochettes pendaient de ses bords. Au sommet étaient perchés deux canaris, une cigogne, un canard, une chouette, un escargot, une abeille, une poule toupie (fabriquée avec un tire-bouchon), une grouse dorée, un pobble, un petit ours de l'Olympe, un dong, un veau oriental, une courge venimeuse et une chauve-souris cendrée, tous dansant au son de la flûte d'un babouin bleu. Mrs Paley s'en coiffa aussitôt, mais il pencha de côté de façon très peu digne.

« C'est ce que je craignais, dit Evangeline. Mais j'ai apporté des rubans. Je vais les coudre et vous pourrez les nouer bien serrés sous le menton… »

Elle s'assit sur le lit et se mit à coudre, tandis que Mrs Paley enfilait des gants noirs avec un crayon à chaque doigt afin de figurer des griffes.

« Il vient de m'arriver la chose la plus étonnante du monde, dit Mrs Paley. Mrs Cove m'a demandé de m'occuper un peu de ses enfants pendant qu'elle serait partie. Elle était presque aimable. Elle m'a dit que j'avais été gentille avec elles, elle m'a remerciée pour le Festin. Et elle a souri !

— Je ne peux pas le croire, dit Evangeline. Elle ne sait pas sourire.

— Elle a découvert ses dents dans une sorte de grimace. Je vous assure. Je voudrais bien savoir ce qu'elle mijote.

— Oh, ça me paraît clair. Elle a loué la chambre. Elle ne veut pas la payer pour rien. Alors elle laisse les enfants.

— On pourrait le croire. Mais la devise de Hebe appuie là où ça fait mal. Cette femme me fait peur. Dès que j'ai su qu'elle comptait les laisser, j'ai commencé à me demander si elles n'avaient rien à craindre ici.

— Vous croyez qu'elle veut se débarrasser d'elles... pour de bon ? demanda Evangeline en cassant un fil avec ses dents.

— Oui. Pas vous ? Vous n'avez pas cette impression ?

— Si. Mais rien ne prouve qu'elle soit juste.

— Elle ne se l'avoue peut-être pas à elle-même, évidemment, et pourtant... elle les laisse se mettre en danger... Je ne sais pas. Elles ont l'air de l'avoir si souvent échappé belle... Je n'oublierai jamais son visage, tandis qu'elle les regardait descendre le Rocher de la Mort. Je l'observais avec des jumelles. Elle a fait un mouvement dans leur direction pour les retenir, mais vraiment à contrecœur. Elle ne les aime pas, et je suis sûre qu'elle les voit comme un obstacle sur son chemin. Quand elle m'a fait cet affreux sourire, j'ai aussitôt pensé : quel risque courent-elles en restant ici ?

— Ce n'est pas possible, dit Evangeline.

— Non, n'est-ce pas ? Peut-être que j'exagère. Et je ne peux pas imaginer un instant que, consciemment, elle… mais j'ai l'impression que, inconsciemment, elle leur souhaite du mal… Je voudrais qu'elles soient à moi, Angie ! Je voudrais pouvoir les garder.

— Voilà, fit Angie en finissant la deuxième bride. Il faut que je me dépêche d'aller mettre ma drôle de coiffure. Nouez-le bien serré… »

Elle monta en courant se déguiser en Mrs Discobbolos. Mrs Paley dut retirer ses gants griffus pour mettre son chapeau. Il penchait toujours en dépit des brides, mais elle réussit à le fixer au moyen d'épingles à cheveux. Tandis qu'elle achevait de se déguiser, elle entendit son mari entrer, mais elle ne pouvait le voir, car l'énorme chapeau avec sa frange de rubans limitait son champ de vision. Il se taisait et elle savait qu'il la regardait. Enfin il dit :

« Tu n'as tout de même pas l'intention de te donner en spectacle de la sorte ? Cela ne peut servir à personne. Tu plains ces enfants, d'accord. Mais quel bien cela leur fera-t-il ?

— Cela les fera rire », marmonna Mrs Paley, la bouche remplie d'épingles.

Au bout d'une minute, elle ajouta :

« Je regrette beaucoup que tu ne viennes pas.

Je sais que ça ne t'amuse pas, mais, tu ne serais pas plus malheureux là-bas qu'ici, et tu leur ferais plaisir. En somme, ça ne te coûterait rien, et elles seraient très contentes. »

Il ne répondit pas tout de suite et elle eut l'impression qu'il hésitait. Elle pencha la tête de côté et loucha vers lui sous son grand chapeau.

« Viens, dit-elle. Ça te changera de…

— De quoi ? demanda-t-il sèchement.

— De… de ce qui te tue à petit feu. Je ne sais pas ce que c'est puisque tu refuses de me le dire…

— C'est un rêve… » dit Mr Paley tout bas.

Un grand tapage monta de la terrasse. Le cortège se mettait en branle au son de l'accordéon de Fred.

« Je ne t'entends pas, dit Mrs Paley.

— Et moi je ne peux pas te parler, cria Mr Paley, tant que tu auras ce machin ridicule sur la tête. Enlève-le !

— Je ne peux pas. Il faudra des heures pour le remettre et je suis déjà en retard. »

Au-dessous d'eux, sur la terrasse, on commençait à chanter :

Les animaux entrèrent deux par deux,
Hourra ! Hourra !

« En quoi es-tu déguisée ? lui cria-t-il.

— En Quangle Wangle, dit Mrs Paley.

— En quoi ? Je n'entends rien. C'est quoi, un Quangle Wangle ?

— Je ne sais pas. Personne ne sait. »

Mrs Paley se moucha sous son chapeau. Elle était accablée de chagrin et n'avait pas envie d'aller au Festin.

« Eh bien ? cria-t-il. Qu'est-ce que tu attends ?

— Je ne sais pas. Au revoir, Paul. »

Elle pencha la tête de côté pour le regarder. Il lui tournait le dos, assis dans son fauteuil près de la fenêtre, la tête dans les mains. Il ne lui répondit pas.

Elle s'efforça, avec quelque difficulté, de passer la porte avec son chapeau.

5. La dernière à partir

Un profond silence enveloppait l'Hôtel du Manoir. Le cortège s'était formé sur la terrasse et avait pris en chantant le chemin de la falaise, puisque la marée recouvrait la plage. Les cris et la musique s'éteignirent et le silence tomba comme un brouillard.

Mrs Siddal, étendue immobile sur son lit, en éprouva d'abord du soulagement. Le bruit des enfants en train de se déguiser au dernier étage, et s'appelant d'une chambre à l'autre, lui avait semblé intolérable. Elle fut contente lorsqu'elle les entendit descendre l'escalier en courant.

Elle était tout habillée, car elle n'était pas malade, fatiguée seulement, et elle pouvait se trouver obligée à tout moment de reprendre les rênes. Il se produirait sûrement une catastrophe qui les mettrait à genoux. Mais elle ne descendrait pas avant d'y être invitée. Elle ne descendrait pas tant qu'Evangeline Wraxton serait dans la maison.

Robin, Duff et Nancibel lui montaient ses repas et tous lui assuraient qu'on n'avait pas besoin d'elle, que tout se déroulait à merveille. Elle ne les croyait pas. Elle ne voulait pas les croire. Et l'excellente nourriture qu'ils lui servaient ne faisait que lui endurcir le cœur. Gerry et cette fille étaient très habiles ; ils se gardaient bien de monter, et de lui donner l'occasion de saper leur confiance. Ils étaient heureux en bas, à régner sur sa cuisine, à faire des projets d'avenir sans penser une seconde à ses espoirs déçus.

La lumière déclinait et la maison était tranquille. Sa chambre était toujours un peu sombre, car elle n'avait pas vue sur la mer. C'était la chambre la moins agréable de la maison, et c'est pour cela qu'elle s'y était installée. Aucun pensionnaire n'en aurait voulu. Autrefois, elle servait simplement de débarras. La petite fenêtre ouvrait sur la crique et la masse menaçante des Autres Falaises, qui surplombaient la maison de si près que l'on n'apercevait le ciel qu'en se penchant au-dehors. Elle entendait le clapotis de la marée haute dans la crique, mais elle n'entendit pas s'ébranler le cortège des festoyeurs, sur la terrasse de l'autre côté de la maison. Elle savait seulement que tout était silencieux, qu'elle était seule et que la nuit tombait.

C'était la seconde soirée qu'elle allait passer ici dans la solitude, enfermée dans cette petite chambre avec ses soucis, tandis que le soir tombait et que les ombres se dessinant sur la falaise se fondaient dans l'obscurité conquérante. L'apparition du crépuscule dans cette chambre ne connaissait aucune nuance, aucune douceur ; le jour y cessait, y mourait, c'était tout. Et le silence n'y était pas synonyme de paix ou de repos. Il était stérile et vide.

Elle pleura un peu, puis somnola, jusqu'au moment où un cri bref et aigu la réveilla en sursaut. Ce n'était qu'une mouette qui passait devant la fenêtre, mais qui la laissa le cœur battant d'un pressentiment sinistre. Elle éprouva tout à coup le désir pressant de se lever, de sortir de cette chambre, de voir des visages humains, d'entendre des voix. Elle y résista quelques secondes, mais une peur montait en elle qui vainquit son orgueil. Elle se leva d'un bond et courut dans le couloir où elle trouva le même silence de mort. Il paraissait encore plus intense ici. Elle recula, effrayée comme une malheureuse qui, réveillée par une odeur de brûlé, sortirait de sa chambre et se heurterait à un mur étouffant de fumée. Puis elle entendit des pas. Une porte s'ouvrit. Son épouvante cessa. Pour la première fois de sa vie, la vue de Miss Ellis lui fit plaisir. Ce visage de crapaud la regardant par l'entrebâillement d'une porte était tout de même une compagnie.

« Oh ! dit Miss Ellis. Je croyais que tout le monde était parti.

— Moi aussi, dit Mrs Siddal. C'est tellement calme. Où sont-ils tous ?

— Au Festin. »

Évidemment, cela expliquait tout. Elle avait oublié le Festin, bien que Robin lui eût apporté son carton d'invitation le matin et qu'elle eût adressé aux Cove ses amitiés et ses regrets de ne pas être assez en forme pour venir.

« Tout est sens dessus dessous en bas, lui dit Miss Ellis. Ça ne vous fera pas plaisir quand vous descendrez et que vous verrez ça… Fred a cassé deux légumiers. Et Miss Wraxton, comme elle y va avec le sucre… Vous allez mieux ?

— Oui, merci. Alors tout le monde est parti ? Vous n'y allez pas, Miss Ellis ?

— Moi ? À cette espèce de pique-nique ? Non merci.

— Mais n'êtes-vous pas invitée ? Je croyais…

— Oh, si. J'ai été invitée. Avec Nancibel et Fred. C'est bien aimable de leur part. Vous avez entendu le chahut qu'ils ont fait en partant ?

— Non. De mon côté de la maison, je n'entends rien.

— Sir Henry était livide. Ah, cette petite Hebe, elle finira mal si on n'y fait pas attention. Il y a quelque chose chez cette enfant… quelque chose de vraiment mauvais. Devinez ce que portait Hebe comme déguisement.

— Aucune idée.

— Rien.

— Quoi ?

— Rien qu'une paire d'ailes en papier avec un arc et des flèches. Elle a dit qu'elle était Cupidon. Devant les garçons !... Alors tout le monde a dû attendre pendant qu'on l'envoyait s'habiller. Et elle a eu le toupet de redescendre en chemise de nuit avec ses ailes et elle a dit qu'elle était un ange... »

« Mrs Siddal ! »

Miss Ellis et Mrs Siddal se retournèrent. Mrs Cove était sortie de son grenier.

« Je suis contente que vous soyez de nouveau sur pied, dit-elle. Pourrez-vous veiller à ce que mon carnet de rationnement soit sur ma table demain matin au petit déjeuner ? J'en aurai besoin. Je dois partir pour Londres dans la journée et je voudrais avoir le temps de le vérifier. Il y a souvent des erreurs dans les hôtels, on vous enlève beaucoup trop de tickets.

— Vous partez pour Londres ? s'écria Mrs Siddal. Toutes les quatre ? Je ne savais pas...

— Non, dit Miss Ellis. Elle laisse les enfants. N'est-ce pas, Mrs Cove ? »

Mrs Cove regarda Miss Ellis. Les vagues de silence étouffant semblaient recommencer à déferler dans le couloir, tandis que les deux femmes se dévisageaient. Quelque chose passa entre elles, mais aucune ne bougea ni ne parla. Mrs Siddal les laissa là toutes deux, et descendit dans la cuisine, le plus loin possible d'elles.

Mais elle ne s'y trouva pas mieux. La sensation de mort, d'oppression, semblait s'être infiltrée dans tous les recoins de la maison. Elle ne parvint même pas à s'indigner devant les fragments des légumiers brisés, ni à s'enorgueillir devant les signes visibles de désordre. Jamais on n'avait vu un tel chaos dans sa cuisine et dans son office, car les invités du Festin étaient partis sans ranger, ni laver la vaisselle. Mais elle contempla tout cela d'un œil indifférent, incapable d'accorder de l'importance à quoi que ce fût. La sonnette de Lady Gifford réclamant son lait malté réussit à peine à troubler le lourd silence. Son tintement était sans écho.

Heureusement que je suis là, se dit Mrs Siddal. Ils ont oublié.

Elle mit de l'eau à chauffer et alla chercher la boîte de lait en poudre dans le buffet. Elle y trouva autre chose qu'ils avaient oublié : un panier contenant quatre bouteilles de vin du Rhin, évidemment préparé pour le Festin.

Quelle dépense inutile, se dit-elle avec le même morne détachement. Puis un sentiment aigu la traversa, le premier qu'elle eût éprouvé depuis qu'elle avait quitté sa chambre. *Ils l'ont oublié.* Elle était navrée qu'ils eussent oublié ce panier. Cela lui parut une calamité. Tandis que l'eau bouillait sur le fourneau, elle sortit sur la terrasse voir si l'un d'entre eux était encore sur la plage. Elle lui aurait fait signe de venir le chercher.

Il n'y avait personne sur la plage. La marée était haute et ils devaient avoir pris le sentier de la falaise. Mais elle s'attarda un moment car l'air du dehors était agréable après l'étouffement de la maison et un beau coucher de soleil flamboyait sur la pointe de Pendizack. L'air frais et les couleurs chaudes l'émurent. Elle se dit qu'elle devrait sortir plus souvent.

Quelqu'un tourna le coin de la maison. C'était Dick Siddal qui se hâtait comme il pouvait, de son pas traînant. Mais il s'arrêta en la voyant.

« Tiens, Barbara, dit-il, ça va mieux ?

— Oui. »

Son apparence la surprit car il était vêtu avec soin, presque élégant. Mais il avait l'air très mal en point et respirait lourdement.

« Où vas-tu ? lui demanda-t-elle. Pourquoi as-tu l'air si pressé ?

— Oh, me promener… me promener… »

Il regarda autour de lui, d'un air mal à l'aise et ajouta :

« J'avais envie de faire un tour sur la plage, mais c'est marée haute. »

Elle se rappela la bouilloire sur le feu et rentra dans la maison.

« Alors je suis parti par l'allée, souffla-t-il en la suivant. Mais mon cœur n'est pas fameux, Barbara. Avant le premier tournant, je n'en pouvais plus.

— Il doit y avoir des années que tu n'as pas

monté cette côte. Regarde, Dick. Il est arrivé une chose bien triste. Les pique-niqueurs ont oublié leur vin. »

Elle montra le panier et il gloussa :

« Pauvre Gerry !

— Pourquoi pauvre Gerry ?

— C'est lui qui se fera attraper. Lui et son Angie. Gifford a offert le vin, Gerry et Angie devaient l'apporter mais ils sont restés à roucouler dans le couloir devant mon placard à chaussures et ils l'ont complètement oublié. Je les ai entendus. Ils maudissaient le pique-nique et se lamentaient de devoir y aller.

— Pourquoi ? J'avais l'impression qu'ils prenaient ça très à cœur.

— J'imagine qu'ils auraient préféré rester tranquillement en tête à tête. Le moment venu, ils considéraient cela plutôt comme une corvée. Mais ils ont fini par y aller, comme de bons petits soldats, et ils ont oublié le vin.

— Je voudrais pouvoir le leur faire porter... mais il n'y a plus personne ici à part Mrs Cove, Miss Ellis et Lady Gifford. Il n'y a rien à en tirer.

— Paley et Wraxton sont encore ici, dit-il. Tu pourrais essayer de leur demander. Wraxton rédige des lettres dans le salon. Il écrit à son notaire au sujet de son testament, m'a-t-il dit. Il veut déshériter sa fille. Elle va perdre une jolie fortune si c'est vrai. Peut-être vaut-il mieux ne pas lui demander de service. Mais Paley regarde par la fenêtre de sa chambre.

— Autant demander au chat de la petite Gifford. »

La sonnette de Lady Gifford retentit de nouveau et Mrs Siddal lui porta son lait malté. Cela lui coûta de monter l'escalier. Savoir que la maison était loin d'être vide comme elle l'avait cru, qu'il y avait du monde à chaque étage, ne parvenait pas à la réconforter.

« Oh... c'est vous, dit Lady Gifford. Comme c'est gentil ! Je voulais juste un peu de compagnie. Asseyez-vous. Je ne vous vois jamais. Je me disais qu'on devrait... Oh, le bon lait ! Que c'est gentil de votre part.

— Malheureusement, j'ai beaucoup à... » murmura Mrs Siddal.

Mais Lady Gifford tendit une serre et la retint.

« Vous en faites trop, vous savez. Je vous trouve merveilleuse. Mais il ne faut pas devenir une sainte Marthe. Je me le dis souvent. Je voudrais me lever, mener une vie active. Je m'impatiente tellement. Et puis je me dis... qui sait... c'est peut-être écrit... Si je me levais je ferais plein de choses mais je manquerais peut-être la seule vraiment utile. Tandis que, couchée, je suis forcée d'attendre la visite de l'ange, que je le veuille ou non... »

Les doigts maigres continuaient de s'accrocher. Mais il faudra bien qu'elle me lâche pour boire son lait, se dit Mrs Siddal. Et la même idée dut venir à Lady Gifford car elle jeta un regard à sa tasse. Mais son envie de bavarder était la plus forte.

« J'ai toujours l'impression que les choses matérielles ne sont pas si importantes. L'amour, voilà ce qui compte, n'est-ce pas ? Les gens qu'on aime… et leur bonheur. J'ai eu beaucoup de chance, c'est vrai. J'ai été entourée d'amour toute ma vie. J'étais enfant unique et mes parents m'adoraient. Puis je me suis mariée… un mariage parfait. Henry est un mari merveilleux. Alors ça me paraît tout naturel, puisque je donne de l'amour, d'en recevoir. Je n'ai jamais douté de ça. Quand j'ai voulu adopter un bébé, les gens m'ont dit : est-ce que ce n'est pas un grand risque ? J'ai dit que j'aimais le risque. C'est amusant. J'adorais ce petit être. Il ne m'était jamais venu à l'idée que mon amour pourrait ne pas être payé de retour. Tout le monde m'a toujours aimée. Mais Hebe ne m'aime pas, et cela m'a fait un choc.

— Oh, les enfants passent par des phases… Votre lait va être froid. »

Cette idée fut évidemment pénible à Lady Gifford, mais elle continuait à se cramponner.

« Ce n'est pas une phase. Elle a quelque chose d'anormal. Quelque chose qui me fait peur. Ce n'est pas seulement son attitude envers moi. C'est son influence sur les autres enfants.

Cette histoire, mardi... Elle ne se développe pas normalement. Je crois que changer d'environnement... si elle partait dès maintenant... dès maintenant loin de nous... si elle recommençait de zéro, parmi des gens nouveaux... Évidemment, ce serait un grand chagrin pour nous. Pour moi surtout, car elle est autant mon enfant que si je l'avais mise au monde. Mais s'il s'agissait de Caroline au lieu de Hebe, je raisonnerais exactement de la même manière. Je dirais : l'amour est la seule chose qui compte. Si je l'aime assez, je ferai n'importe quoi pour elle ; jusqu'à renoncer à elle... »

À ce moment, le lait malté remporta la victoire. Lady Gifford relâcha sa prisonnière et porta la tasse à ses lèvres.

« Oh ! ne partez pas, s'écria-t-elle après une gorgée. J'ai grand besoin de vos conseils. Vous êtes une mère... et je me sens si seule ce soir...

— Demain... une autre fois... promit Mrs Siddal en s'échappant. Il faut absolument... »

Le vin oublié gardait la première place dans ses préoccupations. Elle se dépêcha de retourner à la cuisine contempler le panier et déplorer cet oubli. Dick n'y était pas, non plus que dans son placard à chaussures. Il avait dû repartir en promenade, de son pas exténué.

En sortant le panier du buffet, elle s'étonna de son poids, et renonça au projet qui lui avait vaguement traversé l'esprit d'aller le porter elle-même à la pointe de Pendizack. Monter la côte et traverser la falaise en traînant une telle charge ne serait pas une mince affaire : elle était trop fatiguée et trop vieille. Quelqu'un reviendrait le chercher. Ils n'étaient pas si loin. Quand ils s'en apercevraient, quelqu'un reviendrait le chercher. Ils attendraient une vingtaine de minutes et voilà tout. C'était Gerry qui reviendrait. Elle en était sûre. D'abord c'était sa faute, et puis c'était toujours Gerry qui faisait les courses de tout le monde. D'un moment à l'autre, elle entendrait des pas dans le couloir et verrait le visage soucieux de Gerry paraître derrière la porte. *Voilà ton vin,* lui dirait-elle. Ça lui prendrait peut-être vingt minutes. Il ne manquerait que vingt minutes du Festin. Et il n'avait même pas tellement envie d'y aller, d'après Dick. Alors pourquoi voulait-elle à ce point lui éviter de revenir ?

Elle se mit machinalement à empiler les plats dans l'évier et à essayer de ranger la cuisine. Mais l'impression que rien n'avait plus d'importance grandissait à tel point en elle qu'elle aurait aussi bien jeté toutes les assiettes avec les légumiers cassés. Seul le panier sur le buffet la tourmentait avec l'insistance d'une tâche urgente. Il s'imposait à elle, parmi tous ces objets sans vie, comme s'il était illuminé ou bien faisait un grand bruit. Il la suppliait, lui ordonnait de sortir et de grimper la côte.

À la fin, elle le souleva de nouveau, le soupesa. Elle venait de s'aviser d'un compromis. Elle n'avait pas besoin de faire tout le chemin. Elle pourrait le porter par l'allée, jusqu'au sentier de la falaise et rencontrerait le pauvre Gerry en chemin. Elle lui épargnerait ainsi du temps et du tracas. Il n'aurait pas besoin de venir jusqu'à la maison et les festoyeurs attendraient moins longtemps leur souper.

Mais elle n'avait pas envie de voir Gerry, là tout de suite. Une espèce de réconciliation, de la tendresse, ne manqueraient pas de naître quand il s'apercevrait qu'elle s'était donné tant de mal, or elle lui en voulait encore.

« Tu m'embêtes ! » dit-elle au panier de vin.

Elle le porta vers le hall d'entrée en se disant qu'elle n'irait pas bien loin. Après avoir grimpé autant qu'elle s'en sentirait la force, elle s'assoirait et se reposerait, profitant de l'air frais, en attendant Gerry. Tout vaudrait mieux que la maison. Comme elle s'engageait dans l'allée, quelque chose passa devant elle, venant de la porte, et disparut dans l'ombre des arbres. Surprise, elle poussa un petit cri. La voix de Dick lui répondit. Il arrivait au coin de la maison, traînant toujours des pieds.

« Qu'est-ce que c'est ? demanda-t-il inquiet.

— Le chat de Hebe. Il a failli me renverser. Quelque chose a dû l'effrayer.

— Ce sont toutes ces souris, dit Mr Siddal.

— Quelles souris ?

— Tu ne les as pas vues ? Il y en a partout. Je n'en avais jamais vu autant. Sur la terrasse. Où vas-tu ? »

Elle le lui expliqua, et à sa grande surprise il voulut l'accompagner. Il y avait des années qu'elle ne l'avait vu si actif.

« Mais Dick ! Tu ne peux même pas aller jusqu'au sentier de la falaise.

— Mais si. Mais si. J'y arriverai. Donne-moi le bras. »

Il lui prit le bras et s'y appuya lourdement. Cela, joint au poids du panier de vin, dépassait ses forces. Elle protesta. Mais il s'accrochait à elle en soufflant et ils montèrent tous deux jusqu'au premier tournant de l'allée où ils durent s'asseoir et se reposer. Il restait sans parler, l'oreille tendue, regardant vers les falaises d'un air anxieux.

« C'est le cœur, expliqua-t-il. Il doit être en piètre état. J'ai besoin d'un changement d'air. Demain je louerai une voiture et j'irai sur le plateau. Je descendrai à l'hôtel du Geai. Cet endroit me rend claustrophobe. Je resterai là-haut jusqu'à mardi… ou mercredi…

— Oh, zut… » dit Mrs Siddal.

De la place où ils étaient assis, la maison apparaissait au-dessous d'eux entre les arbres et elle venait d'y distinguer un éclat de lumière aux fenêtres de la chambre du jardin.

« Anna est sortie et a laissé la lumière allumée. Quel gaspillage ! Éteins-la, Dick, quand tu rentreras.

— Elle n'est pas sortie. Elle est là. Je l'ai vue tout à l'heure en me promenant.

— Je croyais qu'elle était allée avec les autres.

— Non. Elle a dû changer d'avis. »

Ça en fait encore une en bas, pensa-t-elle. Toute seule. Ils sont tous seuls, enfermés dans leurs chambres, et pourtant aucun d'eux n'est en paix.

Ayant repris son souffle, elle se leva en disant qu'il lui fallait monter un peu plus haut, car elle n'épargnerait rien à Gerry si elle restait là.

« Il va descendre d'une minute à l'autre maintenant, ajouta-t-elle.

— Ce n'est pas Gerry que je m'attends à voir d'une minute à l'autre, dit Mr Siddal. C'est Duff.

— Duff ? Oh, non. Duff ne rend jamais service.

— Qu'est-ce que tu paries ? Je te parie le prix de mon taxi jusqu'à St Sody demain, que c'est Duff que tu verras rentrer par la falaise.

— Très bien. Mais je ne parierai pas le prix de ta chambre à l'hôtel du Geai. C'est une sottise, si tu veux mon avis. »

Elle allait s'éloigner mais il s'écria :

« Attends une minute, Barbara ! Si je me repose encore un peu, je pourrai peut-être monter jusqu'au prochain tournant. Je ne suis pas assez haut.

— Assez haut ? Pourquoi ?

— Assez haut pour m'éloigner de cet endroit. J'ai l'impression… j'ai l'impression… que tout va me tomber dessus ! Les nerfs, c'est certain ! »

Il rit d'un air gêné.

« Franchement, Dick, je ne peux pas attendre. Et je ne crois pas que cette escalade soit bonne pour toi après tant d'années d'inaction.

— Tu as raison. Mais il me semble que je pourrais monter encore un peu. Je vais me reposer ici, puis j'essaierai de nouveau. J'arriverai peut-être à faire tout le chemin à temps.

— Tout le chemin jusqu'à la pointe de Pendizack ?

— Non. Jusqu'à St Sody. Si je parviens là-haut, je ne redescendrai pas. J'y resterai. »

Elle le quitta et suivit avec effort les lacets abrupts jusqu'à l'endroit où le sentier de la falaise se séparait de l'allée sous un bosquet de rhododendrons. Elle avait décidé d'attendre là, mais l'ombre s'épaississait sous les arbres, de plus en plus sinistre, alors qu'elle apercevait au bout du court tunnel le dernier rayon du couchant. Elle avança donc péniblement de quelques mètres encore et déboucha au flanc de la falaise. Elle pouvait attendre là, tranquillement, que Gerry vînt. Elle crut le voir au tournant du sentier, mais elle ne distinguait pas grand-chose dans la pénombre. Pourtant quelqu'un marchait dans le paysage.

Elle posa le panier et regarda en contrebas des falaises. En dépit de l'obscurité croissante, elle perçut une grande agitation ; elle n'en avait jamais vu de semblable dans cet espace sauvage et touffu. Elle vit filer un éclair blanc et songea qu'une activité particulière régnait chez les lapins. Il y en avait beaucoup sur la falaise, mais à cette heure tardive ils étaient généralement dans leurs terriers. On eût dit à présent qu'ils avaient décrété un exode général. Touffe blanche après touffe blanche surgissait puis disparaissait.

Mais c'était bien un homme qui s'avançait dans le sentier. Il était plus grand que Gerry. Il ressemblait à Duff. Il avait la démarche de Duff. Mais il était chauve. Pourtant, c'était Duff, elle le reconnut lorsqu'il fut près d'elle. Tout cela concordait avec l'étrange atmosphère qui avait tout envahi et l'avait poussée jusque-là.

« Oh, Duff !… dit-elle. Ta tête ! »

Il parut interdit.

« Maman ! Maman ! Qu'est-ce que tu fais là ?

— Mais qu'as-tu fait à tes cheveux ? Tu es affreux… »

Il porta la main à sa tête et en retira la calotte chauve, découvrant ses cheveux blonds.

« J'avais oublié, dit-il. Je suis déguisé. Je suis un pobble.

— Tu venais chercher le vin ? Je l'ai.

— Quel vin ? »

Elle se rendit compte qu'il ne savait rien du

vin oublié. On ne s'était pas encore aperçu qu'il manquait lorsqu'il avait quitté le Festin. On n'avait pas encore commencé à souper, dit-il, on jouait à cache-tampon. Il rentrait parce qu'il en avait assez. Et il ne parut pas ravi lorsqu'elle lui demanda de porter le vin.

« Je ne veux pas y retourner, dit-il avec impatience. Tu n'as pas idée comme on s'ennuie, et je ne trouverai pas une deuxième fois l'occasion de m'éclipser.

— Je ne peux pas porter ce panier plus haut, dit Mrs Siddal. Il est très lourd et je trouve que j'ai été déjà bien gentille de le hisser jusqu'ici. »

Duff le souleva et reconnut avec un peu de remords qu'il était lourd.

« Gerry va venir le chercher dans un instant, dit-il. Ils vont s'en apercevoir. Tu ne peux pas attendre qu'il vienne ?

— Pourquoi le faire venir, pauvre Gerry !, si ce n'est pas nécessaire ? Je nous trouve très égoïstes vis-à-vis de lui.

— Pour rien au monde je ne retournerai à ce pique-nique, déclara-t-il. Mais je vais faire une chose. Je vais te monter ce panier jusqu'au sommet de la pointe et je filerai avant qu'on ne m'ait vu. Tu pourras le porter les quelques mètres qui restent et jeter un coup d'œil sur Fred en toréador. »

Mais cela, objecta-t-elle, l'obligerait à se joindre au pique-nique. Et elle rejeta cette idée avec irritation. Cela ne l'amusait pas plus que lui. Elle voulait rentrer se coucher. Ils restaient debout, le panier de vin entre eux, à discuter. Duff redoutait qu'elle devinât la véritable raison de son retour à la maison. Elle, de son côté, répugnait à avouer pourquoi elle évitait le Festin et qu'elle aurait volontiers fait ce qu'il proposait si Evangeline Wraxton n'avait pas été là. Ils finirent par se mettre très en colère. Soudain, un cri dans les buissons les effraya :

« Oh… Oh !… Un serpent ! »

C'était Blanche Cove courant de toutes ses forces dans le sentier.

« Oh, Mrs Siddal. Faites attention ! Il y a un serpent…

— Ce n'est rien, lui cria Duff. Ce doit être une couleuvre. Il y en a des quantités ce soir qui filent dans le chemin. Elles ne te feront pas de mal. »

Blanche parut, apeurée, hors d'haleine, en kimono rose.

« Oh, je voulais retourner à la maison sans qu'on me voie, dit-elle. Pour chercher le vin. On a oublié le vin. Nous venons de nous en apercevoir et nous ne voulons pas que nos invités le remarquent… alors Fred les distrait pendant que je me dépêche…

— Tout va bien, dit Duff. Nous l'avons là.

— Oh, Duff ! Vous êtes retourné le chercher ? Comme c'est gentil !

— Non. C'est ma mère qui vient de l'apporter…

— Oh, Mrs Siddal ! Vous allez mieux ? On craignait que vous ne puissiez pas venir. Maintenant dépêchons-nous. Il est l'heure de souper. »

Blanche saisit le panier et fut sincèrement désolée lorsque Duff le lui prit des mains, car elle aurait voulu épargner tout effort à ses invités.

« Vous n'avez pas manqué trop de choses, dit-elle à Mrs Siddal en les dirigeant vers la pointe comme un vigilant petit chien de berger. Seulement des jeux. Et le meilleur est encore à venir.

— Mais je ne suis pas déguisée, protesta Mrs Siddal. Je n'avais pas l'intention de venir.

— Oh, ça n'a aucune importance, Mrs Siddal, vous ferez la Tante Jobiska de Duff. Mais, Duff, qu'est-ce que vous avez fait de votre crâne ? »

Duff sortit à contrecœur la calotte de sa poche et s'en coiffa. Il ne voyait plus aucun moyen de quitter le Festin sans offenser Blanche. Il céda, comme tout le monde y avait cédé, au pouvoir des Cove. Il était furieux et déçu, mais il savait en même temps qu'il l'avait échappé belle. Car, sans la rencontre de sa mère, il n'aurait pas pensé à son faux crâne. Il serait descendu ainsi faire le don Juan à Pendizack et se serait présenté à Anna déguisé en pobble. Une erreur pareille, se dit-il, peut avoir des répercussions tellement humiliantes que toute la vie sexuelle d'un homme s'en trouve gâchée, avant même d'avoir commencé.

6. Le Festin

Le souper s'était un peu trop fait attendre et la gaieté du Festin commençait à s'évaporer, même si tous feignaient consciencieusement de s'amuser. La plupart des invités étaient arrivés d'assez mauvaise humeur. Gerry et Evangeline étaient surmenés et auraient préféré rester seuls. La mélancolie de Sir Henry n'était guère dissipée par le grillon qu'il avait sur le nez. Mrs Paley cachait ses yeux remplis de larmes sous son chapeau ; le mépris de Paul avait encore le pouvoir de la blesser. Caroline avait lutté toute la soirée contre les pleurs, car Hebe lui avait annoncé, en s'habillant, qu'elle avait fait quelque chose d'horrible et qu'on allait la renvoyer pour toujours. Elle n'avait pas voulu lui dire ce que c'était, ni avouer qu'elle avait du chagrin de les quitter. Caroline était reconnaissante de pouvoir cacher son visage désolé sous son capuchon de fantôme, et Hebe faisait un ange maussade.

Fred, Robin, les jumeaux et les trois hôtesses

étaient sincèrement heureux, et les peines de Nancibel étaient si bien dissimulées que personne n'aurait pu les soupçonner.

Quand Mrs Siddal et Duff arrivèrent, tous les convives, assis en rond, chantaient *Dix bouteilles vertes,* accompagnés par Fred. Personne n'aimait particulièrement cette chanson, sauf les jumeaux qui l'avaient réclamée, mais il n'y avait pas moyen de couper à une seule strophe. Par moments, le chant retombait en un murmure découragé puis, sous l'aiguillon de la conscience collective, s'élevait de nouveau. Luke et Michael étaient parfois les seuls à chanter :

Et si… une bouteille verte…
Se mettait à tomber,
Il y aurait cinq… bouteilles… vertes
Debout sur le muret.

Ahon ! Ahon ! gémissait l'accordéon entre les strophes.

« Chantez ! Chantez, tout le monde ! adjurait Robin. CINQ BOUTEILLES VERTES… »

On fit place à Mrs Siddal à côté de Mrs Paley et l'on remit le vin à Gerry qui grimaça d'un air contrit.

« Quel pique-nique raté ! chuchota Angie à Duff. Il n'y a qu'une chose à faire, c'est de boire. Heureusement que nous avons du vin ! Enfin, les Cove sont très contentes.

— Les Cove, dit Duff, sont un danger public. Elles ressemblent à des petites souris blanches et regardez ce qu'elles nous font faire. »

Ahon ! Ahon !

Trois… bouteilles… vertes
Debout sur le muret.

« Chantez ! »

TROIS BOUTEILLES VERTES
DEBOUT SUR LE MURET

« On ne sépare pas des sœurs, dit Caroline à Hebe. Si tu t'en vas, je m'en irai aussi. Tu as un mouchoir ?

— Non. Mouche-toi dans ton capuchon. »

Nancibel était très belle, assise sur un rocher. Son châle espagnol et le grand peigne dans ses cheveux lui prêtaient une dignité inaccoutumée. Un instant, son attention parut se détourner de la scène et son expression se fit pensive. Puis, elle s'aperçut de l'arrivée de Mrs Siddal et son sourire chaleureux l'éclaira.

IL N'Y AURAIT PLUS DE BOUTEILLES VERTES
DEBOUT SUR LE MURET.

La pénitence était terminée et ils avaient droit à leur souper. Tous les mets étaient déjà étalés sur une nappe blanche, et Robin avait débouché les bouteilles pendant les dernières strophes de la chanson. Beatrix se leva, serrant contre elle son kimono trop large et trop long.

« Et maintenant, mesdames et messieurs, annonça-t-elle, vous êtes conviés à prendre part à une collation froide et à savourer un délicieux vin du Rhin aimablement offert par notre grand ami, Sir Henry Gifford. »

Tout le monde se rassembla autour de la nappe et Evangeline et Robin servirent le vin.

« On en donne aux enfants ? demanda Gerry.

— Tout le monde en a besoin, répondit Duff d'un ton ferme. Voici pour toi, Nancibel ! »

Nancibel objecta qu'elle avait fait vœu d'abstinence.

« Mais ce n'est pas de l'alcool, lui assura-t-il. Goûte-le, tu verras. C'est blanc, pas rouge. »

— Ça ne prouve rien. Le champagne aussi est blanc. »

Elle but une gorgée et fut presque sûre que Robin se moquait d'elle. Mais elle avait tant de peine à cause de Bruce qu'elle apprécia le stimulant et qu'après avoir servi la salade de langouste, elle reprit son verre et le vida. Une chaude assurance coula dans ses veines. Elle cessa de déplorer le passé. Un bel avenir lui faisait signe à travers les nuages du couchant.

Il m'a bien eue, se dit-elle. La limonade ne m'a jamais fait cet effet-là. Je m'arrête là.

Elle dut pourtant en boire de nouveau, car Maud Cove proposait un toast.

« Remplissez vos verres je vous prie, cria-t-elle, et buvons à la santé de notre absent mais sympathique donateur de tomates : Mr Bruce… Mr Bruce… Oh ! euh…

— Partridge, dit Nancibel, qui était la seule à le savoir.

— À la santé de Bruce… à la santé de Bruce ! » cria tout le monde.

Une aimable allégresse régnait sur le Festin. Pour la plupart d'entre eux, le vin du Rhin était une nouveauté, et seul Sir Henry y était accoutumé. Angie en avait très peu versé dans les verres des enfants, mais assez pour les égayer. Caroline et Hebe se mirent à rire. Elles ôtèrent le grillon du nez de Sir Henry et le mirent dans la salade de Fred pour l'effrayer. Gerry racontait une histoire en riant très fort.

« Elle a dit : "Qui a vu un tarse ?" N'est-ce pas, Angie ?

— Il devrait commencer à être fatigué de cette histoire, dit Angie à Mrs Paley.

— Il ne s'en fatiguera jamais, dit Mrs Paley. Mettez-vous bien ça dans la tête, Angie. Les hommes sont comme ça. Vous vivrez avec cette plaisanterie toute votre vie. Il vous la servira encore à vos noces d'argent.

— Quelle plaisanterie ? demanda Mrs Siddal

en se penchant derrière le chapeau de Mrs Paley pour regarder Evangeline.

C'était la première fois qu'elle parlait à la jeune fille. Evangeline, nageant dans l'optimisme du vin, décida de considérer cela comme une branche d'olivier.

« Gerry m'expliquait le tarse et le métatarse », commença-t-elle.

Robin, à l'autre bout de la nappe du pique-nique, donna un coup de coude à Duff pour attirer son attention.

« Ça s'arrange », chuchota-t-il.

Leur mère et Evangeline avaient toutes deux la tête sous le chapeau de Mrs Paley, de sorte que l'on ne voyait pas leur visage. Mais on entendait des rires derrière la frange de rubans.

« Ils sont tous un peu partis », dit Duff.

Et Caroline disait à Hebe qu'elle avait l'impression de n'être assise sur rien.

« Nous sommes ivres, expliqua Hebe.

— C'est vrai ? Comment le sais-tu ? »

— J'ai été ivre une fois. Mais beaucoup plus que maintenant. »

Ahon ! Ahon !

Fred entonna *Le Lys de la lagune* que Mrs Paley avait cité comme son air favori quand on le lui avait demandé. Ce n'était pas vrai, elle préférait *Mains blanches que j'aimais,* mais elle avait confondu. L'air fut repris en chœur avec animation par toute l'assistance.

Je sais… qu'elle m'aime
Je sais qu'elle m'aime,
Elle me l'a dit…

« Je croyais que ça parlait de lotus en fleur, regretta Mrs Paley.

— Ne donnez plus de vin aux enfants.

— Robin ! Plus de vin pour les enfants.

— Il va falloir que je renouvelle mon vœu. Maman ne va pas être contente.

— Quel charmant pique-nique !

— C'est un pique-nique splendide.

— Où est mon grillon ? Qui a pris mon grillon ?

— Oncle Arly a perdu son grillon. »

JE SAIS QU'ELLE M'AIME…

« Oh, Angie, il faut que je vous raconte une histoire très amusante sur Gerry quand il était bébé. Je l'avais laissé dans sa voiture et…

— J'ai l'os à vœux. J'ai l'os à vœux. Mrs Paley… voulez-vous faire un vœu avec moi ?

— Non, Hebe. Fais ton propre vœu.

— Alors je vais faire le vœu que les Cove puissent être vos enfants, et vous ferez le même, ensuite on tire, comme ça on gagne toutes les deux…

— Ce n'est pas la peine de faire des vœux impossibles… »

ELLE EST LE LYS DE LA LA... GU... NE...

Les Cove étaient trop heureuses pour chanter, trop heureuses pour manger. Elles circulaient gravement en offrant à boire et à manger à leurs invités. Sans en avoir l'air, elles dirigeaient le Festin et veillaient à ce que tout se passât bien. Quand les jumeaux, qui étaient déguisés en Indiens, manifestèrent le désir de faire essayer leurs tomahawks à leurs voisins, Blanche les arrêta immédiatement en disant avec un grand sérieux :

« Oh ! mais les jeux de tomahawk ne sont pas prévus avant minuit. Maintenant c'est le tour de Nancibel. Elle va nous chanter l'histoire du vieux dauphin méchant. »

Il y eut un soudain silence et Nancibel parut surprise.

« Mais c'est une chanson très démodée, dit-elle. Une chanson d'autrefois. Mon arrière-grand-mère la chantait.

— C'est une très jolie chanson, dit Beatrix. Nancibel nous l'a chantée le jour où on s'est noyées.

— Allez, Nancibel ! »

Nancibel leva le menton et se mit à chanter d'instinct, sur le mode monotone et doux des vieilles complaintes :

Je marchais au bord de la mer,
Une jolie sirène m'apparut.
Oh ! qui me sauvera
Du vieux dauphin méchant qui voudrait m'épouser.

« C'est une chanson populaire ! chuchota Duff, très excité. Une chanson du folklore local ! »

Je lui fis un salut et je pris sa main blanche
Et tirant et poussant la hissai sur la lande.
« Ma mère vous donnera robe et bonnet fleuri,
Venez dans ma maison, dans la ville de St Sody. »
« Hélas je ne peux marcher car je n'ai point de pieds
Je n'ai que cette queue, Monsieur, vous le voyez.
Il faudra me porter, hélas, je vous en prie,
Dans votre maison, dans la ville de St Sody. »

« Une chanson du pays ! Et nous avons passé toute notre vie ici sans la connaître. »

Je la pris sur mon dos et partis par les champs
Et nous fûmes d'abord tout joyeux et contents.
Mais la falaise était haute et la route était longue
Et la fille pesait à mon épaule.

Et bientôt je soufflai et bientôt je peinai
Quand nous vînmes enfin au panneau du Geai.

« Il y a encore un hôtel qui s'appelle comme ça », chuchota Duff.

« Hélas, ma jolie fille, faut m'arrêter ici
Car nous sommes encore loin de la ville de St Sody. »

Nancibel s'interrompit brusquement.

« C'est tout ? s'écria l'auditoire.

— Non. Je ne me rappelle plus de la suite. C'est beaucoup plus long.

— Comment ça finit ? Est-ce qu'ils arrivent à St Sody ?

— Non, le vieux dauphin méchant les rattrape et les change en rochers. On dit que c'est arrivé. Les rochers sont dans un champ juste derrière chez nous et on les appelle l'Homme et la Sirène.

— Je les connais, dit Robin. Ils figurent sur la carte. »

Un murmure d'intérêt et d'approbation courut dans l'assistance, et surprit un peu Nancibel. Elle aurait préféré chanter *Le soleil ne coûte rien*, mais elle se rendait compte que les Cove avaient eu raison, comme toujours, dans leur choix et que *Le Vieux Dauphin méchant* avait plu.

Après un coup d'œil au programme, Blanche Cove se leva et proposa un nouveau toast.

« Est-ce que Bea et Maud pourraient avoir encore un peu de vin ? fit-elle, haletante. On n'a pas eu le temps mais on voulait boire à votre santé à tous et vous remercier d'être là. »

On leur tendit des verres et elle continua :

« On tient à vous dire comme on est heureuses de vous voir si gais. On sait que vous êtes venus pour nous faire plaisir, mais vous avez l'air de vraiment vous amuser. C'est sans doute grâce à ce bon vin du Rhin.

— Bravo ! Bravo !

— Vous voilà récompensés d'être venus ! Nous buvons à votre santé et nous espérons que vous serez toujours heureux, particulièrement Gerry et Angie.

— Merci, Blanche !

— Quel joli discours !

— Quel joli Festin !

— Chantons ! »

Car c'est un bon camarade,
Car c'est un bon camarade…

Tout le monde chantait. Tout le monde criait. Ils faisaient tant de bruit que, pendant quelques secondes, ils ne prêtèrent pas attention à un autre bruit qui grandissait peu à peu, jusqu'au moment où il écrasa tous les autres dans un grondement terrible et assourdissant qui les jeta à terre, aveuglés et épouvantés. Certains eurent l'impression que le bruit avait duré longtemps ; alors que d'autres soutinrent par la suite que tout s'était passé très vite. Ils n'auraient su dire non plus s'ils s'étaient couchés à terre d'eux-mêmes.

Mais ils se retrouvèrent à plat ventre dans un nuage de poussière suffocante, tandis que le bruit allait diminuant, l'éboulement de pierres, puis la dégringolade de galets laissant place au murmure des vagues.

Une faible clameur commença à s'élever des rochers, faite de toux, de sanglots, de cris et de questions, alors que tout le monde tâtonnait dans la poussière et le brouillard. Ils étaient trop émus pour parler fort, jusqu'au moment où une voix d'enfant lança dans un cri perçant :

« Oh ! C'est la bombe atomique. C'est la bombe atomique !

— Qu'est-ce qui se passe ?

— Qu'est-ce qui s'est passé ?

— C'est la bombe atomique !

— Angie ! Où es-tu ? Tu n'as rien ?

— Ici, Gerry…

— Oh ! Mrs Paley…

— Je suis là, Maud… donne-moi la main… où est Blanche ? Où est Beatrix ?

— La bombe atomique…

— J'ai les jumeaux. Ça va, mes poussins ? C'est Nancibel… Je suis là…

— Où est Caroline ?

— Papa…

— Cette poussière…

— La bombe atomique…

— J'ai eu une de ces peurs ! J'ai bien cru…

— Ne pleure pas, Hebe ! Ce n'était pas ça. Il n'y a pas eu d'éclair.

— Non, ce n'était pas une bombe… Pas de détonation…

— Un tremblement de terre…

— Tout le monde va bien ? Tout le monde est là ?

— Silence, s'il vous plaît. Je vais faire l'appel…

— Silence, tout le monde. Sir Henry va faire l'appel… »

Sir Henry appela le nom de chacun tandis que la poussière commençait à retomber. Tous répondirent. Tous étaient sains et saufs.

Mais ils n'y comprenaient rien et continuaient à penser vaguement que quelque ennemi les avait attaqués. Car ils étaient accoutumés à attribuer les événements violents de ce genre à l'homme plutôt qu'à Dieu. Interdits, terrifiés, ils se pressaient les uns contre les autres dans un nuage de poussière qui se dissipa peu à peu, jusqu'au moment où ils virent un rayon de lune sur la mer et de paisibles vagues se briser sur la plage. Un spectacle familier, qui les aurait rassurés si ça n'avait pas été la première fois qu'ils voyaient cette plage.

Gerry et Sir Henry furent les premiers à comprendre. Mais ils ne dirent rien. Ils regardèrent en silence le voile de poussière se lever. Comme la vérité se faisait jour dans les différents esprits, un gémissement s'éleva de groupe en groupe.

Ils se pressèrent plus étroitement les uns contre les autres, comme pour se cramponner à cette unité fragile et provisoire qui les avait si étrangement rassemblés et protégés. Personne ne parla jusqu'au moment où un des jumeaux Gifford, relevant la tête du giron de Nancibel, regarda autour de lui et demanda d'un air étonné :

« Qui a fait ça ? »

On entendit un cri venu de la colline voisine. De petites silhouettes se profilaient sur le ciel. Des gens accouraient du village et des fermes avoisinantes. Le groupe sur le promontoire tressaillit et s'ébranla. Ils commencèrent à se parler tout bas et à mettre des mots sur ce qui venait d'arriver. Déjà, il s'agissait du passé. Leurs pensées se tournaient vers l'avenir.

« Il faut monter au village, dit Gerry. Allons au presbytère. Le père Bott nous recueillera… »

Et ils s'éloignèrent en un cortège chancelant, reprenant une fois de plus le fardeau de leurs seize existences distinctes.

Postface

Le Festin commence en septembre 1947, au moment où le révérend Samuel Bott de St Sody, en Cornouailles, doit renoncer à une partie d'échecs avec son invité, le révérend Gerald Seddon, pour écrire une oraison funèbre. Le mois précédent, un gigantesque morceau de falaise s'est effondré dans une crique, détruisant l'hôtel de Pendizack et entraînant la mort de tous ceux qui s'y trouvaient. Seddon a lu quelque chose à ce sujet dans les journaux : n'était-ce pas parce qu'une mine avait échoué dans une grotte derrière la maison ? En partie, acquiesce Bott, même si en apparence cela n'avait pas fait de dégâts sur le moment. Ce n'est que plus tard que des fissures sont apparues dans la falaise et que le géomètre a écrit au propriétaire, Mr Siddal, pour l'avertir qu'il valait mieux évacuer la maison, mais ce dernier n'a jamais réagi. Siddal est à présent enterré sous la falaise, et il a fallu accepter que toutes les victimes resteraient là où elles étaient, ensevelies sous les rochers : « Impossible de récupérer les corps. Si tu voyais l'endroit, tu ne le reconnaîtrais pas. La plage a disparu. Difficile d'imaginer qu'une maison, des jardins et des écuries aient pu un jour se tenir là. La cérémonie va être assez sinistre… »

Bott s'attèle à son sermon. Il s'installe derrière sa machine à écrire et tape maladroitement : « AKTEDE DIEU ». S'ensuit un silence de vingt minutes, au bout duquel Seddon lui fait remarquer qu'il n'avance pas très vite. Bott reconnaît qu'il a eu peur, qu'il continue d'avoir peur et que, certes, ça n'est rien comparé au Blitz mais que quand les survivants – oui, il y a des survivants – sont venus le voir après la catastrophe, ils avaient des choses surprenantes à raconter. Bott délaisse sa machine et vient s'asseoir près de Seddon. « Vois ce que tu y comprends… »

Après cet intrigant prologue – comme c'est habile, de citer une victime et de laisser entendre qu'il y en a un tas d'autres, mais aussi qu'il y a des survivants avec des histoires à raconter –, le roman se déploie en sept parties, une pour chaque jour de la semaine, jusqu'à l'effondrement. On le lit comme on lirait un roman policier, curieux de savoir qui vivra et qui mourra, tout en découvrant les personnages à travers leurs lettres, journaux, tapuscrits bourrés de fautes, monologues intérieurs et conversations animées dans des scènes pleines de vie.

Margaret Kennedy a connu un succès fulgurant avec son deuxième roman, *The Constant Nymph*[1] (1924). Le portrait bohème qu'elle y brossait d'une adolescente tombant amoureuse d'un ami de sa famille a fait beaucoup parler et a engendré de nombreuses adaptations. Et sa carrière ne s'est pas arrêtée là, puisqu'on lui doit plusieurs autres romans et pièces de théâtre. En 1937, alors qu'elle était avec des amis romanciers, la discussion s'est orientée vers les sept péchés capitaux : chacun se proposait d'écrire une nouvelle où un personnage moderne incarnerait un péché. Le projet est tombé à l'eau, car tous avaient le sentiment que le résultat final serait trop déprimant. Pourtant, Kennedy n'a jamais cessé de le ressasser, s'imaginant les sept péchés réunis dans une auberge tenue par la malheureuse épouse de la Paresse. Un couple qui demeurait peu engageant, craignait-elle – mais lorsqu'elle s'est demandé qui pourraient être les pensionnaires de l'auberge, l'histoire s'est enflammée. Il en ressort un roman captivant, qui porte ses origines et sa morale avec

1. Paru pour la première fois en français sous le titre *La Nymphe au cœur fidèle* (Plon, 1927), puis sous le titre *Tessa* (Mercure de France, 2006), traduit par Louis Guilloux. Le roman a notamment été adapté au cinéma en 1943 par Edmund Goulding, avec Joan Fontaine et Charles Boyer. *(N.d.T.)*

beaucoup de légèreté. Et quelle différence ont fait ces dix années d'intervalle ! Si Kennedy et ses amis étaient allés au bout de leur idée en 1937, ils auraient exploré des préoccupations d'avant-guerre ; en situant son roman dix ans plus tard, dans un contexte d'après-guerre rythmé par les pénuries et les rancœurs, Margaret Kennedy confère modernité et saveur à l'antique question du péché et du châtiment.

L'orgueil, la gourmandise, l'avarice, la luxure, la colère, l'envie et la paresse sont tous réunis à l'hôtel de Pendizack. La première cliente que l'on rencontre est Lady Gifford, qui adresse à Mrs Siddal la longue liste des aliments que ses médecins l'autorisent ou non à manger, et suggère de prendre ses repas dans sa chambre afin d'éviter de susciter la jalousie des autres hôtes. Elle regrette d'avoir dû quitter la vaste maison de campagne où elle vivait avec sa famille, faute de domestiques : « La vie semble désormais dénuée de tout charme et de tout confort, vous ne trouvez pas ? »

Lady Gifford voudrait convaincre son mari, Sir Henry, de s'installer à Guernesey afin d'échapper à l'impôt sur le revenu, mais il s'y oppose. « Elle ne comprend pas. Elle était en Amérique. Elle n'a pas vu les bombardements. Moi, si. Toute la souffrance, le sacrifice, l'héroïsme… J'ai vu cela. » Sir Henry en vient à se rendre compte qu'il ne supporte pas la façon dont sa femme n'accorde d'importance qu'à son petit pot de crème. « Et pourquoi pas ? J'ai les moyens de manger de la crème. Pourquoi est-ce que je n'irais pas là où il y en a ? »

Les enfants Gifford sont d'une insouciante arrogance et semblent étonnamment bien nourris, comme s'ils faisaient partie de « ces gens qui se ravitaillaient au marché noir, portaient des bas de contrebande et ne se faisaient aucun scrupule, en temps de pénurie, de prendre plus que leur part ». Ils ont les poches pleines de bonbons non rationnés, comme les marrons glacés, qui leur arrivent dans des paquets envoyés d'Amérique. Mais ils sont tout disposés à partager ces douceurs avec les enfants d'une autre cliente de l'hôtel, la sévère et résolue Mrs Cove, dont l'obsession est de tout économiser en prévision d'un jour de disette qui n'arrive jamais. Elle entasse sa famille dans une seule chambre de l'hôtel pour s'assurer un rabais, et ses filles ressemblent à « des plantes poussées dans l'obscurité », avec leur coupe au bol et leurs robes de coton râpées couvrant à peine leurs genoux osseux. Mrs Cove envoie ses enfants dans les boutiques avec leurs tickets de rationnement pour les bonbons, en leur recommandant d'arriver les premières et de prendre ce qu'il y a de meilleur : « Tâchez d'avoir du loukoum, leur dit-elle, c'est très rare. Sinon, des guimauves ou du caramel. » Elle revend ensuite les confiseries sans que les fillettes aient pu en manger une seule.

« Il faut s'imaginer tous ces gens qui paient six guinées par semaine pour qu'un beau jour la moitié des Cornouailles leur tombe sur le crâne ! » C'est ce qu'écrit Miss Dorothy Ellis, l'intendante acariâtre, ravie de propager la rumeur selon laquelle le flanc de la falaise serait dangereux, même si elle ne croit pas que ce soit vrai. Elle déplore que l'hôtel soit un « sale trou, le pire que j'aie jamais eu ». Elle n'aime personne, et surtout pas ses employeurs qui ont perdu tout leur argent et ne savent pas tenir la maison. « Ça me met en rogne de la voir à la tête de cette grande bâtisse. Mon salon de thé aurait peut-être marché si j'avais eu autant de veine que certains. » Miss Ellis rit volontiers du malheur des autres : « Ce gouvernement socialiste ne s'occupe pas des pauvres comme il l'avait promis, mais il a fait tomber les riches, c'est toujours ça. » Elle passe son temps à fouiner et à malmener Nancibel, la femme de chambre, qui vit dans les environs.

Nancibel est un régal de franc-parler. Elle tombe amoureuse de Bruce, qui sert de chauffeur et de secrétaire à Anna Lechene, une dame écrivaine à la drôle d'allure. Bruce travaille lui aussi à un roman, dont la description ne donne aucune envie à Nancibel : « J'aime les livres qui parlent de gens bien. Et les histoires où tout finit par s'arranger. » Quand Bruce lui reproche de ne pas regarder la vie en face, elle lui répond : « Pas dans les livres, non. Je la regarde bien assez en face du lundi au samedi, sans avoir à lire des histoires là-dessus. »

Nancibel a adopté l'argot de la RAF pendant qu'elle servait comme volontaire à l'armée. Sa mère n'aime pas beaucoup l'entendre dire que Mrs Ellis était « fumasse » parce qu'on lui avait demandé de vider les pots de chambre. Son arrière-grand-mère raconte aux petites Cove le jour où l'on a vu arriver le premier train au village : la gare était parée de guirlandes et de rubans, et l'orchestre battait son plein pour accueillir la locomotive conduite par le maire, bardé de sa grande chaîne en or. Il y a eu un grand festin à la mairie, ce jour-là. Les enfants veulent savoir qui l'a organisé : « Tout le monde est venu et tout le monde a participé. »

Les filles Cove sont peut-être pauvres, mais leurs rêves sont d'une grande richesse, et leur jeu préféré – inspiré des festins de dortoir racontés dans leur livre *L'Espiègle Lili en pension* – est d'imaginer les festins qu'elles donneraient si elles étaient riches. La semaine passe, et après que les enfants Cove ont frôlé un grave accident, Nancibel et quelques autres personnages décident qu'elles auront droit à leur festin. Les uns offrent leur ration de bonbons, les autres proposent de cuisiner de la gelée ou de la langouste, et chacun accepte de se déguiser. Sir Henry Gifford leur procure même quatre bouteilles de vin du Rhin. Les enfants peignent à la main de jolis cartons d'invitation, et tandis que chaque résident de l'hôtel se demande s'il viendra, le lecteur commence à se douter qu'il y a peut-être plus qu'un pique-nique enjeu…

Le Festin est si délectable que l'on serait pardonné de ne pas voir à quel point c'est intelligent. Comme beaucoup de mes romans préférés, il raconte une histoire agréable à suivre, sans tellement d'effort, mais qui, quand on y réfléchit ou se replonge dans le texte en quête de sous-entendus et de sens cachés, ne nous laisse pas en reste tant ils sont nombreux. Kennedy est une auteure talentueuse et espiègle, et chaque trait d'humour, chaque détail du quotidien, délicieusement observé, coexiste avec une capacité saisissante à regarder en face les vérités les plus dérangeantes sur l'humanité : quatre des hôtes ensevelis sont des parents, et il est difficile de ne pas en arriver à la conclusion que leurs enfants seront plus heureux sans eux.

De même que la mine a explosé dans la grotte sans faire de dégâts dans un premier temps, les conséquences de ce roman sur son lecteur sont bien plus grandes qu'il n'y paraît à première vue. Peut-être, cher lecteur, vous laisserez-vous aller comme moi à une introspection, traquant le moindre signe d'orgueil, de gourmandise ou de colère qui pourrait vous habiter. Et, alors que vous serez en train de méditer les vastes questions que soulèvent la transgression et la rédemption, peut-être vous surprendrez-vous à cataloguer chacun de vos amis et connaissances en fonction de ses péchés. Mais tandis que *Le Festin* nous donne à voir l'éventail complet de l'échec et de la folie humaine, ce qui reste à l'esprit – et c'est sans doute la plus grande prouesse du roman –, ce sont les trois petites Cove, aussi miteuses qu'adorables, qui possèdent si peu mais dont le désir de se montrer généreuses, sans conditions, réchauffe le cœur. Peut-être veut-on rappeler au lecteur, en fin de compte, que notre salut est toujours à portée de main, si tant est qu'on le reconnaisse et qu'on veuille bien l'accueillir.

CATHY RENTZENBRINK

PROLOGUE

SAMEDI

DIMANCHE

LUNDI

MARDI

MERCREDI

JEUDI

VENDREDI

DE LA MÊME AUTRICE

Aux Éditions Quai Voltaire

LE FESTIN, 2022 (Folio nº 7253)

DIVORCE À L'ANGLAISE, 2023

COLLECTION FOLIO

Dernières parutions

6994. Irène Némirovsky	*L'ennemie*
6995. Marc Pautrel	*L'éternel printemps*
6996. Lucie Rico	*Le chant du poulet sous vide*
6997. Abdourahman A. Waberi	*Pourquoi tu danses quand tu marches ?*
6998. Sei Shônagon	*Choses qui rendent heureux* et autres notes de chevet
6999. Paul Valéry	*L'homme et la coquille* et autres textes
7000. Tracy Chevalier	*La brodeuse de Winchester*
7001. Collectif	*Contes du Chat noir*
7002. Edmond et Jules de Goncourt	*Journal*
7003. Collectif	*À nous la Terre !*
7004. Dave Eggers	*Le moine de Moka*
7005. Alain Finkielkraut	*À la première personne*
7007. C. E. Morgan	*Tous les vivants*
7008. Jean d'Ormesson	*Un hosanna sans fin*
7009. Amos Oz	*Connaître une femme*
7010. Olivia Rosenthal	*Éloge des bâtards*
7011. Collectif	*Écrire Marseille.* 15 grands auteurs célèbrent la cité phocéenne
7012. Fédor Dostoïevski	*Les Nuits blanches*
7013. Marguerite Abouet et Clément Oubrerie	*Aya de Yopougon 5*
7014. Marguerite Abouet et Clément Oubrerie	*Aya de Yopougon 6*
7015. Élisa Shua Dusapin	*Vladivostok Circus*
7016. David Foenkinos	*La famille Martin*
7017. Pierre Jourde	*Pays perdu*

7046. Jessie Burton — *Les secrets de ma mère*
7047. Stéphanie Coste — *Le passeur*
7048. Carole Fives — *Térébenthine*
7049. Luc-Michel Fouassier — *Les pantoufles*
7050. Franz-Olivier Giesbert — *Dernier été*
7051. Julia Kerninon — *Liv Maria*
7052. Bruno Le Maire — *L'ange et la bête. Mémoires provisoires*
7053. Philippe Sollers — *Légende*
7054. Mamen Sánchez — *La gitane aux yeux bleus*
7055. Jean-Marie Rouart — *La construction d'un coupable.* À paraître
7056. Laurence Sterne — *Voyage sentimental en France et en Italie*
7057. Nicolas de Condorcet — *Conseils à sa fille* et autres textes
7058. Jack Kerouac — *La grande traversée de l'Ouest en bus* et autres textes beat
7059. Albert Camus — *« Cher Monsieur Germain,... »* Lettres et extraits
7060. Philippe Sollers — *Agent secret*
7061. Jacky Durand — *Marguerite*
7062. Gianfranco Calligarich — *Le dernier été en ville*
7063. Iliana Holguín Teodorescu — *Aller avec la chance*
7064. Tommaso Melilli — *L'écume des pâtes*
7065. John Muir — *Un été dans la Sierra*
7066. Patrice Jean — *La poursuite de l'idéal*
7067. Laura Kasischke — *Un oiseau blanc dans le blizzard*
7068. Scholastique Mukasonga — *Kibogo est monté au ciel*
7069. Éric Reinhardt — *Comédies françaises*
7070. Jean Rolin — *Le pont de Bezons*
7071. Jean-Christophe Rufin — *Le flambeur de la Caspienne. Les énigmes d'Aurel le Consul*
7072. Agathe Saint-Maur — *De sel et de fumée*

7073.	Leïla Slimani	*Le parfum des fleurs la nuit*
7074.	Bénédicte Belpois	*Saint Jacques*
7075.	Jean-Philippe Blondel	*Un si petit monde*
7076.	Caterina Bonvicini	*Les femmes de*
7077.	Olivier Bourdeaut	*Florida*
7078.	Anna Burns	*Milkman*
7079.	Fabrice Caro	*Broadway*
7080.	Cecil Scott Forester	*Le seigneur de la mer. Capitaine Hornblower*
7081.	Cecil Scott Forester	*Lord Hornblower. Capitaine Hornblower*
7082.	Camille Laurens	*Fille*
7083.	Étienne de Montety	*La grande épreuve*
7084.	Thomas Snégaroff	*Putzi. Le pianiste d'Hitler*
7085.	Gilbert Sinoué	*L'île du Couchant*
7086.	Federico García Lorca	*Aube d'été* et autres impressions et paysages
7087.	Franz Kafka	*Blumfeld, un célibataire plus très jeune* et autres textes
7088.	Georges Navel	*En faisant les foins* et autres travaux
7089.	Robert Louis Stevenson	*Voyage avec un âne dans les Cévennes*
7090.	H. G. Wells	*L'Homme invisible*
7091.	Simone de Beauvoir	*La longue marche*
7092.	Tahar Ben Jelloun	*Le miel et l'amertume*
7093.	Shane Haddad	*Toni tout court*
7094.	Jean Hatzfeld	*Là où tout se tait*
7095.	Nathalie Kuperman	*On était des poissons*
7096.	Hervé Le Tellier	*L'anomalie*
7097.	Pascal Quignard	*L'homme aux trois lettres*
7098.	Marie Sizun	*La maison de Bretagne*
7099.	Bruno de Stabenrath	*L'ami impossible. Une jeunesse avec Xavier Dupont de Ligonnès*
7100.	Pajtim Statovci	*La traversée*
7101.	Graham Swift	*Le grand jeu*
7102.	Charles Dickens	*L'Ami commun*

7103. Pierric Bailly — *Le roman de Jim*
7104. François Bégaudeau — *Un enlèvement*
7105. Rachel Cusk — *Contour. Contour – Transit – Kudos*
7106. Éric Fottorino — *Marina A*
7107. Roy Jacobsen — *Les yeux du Rigel*
7108. Maria Pourchet — *Avancer*
7109. Sylvain Prudhomme — *Les orages*
7110. Ruta Sepetys — *Hôtel Castellana*
7111. Delphine de Vigan — *Les enfants sont rois*
7112. Ocean Vuong — *Un bref instant de splendeur*
7113. Huysmans — *À Rebours*
7114. Abigail Assor — *Aussi riche que le roi*
7115. Aurélien Bellanger — *Téléréalité*
7116. Emmanuel Carrère — *Yoga*
7117. Thierry Laget — *Proust, prix Goncourt. Une émeute littéraire*
7118. Marie NDiaye — *La vengeance m'appartient*
7119. Pierre Nora — *Jeunesse*
7120. Julie Otsuka — *Certaines n'avaient jamais vu la mer*
7121. Yasmina Reza — *Serge*
7122. Zadie Smith — *Grand Union*
7123. Chantal Thomas — *De sable et de neige*
7124. Pef — *Petit éloge de l'aéroplane*
7125. Grégoire Polet — *Petit éloge de la Belgique*
7126. Collectif — *Proust-Monde. Quand les écrivains étrangers lisent Proust*
7127. Victor Hugo — *Carnets d'amour à Juliette Drouet*
7128. Blaise Cendrars — *Trop c'est trop*
7129. Jonathan Coe — *Mr Wilder et moi*
7130. Jean-Paul Didierlaurent — *Malamute*
7131. Shilpi Somaya Gowda — *« La famille »*
7132. Elizabeth Jane Howard — *À rude épreuve. La saga des Cazalet II*
7133. Hédi Kaddour — *La nuit des orateurs*

7134. Jean-Marie Laclavetine — *La vie des morts*
7135. Camille Laurens — *La trilogie des mots*
7136. J.M.G. Le Clézio — *Le flot de la poésie continuera de couler*
7137. Ryoko Sekiguchi — *961 heures à Beyrouth (et 321 plats qui les accompagnent)*
7138. Patti Smith — *L'année du singe*
7139. George R. Stewart — *La Terre demeure*
7140. Mario Vargas Llosa — *L'appel de la tribu*
7141. Louis Guilloux — *O.K., Joe !*
7142. Virginia Woolf — *Flush*
7143. Sénèque — *Tragédies complètes*
7144. François Garde — *Roi par effraction*
7145. Dominique Bona — *Divine Jacqueline*
7146. Collectif — *SOS Méditerranée*
7147. Régis Debray — *D'un siècle l'autre*
7148. Erri De Luca — *Impossible*
7149. Philippe Labro — *J'irais nager dans plus de rivières*
7150. Mathieu Lindon — *Hervelino*
7151. Amos Oz — *Les terres du chacal*
7152. Philip Roth — *Les faits. Autobiographie d'un romancier*
7153. Roberto Saviano — *Le contraire de la mort*
7154. Kerwin Spire — *Monsieur Romain Gary. Consul général de France*
7155. Graham Swift — *La dernière tournée*
7156. Ferdinand von Schirach — *Sanction*
7157. Sempé — *Garder le cap*
7158. Rabindranath Tagore — *Par les nuées de Shrâvana* et autres poèmes
7159. Urabe Kenkô et Kamo no Chômei — *Cahiers de l'ermitage*
7160. David Foenkinos — *Numéro deux*
7161. Geneviève Damas — *Bluebird*
7162. Josephine Hart — *Dangereuse*
7163. Lilia Hassaine — *Soleil amer*
7164. Hervé Le Tellier — *Moi et François Mitterrand*
7165. Ludmila Oulitskaïa — *Ce n'était que la peste*
7166. Daniel Pennac — *Le cas Malaussène I Ils m'ont menti*

7167. Giuseppe Santoliquido — *L'été sans retour*
7168. Isabelle Sorente — *La femme et l'oiseau*
7169. Jón Kalman Stefánsson — *Ton absence n'est que ténèbres*
7170. Delphine de Vigan — *Jours sans faim*
7171. Ralph Waldo Emerson — *La Nature*
7172. Henry David Thoreau — *Sept jours sur le fleuve*
7173. Honoré de Balzac — *Pierrette*
7174. Karen Blixen — *Ehrengarde*
7175. Paul Éluard — *L'amour la poésie*
7176. Franz Kafka — *Lettre au père*
7177. Jules Verne — *Le Rayon vert*
7178. George Eliot — *Silas Marner. Le tisserand de Raveloe*
7179. Gerbrand Bakker — *Parce que les fleurs sont blanches*
7180. Christophe Boltanski — *Les vies de Jacob*
7181. Benoît Duteurtre — *Ma vie extraordinaire*
7182. Akwaeke Emezi — *Eau douce*
7183. Kazuo Ishiguro — *Klara et le Soleil*
7184. Nadeije Laneyrie-Dagen — *L'étoile brisée*
7185. Karine Tuil — *La décision*
7186. Bernhard Schlink — *Couleurs de l'adieu*
7187. Gabrielle Filteau-Chiba — *Sauvagines*
7188. Antoine Wauters — *Mahmoud ou la montée des eaux*
7189. Guillaume Aubin — *L'arbre de colère*
7190. Isabelle Aupy — *L'homme qui n'aimait plus les chats*
7191. Jean-Baptiste Del Amo — *Le fils de l'homme*
7192. Astrid Eliard — *Les bourgeoises*
7193. Camille Goudeau — *Les chats éraflés*
7194. Alexis Jenni — *La beauté dure toujours*
7195. Edgar Morin — *Réveillons-nous !*
7196. Marie Richeux — *Sages femmes*
7197. Kawai Strong Washburn — *Au temps des requins et des sauveurs*
7198. Christèle Wurmser — *Même les anges*
7199. Alix de Saint-André — *57 rue de Babylone, Paris 7e*
7200. Nathacha Appanah — *Rien ne t'appartient*

Tous les papiers utilisés pour les ouvrages des collections Folio sont certifiés et proviennent de forêts gérées durablement.

Composition Nord Compo.
Impression Grafica Veneta
à Trebaseleghe (PD), le 13 septembre 2023
Dépôt légal : septembre 2023
1er dépôt légal dans la collection : juillet 2023

ISBN 978-2-07-301734-5/Imprimé en Italie.

624025